U0452526

马义是警察

李唯 著

中国青年出版社

马义在土墙后想着徐秀玲和马财的时候,
他的另一个堂兄弟正朝他一辈子的命运走来

目录

第一章 001
马义当警察的消息十分钟后就传遍了全村

第二章 017
马义不想活了

第三章 039
马义大笑他的命运在这一秒间又打了一个翻天覆地的大滚儿

第四章 093
马义要再去寻找马西直到捉住他

第五章 106
马义从下马关村出发到踏上广州的土地,已经过去了一年零七天

第六章 121
马义在醒来后再次看到了马西

第七章 142
这可能是他唯一的机会了,他必须抓住

第八章 154
马义重新审视打量这人,然后,天崩地裂般,马义差一点要惊呼出声来

第九章 176
马义恍然大悟马西其实从一开始就在设局

第十章 214
马义决心要当这一个长期的潜伏者

第十一章 229
马义要坚定地活着等着和马西再度相逢

第十二章 252
马西下决心无论如何要潜回村来杀了马义

第十三章 319
马义要归队当回警察的梦想再一次稀碎

第十四章 354
马义现在只想静静专注地跟马西搏命

第十五章 379
马西已经成了马义自己身体的一部分，马义就等于是马西

第十六章 411
"我是警察！"马义庄严地说

第十七章 444
葬礼毕，收集起来的警用纽扣是一百零七公斤

第一章

马义潜伏在距离金积镇九公里处一堵废弃的土墙后面,四周旷野的寒风刺骨,夜晚的塞外月色像冻硬了的鼻涕一样泛着青灰,但马义周身火热,一种应该叫做亢奋的东西从他的四肢百骸中按捺不住地洋溢出来,使他此刻看上去很有一点忘乎所以。他把羊皮袄脱下来顺手就扔在了顺风处,新缝的羊皮袄还未消尽的羊膻味顺风飘出去很远,这很容易把旷野上的狼群招来,但此刻他却一点都不害怕。这跟马义方才喝了酒有一定的关系,但更主要的是,这跟徐秀玲有很大的关系,这一点尤其让马义热血沸腾。就是刚才,在马义来执行潜伏任务之前的两小时,徐秀玲对马义说:"马义,我让你看我的奶子。"然后就撩起衣襟让马义看,那两个奶圆鼓鼓的很肥沃,徐秀玲仿佛在犒赏出征的将士。

徐秀玲不是一般长奶子的女人,徐秀玲是下马关村支书的闺女。支书是全村最金贵的人,支书家的鸡都是村里最牛的鸡,鸡们斗架的时候,只要支书家的鸡站在村头树下支起翎子跃跃欲试,村民就会赶忙把自家的鸡抱走,让支书的鸡不战而胜。支书的鸡尚且如此,更何况支书的闺女!支书闺女徐秀玲身上最隐秘的地方之所以能对马义洞开,是因为马义就在几天之前,一下就从一个农民变成了警察,变成了国家干部。马义这个如同天上掉金条一般的福气,沾光于眼下公检司法系统被"文化大革命"的铁拳砸烂,大批的老公安老法警们被驱除,去了干校或者劳改农场,公安局腾出来的空额要从工矿农村抽调根红苗正的工人阶级和贫下中农加入进去,叫做"掺沙子",即把无产阶级的沙子掺到已经沦为资本主义的土壤中去,改造旧世界,创立新天地!县公安局局长亲自带领工作组到县里广大的农村去选拔,要把最革命的"沙子"挑选出来。来到金积镇下马关村,局长问村里最最贫的贫农是哪个?村人一致说是马义。马义家祖辈儿几代都是贫贫的贫雇农。马义家至今贫得连一只鸡都没有。马义家的鸡是用麦草扎的,身上插了捡来的别人家杀鸡褪下来的鸡毛,放在自家的院墙上,来替代打鸣的活物。之所以要扎只草鸡摆在家里,只是因为没有鸡的农家不像一个农家,鸡是农家的生气。局长听了不禁动容,命人把马义找来。五分钟后,正在猪圈起猪粪的马义浑身稀脏惶然不知所以地站在了局长的面前。局长进一步问明这个穷得二十九岁了还在打光棍的马义,家里只有一个老妈去年也得感冒死了。局长听得落泪,当场命令跟随的县公安局办公室主任:"把警服发给他!"于是,前五分钟还在掏猪粪的农民马义,脑子懵懵的,就像在云里雾里缥缈着一样,丝毫还没有反应过来,顿时就成为了国家干部,而且是当警察!

马义当警察的消息十分钟后就传遍了全村,自然也传到了支书徐福宽的耳里。下马关村自康熙十四年建村以来,迄今只出过两个国家干部,一个是徐福宽,另外一个,便是马义了。徐福宽是个果断的人,徐支书对于陡然间居然跟他一样成了国家干部的马义,他当即的反应态度便是:把女儿徐秀玲嫁给他!这符合泱泱中华自古以来皇上把女儿下嫁新科状元的传统。徐福宽的这一决定没有跟马义商量,而是派村里的会计去直接通知了马义,就像平常日子里,村里通知马义去掏猪圈或者去挖大渠一样。徐支书理所当然地认为这是不需要跟马义商量的,如同村里发救济,难道还要事先征求一下你要不要这袋子玉米面吗?也如同皇上下嫁闺女难道还要和刚中了状元的穷小子先商量一下吗?你他娘的感激都来不及!而马义果然也就感激涕零地没有二话可讲。

马义不仅没有二话好讲并且还震撼地呆掉了,这是他听闻自己当警察以后的第二次呆掉，许久都不能相信这是真的。徐秀玲不光是支书的女儿，同时也是下马关村的闺女里唯一擦"万紫千红"牌雪花膏的。二十世纪六七十年代，女人的化妆品全中国只生产"万紫千红"牌雪花膏，只有城里的女人能擦得起。农村闺女徐秀玲能每天擦"万紫千红"，自然跟她爸当支书有关系。"万紫千红"牌雪花膏让徐秀玲的脸在一村子闺女媳妇的糙脸中像剥了壳的鲜苞米，她的脸光光的、白白的、香香的。徐秀玲是马义和村里小伙子们的电影院，他们每日躲在远处看徐秀玲就像看电影一样。所以当会计来传达支书的这一决定，马义一时不能相信这事儿会是真的，他的反应是：难道说这个电影院真的从此就只给他一个人放电影了吗？会计同时还传达了支书的指示，支书让马义穿上警服上晚上去家里吃酒，算是定亲酒席。定亲酒本来应该是由男方操弄的，但支书考虑到马义刚刚当上干部，还没领工资哩，没钱，家里除了那只麦草扎的鸡外再什么都没有，就一手揽下都给办了。

徐支书把周围各村的支书都请来吃酒。马义从来没有参加过这么高贵的场合，这是下马关村的"国宴"，马义平时最多只能站在支书的院门外，只能听着里面的快乐叮叮当当地流淌出来，他只能想象里面的酒是如何地随便喝肉又是如何地随便吃。马义因此激动地连连喝酒，同时他也是好多年都没有喝过酒吃过肉了，不一会儿就把自己吃得满嘴流油，喝得晕晕乎乎。酒过三巡,徐福宽发话说:"马义,你和秀玲子,你们两个到那屋去说说话吧。"这是金积镇吃定亲酒的一个环节,当家的老人是要让两个当事的年轻人单独待一会儿的,这期间允许两人进行除交配之外的一切亲昵行为。徐支书这也等于是把女儿正式交到马义手里了。于是,让马义更加晕眩的幸福时光,借着酒劲儿,在厢房里,开始了。

马义隐蔽在土墙后面,还在想着方才和徐秀玲在厢房独处时做的事。戈壁的冷在午夜时分更加凛冽,而马义的脸依旧红润热烫,傍晚喝下去的那些酒精依旧在皮肤下面汹涌地奔流,方才和徐秀玲独处的回味,更是比酒还要热辣地让马义醉醺着。马义和徐秀玲进到了西厢房里,马义这时已经有了六分酒意,借着酒力,他生平头一次胆大包天地对书记的闺女说:"徐秀玲,把你缝的小衣拿来给我看一看!"小衣,就是女人的奶罩,在二十世纪六七十年代的中国,商店里是不卖奶罩的,卖奶罩,就如同今天卖淫一样,被认为是黄色的行径。女人们,尤其是农村的女人,都是自己缝起胸衣来穿。金积镇一带的姑娘们,每人在出嫁之前都会秘密地缝一件小衣,小衣上还仔细地绣了花,绣了凤凰和雀鸟,更多都是绣鸳鸯的,把对未来的憧憬都缝了进去。小衣平时是绝对不给别人看的,看小衣,在某种程度上等于是让人看奶子一样,这只能在新婚之夜给那个头一个碰自己的男人看。马义要看徐秀玲的小衣,那是他认为既然已经做了徐秀玲的未婚夫那么他就有权利看,就像日后结了婚他有权利和徐秀玲睡觉一样。而且马义要提前看,不想等到新婚之夜,这是马义借着酒劲想试验一下他刚穿上身的这套警服,对于眼前这个支书的女儿,到底是不是那样地具有权威。这几日里,马义对于自己的社会地位像坐火箭一样地蹿升,一直晕晕乎乎地不能置信,所以马义是用一点命令的语气说的,他斗胆想看看徐秀玲会不会服从。马义说完后,吓得要死,他怕徐秀玲会扬手抽他一个耳光。

徐秀玲没有抽马义,她而是"哦"的一声,没有想到地愣住,继而红了脸,紧接变得通红,再然后,羞涩地小声回答说:"俺……没有小衣。"徐秀玲确实是没有缝小衣。皆因徐秀玲是支书的女儿,她计划临近出嫁时让父亲托人到北京或者上海的商店里买一个奶罩回来,她听人说北京上海的友谊商店里有卖这种出口转内销的奶罩,那种奶罩要高级得多,但是要用外汇券买,而徐支书是有能力搞到外汇券的,所以徐秀玲不屑于像村里的其他闺女那样庸碌地准备。马义听徐秀玲说没有,他也"哦"了一声。马义的"哦"其实是大大松了一口气,他正为怕徐秀玲会翻脸而高度紧张着,正好徐秀玲说没有,他趁势也就算了,这一声"哦"其实是绷紧的松懈。但徐秀玲却有一些不安了,她以为马义这是生气了,她认为马义这一声"哦"是失望的感叹,她打击了马义的兴致勃勃。徐秀玲很有一点惧怕马义会生气,毕竟马义是下马关村这么多年来第二个诞生的国家干部,如果马义因此生气而走掉了,她不知道自己还能不能再找到一个,支书的女儿也不是说想找国家干部做丈夫就能随便找到的。而且,最要紧的是,马义如果真生气走掉了,她的爸爸徐福宽支书会雷霆震怒的,徐支书是村里的天王更是家里的天王,徐秀玲从小就惧怕父亲,她接受马义作未婚夫更多的是出于接受父亲的命令。徐秀玲紧张地看着马义,在想怎样才能让眼前这个穿警服的国家干部未婚夫不生气,最后,她心一横,一闭眼,说:"马义,你也别生气,俺让你看……"她把衣服撩起来,让马义直接看她的乳房,直接就看小衣里面的内容。两只秀挺的圆硕的奶子像两个白馍馍凸显在马义眼前。马义顿觉眼前天崩地裂。在静默了几秒钟,确定这不是在做梦之后,他便像饿坏了一样朝那一对"白馍"扑过去。徐秀玲却制止住了马义,她的底线到此为止。徐秀玲对马义说结婚的时候再让他摸。马义有一些失望,身上火烧火燎地难受。徐秀玲掩上衣襟,让乳房重又躲藏到衣服后面去,同时抚慰地对马义说:"馍馍不吃,俺给你在笼里留着!"这甜丝丝的一句,说得马义心花怒放,气恼顿消,而且颇为有一点得意洋洋起来,他这时才真真切切地觉得自己真是做了国家干部了,连支书的女儿都开始对他低声下气,都说要把这么好的东西给他留着!

  马义潜伏在土墙后面想着徐秀玲的奶,同时也想到了马财。马财是今晚第二个让他挂心的人。马财是马义的堂弟，也是村里每天偷偷把徐秀玲当电影看的人，马财也爱徐秀玲，他人生的最高理想也是有朝一日搂着徐秀玲在一个热炕上睡。在方才的喜筵上，当徐福宽向四邻八村的各位支书宣布马义是他女婿的时候，马义远远地看到了马财幽幽地怨恨地瞪着他的眼神。马财自然是没有资格参加这下马关村的"国宴"的，马财之所以也能出现在徐福宽家里，是支书家今晚宴请的客多，有一大堆的杂事要做，譬如刷碗择菜剁肉啥的，马财是被指派来帮着在灶房里烧火的。几天以前还一起苦哈哈的堂兄弟，现在地位立分高下。一个，人模人样地和一堆书记坐在一起，俨然像副书记，也像书记一样地用小瓷杯喝酒，不抽旱烟也抽起了纸烟，吃肉也像吃洋芋蛋一样地随便大口吃，吐痰也是"呸"的很响的一声，透着趾高气扬，吐出老远。而另一个，则弓腰塌背为各位书记烧火蒸馍煮肉。马义看到马财烧着火，那一道怨恨中带着哀伤的眼神，隔着灶房敞开的门，远远地，像硬梆梆的棍，朝他扔了过来。马义则对马财的怨恨不以为然，他反而对马财扔过去一个微笑，以胜利者的风度不和他的堂弟计较。马义毫不计较马财在拿眼剜他，相反，他很有一点同情马财。马财几乎要算和马义一样地穷，马财家也只有一只鸡，和马义略有不同的是，马财的家鸡是真鸡，活物。马义想，如果马财家的鸡也是麦草扎的，那真是说不定，今晚坐在这儿当支书女婿的没准就是马财了！马义怀着怜悯端起一碗酒朝马财走过去,他想告诉马财以后他会罩着他,譬如说马财以后再到金积镇里卖菜什么的,他不撵他,让他在街上随便卖!过去他和马财一起到镇里卖瓜果菜蔬,经常让警察撵得满街跑,二十世纪六七十年代的中国没有城管,警察管着一切。现在他当警察了,只要马财在镇上不卖人肉,一切随便!还有,马义想,他或许还可以说动所长把他们派出所厕所的粪留给马财去掏。金积镇四周的村民经常为到镇里各个机关的厕所去掏粪而发生争抢,相互间打得头破血流。种地全靠粪,粪是农民们碗里的"饭"。马义端着酒碗,又捏了几片肥肉,笑盈盈地走到马财身边,说:"马财,弟弟,来,喝碗酒!"马财烧了半天火也捞不着喝口酒。但是马财不接受马义的示好,他恨恨地扭过脸去,想着徐秀玲日后就要和马义在一个炕上叠活了,下马关村人把男女交配叫做叠活,这很有点象形字的味道,叠在一块做活,他伤心的眼泪夺眶而出,骂马义道:"马义我……!"骂得深恶痛绝,也伤心欲绝。马义听马财骂他,他哈哈笑,把这看作对他的祝贺。马财只有忌妒了才会骂他,忌妒说明他胜利成功了。马义大笑着,把酒肉给马财放到灶台上,转身离去。

  马义趴在土墙后面想他以后要给马财介绍一个对象,他一点都不恨马财骂他。

  马义在土墙后想着徐秀玲和马财的时候,他的另一个堂兄弟正朝他一辈子的命运走来。

马西大马义半岁,也是金积镇的人,他是上马关村的,是马义没出五服的堂哥。今晚是马义头一天穿着警服出任务,而任务就是围捕全县头号大毒枭马西!马西犯的都是通天大案,公安局想抓马西已经好多年了,屡屡设下埋伏,而马西最后总是能奇迹般地逃脱;但在今晚,全县的干警连同交通警、户籍警、消防警都一起出动,把马西团团围在了金积镇方圆四十公里以内,所有的道路口都埋伏了人,马西今晚是在劫难逃!马西在公安部都是挂了号的人,二十世纪七十年代,公安部部长亲自把马西列为公安部督办的六大案件之一,公安部的电令昨天就下到了县里,下令必要时可以将马西当场击毙!县局领导在战前动员会上说:"我们的口号是:让明年的今天成为马西的忌日!"县局和金积镇派出所领导考虑到马义是头一回参加追捕行动,特地照顾派他到这九公里处来蹲守,因为这里是马西最不可能逃跑的方向。九公里处向北是绵延数百里的腾格里大沙漠,荒无人烟,即使是风和日丽人也很难活着走出去,何况是在这寒冬腊月能冻死狼的深夜里!所以马西绝不可能愚蠢到要从这个方位逃窜。但是以防万一,局长还是亲自给了马义一把信号枪,叮嘱他:假如,退一万步说,万一马西从这个方向窜过来了,那么立刻朝天发信号弹,在五分钟之内,东、西、南三面的警队就会一起扑过来,活捉马西或者将其击毙!派马义蹲守在这里,是为抓捕行动加了双保险。马义手里捏着信号枪卧在土墙后面，对没有派他到最核心的岗位上去，对他仅仅是这场行动的后备角色而感到一丝遗憾。马义想他要是能亲手抓住马西那就最好了，因为局长亲口对全体警队说过："谁要能捉住马西，那就是为党为国家立了大功，组织上就会认真考虑你们想要加入党组织的进步申请，接纳你们成为一名光荣的共产党员！"政治嗅觉敏感的徐福宽听说了这一信息，对马义承诺说，你这次要能入了党，日后就有可能提干，那你娶秀玲子就甭盖房了！徐福宽答应把他村西头新盖的三间大瓦房作为婚房白送给他住！马义暗自祈祷马西今晚最好是脑子进水了，或者是让驴踢了一时晕头转向糊涂得厉害，他稀里糊涂就从这个方向逃窜过来，那就真的是太好太好了！马义想那他就会赶紧发信号弹！到时候，信号弹划过寒夜照亮的，不光是马西的身影，更是他马义灿烂前程的光芒……

　　马西在旷野的无边黑暗里恰恰就是一路向北朝马义这边摸了过来！

　　当马西摸到九公里处这堵废弃的羊圈土墙后边，想停脚小小地歇息一下，眼前一个黑物让他吓了一跳：他看到一个警察卧在土墙后边睡着了！这警察浑身散着酒气，那酒气伴着他粗重匀称的鼾声在冰寒的空气中弥散，一把信号枪就躺在他的手边。

马西很有一点没有想到,他以为公安是不会在这里埋伏警员的。马西事先已经料定公安会判断他不可能从这个方位逃窜,因为这是死路,所以马西早就计划好偏偏就要从这里突出警方的伏击圈去!这是他唯一能够逃出去的路,他早就想好这是他唯一的一步活棋。马西是个极其大胆又极其缜密的人,胆大包天同时心细如发,是贩毒这一行中的天才。马西只二十九岁,就能从一个农民,做到让陕、甘、宁、青、新五省区所有道上的人,无论老幼,都尊讳不叫他的名字,而尊称这个年轻后生为"东府大爷"。马西的家乡金积镇在清道光屯兵时被叫做金积府,又因地处宁夏府的东边,被叫做东府,"东府大爷"是金积镇方圆数百里黑道中人对老大、舵主、瓢把子的最高称谓。为了今晚的这一笔大交易,东府大爷马西早在一个月前就进行了布局。他在上百公里的腾格里大沙漠中,每隔二十里,就秘密挖下一个沙坑,用苇席苫好,做成一个地窝子,每个地窝子里,他都命手下一人牵一匹骆驼候在那里,备好了水和馍,这样一路绵延直通出沙漠去,直通到了黄河边,并且在河边早有一只羊皮筏子拴在那里,在等着渡他过河。河对面,就是广袤无垠的内蒙古大草原了。马西就这样把绝对的一条死路做成了活路。马西独自一人背着十二公斤海洛因,一路从广东过来,二十世纪七十年代的中国几乎没人吸毒,马西的海洛因不是贩卖给国人吸的,他负责从广东送到内蒙古阿拉善左旗,那儿有人接货,尔后出内蒙古，经蒙古国，贩到中亚去，这是国际贩毒的一条秘密通道，被称为"成吉思汗小道"，马西是这条道上最重要的接货运货人。在公安的伏击圈中，马西一路潜行，一路向北摸过来。一切都在马西的算计和掌控之中，一路上，马西果然没有碰到半个公安的潜伏人员，他轻松得就像在旷野上悠闲散步，直到在这土墙后面，看到这个醉卧在这儿睡得正香的警察，才让他意外地惊愕了一下。马西惊诧之后，不禁笑了起来，他笑公安连在这儿埋下伏兵的招儿都想到了，但怎么就会派这么一个蠢到家的警员来执行呢？如果这个警员今晚不喝酒，如果这个警员即使喝了酒也不是这样不胜酒力——马西能看出来这个警察平时很少喝酒吃肉对酒精很敏感所以喝点儿就迷糊——总之，如果这个警员此刻是精神抖擞地看着他一路窜过来，如果这个警察举起信号枪朝天击发，那他的命运今夜就很难说了！马西不禁庆幸而笑，笑自己真是绝处逢生！

马西一笑之后，决定要立刻杀掉这个睡得毫无知觉的警察。这是完全有必要的，万一他酒醒呐喊起来，那就危险无比！马西是个把一点点风险都要尽可能提前防范到的人，否则他活不到今天。马西悄无声息地拔出匕首，对准杀戮目标的第三和第四根肋骨之间，那是心脏的位置，准备一刀捅进去，马西的这一刀已经捅得很熟练和精准，他从这个位置已经捅进七个人的身体里去了，都是一刀毙命，其中有一个就是警察！马西像前面七次那样猛吸一口气，准备朝前把匕首攮进去的时候，他猛然停止，再次被惊住，而且这次的惊愕是实实在在地让他傻愣了好大一会儿：他认出这个睡得正扯呼的警察，竟是他的堂弟马义！

马西费了好一阵工夫，才把警察和马义，把穿破羊皮袄放羊的马义和穿警服的国家干部马义，这两个天差地别的符号，联系等同在了一起。马西隐约想起来了，前些天他好像听手下人说过，说下马关村他的堂弟马义当警察了。这个信息当时只在马西的脑中很缥缈地闪过了一下，他并没有印象强烈地记住，他只是觉得这咋可能呢，马义能当警察，就如同金积镇广袤的戈壁滩成了能开巡洋舰的大海一样！但现在马西看到马义睡在地上，从口角流出来的涎水滴到警服的领章上，二十世纪七十年代警察的服装还缝缀着解放军军服那样的红领章，那领章因为马义的口水浸润而湿漉漉地红艳着，在马西的眼前真实得一塌糊涂，马西不禁匪夷所思地笑了起来，觉得真是巡洋舰开到了戈壁滩上！

马西再次笑过之后，接着一个很现实的问题摆在他面前，需要他在数秒内就得做出决定：他要不要杀掉马义呢？马西和马义并不亲近，当然马义和马西也不亲近，两人虽然是堂兄弟但平素都各自在放羊和贩毒的领域里忙乎着，几乎见不着面，而且按道理马西也应该立刻杀掉马义，马西从来就不是一个很念及亲情的人，干贩毒这一行必须得铁石心肠六亲不认，必要时，连自己的婆姨也得杀！但马西提刀盯着马义看,他的杀气却始终升腾不起来,他怎么看马义穿警服怎么都觉得滑稽,这使他光想笑,他觉得穿警服的马义睡在这里就像在玩闹,就像在进行一场游戏,像儿时小伙伴们在一起玩"官兵捉强盗",那里面的官兵和强盗都是假扮的,不是真的。于是游戏的气氛冲淡掉了马西本该应有的杀气,只有二十九岁还是个年轻人的大毒枭马西,情不自禁也想跟他的这个堂兄弟游戏一下玩闹一下,就像小时候,俩人再玩一把"官兵捉强盗"。马西先伸手谨慎地去推马义,如果马义醒来,那没说的,他必须一刀捅死马义,结果是马义被连推几下依旧酣睡不醒,马义睡死了,这使马西最终放弃了杀掉马义。马西笑着,掏出一张纸来写了一行字,又掏出一根回形针来将纸条别在马义警服的红领章上,每个毒贩的口袋里都藏着一堆回形针,以防备万一被抓住好随时偷偷捅开手铐,而后马西笑着拔腿向着沙漠深处扬长而去。

那纸条在马义的红领章上迎风飘扬,上面马西写的是:马西到此一游!

马西这行字也是写给那些忙乎了大半夜一心想抓住他的警察们看的。

当戈壁滩上天色大亮,马义被县公安局长带着一群警员使劲推醒的时候,那纸条依然在马义的脖子上飘荡着。在灰白的晨曦中,局长和大小警员们的脸一律霜冷地铁青着。马义吓坏了，用刚学会的一句城里干部们的话说："局长，你批评我吧！"局长没有批评马义，而是问马义有搪瓷碗吗？马义不明白搪瓷碗跟马西逃跑有什么关系。局长说，搪瓷碗是让马义日后带到监狱去打饭用的，搪瓷碗比瓷碗结实，摔不碎。局长说："马义，你狗×的起码要坐五年牢！"

马义当场被自己的警局逮捕，送交县革委会保卫部进行处理。法院检察院系统已经被砸烂不存在了，二十世纪七十年代统一由革委会保卫部来判处各种罪犯，保卫部通常一星期开一次会，研究给罪犯们判什么罪。这一日，保卫部讨论到了马义的案情，几句简单的研究之后，决定以重大玩忽职守罪判处马义有期徒刑七年。待要进行研究下一个待判之人时，与会的一位保卫部工作人员突然想起来，说："据了解，这个马义和马西是亲戚！"一瞬间，马义问题的性质陡然发生了重大变化：马义和马西是亲戚，那么马义就有可能是有意串通放走了马西，马义就从玩忽职守罪变成了资敌罪，成了一名彻头彻尾的现行反革命。保卫部于是重新研究讨论，做出了新的决定：判处反革命分子马义死刑，剥夺政治权利终身！

马义买好了一个新的搪瓷碗，等待着，准备按局长说的到牢里去打饭。保卫部来人告诉马义搪瓷碗用不着了，因为他快要死了，政府决定判他死刑！马义傻了，手中的搪瓷碗掉到地上，摔了一个凹坑。

马义拢共只当了六天警察。

第二章

马义在等待执行死刑的日子里,有两件事情超过了他对死的恐惧。第一自然是恨马西,恨得胸腔一抽一抽地疼。他恨马西跑就跑了吧,为甚还要在他的领章上别纸条!政府一看纸条就知道马西是从他这个哨位上跑的。要不然戈壁荒滩,四处野茫茫,谁知道他马西是从哪个坑哪个洼溜走的?马西这狗×的真是吃了人家的饭还在人家锅里拉屎!马义想他要是不死,他一定要把这个狗×的驴×的马西,拿刀一刀一刀剐了!马义的第二件事情就是想徐秀玲。马义尤其想到,他死了,徐秀玲的奶子,那白白的一对儿蒸馍,在笼里放着,又会让谁来吃呢?这是最让马义死不瞑目的事情,马义一想到这个心里就撕撕拉拉地疼,比想到死还痛楚。到临近要执行枪决的那几日,马义的这种痛楚愈发地强烈,他每每想到那天徐秀玲都已经亲口答应把身子给他留着,而他明天或者后天或者大后天,一颗子弹就会打烂他的头,他永远也等不到那天了,马义便痛苦地崩溃,他在监房里嚎啕大哭,用头撞墙。痛哭和撞墙也不能缓解马义心中刀剜般的疼,他索性把头从监房铁窗里探出去,对着外面荷枪的哨兵大叫:"哨兵,我和你婆姨睡了!你婆姨说我是好样的!哨兵……"马义不断地挑衅着哨兵,他想把哨兵挑衅得一时火起,过来一枪把他打死算了。二十九岁了还不曾挨过女人的马义,徐秀玲是第一个也是唯一对他解衣敞怀的女人,那乳始终在马义面前颤巍巍的,那种巨大的汹涌澎湃的震颤,融化摧毁了马义,马义不能想徐秀玲有一天会睡在别人的炕上在别人的怀里打滚,让别人的手和嘴……他受不了!

在马义被执行枪决前的最后一日,保卫部来人到监房里问马义还想吃点啥?保卫部的人说可以提出吃肉。马义知道他的大限到了,长叹一声,说,现在吃啥都是嚼木头了。马义说吃就算了,他在下马关村的屋里还有件夹袄,是条绒的,农民么,就稀罕个条绒,平时他都是过年的时候才穿,他请政府给他去取来,他想穿这个走。保卫部同意,派人驱车去村里给马义拿条绒布的夹袄。

保卫部的人出现在下马关村引发了躁动,满村的人都知道马义要死了，村人都围拢过来，围着保卫部来人，一层一层地，一圈一圈地，像驴拉磨盘一样地转，没人说话，没人敢说什么，只是默默地凄凉地望着，凄凉中带着哀恳，仿佛这样能让政府最后改了主意。保卫部来人被村民望得发毛，任何人被几百人默默不语长时间地望着，像四周的暗里有一圈儿兽眼的绿光在看你，并且慢慢地围拢过来，任何人都会发毛，保卫部来的是一位组长，姓许，江苏常州人，被西北乡间如此诡异的民风弄得骇了，说，老乡你们这样光看着我们也不说话有什么事么？有什么事你们说话呀！还是无人敢说话。围观而不说话的人里就有马财。马财的脸色一会儿紫涨一会儿煞白，看出他内心剧烈起伏猛烈撞击着。终于，马财豁出去了，他哆哆嗦嗦地说，声音断裂还有因紧张而起的嘶哑，他说：要我说呀，你们判马义死是错的！你们这是对不起毛主席！

保卫部的人骇了一大跳！许组长手抖抖地指着马财说，你这个老乡不要乱讲！你这种话乱讲是很严重的你知道不知道！你要负责的！

马财说："就是错的！"马财既然已经开了头那就横竖都必须要说下去，他知道这时候再要怯怯懦懦地停住，尤其要再缩回去，那他也会死。马财大了声音，不再哆嗦和嘶哑，流畅地说下去，他要让保卫部的人觉得他理直气壮，这很重要！马财说，你们说马义和马西勾结串通，这是胡球说哩！

纯粹地瞎球说！马财故意用了有一点脏的骂人的话来说，他要让保卫部觉得他很生气，他是气愤难平所以口不择言，这也很重要！马财说，谁都知道马义和马西从小就有仇，小时候，在草滩里放驴，马西家的驴把马义家的驴压了（马财向保卫部的人解释下马关村的人把公驴强行和母驴交配叫压），压了后，马义家的驴怀上了日后生了一头小驴，马西来强把小驴抱走了，说是他家的种！马义不让抱，说是他家驴的肚子怀的！马西就和马义打架，马西把马义的头都打烂了，这事村里谁不知道！长大以后，马西不学好，贩毒，而马义，听党的话，靠拢组织，一直在自觉监视马西，一旦发现马西有啥动静，就想着要立刻去报告政府。马西恨死了马义，就在前不久，有一晚，派他手下的人，掂个枪，摸到马义家后窗户，朝屋里，"嗖"，开枪，子弹擦着马义的头发梢飞了过去，马义是冒着生命危险在为国家干事哩！这样的人你们要枪毙，要是日后，这要让毛主席老人家知道了——马财不说了，让保卫部的人自己考虑。

保卫部来人面色都煞白，许组长更是缄默无声。

随行来的一个年轻些的沉不住气，说："这马西，还真的向马义开过一枪呀？！"

马财知道没有这事，这事是他说到兴头上随口加上的。

马财说："不是开一枪，是开了两枪！"

马财说完胆战心惊地闭上了眼，不敢看保卫部的人。

许组长又问围观的村人:"真有这事儿吗?!"

村人都不知道这件事,村人们全都压根就没听说过有这事。

但村人们纷纷说:"对着哩对着哩!是放枪了!""马西坏着哩,有枪,动不动就放枪!""马西是朝马义开枪了!"

救人要紧!

保卫部不取夹袄了,要回去紧急研究,他们不能也不敢对不起毛主席。

马义在监房里一心一意地等死。等到第二天早上,按惯例该来行刑的,但没人来杀他,马义想:莫非是夹袄还没取来?就是夹袄没取来也不耽误政府杀他呀?马义不知道是因为什么。这样一日等过去,两日等过去,十天半月都过去了,依旧不来杀,同监房的人揣测是不是有阿尔巴尼亚的贵宾来访问这段日子国家暂时不杀人?二十世纪六七十年代逢外宾来访有暂停执行死刑的规定,以示国家一派祥和。当时与中国最交好的是阿尔巴尼亚。终于,在马义被关押到第五个月的时候,保卫部来人了,通知马义,说:事出有因,查无实据,你的情况很复杂,不是用一句话能说清楚的,所以研究考虑了这么长时间。总之,死刑嘛,就算了,给你取消了,但你玩忽职守致使重大通缉犯马西逃脱,性质严重,必须也要处理!保卫部向马义宣布最后研究讨论的处理决定:马义定性为坏分子,开除警籍和公职,重新回乡务农,在村委会和当地派出所的管制下监督劳动!

马义死里逃生,激动万分,眼泪像浇地一样地流淌,走出监房,马义朝仍在岗楼上荷枪执勤的哨兵跪下,磕了一个头,请哨兵原谅他骂了他,说,政府对他是这样的宽大,他还要骂解放军,真正是畜生一个!尔后,马义带着他的铺盖卷和已经用了半年的搪瓷碗,在保卫部的人押送下回下马关村去。

马义走在重生的路上,思绪如潮涌。冬寒已经退尽,芨芨草和刺蓬棵顶着青绿在戈壁滩上四处冒出来,野兔和土拨鼠也开始活泛,在马义行走的前方窜来窜去,一切都和马义重新获得的生命一样生机盎然。马义无心去看这些,他的思绪还陷在由死到生的巨大落差中拔不出来。马义不知道这里面发生了什么事情,怎么政府忽然又不枪毙他了?什么叫事出有因查无实据?什么事?查什么?马义很想知道这里面到底发生了什么事。马义鼓足勇气,小心翼翼地去问那押送他的保卫部干部。保卫部的干部起初对马义一脸鄙夷,他不愿搭理这个还是坏分子身份的好久都没洗澡的人,但一路在漫漫戈壁走着,终于还是耐不住长路寂寞无聊,也想跟人说话解解闷,就一点一滴地跟马义说了,告诉马义是一个叫马财的和马义同村的人,是那个村人的证言救了他!保卫部的干部并且还特别饶有兴致地讲了马财说的马义和马西进行斗争的事情,他不相信地问马义:"真是像那个马财说的,那一次马西派人掂个枪去杀你，差一点就把你的头打爆吗？那个马财说你当时眼都不眨一下？我怎么看你也不像是个视死如归的人嘛！"

马义万万没想到地惊愕住，他在心里汹涌地笑起来，在心里笑得前仰后合，几乎不能自控，几次忍不住想告诉那保卫部的干部：马财这货胡乱吹哩！马财说的话，除了小时候，马西家的驴压了他家的驴，后来生下小驴，被马西来抢走还跟他打架，这是真的，其余的那些，全是胡球说哩！但马义没有揭穿马财，他不能揭穿，他揭穿了就是等于把自己再送到刑场上去！马义嚅嚅地说："这事么，倒也是……有。但我也没那么牛，我心里头，当时，也怕哩。"马义红了脸，他为自己说谎而害臊了。

保卫部干部笑着说："回去买瓶酒，好好谢谢这个马财！"

马义想他跟马财哪里只是买酒，他回村第一件事就是给马财跪下，给他磕头！磕长头！！

马义万想不到马财竟然会救他！而且马财救他是冒风险的，马财为了救他竟然不惜死！马义又哭了。在一片青绿色野兔窜来窜去的旷野上，迎着从贺兰山麓吹过来的罡风，马义的眼泪又像浇地一样地流淌下来，他想马财是多么仁义的一个人啊！自己平时咋没发现呢？马财，视死如归救兄弟！马义心里充盈着汹涌澎湃的感动。

马义想，从今往后，他对马财要千般的好万般的好，除了徐秀玲不可以让,他又活过来了,他是要娶徐秀玲做老婆的,其余的事,他事事都可以让着马财!

马义被保卫部干部押着进了村,一路上碰到往昔熟识的村人,熟识的村人依旧都不敢说话,不敢跟马义说话,只是远远地瞟着被人押着的马义。被挎枪的人押着总是会让人感到事情的严重性,村人都认为马义被救下没死但问题依旧严重,马义这一辈子都问题严重了。这让马义伤心委屈又自卑地一路低着头。来到一栋新盖的宅子前,押送干部让马义站住,在门口等着,说奉上级指示他要把马义移交给镇派出所的一个民警,以便在村里接受往后的监管,那负责监管他的警察就住在这所宅子里。马义便站着,等着那县保卫部的干部进宅子去唤那镇里的警察出来移交。马义抬头打量着这青砖灰瓦的宅子,那屋檐下冒头的椽子还是新崭崭的,能嗅到新伐的木头的淡香从断茬处弥散出来,马义心里充满了狐疑,他生在下马关村长在下马关村,却从来没见过这栋宅子,这宅子大概是在他蹲看守所的这半年里盖起来的,而且马义也从未听说有一个什么镇派出所的警察住在村里,难道也是这半年里政府派到村里来驻扎的吗?或者,难道是政府为了要监管他专门派个警察来驻村的吗?他的罪行会有这么严重难道这一辈子都要受监管了吗?马义心里七上八下地想。

忽然马义看到了不可思议的事情。马义的眼睛倏地仿佛被太阳的强光灼烧般闪了一下,有短短的一瞬间他眼前一片白光和迷蒙,看不清楚。马义迷蒙模糊地看到一个妇人从宅子门里出来倒洗菜的脏水,也可能是洗衣服的脏水,端个盆,就像一片云彩般,婀娜地从门里飘出来。马义定睛,眼前的白光和迷蒙退去,终于,他看清了这婀娜的妇人是徐秀玲!徐秀玲的陡然出现像一道强光灼伤了马义的眼睛,使他一时间反倒被黑屏了视觉。

待马义的眼睛又清亮后,他看到徐秀玲变样了,她的发髻在后脑勺上挽了一个坠儿,脸也明显被丝线绞过,光溜溜的,这在下马关村是嫁人的标志,自古以来,金积镇这一片的女娃儿出嫁,也跟大西北的女娃们出嫁一样,也跟大中国好些地方的女娃出嫁一样,家里的老人都要拿根丝线把她们脸上的绒毛绞干净了,老话说叫绞脸,发髻也要在脑后挽起来。马义发现了这一点,脑子里轰然一声巨响,他首先在脑子里浮现出来的不是惊愕也不是愤然,而是一个很想不通的问题,马义很想不通地想:他都不在,徐秀玲又跟谁结婚呢?!马义觉得这是完全说不通的事情!就像,母驴下小驴,母鸡下小鸡,这是公驴公鸡可以不掺和的事儿吗?这个问题让马义既气急败坏又在气急败坏中浮生出理直气壮来,他觉得确实是该问问徐秀玲这是怎么一回事儿!马义上前一步捉住了徐秀玲端盆的手,如同一把抓住自己跟旁人私奔的婆姨,有一股怒不可遏从眼窝里怒射出来。

马义说:"徐秀玲——"随即一股巨大的酸楚涌上来,他哽咽了,没有能再说下去。马义本来想问:你不是说要给我留着吗,怎么馍馍又让别人给吃了?!但这话一涌到嘴边,就被汹涌泛起的涕泪和口腔黏液堵到了嗓子眼,声音完全被阻断和淹没了,什么都说不出来。马义拉着徐秀玲的手,只能委屈和戚哀地哭起来,哭个不停,他完全不能平顺地接受他死里逃生后等来的竟是这样一个结果!

徐秀玲短促地"啊"了一声,她认出这个蓬头垢面的、穿着囚衣的、拉着她哭的男人是马义!徐秀玲第一个动作便是去掩胸,用双手按住胸突部位去遮盖。马义想徐秀玲肯定是想起了她让他看奶子的事情。其实徐秀玲的衣服穿得好好的,一点里面的肉都看不见,徐秀玲只是在精神上感觉她在马义面前袒胸露乳着。徐秀玲掩胸之后的第二个动作就是逃跑,她哧溜一下便转身跑回宅子门里,连水盆都忘了拿。马义从她近乎逃窜的背影里看出了她的慌张和对他的负疚,这让哭泣的马义在伤心哀凄中多少感到了些许安慰:徐秀玲毕竟还是觉得对不起他,她不是心安理得和别人结婚的。

马义又喊:"徐秀玲——"他迫切想追上去问问徐秀玲到底和谁结婚了?还有,她怎么也住在这座新宅子里?不是说这新宅子里住着个镇派出所专门监管他的警察吗?但马义余下的声音又一次没能发出来,他看见那押送他的保卫部干部和那镇派出所的民警从宅门里走了出来,马义赶忙噤声,低头站好，等待对他进行移交，尔后等待那镇派出所的警察对他进行训诫，比如训诫他每天要几点开始劳动、外出要请假、每星期一次或者几次要来汇报思想改造情况等，这些都是人民警察对一个被管制分子必须要训诫的话。保卫部干部把马义正式移交给了那警察，对马义眯眼一笑，笑里似乎含着一些什么意味，马义一派紧张完全没有体察出来，那干部启程回县走了，马义还是站着，头更加低垂了下去，更加地卑微恭顺，等着从此就是他的主管警察对他训导的开始。四周的风在白杨树的树梢上吹刮着，间或也在村道上卷起一溜小小的风尘，几根柴棒被卷起又落下，村人都下地去了，村里只有这不大的风触碰出来的响动在轻轻回荡，显得分外寂静。这种寂静持续了很长时间，马义低头等待的训诫始终没有响起，那警察就在这风的弹响中始终沉默不语。马义开始疑惑起来，想：这警察是咋了？咋不说话呢？马义小心翼翼地一点一点地抬起头来，朝那警察站着的位置胆怯地望去，顿时，他的眼睛又倏地像被太阳的强光烧灼了一下，眼前又是一道迷蒙的白光，又使他一瞬间被强刺激得什么都看不清楚，接下来，马义的眼睛渐渐聚焦，他聚焦后的眼睛被眼前看到的景象惊愕得瞠目结舌，彻底失语。

马义看见站在面前的是马财！

马义看见马财穿着警服站在他面前！！

那住在村里的，那镇里的警察，即将开始监管他的，竟然就是——马财！！！

怪不得那保卫部的干部临走要诡秘地对他笑，看来他也是刚知道那个叫马财的村人如今是警察了。而且是监管马义的警察。

马财却丝毫没有一个监管者的居高临下，相反，他望着马义的表情是自我矮化的，表情讪讪的，脸上挂着亏欠了马义什么的歉然，有一丝羞惭和不安从僵硬的讪笑中透出来，这与他监管警察的装束和身份十分地不协调。并且马财喊马义："三哥……"这更不像一个警察喊监管对象的口气，倒像小时候，有一回，马财跟在马义后面，他把马义的铅笔弄断了，怕马义打他，那种惴惴不安小心翼翼的样子。

马财的样子使马义突然想到一个更严重的问题：难道，是马财和徐秀玲结婚了吗？！

马义说："马财——"

马财说："是。"没等马义说完什么，马财立刻说是。马财早就预备好马义回村第一桩会来向他质问的事情就是徐秀玲，他躲逃不掉的，他只有迎前上去。马财歉然地说着经过原委，他说：自从马义被政府逮捕，警籍被开除，县革委会又到村里来招新警察，革命的事业不能因为马义的被捕而中断，革命的沙子还得继续掺。结果，经过村民推荐评议，村里，除了马义最穷，剩下，就是他马财第二穷了，于是他马财就顶替马义当了警察。再然后，支书徐福宽，就派村里会计来跟他说：徐支书绝不可能把闺女再嫁给马义那个反革命！但徐秀玲总是要嫁人的——徐支书让会计来问马财：要是他把徐秀玲嫁给他，他愿意娶吗？会计说虽说支书把徐秀玲许给马义过，但两人啥事都没干呢徐秀玲还是原装的黄花大闺女。他就让会计去回答支书：他愿意的。他说徐秀玲就是离婚的不原装了他也愿意。再然后，徐福宽就把他在村里盖的这座新宅子和他的闺女徐秀玲，一块堆儿，都给了他，婚礼当然也是老丈人掏钱办的……总的情况就是这样。马财说得很简单，他尽量说得简单，把一些锐利的地方都模糊和含混了过去，他不想进一步刺激马义。

马义还是在一瞬间肝肠寸断！

马义万想不到徐秀玲现在每晚是睡在马财的怀里，那一对奶……马义眼中一层血雾一样的丝网瞬间就在眼白上弥散开来，那是眼底的毛细血管在一瞬间炸裂，血涌满眼球。

马财看见了马义眼里的血红，他更加柔声地唤马义："三哥，"他急切地以明显的讨好对马义说：上头让他监管马义，他监管个球哩！他从今往后就是做做样子，上头来人了，他管一下，训两句，派一些活让马义去干；上头不来人，他管都不管马义！只要马义不到镇上去喊反动口号，马义爱干啥干啥，马义自由得就像下马关村的一只鸟儿！马财对马义嘿嘿嘿地讨好地笑着，他急切地想让马义看到他的一腔热忱。

马义不接受马财的示好，他认为马财是做贼心虚！方才一路上对马财涌动的千恩万谢此刻荡然无存，马义认定马财就是一个小人，马财冒险救他，完全是因为他做下亏心事了，尽管可能他救他的那天还不是警察，但他已经知道他就要当警察了，徐福宽已经让会计来跟他说过要把徐秀玲许给他了，他肯定也已经恬不知耻地说过好的了，他或者还说过好得很！他良心亏大了，他每天晚上搂着徐秀玲睡觉，他怕房塌了把他压死，他怕起火了把他烧死，他怕地陷了把他捂死！他完全是怕天打雷劈才去给自个儿赎罪的！马义血红着眼睛对马财说："马财……！"他骂得很恶毒。这是马义当初和徐秀玲订婚那天，马财也是这样悲愤满腔骂他的，现在马义同样悲愤满腔地骂马财。

　　马财继续卑谦着，继续丝毫没有一个警察对于一个监管对象的居高临下，他继续低矮地尴尬地讨好地对马义笑着，说："三哥你别这么骂嘛，咋说俺俩也是姑表兄弟哩。"

　　马义怒不可遏地想说：我跟驴当兄弟我也不跟你当兄弟！我跟国民党反动派当兄弟我也不跟你当兄弟！我就要骂！我不光骂，我还想拿棍把你的腿棒子敲折哩！我还想拿刀把你尿尿的家伙剁了去哩，我看你咋再跟徐秀玲睡——但马义的这些要喷薄出来的话再一次被堵到了嗓子眼儿里，一阵翻涌上来的恶心让他天旋地转，身子也似乎云里雾里地缥缈了起来，五脏六腑都在颠倒位置地挪移，一个趔趄，他在马财面前扑通一声栽倒了。

马义气死了过去。

马义不想活了。

马义在苏醒后看到自己正睡在他那间小柴屋里，大概是马财把他背回来的，马义看到灶台上放着两个馍馍和一碗菜，这大概也是马财放下给他当晚饭的。有斑驳的月光从四处都是破漏的缝隙中透进来，凄冷地照在已没有热气的饭菜上，也照在灶台旁那只麦草扎的鸡上。大半年了，这只草鸡还在！草鸡让马义愈发凄凉地感到他又回到先前的一无所有里来了，他曾经到手的一切现在都在马财那里。马义腾地翻身坐起，从柜子里翻找出那件条绒布的夹袄，他曾经让政府来家取预备上刑场穿的，他现在穿上，出门，踏着黑夜，独身上马财和徐秀玲的新宅子去。马义决定：今晚，这件夹袄，就是他的寿衣！他提前给自己穿好了寿衣。

马义来到马财家，门锁着，他翻墙进去，穿过小院，径直走进厢房，看到马财和徐秀玲都在厢房里，他直接对马财说："马财，你婆姨徐秀玲的奶子让我看过了！"说完，迎前一步，等着马财对他动作。

马财正在洗脚，准备上炕睡觉。徐秀玲已经洗过了，在炕上等马财，她穿个贴身小褂，白萝卜一样的胳膊光溜溜地露在被窝外面，正在把两个荞麦皮枕头并排儿放好，这让马义看得又是锥心似的痛楚，越发刺激马义要把今晚的行动进行到底。马财和徐秀玲对于马义的话一时并没有表现出太激烈的反应来,他们首先是被马义的深夜陡然出现惊愣住了,两人都一时傻愣地不知所以地望着马义。

马义于是又强调地再说一遍:"马财,徐秀玲的奶子我看过了,很圆,像个碗扣着,奶头旁边长根细毛,黄黄的。"说完,他再迎前一步,更方便马财对他采取动作。

马财和徐秀玲这下都听明白了。先反应过来的是徐秀玲,徐秀玲"哇"一声大哭起来,捂着脸,跳下炕就跑出厢房去。马财的脸先憋得通红,接着通红退去,变得惨白,继而是蜡黄。马财蜡黄着脸,声音发着抖,对马义说:"马义,"他不再叫马义三哥,去了礼貌客气,但还是克制着,"你今天回来,我一直对你都很客气,这种话,你要是再说一遍,那你就别怪我对你不客气了!"

马义说:"我说十遍!"

马义一口气又说了十遍,像说快板似的。

马财一脚蹬翻了洗脚盆,光脚扑到炕上,从枕头下面抓过他的手枪,蹦回来抵在马义的脑门上,咬牙切齿地瞪着马义,立时就要扣扳机。马义哈哈地笑,他要的就是马财这样。马义心如死灰,他不想从一个警察变成了一个天天受监管的坏分子,他更不想在余下的几十年活着的时间里,天天在村里看着徐秀玲作为马财的婆姨两人亲亲热热!马义在监狱里就想死过,他骂哨兵,想让哨兵盛怒之下开枪把他打死,但马义没有看过哨兵老婆的奶子,他也不知道那哨兵有没有婆姨,他只是隔山打牛隔靴搔痒,骂不到哨兵最疼的心尖上去,但他可以骂到马财心里最疼的地方去,他知道这会让马财撕心裂肺般地疼,就像马财现在让他撕心裂肺一样,他想让马财撕心裂肺地失控,开枪把他打死。

马财的手枪抖抖索索地抵在马义的脑门上,抖了足有十分钟那么长,马义感觉这期间马财有几次确实想开枪来着,几次马义眼角的余光都看见马财扣着枪扳机的食指几乎要使劲地扳下去了,但马财最后还是把枪从马义的脑门上收了回来,说:"我要是开枪把你打死,我还犯错误哩,政府还要让我坐监哩,你以为我那么傻呀!"

马财这是放过了马义,同时也找了个台阶让自己下来。

马义心里都明白马财不想把事情做到最坏处,马财相比马义是个圆融的人。但马义不让马财圆融,他坚决不让马财下台,仍旧不依不饶地挑衅着马财。马义下决心今晚必死!马义说:"马财,你婆姨那天让我看她的奶子,她还说,这一对馍馍她给我留着哩,等我将来吃!你今天要不打死我,哪天我就吃你婆姨的馍!我把你婆姨的奶子当肉夹馍吃了!来呀,你来打死我呀!"

马财的脸色又经历了从紫红到惨白又到蜡黄的轮回,他把放下的枪又掂了起来。

马义知道马财快受不了了,只要再加上一根稻草的力量马财就会崩溃，于是马义把话又说了一遍，还加上了手势比画，把那天他见到的徐秀玲乳房的形状和大小比画给马财看。在马义的比画下，徐秀玲的奶子像被画在空中的一对儿灯泡。

马财离崩溃只有毫发的距离了，他缓缓从地上站起来，那是一种决心走向毁灭的滞重，马财一步一步逼近马义说："马义，你是下决心要让咱俩今晚都过不去喽——"

支书徐福宽就在这时大步走了进来。

徐福宽不是一个人来的，他带着村里的二锁，二锁还带着一个基干民兵，三人一起进来，徐秀玲哭哭啼啼地跟在后面，马义想肯定是徐秀玲去告了状把她爹给引来的。徐福宽对这件事情的处理方式是一句废话没有，只说了一句："别在我女婿的屋里把人打死了，我女婿现在是干部，日后还要进步哩。"就转身蹲到外面抽烟去了，他不能看到血喷溅出来的场面，他有胃病，怕胃里不舒服。

二锁和那基干民兵便开始执行支书的指示。他们手下自有尺码，既要做到狠狠教训了马义，又不能毁了书记女婿马财的前程。他们不紧不慢稳、准、狠地打着马义，片刻工夫，马义便成了血肉模糊的一团。

马财这时彻底清醒冷静了，他收起枪，急忙上前喝止，让二锁和那民兵停手。

二锁和民兵对马财的呵斥只是笑笑，继续不急不躁地打马义，因为马义还没打透彻，必须要把马义打透彻了，这是支书的意思。他们只听支书的。

徐秀玲吓慌了,她没想到父亲会命令对马义施以这样的暴戾,她原来只想让父亲来喝止一下马义的满口疯话的。徐秀玲慌得急忙跑出门去,拉着在门口蹲着抽烟的徐福宽喊:"爸呀,不敢再打了,再打把人打死了!"

五分钟过去,徐福宽站起,慢悠悠地重新走进女儿女婿家的门来,他看了二锁一眼,二锁和那民兵马上明白地住了手,书记的意思是打透彻了。徐福宽走过去,在血肉模糊的马义面前蹲下,开始和颜悦色地跟他讲道理。徐支书跟马义说的很是掏心掏肺,大意是说:娃呀,你别怪叔叫上人来打你,是你先做的不对嘛。我的女婿马财现在是干部了,我的女儿徐秀玲现在是干部家属,不是干部也等于是副干部了,干部干事是要讲威信的,你马义这样地上门来骂,让他们两个往后在村里在镇子里还有啥威信可言?干部的威信是很大的事儿!大到全国,小到下马关村,干部的威信都是王母娘娘的奶,不能碰的,这话粗,但理不粗!末了,徐福宽让马义当众给马财和徐秀玲磕一个头,赔一个罪,让女婿和女儿在群众中重新把威信再树立起来。徐福宽对马义说:"娃呀,你认个错,今黑的这一页咱就算掀过去了!叔把你打伤了,叔给你五十斤麦子。"

二锁和民兵把瘫在地上的马义拽起来,让他照徐支书说的做。

马义依靠着墙,把满嘴的血沫子艰难地咽下去,他看看马财,马财已经把手枪收进枪套里去了,马义万分遗憾地闭了闭眼,知道今晚让马财来把他打死是不可能了。马义又看看徐福宽,忽然想到,让徐福宽来把他打死,这也是一条途径,反正咋样都是个死!于是马义对徐福宽说:"支书,要我认错,我得有错啊,可我没错啊,我是看过你闺女徐秀玲的奶子呀!"马义又开始在空中比画形容徐秀玲的乳,说大是挺大,不小,但形状不行(马义说的好像他已经见过多少似的),像一个热蒸馍,邦叽,摔到地上,摔成了大饼,摊在胸脯子上。马义对徐福宽说:支书啊,你和你婆姨是咋弄的,没把你闺女的奶塑造好啊!

徐福宽对二锁等痉挛地笑,说:"你们都看见了,这狗×的是踩着你叔的脸不松脚嘛!他硬是不松脚嘛!"徐福宽怒吼:"我豁出来这个支书不当了!我豁出来去蹲班房哩!"徐福宽让二锁和那村里的基干民兵把马义拖出去,打,狠打,打死了,刨个坑埋了,一切由他负责。

马义被拖到村外的一条荒沟里,这是下马关村平时埋葬不得好死之物的地方。谁家女人悄悄私生了死孩子,以及村里病死了猪狗驴鸡,村人都抬到这里来埋了,沟里一片陈旧和新鲜的骨骸。马义被绑着拖到骨骸上站好,脚下踩得咔咔地响。二锁和那民兵先去刨坑,他们并不惊慌,这些年村里批斗地富反坏分子,打死了被埋掉的事也是有过的。马义闭上眼睛站着等,知道自己的死期现在是可以用分秒来计数了。马义听到马财和徐秀玲的声音一路惊呼地追赶过来,接着听到徐福宽厉声呵斥让女儿女婿不要再管也追赶过来,那声音理应越来越近但马义感觉却越来越缥缈远去,马义知道这是自己一个临死之人的错觉,人临死之际会觉得尘世的所有声响都越发遥远而去,只有自己的心跳越来越放大越响亮,响彻在天地之间。马义遥远地隐隐地听到二锁在叮嘱那民兵把埋人的坑挖深一点,尽量挖深,说这是为了防止马义万一没死绝又刨开土自己跑出来。在这条沟里曾经发生过一名妇人被埋,后来醒转,自己扒开身上的土又回家去了,吓死人!马义隐约听在耳里,在濒死中也感到一丝宽慰,他想,埋得深,他自己跑不出来,那些野狗也把他拖不出来,不会啃吃了他,他会落个全尸,他的骨骸最后也会和那些猪狗驴鸡一样在这沟里变成一堆白骨,这倒也不一定是坏事。马义的思维在对自己宽慰的念想中渐渐模糊,渐渐什么都不再想,变得空无和寂静,像死去了一样,这是死亡之前死亡对于人的暗示和催眠。

"砰!"一声突兀的枪声盖过一切地骤然响起,把马义在一瞬间从已经开始模糊的意识中陡然拉回,他被枪声惊吓得倏地睁开眼睛,一切尘世的响动又回到了他的耳廓里,接着他清楚地看到徐福宽,还有二锁和那村里的民兵,都惊愕地站着,显然他们没想到枪声会响,一时被惊住了。然后马义看到了马财,马财举着手枪,一脸鸣枪示警的严肃,看着站在他对面的老丈人。徐秀玲则是站在马财身边,靠着马财,她选择和她的丈夫站在一起。

马财说:"我是警察,我绝不允许犯法的事情发生!"

马义突然觉得马财有点像个警察了。

第三章

　　马义在次日清晨的时候再次穿上夹袄上马财家去。

　　马义决心再去寻死。昨晚因为马财和徐秀玲的横挡让马义免于一死，但马义毫不领情，他认为马财对他的毁灭才是最根本性的，早已超过了死，让他生不如死。马义穿过村落，走在一片辽阔麦地的田埂上。徐福宽为马财和徐秀玲新盖的擢宅子在村外，一是村外的地空阔，宅子可以盖得大，二是新宅子靠近通往镇里的公路，徐福宽也为的是让马财每天骑车去镇派出所上班方便些。徐福宽为了女儿对女婿不遗余力地施好。马义一想到这些就愈发地心酸，更加想死！他和马财小时候在草滩里放驴，最羡慕眼热的，就是每天看着公路上那些吃皇粮的公家人,不用淌着臭汗榜地而是骑车去镇里的公家单位上班,一路风风光光的。马财现在就这样每天风光着。而这些,原本都是他马义的!马义觉得再活下去真是一点意思都没有,他下定决心今天一定要死掉!清晨的天气和马义的心情一样的暗灰,浓重的晨雾把大地的青绿遮盖得影影绰绰,雾气像死亡的笔,把村庄、麦地、树木都涂抹得一片灰蒙蒙的,马财的家和那条通往镇里的乡间公路在前方被雾夹裹得一点都看不见,马义在雾霾中急急地向前走,像俗话说的:急着去找死!马义只想快快地走到那条路上去,走进路边的马财家,让马财开枪把他打死。马义已经想好了:如果今天马财还下不了手打死他,他就拎起马财家的斧头去劈马财,这样就能逼得马财再无退路,只有向他开枪!马义昨天就已经看好,马财家厢房的门边就放着一把斧子——

猛然马义打了个冷战在路上站住了。

马义在上前细看之前是先后退了一大步的,他吓的,被猛地吓了一跳,那东西像箭矢一样猛然就射进了他的眼帘中来,在雾气迷蒙中若隐若现,让马义一心寻死的思路戛然而止,马义浑身的汗毛都激得竖了起来,如同看见了鬼魅。

马义看到的是一个草结!

马义看到路边一株柳树的枝头,有人用野滩上的芨芨草挽了一个草结拴在上面!

草结普通得毫不起眼,好像只是荒滩上的干草被凛冽的风卷起来，四处漫天飞舞着，最后被这些树挡住了，于是就随意地垂挂在了这些枝枝丫丫上，纠结在了一起，仅仅如此而已。而马义却被这草结电击般地呆立住，呆立了片刻后，他拔腿就跑，沿着路向前飞奔。马义在寻找下一棵树上的下一个草结。如果下一棵树上还有同样的草结，那就不是偶然是蓄意！马义跑出五十多米后，看到了第二棵树，他抬头向上寻找，果然，又一个芨芨草挽的草结像树上的一个草果垂挂着，依旧是轻描淡写地让外人看不出任何异样来！马义的心狂跳着，又向前迅跑。接着他又看见了第三棵树上挽着的草结。马义五十米五十米地跑下去，他连续地看见了第四个、第五个、第六个、第七个……每隔五十米就有一个草结被依次挽结在小道两旁的树上。这绝对就是有人蓄意了！草结一路蜿蜿蜒蜒地串连下去，在极其秘密地向什么人指示着一个行进方向。草结就是路标。

马义认出这些草结是马西挂在树上的！

马义认出马西是用这些路标秘密指引、召唤他蛰伏在这一带的手下，到附近的某个地方去，与他汇合，集结！

马西这是又要行动吗？

马义所以能这样一眼就认出来是马西，是因为他曾经也被马西这样召唤过。十多年前，马西十三岁，马义十二岁半，两人都在这草滩上放驴。那时的金积镇四周还是草滩湿地，还没有因为"农业学大寨"垦荒开田而造成土地逐年沙化，那时有无数的水泡子像散落的盐粒抛在滩上，太阳一照闪闪发亮，下马关和上马关两个村的娃娃们都把驴，还有牛、羊、骡子，赶到这里来放。那一次，马西把村里马学礼家的草驴偷了，把驴和自己都藏在草滩的一个水泡子里。马西想把驴卖了，换成钱，买车票去陕西西安，去见曲筱梅。曲筱梅是西安易俗社的秦腔名角，马西在村头的广播喇叭里听过她唱戏，那咿咿呀呀的唱迷住了这个十三岁的放驴少年。马西决定要去西安当面听曲筱梅唱戏，并且说干就干，第二天就去偷驴换钱。马西还计划把剩下的钱都给曲筱梅，马西对马义说："要能行，就把曲筱梅睡了！"马西十三岁时就已经想睡女人了，十三岁时就现出胆大妄为敢做敢死的禀性来。马西只把自己的藏身地方告诉了马义一个人，因为他需要有个人给他每天送馍馍来。马西必须要在草滩里躲三天以上，等到马学礼家认为驴已经在哪个水泡子里淹死了，彻底放弃寻找，他才能出来去金积镇上把驴卖了。马西让马义找他躲藏之处的办法，就是这样在草棵上拴上芨芨草的草结，每隔一段就在草棵上拴一个，悄无声息地一路导引马义到他那里去。马义现在还清楚地记得那次他寻找马西藏身之处的过程，他沿着草滩上的草结一路悄悄地摸过去，那种心跳，那种紧张的亢奋，那种神秘到快要窒息过去的晕眩，到终于见到马西的那种快乐，少年的游戏的快乐。马义想马西大概是已经彻底忘了这件事了，他不会再记得他十三岁的时候召唤马义的那一次，马义想马西这些年不知道这样召唤串联过多少次他的同伙了，二十世纪七十年代中国人有紧急事联络只能打电报，而电报马西是万不能打的，他发电报很可能就会招致警方的查获，警方就会根据电报一路跟踪过来，所以，用古老的草结设置标示来召集部下，这是马西在情况紧急时唯一能采取的秘密联络方式了。

马义心跳得厉害，他需要先靠在树上缓一缓。
马义的心脏又像他十二岁半的那一次一样狂跳不止，他又涌上来那种快要窒息过去的晕眩。马义在他最后看到草结的树前蹲下来，他必须要喘息一下，平静一下他的情绪。马义觉得这很像是假的，周围的一切都是虚幻，他真的是在秘密接近马西么？想象一下一头狼正在悄悄接近一只鹿而鹿却还是浑然不晓！这让马义激动万分。马义身上的红疹又起来了，他一激动身上就会起红疹，瞬间就会泛起，红疹摩擦着衣服有些许地疼，这疼痛让马义感到了真实。马义蹲靠在树下喘息着，平复着激动，忽然，马义笑了，马义笑得局促，但是笑了，他突然笑着想到，妈的这是好事啊！这是他的好事来了呀！马义想到，要是他顺藤摸瓜下去，最后抓到了马西，这么大的一个功劳让他立下了，政府会咋对他呢？政府难道不会给他平反么？政府难道会不解除他的监管再让他回去当警察么？不会也发给他一把枪，像马财这狗×的一样，也骑上自行车，每天也风风光光地去镇上公家的派出所上班么？不会也月月给他开饷发钱，也四十二块五，马义听说马财现在就月月领四十二块五，国家二十四级干部的工资，国家不会也对他这样么？马义的红疹更大面积地泛滥起，激动得周身的血都往上翻涌。马义想果真是老天不会饿死瞎眼雀啊！老天可怜他又重新给他开了一条路！马义想他要重新又当了警察，头一件事他就要穿上警服到马财家去，在马财家的院子里，转，转半天，他要让徐秀玲好好看看！然后，他把四十二块五从兜里掏出来，当众在村里散了，在村里像下雨一样地撒，他准备豁出来头一个月的工资不要了，他要让徐福宽还有二锁他们都好好看看！

　　马义决定放弃去马财家寻死，改为一路顺着草标追踪马西而去。

　　当然马西会打死他！马义想到了。马义想，最糟的，无非就是最后让马西把他杀了,他本来就是准备好要去死的,当然不惧让马西再给他一枪，或者是，一刀！横竖都是个死。

　　马义甚至一路走得气定神闲。

　　一个小时之后，马义一路向西一直走到了金积镇里。走到镇里，作为路标的草结便消失了。马西的痕迹也随着草结的消失而戛然消失。马义没有慌张，他知道这是正常的：已经走到镇街上了，在城镇的街道上，如果每棵树上都还垂挂着芨芨草的草结，如同过五一劳动节或者是国庆节，每棵树上都还挂着国旗，那景象就有一点怪异了，镇街不是荒滩，哪来的那么多的芨芨草会漫天飞舞四处挂在树的枝枝丫丫上呢？马西胆大妄为却是心细如发，他绝不会留下任何一点微小的漏洞。马义在镇街上不慌不忙地溜达寻找着，他知道肯定还会有和镇街的环境贴合的、看上去依旧毫不起眼的标志，作为路标被马西布置在这里，继续指引方向，以供马西从四面八方赶来的同伙最终能在这镇街的某一个地方找到他。

又一个小时以后，马义找得有点久，但他果然还是找到了！

实在是因为马西布置得过于诡秘。

马义最终是在临街一户人家的门前看见有几块砖随意地扔在那里，有几绺芨芨草粘在其中一块砖上，仿佛是住家户随手搬几块砖来码在门前要准备砌鸡窝或者是垒菜窖用，这是再正常不过的人间烟火，没有人会联想到这里面还藏有玄机。马义之所以能感觉到这几块砖头有异，是他看到那几绺看似无意间黏在砖上的芨芨草实际是被人用饭粒仔细黏上去的。谁会特意把草棍用饭粒黏在砖头上呢？一般人若不是用心地去看是绝对看不出来那细细的草棍上黏着黄米饭粒的，而马义恰恰是极有心地去观察四周的一切，所以他看见了！马义急急沿着镇街向前走，他要再次寻找第二处砖头和黏在上面的第二处芨芨草。在大约三十米外的另一户临街住家门前，马义果然又看到了他的判断：又有几块青砖看似随意实则刻意地摆放在那儿，几绺芨芨草这回是用馍馍泡过水后黏在砖头上的，大概马西随身带的黄米饭用完了，于是改用了蒸馍。马义又向前走。他依次又看见了第三处、第四处、第五处……一路伸延过来的路标指引着，最终把马义领进了一条小巷，巷子两边是土垒的高墙，西北高原的太阳被高墙遮挡住，即使白天也黑暗着。巷子里有花，但没有鸟语花香，花朵在很暗的光影中惨白地开放着，让人想到殡仪馆里那毫无生命热气的鲜花盛开。巷子最里头只有一户人家，一扇老榆树打造的门坚固地紧闭着，砖头和草到那儿就没有再向前延续了，那是路标的尽头，马义看到了他寻找的最终目标所在，他的眼睛刚一搭到那榆树的门上，脑子里轰的一声，像陡然看到了悬挂的炸弹！

马义看到那门上用更多的芨芨草编织着一个大草环悬挂着！

就是那唯一的一次马西对他的召唤，当马义背着馍馍，一路沿着草滩上马西系的绳结指引前行，曲曲弯弯地摸进了水泡子里，当他看见十三岁的马西，最先看见的就是马西戴在头上的那个草环！跟现在挂在这扇门上的草环一样！马西用芨芨草编了个草环怪模怪样地顶在头上。马西看见马义摸进来，好奇地盯着他的头上看，就给马义解释，说："这是嘎四十六的帽子，往后我也这么戴！"据说嘎四十六就戴着这样的草环当帽子。嘎四十六是金积镇解放前的悍匪，传说他曾经翻墙摸到西北王马鸿逵在银川的公馆里去，把马鸿逵的一个姨太太强奸了，尔后又翻墙而去。嘎四十六的名言是：劫皇粮，日娘娘！马西崇拜嘎四十六。

　　那草环是马西的标志。

　　马西是用这草环告诉那些一路摸过来的同伙：他就在这扇门的后面！

　　马义需要再蹲下来喘息一会儿，否则他真的撑不住了，浑身有一种要虚脱的感觉。他蹑手蹑脚地退回去，退到二百米后的一处门楼前，那里有一丛花树，夹竹桃树，开得枝繁叶茂。马义蹲下来，蹲在花树的后面，让那花朵的枝叶遮掩住了他，开始放心地喘，这样万一有人从那扇门里出来不会马上看见他。眼前的局面让马义没有想到同时让他尴尬，他原先设想最理想的结局是，他一路摸索过来，看见马西在街边溜达，或者看见马西站在街边看人下棋什么的，再或者是他隐蔽在角落等了一会儿，看见了马西出来溜达，这样他就可以猛扑上去按倒马西然后大声喊警察，街上是有交通警的，但现在是门！门就深不可测了，不知道门后面藏着什么。马义想都不用想，马西聚集在那扇门后的力量肯定是要强大过他一百倍去的，很可能他刚踏进那扇门里，马西就能在轻拈之中捻碎了他!

马义想他要不要溜出巷子去报告警察呢?

马义已经看见隔着这条巷,再过去的那条街,越过巷子里一排平房的屋脊,能看见一杆红旗迎风飘扬,那是镇上派出所院里的红旗。马义在心里估算了一下,他从这里溜出去,绕到那条街,大概十五到二十分钟,他就能跑到那红旗飘飘下面。

可是——

马义想到了一个严重的问题!

马义想,要是那门里头没有马西呢?要是那门里头是空的啥都没有呢?要是他把警察都招了来,要是警察成群结队地来了,枪提上,子弹上膛,一条巷子弄得山崩地裂,像电影里一样,要是到头来警察看到的是电影散场呢?这样地糊弄警察,这样地糊弄政府,一般的老百姓,也许就算了,警察又能把老百姓咋样呢,可马义想他不是一般的老百姓啊,马义想他甚至都可能不能算是老百姓,他是一个正在被管制的坏分子啊!

马义想一个正被管制的坏分子糊弄警察和政府他又会遭到咋样的处罚呢?

马义悄悄地退出巷子去。

马义在雾气散去的时候再次走进了马财的家。

马义必须要先从镇里折返回来上马财这儿来一趟。马义决心在镇里潜伏，他必须要清楚地看到马西从那扇门里出来，他先摸清马西的动向，熟悉马西的规律，尔后伺机下手，他需要在镇里至少潜伏几个小时，甚至潜伏一天……很难说得准。这样马义就必须要先向马财请假外出并得到准许，马义是被监管的坏分子必须事事请示，如果他不报告马财就擅自跑了，那样不消一个小时全镇的警察都会出动来找他，在他抓到马西之前，如果他真能抓到的话，他就会被警察先抓了！

马义进门说："马警察，你好。"

马义说得谦顺，他是来向马财请假的，若还刀刀枪枪地怕马财不准，因此他谦顺着。

马财吓坏了。马义又不请自来、尤其是突然的谦顺让马财更加骇怕，他认定马义的谦恭后面是更大的风暴，是比昨晚更暴的血雨腥风。马财正在院里给自行车打气要去镇派出所上班，除过这所大宅子，这辆崭新的飞鸽牌自行车也是徐秀玲作为陪嫁带过来的。马财除了当上警察，还成了村里第二个骑自行车的人，村里第一个骑自行车的人自然是支书徐福宽。下马关村自清道光年间建村至今，拢共才有过这两辆自行车。幸福来得太过迅猛和密集，真是俗话说的又娶媳妇又过年，马财脸上终日抑制不住地笑。当马财看到一脚踏进院来的，尤其听到马义的一句"马警察你好"，这家伙居然说马警察你好！马财的笑立刻僵硬住，紧张、戒备、警惕、惶恐，他尤其怕马义对他的婆姨徐秀玲说和做些什么，这些都从马财的笑容底下钻出来，爬到笑脸上面去，在脸上布起一层黑雾。马财小心翼翼且僵硬地对马义说："啊，不客气，你，这个，坐。"他搬把凳子来让马义坐，提防着，等着马义接下来对他动作。

徐秀玲听到院里的响动从厢房里出来，见到马义又是天煞神一样地来了，她的脸色顿时也硬棒地僵住。徐秀玲更比马财多了惶恐，她不知道马义又来干什么，她尤其怕马义又拿她的奶在她新婚男人面前张牙舞爪地说事，像昨晚那样让她难堪得恨不能也寻死去，徐秀玲对马义浮起笑，笑里透着心惊胆战，不无讨好和告饶，希望马义能谅解和放过了她，同时她把院门边放着的斧子拣拾到一旁，她倒不怕马义拿斧子砍她，她怕马义一斧将他自己斩死在这里，像昨晚那样一心求死，血溅当院！

马义看到了马财和徐秀玲的紧张，心里好笑，他上前对马财立正站好，手贴裤缝，朗声道："报告政府，我今天上镇里有事哩，我想去上个一天，请政府批准！"马义是按照坐牢时的规矩报告的，他说得正正经经一丝不苟，让马财完全听不出这里面隐藏的什么来。

马财没想到竟是这事，他松了一口气，相信了，他不相信马义的态度但相信马义说的内容，他认为马义的恭顺是装样的但他确实是可能有事要到镇里去要求他准假，马财立刻也柔软了,从马义回村,他就希望和马义的关系能柔软起来,"三哥!"马财又开始叫马义哥哥,说:"三哥你咋跟我这么生分?啥政府政府的,你把你兄弟当成文件了!我早说了,咱兄弟俩背过人根本就不是啥监管不监管的事儿,你想干啥,跟我吱一声,你就干去!啥报告不报告的,三哥你往后别跟我再扯这鸡巴蛋!"马财还故意飙了粗话,飙粗话显得亲近。

徐秀玲对马义的偃旗息鼓甚至很有一些激动。徐秀玲是个简单的人,比圆融的马财简单、实诚,她认为马义这样顺和就是把过往都想开了都翻过去了。徐秀玲立刻跑回厢房里去给马义端来一碗茶,茶碗里放了核桃、沙枣、枸杞、冰糖、葡萄干、桂花蜜等一堆红红绿绿的东西,这是金积镇这一带人喝的八宝茶,平时都锁在柜子里,专门款待上门客,"三——"徐秀玲也想跟马财一样喊马义哥,但她生硬尴尬地叫不出口,一是过去她在村里从来都是直呼马义的名字,二是马义毕竟是已经看过了她的……她跟马义已经不是"三哥"这么简单的关系了。于是徐秀玲就掩口不叫,说:"你喝这八宝糖茶!以后有啥事,你尽管使唤俺们两个就行了!"她边劝马义喝茶边对马义笑,笑里去了讨好和告饶,都是浓浓的感激,她感激马义终于放过了她,还有马财。

马义其实又被狠狠地刺到了。"俺们两个",徐秀玲公然把她和马财绑在一起,尤其徐秀玲说这话的时候连一点迟疑和掩饰都没有,好像那馍馍放在笼里的承诺就从来没有过,马义切齿！但马义脸上尽量平淡，不把愤恨显露出来，他现在最大的事就是抓住马西让政府把他召唤回去再当警察，一切都等这事做成了再说，他现在不能露出一丝一毫的端倪来让马财警觉，他认定他再当警察会让马财心里不舒服会阻挡他，他看过马财媳妇的奶并且对马财说了，马财从心底里不会盼着他好。马义继续谦顺着，他还把徐秀玲的茶也端起来喝，以显示他对过往已经很风淡云轻了。

徐秀玲分外高兴。

马财也高兴，高兴他终于是可以跟徐秀玲两个过平和的日子了。马财这些天睡觉都不脱衣服，他让徐秀玲也不要脱，怕马义会随时打上门进来，徐秀玲说："穿着衣服咋生娃呢？我爸还催着咱俩早些生娃哩！马义又不是一两天就过世了。"马财也愁苦不知这个问题咋解决。但现在解决了！马财搬把椅子也在马义对面坐下，高高兴兴地，掏出一个警用笔记本，翻开第一页，那笔记本是专门为马义准备的，上面干干净净，还什么都没记，马财说："三哥，你上镇里去干啥，有啥事你要去上一天，你具体给我说一声，我记一下，上面要问起来，我好汇报。这就是个样子货，上头这么要求，咱就装装样子。"他旋开钢笔帽，等着马义说，他记。

马义顿时有些傻，脑子里轰的一下，崩溃。他在踏进马财家之前把什么都预想到了，譬如说话应该是什么腔调，不能太大声了大声会显得嚣张会让马财憎恶，但也不能太小声了小声显得鬼鬼祟祟会让马财觉得有什么阴谋等这些，但他恰恰就忘了想请假一天具体要去镇里要干啥！马义脑子飞速地转起来，赶紧现想。这一稍作思考让他的回答迟疑了一下，有了片刻的支支吾吾，马义支吾地说："我，我吧，我想去理个发，我，我头发长了。"

正是这片刻的支吾让马财狐疑起来：请假去干啥还要想么？同时马义的话更让马财警觉，"三哥，"马财还叫马义三哥，但他收了笑容严肃起来，问："你说的，是真的？"

马义说："真的呀！"他觉得去理发这个理由像日落日出一样正常。

马财不仅严肃而且冷笑了，他冷笑着说："是真的吗？"

马义被马财笑得发毛，他想去理个头，也值得冷笑么？难道去理个发还能顺带去把人民政府炸了吗？陡然，马义明白过来了，明白了马财冷笑里的意思，一瞬间觉得天塌地陷：他坐监房时理的是光头，刚回村才几日，头上现在刚长出半寸都还不到的寸毛来，哪里来的头发长了？理个鬼的发呀！

马义想他咋就编了个这样的借口……他干脆一头撞死算了！

马财脸上的笑彻底收了起来，他认定马义是为了一件重大的事情在进行撒谎欺瞒。"三哥，"马财依旧叫马义三哥，为的是先礼后兵，"我要不当这个警察，你去干啥我不管，但我既然当了，你要是胡来，我要是不管，那上头还收拾我哩！三哥，你也别掖着藏着了，你想干啥我也明白，你是自己说呢还是我把你弄到所里去说？"马财已经想到马义在干什么了，他以一副完全是警察的眼神尖锐地盯着马义看，让马义自己掂量。

徐秀玲慌忙说："他自己说！马财你让马义自己说！"

徐秀玲还想着尽量要以柔软来面对马义。

马义顿时心如死灰，想自己咋这么地霉啊，霉运！一个没有想到的小疏漏，就让马财看穿了他的一切。马义叹了一口气，认输，继而硬气起来，他不能在徐秀玲面前对马财尿了，马义说："对，我就是在镇里发现马西回来了，我想去抓哩，你想把我咋办吧！"

马财惊愕住。他大大地惊愕了。马财其实想到的是马义想逃跑。他认定马义是受不了一辈子被管制想跑到内蒙古或者新疆躲起来，这些年里也常有受不了的管制分子偷跑到新疆和内蒙古去。马财认定马义装模作样地来请假，是想把警察们拖住个一半天不去找他，他就能去火车站扒上火车跑了！马财不禁惊愕地脱口道："咋，你不是要跑新疆啊？！"

马义也"啊"的一声呆住，他万想不到马财是认为他要跑新疆！

马义觉得自己真是倒霉到猪的子宫里去了,倒了血霉了！

马义看看屋外的天色，天已亮得透彻，太阳不再是在天际勾出一抹猩红而是明晃晃地挂在天上，有拖拉机和汽车开始行驶在通往镇里的公路上，马义看到村里副业队的马老七提着水桶向村里的水井走去，马老七每天准时上午九点去打水往蔬菜上浇，然后拉到镇上去卖，浇了水的菜压秤。马义想这时候马西是不是已经从那扇门里出来了？马义急得掐自己的肉，他极端地坚硬起来，去了一切伪饰，直接叫着马财的名字说："马财，既然我说漏了，那我就不跟你废话了，你准我也去，你不准我还是个去！这关系到我能不能再当警察，这事你别管！"

马财开始面露厉色，这使他看上去完全是个警察了，"马义！"他不再跟马义客套也是直呼马义的名字，"我可是认真地跟你说，马西犯的可是大案、要案，全镇、全县、全省的警察都日日夜夜盯着他哩！你要是得到情报不说，你要是把国家的事耽搁了，那我们公安局可是要把你——"他顿住，想严正地吓唬一下马义，说："把你拘留了！"

马义越发地被激起怒火来，他凶神恶煞地逼近马财，几乎是对着马财的鼻子喊叫："拘留能大过枪毙吗？你爷爷都是要被枪毙的人了你爷爷还怕你拘？！我告诉你马财，我今天的事你不许报告你的上头去！你不许坏我的事儿！你要是去报告了，要是你们公安真把我拘了，等我出来，我就来你们家死给你和徐秀玲看！我这身子里，没有一盆子也有半盆子的血，我全泼到你们身上！"

最先被吓住的是徐秀玲，一直站在旁边不说话看着两个男人呛呛的徐秀玲完全被马义吓慌了,"三哥,三哥,"她开始慌不择言地叫马义哥哥,并且叫得越发地殷勤和小心,"三哥你放心,马财不会去报告的,他不会说的!你去你的,你尽管去你的!"

马财也沉默了,他见识过马义昨晚的义无反顾,马义确实不惧死!

马义扭头看一下门外,马老七已经给一大车的菜泼完水准备要走了,马义想他也必须要赶紧走了,每过一分钟,马西的行踪都会发生变动!马义想最后再震慑一下马财,他看见刚才徐秀玲怕他自杀拣拾到一边去的那把斧子,过去拎起来,扬手"咣"一下钉在马财家的门板上,那斧头没入门板斧柄颤巍巍地晃动着,马义说:"马财你要是去报告,这就是明天劈死我的斧子!"

马义震慑起了作用:马财浑身都战栗了一下。

徐秀玲更是哆嗦不已。

马义拔腿出门向镇里跑去,像飞一般。

马财呆站在院中想了有十分钟,在这十分钟里,他像石头一样一个字也不说。

徐秀玲叫他他也不说。

徐秀玲说:"嗨,马财!傻了?"

马财深陷在他的思路里真像傻了一样。

十分钟后，马财决定：他要去救马义！

马财厌恶马义，至少他现在很不喜欢变成滚刀肉一样的马义，昨晚有一瞬间马财真想开枪杀了马义！马财已经把手都抠在扳机上了！昨晚那种情形……是个男人都想弄死马义！马财预料马义此一去，能不能最后找到马西不知道，但如果找到，十有八九的结果是最后马义让马西弄死！马西的力量大得像宁夏的贺兰山而马义只是山脚下的一道小土坎。马财不能让这样的事情发生，这跟他现在是警察有一份警察的职责关联，但主要是跟马财的内心撕裂般的痛苦有极大关联，马财认为马义现在这样自暴自弃就像找死一般地去找马西跟他有很大的关系，他现在穿着本来应该是马义穿的警服，他现在月月领着本来应该是马义去领的国家工资，他现在天天晚上睡着当初和马义订婚的女人……马财想，换作是他，他大概也会不想再活了！如果今天马义真的横死在金积镇街头，马财会觉得是他杀了马义，他会做恶梦的！往后，他和徐秀玲睡在炕上，他会感到马义被枪打成筛眼的血身子就横在他和徐秀玲中间，马义的眼睛会死不瞑目地看着他，血汪汪的，像驴濒死的眼神，小时候，他和马义马西一起放驴，驴最后死的时候眼睛都是充血的，像一汪哀伤浸在血泊中，马财想，要是那样他怎么再可能心安理得地每晚搂着徐秀玲睡？马财必须再去救马义一次！

马财回屋把手铐翻找出来别在腰上，又检查了一下手枪里的子弹是不是满的,也别在腰上,他想如果阻止马义他还不听的话,就把马义铐了!铐在路边的树上或者是什么地方,再或者是和自己铐在一起,总之是一定要阻止马义。枪,马财是用来对付马西的,他想万一要跟马西狭路相逢那只能是刀枪相见了!马财带着手枪和手铐蹬车追出门去,把慌成一团的徐秀玲甩在家里,他想一切都等回来后再跟她解释。

徐秀玲吓死了,大呼小叫地追出来,她以为自家男人这是要铐了马义再去坐监,要是马义反抗,马财没准还会动枪!徐秀玲认为马财这是被马义气晕了,不管不顾了!当然马义话也说得太毒。但此刻徐秀玲只是觉得对不起马义,很对不起!她当初撩起衣襟来给马义看,看她姑娘的羞处,她当时也是真心要把自己和这个男人一辈子拴在一块过日子的,只是她万想不到一夜之间会出那么多的事,她更想不到马义会被判死刑,她抗拒不过父亲徐福宽让她再嫁马财,从小父亲就是一座太高的山挡住她和母亲所有的远眺,也是由于之前她对马义和马财都没有太深的感情,她都没有跟他们交往过,她只是跟马财结婚了才觉得跟这个男人在一起过日子也蛮好的,马财每晚都给她洗脚,马财甚至是每次都用嘴吹要把洗脚水吹得不凉不热怕她烫着,这是徐秀玲在徐福宽那样一个充斥着男人威权的家里从来没体验过的,徐秀玲心荡漾!每晚都荡漾。但徐秀玲也不能看着马义过得人不人鬼不鬼的,那也会让她心酸。徐秀玲尖叫着马财撵出门来,她万万不能让自家男人再把马义捉去关监,作为警察的婆姨她知道坏分子在管制期间再被收监会罪加一等的!徐秀玲无论如何都要阻止马财。

徐秀玲却看到马财已经是一支离弦的箭朝着公路那边骑远了,她撵不上了!

徐秀玲蹲在田埂上六神无主地哭起来,她觉得自己就是害人精,她害死了马义!

马财没有听见徐秀玲哭,他的耳边只有快速蹬车呼呼掠的风声。马财一直追到了公路上,冷汗在一瞬间就蹭冒出来:马义不见了!公路上没有马义!就在他迟疑耽搁的这十多分钟里,马义像水中的鱼吐出来的泡,眨眼间就消失得全无踪影。马财心慌乱之极,还有累,肾都疼起来,后腰的两边针扎一样一跳一跳地疼。他环顾四周,主路的两下是大田,大田里还布着很多条小路,那是下田种地的、踩青的、上坟的,甚至晚上出来盗秋的,男女晚上来偷情苟且的也会在田里踩,被一个个人踩出来的一条条小道,每条道都曲曲弯弯通往镇里,马义不知从哪条小道上走了,马义可以从这里的任何一条小路,在两边的草和庄稼的遮掩下,不被人发现地走到镇里去!马财快速地思忖了一下,决定放弃在路上截住马义的打算,在路上堵截住马义已经是不可能了,他决定去镇里,在镇里的大街小巷寻觅马义,力争将他堵住。马财掏出手枪来再检查一遍，神经质地又检查一遍，他想今天很有可能就和马西碰上！马财很害怕，一是怕他被马西打死，二是怕他打不死马西；马财刚当警察没怎么打过枪，他打枪手会抖；马财记得他学射击时教官对他说过的，紧要关头，你要是手抖抖的开不了枪，你就眼闭上，大喊一声，然后猛扣扳机！马财站在太阳高照的路上，提着枪，眼睛闭上，预习地先喊了一遍。他发现喊过之后果然是敢抠扳机了，有一股力量涌动。

尔后马财就提着枪一直追到了金积镇的镇街上，眼前看到的景象让他有些发傻——

金积镇今天是赶大集的日子！

自清康熙以来，金积镇就是逢五小集，逢十大集，而今天正是逢十！金积镇四乡八村的人在这一天里几乎都涌到了镇里来，卖菜的，卖果的，买卖牛羊驴猪鸡鸭鱼蛋的，还有耍社火唱戏唱曲的，买针头线脑大褂小袄的，算命诊病的，说媒相亲的，贼也成群结伙地来到了集市上……把平日幽静的镇街小巷拥堵成人山人海，马义在今天跑到镇里来，完全就像一粒米扔进了米缸，像一滴墨水化在了一河的水中。

马财眼前看到的就是人像河里的水一样朝他涌过来，哪里还能见到马义的影子！马财抗搡着人群往前挪动，更多的是拥来挤去的人流抗搡着他，一路跌跌撞撞地找着马义，这种寻找简直就是在一河的流水里想打捞起一滴墨汁来！马财想到，这样找下去，最后找到的很可能就是马义的尸体！很可能就是最后集散了，这满街满巷的人走光了，镇上净空了，就像鱼塘放干了水露出了塘底的淤泥，一抬眼，就看见马义的尸首横在那里了！那是被马西打死的尸体！马财想，每一分钟，在每一个犄角旮旯，在每一扇门的后面，在每一条路的路口或者是拐角，马义随时都可能让马西杀掉！马财又肾疼，更疼，汗也流淌下来，流到肚子上，把警裤的裤腰都洇湿了一圈，上满子弹的手枪此刻揣在了兜里，他手揣在兜里紧攥着枪，不知道该怎么办。

在一个街角的拐弯处，马财看到了救星！

马财看到他的领导、镇派出所所长尚同义正蹲在街角跟人下方！

尚所长有两个爱好，下方和唱戏。老尚"文化大革命"前是金积镇上唱眉户剧的民间艺人，平日靠走村串户去唱戏换得一些米面菜蔬回来，养活自己和婆姨娃娃。"公检法"被砸烂后，革委会还让尚同义当了小镇警察，后来又提他做了派出所所长，一路进步上去。进步到所长后的尚同义依旧好赌，依旧爱用这"下方"跟人赌。下方是金积镇乡村里的游戏，有点类似城里人下的五子棋，用柴棍在泥地上画出方格，用土坷垃或者石子当棋子摆在方格里，双方挪来动去地争输赢。尚所长过去走村串户唱戏换米换面的时候，没有钱，只能是一根两根香烟地赌；现在当所长了，条件好了，但还是习惯地跟人赌香烟，不过开始一盒一盒地赌，香烟的牌子也从赌八分钱一盒的"黄河"改成赌两毛五钱一盒的"飞马"。平时如果没有上级来镇里检查工作，他能蹲在街头从天光大亮赌到街灯熄灭。老尚还有个特点是不好色。镇上的人都传言说，有一天老尚下班回家，他的邻居在门口拦住他，说看见老尚的老婆挽着另一个男人进屋了，还好心地给老尚一根大棒子，老尚笑笑，说："让其他同志也快乐一下！"他不接那棒子，转身走了。镇上的人经常这样糟改调笑老尚。但老尚不好色只好赌是真的。

马财救命地朝尚同义奔过去，迫不及待要对老尚说马义的事，现在也许只有尚所长能救马义，譬如老尚可以调动全所的警察来一起找马义，还可以把街道都封闭起来找，他有这个权力。但尚同义一摆手让马财住嘴。老尚正在赢他今天的第二盒香烟，眼看对手就差几步便要被他杀死，这个时候要跟尚同义说事，他会大发雷霆的。马财只好把一团焦灼硬硬地咬住，站在一边等候，等着老尚取得胜利。

镇上的人从老尚身边走过，有熟人就笑骂他："尚同义你当个派出所的所长，不去干公家的正事儿，整日蹲在这儿下方赌香烟，你婆姨在那边旮旯里跟人亲嘴哩你也不管？"

老尚笑眯眯的，继续下方，说："你去跟我老婆说让她记得收费哦，不收费不让亲！"

周边的人都哈哈大笑，乐不可支。

老尚就是这样在金积镇上无耻地可爱着。

马财也跟着笑,但马财笑得如卧针毡,他是新警察,万不敢得罪所长,只有赔笑。马财对老尚笑着,看着四周人流继续涌动,时光已快到了正午,第一批买卖羊只驴骡的人已经交易完了,双方结算完了钱款,相邀着到汤锅那边去喝杂碎汤了。马财有好几次都在想:马义现在是不是已经让马西碎裂成跟那汤锅的羊杂碎一样了?

尚同义终于搭理马财了,他赢了棋,心情大好,叼一根赢来的烟抽着,说:"马财,说,找我啥事?你要啥?我老婆你要不要?"老尚平时跟下属也是一样地嬉笑混闹,没有一点官架子,保持着之前的乡民本色。派出所的警员们觉得老尚这个所长也还行,不像其他的领导,虽然同样都是没本事不作为,可一个个都还牛哄哄的,至少老尚还平易近人。

马财争分夺秒地把老尚拉到一边,拉到无人的僻静处,一口气把马义的事都说了。老尚严肃起来,再不说笑,他嘴里叼的香烟也掉到地上,惊了。老尚过去只有在戏里才碰到过这么大的事情,那戏里唱都是攻城掠寨取人首级改朝换代的大事儿。老尚问马财:"咋办?"他反过来问马财怎么办。老尚是唱戏的,对侦查破案这些事一概不懂。

马财也不懂,马财刚当警察连枪还不太会放哩,他只有把他尽可能想到的告诉老尚,他的办法就是调动全所的警员去找,必要时,封路,封街巷,封集市,找!总之一定要找到马义！还有——马财突然想到一个办法，他觉得这大概是个好办法，对尚同义说："尚所，快去广播站，广播找人！就公开说我们公安局找马义，让他赶紧上派出所来！要是马西正好要下手杀马义，他听到了广播，就明白我们公安已经盯上了，他就得赶紧放手赶紧撤，没准马义就能捡条命。所长，你赶紧去找广播站让他们给咱广播吧！"马财指着就竖立在身后高高线杆上悬挂的大喇叭，恳求老尚快去。

老尚却气了，他恼火斥责马财："马财，我说的是这事儿咋办！是这件事儿！"

老尚说的不是马义这件事儿！

老尚说的是马西！

老尚认为马义毫不重要，一个被管制的坏分子就是死了又有啥要紧，最关键的是马西！马西在金积镇上的出现才是让他心惊不已的。尤其让老尚恼怒的是马财提出的广播找人，老尚是真的火了，很粗鲁地骂马财："找马义，找你妈的月经带哩！你去一广播，不是把马西惊了吗？你这不是打草惊蛇嘛！全县、全自治区的公安都在找马西哩，好不容易马西又潜回来了，你把他惊了，再让他又跑了，你想让政府开除你的警籍也跟那个马义一样抓你去坐牢啊？你是蛋让驴踢了疼糊涂了你？！"

马财不甘心，还想为马义争取活的机会，他斗胆跟老尚争辩，嘟囔地说："那，就让马义去死吗？就是坏分子，也是一条人命呀!"

一想到马义将要死,尤其他今晚回家徐秀玲问他他说马义死了,他怎么能心安理得地说?马财的心沉沉地往下坠,往下坠扯得他生疼,他再次壮起胆子,最后恳求老尚:"尚所——"

老尚彻底不耐烦了,老尚也很紧张,他的时间也紧迫,如果让马西跑了,他也会扒了警服去坐牢的!老尚喝令马财住口,再不住口他就要把马财的枪下了,在公安口,下枪就意味着解职!开除回去当农民!马财不敢再说了。老尚拔腿向派出所撩去,他要赶紧去所里打电话向县局和自治区公安厅报告,请示派大部队来围捕马西。老尚紧张又很兴奋,向派出所跑去的时候他连连搓着手,这是他来劲了跃跃欲试。老尚十分清楚,如果这次在金积镇捕了马西,作为镇派出所所长,上面会怎么看待和拔擢他!一直以来老尚都想让上面再把他提拔一下,老尚想当县文化局局长,副的也可以,老尚还是喜欢掺和唱戏的事。

马财望着老尚唱戏似地颠颠地跑去,一片茫然。

马财很绝望。在街上人流继续推来搡去的拥挤中,马财疲惫倦怠地往回走。前面就是镇广播站,马财看也不看就走过去了,没有老尚的同意,就凭他一个小警察,广播站是断然不会给他广播找马义的,况且广播了他还要扒了警服去坐牢！马财决定放弃了，他在心里祈告马义做了鬼后不要来寻他，更不要来寻徐秀玲，他已经尽力了，再没有本事救他，老鼠尾巴上长疖子，他就这么点儿脓水了。

马财想回家去，他想回家去躺下，他忽然觉得累极了，就像绷得太紧突然松懈下来浑身乏力。马财往家走着，但却走得越来越涩重，一双脚重得抬不起来。马财老想到马义即将死去，马义那双屈死的眼睛老在他面前晃着，像下马关村村头的那眼枯井，那眼枯井已经许久不出水了，那么深幽幽的，直勾勾地看着他。小时候，那眼枯井还有水的时候，他和马义在井口饮过驴。马义长他两岁，力气比他大，每次饮驴都是马义手摇辘轳把从井里打水，饮完自家的驴后又帮马财家的驴饮。马义在小的时候老在帮他，很像个哥哥！马财在一瞬间把这些隔年陈代的事儿都想起来了。马财觉得这镇街两端每一间店铺每一户人家的门洞后面，马义那双好像从枯井里浮出来的眼睛，都在那里飘荡，像抓手，央求地伸过来拽扯着他，马财走不动了，在当街站下。

马财站在街心思考了有十分钟那么久。

马财在十分钟后突然转身拨开人群向后奔去，凶猛得像一匹在人群中横冲直撞的马。

马财一直奔跑到金积镇的最中心点，镇上明清建造的钟楼矗立在那里。马财沿着石阶一蹬一蹬地跑上去，奔到最后一层，一扇门横挡着，挂着锁，封堵住通向最高层的路，马财一脚将门和铁锁踹飞，冲出去，他站在了钟楼的尖顶上。

这是金积镇的最高点了，马财站在尖顶向下看，不算太大的金积镇，南北西东，在一眼的扫视下都揽住了。从四里八村涌来赶集的乡民，在马财的脚下，继续像汇在一起的一湾水，顺着镇街，缓缓涌动流淌。没有一个人感觉到将要发生什么，一切都继续是安安详详的，喜气洋洋的，懵懵懂懂的。马财深吸了一口气，像举重的人，在最后举起之前，深吸一口气，仿佛是还要从空气中再抓一把填塞进身体里去，给自己加一点最后冲顶的气力。

马财决定要干一件就在几分钟前他连想都不敢想过的大事。

马财拔出手枪，"铛铛铛铛……！"把压满弹夹的子弹全部朝天空射了出去。

马财决定用开枪来代替广播！

枪声在一秒间就响彻了全镇。小镇上一切正在进行的，一切即将要进行的，都在一秒间停顿了。一切原本安详的、缓缓的、松懈的、散漫的，都在这一秒间惊慌失措起来，横冲直撞起来，东倒西歪起来，狼奔犬突起来，小镇彻底乱了……

马义在马财掏出手枪来的时候，正潜伏在那间门上挂着草环的房屋外面。

马义蹲在小巷的昏暗处，等着马西从那扇门里出来。他已经静静蹲守了一个多小时。马义奔出马财家,奔到公路上,拦住一辆拖拉机就奔向了镇里,所以等马财骑车撵来的时候,马义已经杳无人影了。马义一秒都没耽搁,到镇里后直奔这条小巷。当马义一眼看到,在小巷的顶端,在那扇榆木打成的门上,那个芨芨草编的草环依旧悬挂,他一路悬着的心才放回肚子里:这表明马西还在屋里!马西还在用这个他独特的标志物在召唤他的属下从四方陆续汇聚而来,也就是说,马西还没有最后完成他的队伍的集结,他还在等这个最后时刻!马义欣喜若狂更是紧张万分地蹲伏下来,开始准备行动。马义一路上就想好了,他给自己设想制订的行动计划是这样的:他不能冲进屋里去,他冲进去肯定是死,即便屋里头只有马西一个人,马西手里也有枪!马义计划等马西从门里出来,马西总是要出来的,他总是要出来到街上的公共厕所去拉屎撒尿的,二十世纪七十年代中国百分之九十九的住房里是没有茅厕的。马义准备等到马西单独出来上茅厕的时候,马西肯定是要单独出来的,莫非马西去拉屎还要带着一帮人么?他是去吃宴席么?马义想他到时候就一路尾随过去,单等马西在茅厕褪下裤子,他就猛扑上去死抱住马西不放并且高喊杀人了,或者是高喊有人写反动标语了,这比喊杀人了更能引起重视,马义已经事先侦察过,那街上的公共厕所就建在街口,离旁边那条街上的派出所只有三十来米远,他只要这样抱住马西挨过三五分钟,实在不行他就一把捏住马西的蛋,马西的屁股光着他的蛋就暴露在外面了很好一把捏住,这样马西就会疼得浑身没劲,拖住他个三五分钟没问题!这样就能拖到警察听到喊声冲进来,或者是来解手的路人看到了去喊警察冲进来,街上的公共厕所总会有人进来拉屎撒尿吧?马义觉得他的计划很好,几乎是完美,他觉得政府不让他当警察政府真是……有那么一点点的小糊涂。马义不敢放肆地说政府,譬如说瞎了眼什么的,政府对于他是巨大的他只有敬仰。他相信这回政府一定不会再糊涂肯定会让他再穿上警服!马义信心满满地潜伏蹲守着。

马财的枪声就在马义蹲守到快一个半小时的时候响了。

马义的一切守候、盘算、设想、憧憬、希冀都在这一刻间灰飞烟灭!

首先是街上赶集的人听到放枪纷纷惊慌四散奔逃,有不少人就跑进这条离集市很近的小巷来躲避,小巷里的幽静在瞬间就变得喧嚣和混乱不堪,小巷里再不可能静静地潜伏,正蹲趴在暗处的马义几乎是被拥挤进来的人潮冲得跌跌撞撞地后退,一直退到那扇挂着草环的榆木的门上,后脑勺"咚"的一声碰到门板上,这几乎就像是去敲门一样,紧接马义就听见那门吱扭一声,开了!马义心里暗叫:完了!没等马义扭过头去看开门的是啥样的人,他的脖颈就被一双力大无穷的胳膊勒住了,丝毫动弹不得。再接着马义就觉得眼前一黑,不是那种晕厥过去的黑,而是眼睛被头罩之类蒙住的黑暗。马义在黑暗之中感觉被拖了进去，他听见那门"哐当"一声又被关上的响动，判断自己应该是被拖进了屋里。马义被拖行了很长一段，感觉那屋子很大，似乎是一大间空旷的放粮食的库房，有一股陈粮的霉味儿在空气中弥散。尔后马义被喝令蹲下，有人过来除去了他的头罩。被除去了头罩的马义依旧有好一阵看不清东西，眼睛因过度紧张而充血，眼前一切都是迷迷蒙蒙的，望过去一切都在似有似无中。待马义能看清的时候，他第一眼看到的是一张脸朝他凑过来，凑近到能听见对方的呼吸声，接着马义看到了这张脸上的眼睛、眉毛、鼻子和棱角分明的嘴，嘴角的皮肤上有几块癣疥，脸上也长着，那是常年暴露在野外被旷野上的罡风吹刮的。马义顿时感觉自己的心脏被一只手狠狠捏住，他又一次这么近距离地感觉到了死——

马义看见马西站在他面前！

马义有快十年没见过马西了。十年间，马义和马西是两条河里游弋的鱼，各觅各的食，各戏各的水。马义望着十年没有交集、一交集就害他生不如死的马西，他首先翻滚上来的不是恨，恨马西已经被深深的悲伤所顶替。马西就近在咫尺，马义悲伤他已经这么近地触摸到了重生的希望，但老天却在最后一刻又让它陡然毁灭！重生毁灭得太突然，死亡来得太直接，马义甚至都没有做好转换的准备就一切都结束了。

马义想,马西接下来就要杀他了!马西贩毒,干的是刀尖上搏命的营生,他不会留下对他有任何一点点危险的活口的。马义闭上眼睛,不去看马西,他不想眼睁睁地看到他失败得这么——死而有大憾!

马西则是瞪圆了眼睛不可思议地看着马义。马西让马义看着他,他用匕首的刀尖挑着马义的眼皮让他睁开眼,于是马义只好睁眼看着马西。半年前马西在野滩上看见醉酒熟睡的马义,那时的眼光是轻松的、好笑的、调戏的,而此刻马义看见的马西,眼光是严肃的、惊愕的、紧张的。马西惊愕地问突然出现的马义:"你是咋找到我这儿来的?奇了怪了,你咋能找到我这儿来呢?!"

马义索性梗着脖子不说,他想都要死了还说那么多废话干啥,要剐就剐!

马西的一个手下,马义想大概就是刚才用胳膊勒他脖子的那个,因为他的手一搭上马义的脸马义顿时又感到了力大无穷。那人力大无穷地掐马义的嘴,勒令他回答马西。

马义疼不过,只好说:是那一路树上挂着的芨芨草引他来的!

马义看见马西一愣,继而恼恨地一拍自己的脑袋,对四周站立的属下说,他咋就忘了小时候跟马义在草滩上放驴躲仇家时也玩过这个把戏!马西说他真没想到,一是没想到这么些年了马义竟然还记得,二是没想到马义竟然能发现和找到!

马义有一点想笑起来,在等死的绝望中有了一点小得意:他终于让马西也有了失败感!从小马西就是处处凌驾于他之上的,处处都是马西算计他的,而现在,他总算让马西也小挫折了一把!

马西脸上半丝笑意都没有,他急切地想知道下面的问题。马西凶恶地问马义:"你跟踪到我这儿来想干啥?我的事,你都知道些啥?是不是有人派你来的?是公安不是?那响枪又是咋回事?"

马义实在不想说了,反正都是要死,在一秒一秒中等待死亡的那种熬煎让马义心烦意乱,另外他也实在不知道,他还纳闷哪里放枪呢!马义狰狞地说:"是党中央、国务院、中央军委派我来杀你的!响枪就是让我向你狗×的发起进攻哩!"马义说得张牙舞爪,很带一点挑衅,他成心想激怒马西,让马西赶紧杀他,别再猫逗老鼠折磨他的神经。

马西说:"马义你好好给我说话!你嫌死得慢啊?"

马义更凶恶地说:"就是党中央国务院中央军委派我来杀你这个驴×的狗×的王八蛋东西!国务院说了把你杀了皮扒下来拿到鞋厂去做鞋呢,国家现在做鞋缺皮子!"

马义骂得穷凶极恶,且十分血腥和恶心,他以为接下来被激怒的马西会手起一刀捅进他的身体里来!但马西没有。马义看到马西甚至连发怒的时间都没有,他甚至都已经没有时间对马义再逼问下去。马义看见马西脸色铁青,他的突然闯入让马西计划大乱,处境顿时变得危机四伏。马西再顾不上马义,招手让他的属下到屋子的一角去,赶紧商量改变计划。马义竖着耳朵,努力听着马西说的每一个字。马义听见马西在吩咐属下说:这地方已经暴露了,这屋子不能再作为交易地点使用,原定的交易立刻取消,赶紧去道上截住来接货的人,通知他们,交易地点改在王团村,交易时间改为晚上七点!马义清楚无误地听到了"王团村"三个字,这再熟悉不过的三个字像箭矢射入一样地嵌进了他的脑海中来,王团村是马义的姥姥家,也是马西的姑姥姥家,马义的姥姥就是马西的姑姥姥,小时候,逢年过节,他都会和马西到王团村的这同一个姥姥家玩,下方,掷羊拐,打老牛,都是些农家孩子的土玩意儿。马义听着,真的开始笑起来,笑里很含着一些报复的得意,他得意因为自己突然闯进来,让马西这个魔头慌张成这样,连说这么机密的事都顾不上避他了!倏地马义心头一沉,他紧接就明白了,他知道接下来他真的该死了:无论多重大的秘密,说给死人听都是无所谓的!

  马义果然看见,那个力大无穷的手下接下来将一把短刀递给了马西。马义看见那短刀锋利无比,刀脊上凿出一道深深的血槽,是专门杀人的。

  马西提着那刀朝马义走过来。马西把刀在马义的衣襟上擦擦,像杀猪前把杀猪刀在猪的肚皮上擦擦,马西说:"马义,我知道你在你们村里还有块自留地,你爹你娘都埋在那儿，你要是也想埋在那地里，我日后就给你埋了，也给你起个坟。你要是也想像城里人那样烧了，留个骨灰，也行，我也给你烧。你选一样，我一准给你办。"

马义不再骂马西，叹口气，说："是烧啊是埋啊，看你方便，我都死了，好坏都没感觉了，我还选球那么仔细有啥用啊。就是有一样，马西，你要是还念咱俩在这世上还做过一场兄弟，你就别说是你把我杀了，你就说是我自己走路，没看见，掉崖底下，摔死的。要不你就说我是病死的。不然让上下马关两个村的人都说这姓马的一家，都是啥乌龟王八，自己兄弟杀来砍去！让咱们马家的爷爷在地下睡得都不安生！"

马西却没有立刻下手，马义的话把他说得似乎有点停顿住了。

马西的手下都在焦急地看着停下来的马西，在这屋里多待一秒，危险就会增加一分，谁心里都懂，但没有一个人敢对马西说，马西心黑手辣，翻脸就能杀人！

马西在停顿了几十秒后把短刀往地上一丢，对属下宣布他不杀马义了！马西站起身，指着还懵懵懂懂不知道又发生了什么事的马义，对他的属下说："这个人，他把我当兄弟哩。我不杀这个人，我不是可怜他，也不是存私心，我是想着我跟你们大家。你们也都把我当兄弟哩，如果有了事，我杀起兄弟来眼都不眨，我眼里只有事情没有兄弟，你们今天就眼睁睁地看着我为了保事把兄弟杀了，你们会不会寒心？

你们会不会想：今天杀他，明天会不会杀我？你们还会真正把我当兄弟吗？那咱们还能紧抱在一团干成事吗？不杀这个人，有危险，但兄弟比天大，再大的危险，我扛了！"

属下都感动了，众人都联想到自己，纷纷说"东府大爷"马西仁义！有个戴眼镜的，是北京知青加入进来贩毒的，尤其激动，说他"文化大革命"前看过一本书，叫《斯巴达克斯》，斯巴达克斯造反起义凭的就是有一帮兄弟，他每次跟人决斗，都会大喊一声："保护我的背！"然后他的兄弟们就会自动拿着剑过来护卫他的后背，让斯巴达克斯没有后顾之忧地投入战斗。"眼镜"激动地说："我跟着马爷干放心，因为有马爷护卫着我的背哩！"他叫起二十多岁的马西"爷"来很是由衷。

那个力大无穷的糙汉却提出一个细致的问题来，他拎起马义，提醒马西说："他可是刚听到俺们晚上要改在王团村收货哩！"他让马西再想想到底要不要杀了马义。

马西早已想到这点。马西过去三几下，极其熟练地重新用绳子把马义捆了个结结实实，对那壮硕的属下说："这是拴骡子的死扣，骡子都挣不脱，他能挣得脱吗？"地下有装粮食的烂麻袋片，马西又捡一块过来塞进马义嘴里防止马义叫喊让外面的人听见，一切弄停当，马西交代那糙汉："咱傍晚在王团收了货，你再辛苦一趟，半夜过来，弄个驴车，上头苫块席子，你把他拉到镇外头去，到公路边把他放下，到天亮，会有人看见他给他解绳子的。到天亮那时候，咱早就不知道撩到哪儿去了！"

众人都愈发地佩服马西：既顾了兄弟情分，又把一切都盘算得滴水不漏！

马西拍拍马义的脸，说："马义，我明早放了你，你去政府报告我呀。"

马义说不了话，只是拨浪鼓一样拼命地摇头，表示他绝不会去报告政府！

马西笑笑说："凭良心。"

马西带着人风卷残云一样地走了。

马义坐在地上木瞪着眼，他好一阵子都不能相信这是真的！命运在几分钟内翻来覆去地打了好几个滚儿，由死到生在一瞬间变换。马义感叹自己这几次都已经是阴界的鬼了却最后都死不成，阎王爷真是还不收自己吗？马义瘫软地松懈下来，他不再挣扎，不再算计，不再努力，也不再希望，他已经知道自己的命运就是半夜被马西的人丢到野外的公路边上去，然后到天亮会有人来救他，他死不了，也捉不了马西，他什么都改变不了！马义心灰意懒地在地上侧卧地躺下，到半夜还有好一会儿，他想睡一下，从天不太亮就折腾到现在，随着紧绷化为松懈，困乏也从周身的四肢五骸里蹿冒上来。马义侧脸刚要睡过去，一件东西扑进了他的眼帘里来，让他刚刚松懈沉沦下去的一切，精神，意志，希望，在瞬间又都挺拔了起来,马义在一刹那血脉偾张激动不已。

一把刀!

马西刚才说不杀他了顺手就丢在地上的那把短刀!

那把刀,还丢在地上!!!

马义不禁哈哈大笑。马义嘴被塞住,他大笑却笑得无声。马义无声激烈地笑,震动得他塞在嘴里的麻袋片都噗嗤嗤地抖。马义笑马西那么精明的一个枭雄,把一切都算计到了,他甚至都想到叫人半夜来搬弄马义的时候在驴车上要苫块苇席蒙着,以防万一这镇上半夜里有人在外头溜达发现车上还绑着个人就露了馅,马西连这么一点微末都想到了,却忘了将这把刀捡起来带走!就像人吃糖,顺手剥了糖纸丢在地上,尔后把那糖纸忘得干干净净。马西是疏忽了,"东府大爷"马西确确实实是百密一疏了!

但这一点小闪失却是能最后戳死马西的刀尖!

马义大笑他的命运在这一秒间又打了一个翻天覆地的大滚儿!

马义挣扎地翻身坐起,身子朝那把刀拼命地挪蹭过去,他要想办法先将绑在手腕上的绳扣在刀子上磨断……

马义跌跌撞撞冲进金积镇派出所的时候,他首先看见的是派出所好几亩地大的院子里站满了警察,密密匝匝像聚在蜂巢里的蜂。马义想大概是全县的警察都来了!接着马义看见马财竟然戴着手铐垂头丧气地蹲在角落里。马义吓一跳,他不知道马财犯了啥事咋也戴上了坐监时犯人才戴的铐子。他记得早上和马财分手的时候,马财从里到外都寻不出一点要倒霉的样子,马财里里外外都正春风得意着哩!马财听见了有人跑进院子来的脚步声和大喘着粗气的声音,他一抬眼,看见竟是仿佛从天而降的马义!马财眼睛灼灼放光,萎靡和丧气顿时一扫,全不顾自己已是阶下囚,像獒犬一样地朝马义扑过来,像抓住救命稻草一样紧紧揪住马义不放手,并且大喊起来。全院子的警察,听到马财的叫喊都朝这边扭过脸来,集体看见了马义!警察中有不少都是认识和见过马义的,马义大半年前还是他们队列里的战友,尽管只是几天的战友,更有许多是负责收押和监管过马义的,因为要集中警力抓捕马西,监狱的警察,连同户籍警、交通警以及消防警又都一起赶来了,警察忽然看见马义活着跑进了派出所,都欢呼起来,至少有五六双手一起伸过来拽住马义,其中有县公安局局长、县局刑警大队队长,县局缉毒支队队长,更包括激动万分的金积镇派出所所长尚同义,五六双手一起拽住马义,生怕从天而降的马义是从院外飞掠进来的鸟儿,一放手就又飞没了。

马义此刻是马财以及整个预旺县公安局的救星!

就在尚同义向县局报告在金积镇发现马西的时候,马财的枪声在全镇响了。骤然而响的枪声打乱了一切。尚同义随后命令将跑来自请处分的马财拷起来。马财擅自行动,破坏整个围捕计划，问题性质极其严重，必须等待组织处理！随着县局局长带着大部队赶到金积镇，马财问题的性质又进一步上升，有人提出：马财和马西也是堂兄弟，马财会不会是有意鸣枪示警通知马西赶紧逃跑呢？于是马财的问题就上升到了和当初马义一样的高度。如果马财通敌成立，那么他面临的就不是仅仅接受内部行政处分这么简单了！尚同义恨透了马财的擅自开枪，这破坏了他有可能捉到马西立功拔擢的机会，他对马财说：" 你就等着判死刑吧！" 马财傻眼了，这是他开枪前万万想不到的，在那一瞬间他只想到要救马义。马财急切地盼望马义能赶紧出现，能赶紧提供线索把马西捉到，只有马西归案才能证明他的清白！同时盼望马义赶紧出现的还有整个县局。县局之前已经接到线报，报告马西近期要返乡再次进行毒品交易，交易地点很可能就是金积镇上，在尚同义报告之前，县局已经准备要在金积镇部署围捕马西了，但枪声意外地响起，马西肯定被惊扰了，被惊扰的马西会不会改变交易地点呢？若要改变，马西又会改变到哪里去呢？金积镇方圆百里，上百个村庄，几十个集市，无数的野滩、沙梁、草洼、胡杨林，马西又会出现在哪儿呢？将有限的警力究竟集中在哪儿埋伏才能围捕到他呢？县局上下焦灼万分，一步错招，马西很可能就会再次逃脱！现在只有找到马义，或许能从他嘴里知道一些马西的动静，马义是此刻唯一近距离接触过马西的人。县局局长姓崔，是被砸烂的旧公检司法里不多的几个留用人员,他战战兢兢地呆在这个岗位上,任何一点错失都会让他立刻被送往劳改农场或者五七干校。在马义跑进派出所来之前,崔一直犹豫彷徨着,在想:如果马义找不到,如果马义已经让马西杀了,如果马西下一步的动向是一团迷雾,他还要按照原定计划继续把围捕警力部署在金积镇吗?他敢赌这一把吗?可是,如果不赌这一把,他又能把队伍部署到哪里去呢?崔甚至已经想到:如果这次去劳改农场,他一定要买一条皮裤带上,再买一大塑料桶附近农民自己做的散白酒,没有皮裤和酒,他的身板儿是熬不过冰天雪地的劳改岁月的。

马义就像个被追赶的兔子,在崔已经想到酒和皮裤的时候,一蹦一蹦地跑进来了。

当马财抓住马义还没开口说话,尚同义冲过来将马财拨拉开,马义看到他过去的所长像驴一样眼睛紫青色的,驴急很了就会这样眼睛泛紫青地看人,马义放了七年的驴他看见过很多回,老尚急不可待地把一连串的问题像子弹一样地射向马义:马义,你真的是发现马西了吗?你知道马西现在藏在哪里?有多少人?你都摸到了些啥情况?你知道马西下一步到底会在哪儿进行交易吗?还会在咱们金积镇吗?除此之外,你还知道啥?!

全场就像死寂了一样等着马义说话。

马义说:"马西的事我都知道,马西要在哪儿交易我也知道,我就在跟前听他说的!"

尚同义高兴得要流泪了,说:"好!好!好!"

马义说:"但是我不说!"

老尚傻了,说:"马义你说的是哪国话?你,你,你不说?你他妈的不说?!"

马义说:"我说的是中国话,这句话就是:我不说!"

老尚火冒三丈,同时怒火万丈,大吼道:"×你妈的马义!你这样,政府要判你刑!"

马义依旧固执着,说:"又不是没判过,死刑都判过!"

马义这是在跑过来的路上就想好的,他必须要这么说这么做,这是他改变自己下辈子命运的唯一机会他绝不能错过。马义知道会有人威胁他,他过来时特地在路边采集了一把蒺藜揣在兜里,这种被旷野上冬天的罡风吹得干透了的蒺藜路边很多,马义想他要是软了,屄了,他就狠抓一把蒺藜,让那种钻心的疼刺激他硬挺起来。马义果然手就在兜里暗暗抓了一把铁针一样的蒺藜,他疼得咬牙。

老尚却以为马义的咬牙是对他示以轻蔑,他更火大,要咆哮,被崔局长过来拉开了,崔对马义和颜悦色地说:"马义同志,追捕马西的意义我就不说了,时间也很紧迫了,咱们都来干脆的吧,你要政府咋样你才肯说?"

马义于是说了他蓄谋已久的话。

马义说:"我要政府让我重新当警察!"

马义说完在兜里又狠捏了一把蒺藜,警告自己无论如何要硬挺住不能尿。

崔局长沉默了三五秒,说:"可以!等抓住马西就给你办手续。我代表政府给你保证。你现在说吧。"抓捕马西是大事,太重大了,崔觉得一切都可以为这个让道。

马义喜出望外快乐得简直要晕了,他第一个反应就是扭脸朝马财那边望过去,这是示威,是终于脱离苦海扬眉吐气的示威,也是炫,炫耀,是重新站上枝头又要孔雀开屏的炫耀,他想看看马财面对他的示威和炫耀这一刻是什么表情,这一刻,解恨,爽啊!马义看到马财果然在眼巴巴地看他,分明是感到意外,脸上惊讶着。惊讶就是刺激到他了,马义真爽朗!突然马义想到徐秀玲还是在马财的家里等着马财回去,徐秀玲的一颦一笑为的全是马财,马义的爽朗顿时阴沉了下去。

马义说:"我还是先不说!"

局长、队长、所长以及一大院子的警察都傻了。

崔局长的火气在脸上也蹿冒了出来,"马义!"他喝道,"你是在耍戏政府吗?!"

马义说:"我热爱人民政府!我是要现在就当警察!我现在就要穿着警服和你们一起行动!我想让你们——"马义回身指着被铐在院子角落的马财,对崔说:"你让马财把警服脱给我穿!本来他就是顶替我当警察的!本来这衣服就是我的!你让他把我的还给我!要不然我还是不说!我坚决不说!"马义坚持这么锋利还藏着一份小狡猾在里面:他看到今天还有记者也来了,有两个人脖子上挎着照相机也站在队伍里,想必是来报道这次行动,马义想,要是抓了马西,记者照了照片登在报上,也照了他,他穿着警服的照片上了报纸,那么到时候崔局长就是反悔也来不及了,他当警察是铁板钉钉不能改了。

马财目瞪口呆。

马财正激动万分着,马义的到来正让他大喜过望,他为马义还活着,既为自己良心能安,也为自己能死里逃生躲过一劫而庆幸不已,至少马义能证明他没有和马西勾结!但马义这突如其来的一句,像一块砖石朝他猛掷过来,砸蒙了他。马财的心绝望地坠了下去,感到了问题的异常严重。马财想他擅自开枪违反纪律,组织上本来就在考虑要怎样处分他,现在马义提出要把警服脱给他穿,这不等于在提醒上级要扒了他的警服开除他的警籍吗?他要脱了也许就真的再穿不回来了!马财不禁焦急万分并且委屈无比,他想告诉马义他是为了救他才弄成这样的!马财想让马义把这个要求收回去,"三哥——"他唤马义,话语中带着哀求,他如果被扒了警服也被管制了以后让徐秀玲在村子里怎么活,他也是为了徐秀玲在哀求马义!但马财话刚出口就停下,他知道,他已经说什么都没有用了。

崔局长还在迟疑,他厌恶马义的要挟,因为这厌恶他迟疑着，但他不敢回绝马义，他实在不敢，实在是因为抓捕马西是公安部督办的，公安部部长亲自在督办！

尚同义先表态了，老尚走过来对崔局长说："我看这个可以！"他不等崔表态，急急地，以马财是他的手下他就可以做主处理的姿态，走过去，直接而干脆地命令马财："马财，把你的警服脱下来让马义穿！快点！"

马财最担心的事在眨眼之间就来了。马财用戴铐子的双手死死抓住他的警服不放，"我不脱！"。

尚同义喝道："马财你放手！你犯了这么大的错误，开除你警籍都是轻的！"老尚命令派出所的几个干警去把马财的警服扒了！时间很紧迫，每一分钟，马西都可能跑，他不能再跟马财磨叽。派出所的警员们集体上前就把马财按倒，像褪皮一样剥去了马财身上的全部警用装束，连脚上发的皮鞋都脱了，拿过来交给马义穿。一个干警还拣起来马财滚落在地上的警帽，扣在马义头上。

马财哭了。马财像剥光了皮的蛙，蹲在墙角，眼泪扑簌簌地流淌，在无声地哭。他不敢大声地哭，怕领导从哭声中听出他有啥委屈和不满来，对他处理起来更狠，譬如，像当初判决马义那样，也让他去坐牢！马财悄声地哭着，他在想他今天怎么回家呢？他从今往后再怎么进村回家！还能再让他回家吗？马财委屈痛苦且害怕地抽泣个不停。

马义也哭了。马义重新穿上警服，脚上蹬起从马财脚上扒下来的警用大头皮鞋,派出所房子窗户的玻璃上又映出他半年前的样子,当时他第一次穿上警服也在这窗玻璃上照过自己,他那时的脸是红扑扑的,他那时脸上的青春痘都像珠玉似的放光,他那时幸福快乐得想咬谁一口,就是在那天之后,徐秀玲对他说要把馍馍给他留着……马义的眼泪也像水浇似的淌下来,万感交集,满院子都是战友,他如今又和他们是战友了,马义也抽泣不止。

警队全体,兵发王团!
崔局长动员说我们今天就是全体牺牲我们就是让马西的枪打成筛子也一定要逮住他!
警队全体怒吼说好!好!好!

天快亮的时候,雾先起来了。细细密密的雾像细盐一样洒遍了沟沟峁峁。重重叠叠埋伏在王团村里村外的警队,所有人的身上都被洒了湿漉漉的一层,湿凉直透心底。马义身上更是湿塌得能拧出水,他除了雾气裹挟,还有自身的汗浸。在凉飕飕的清晨,马义趴在地上却汗如雨下。从昨晚五点他带路领着警队来王团,全体潜伏守候到现在,马西一伙人连个鬼影都不见!那条众人眼巴巴盯视的村外小路上,那是王团村唯一的一条从旷野沟壑伸延过来进村的道,只有在半夜的时候窜过来两只邻村走失的羊,除此,道上再没有活物出现了。和马义同样浑身出汗越来越焦灼的还有崔局长。在雾气弥漫中，崔再次朝马义摸过来，再次声音压到极低地问马义到底有没有听错？尚同义也爬过来，也再次追问马义同样的话。马义第二十次，或者是第三十次，给尚和崔解释说明他绝没有听错！马义说，他是亲耳听马西说要把地点挪到王团的！王团村是他姥姥家，他咋可能听岔呢？尚同义火冒三丈地说：那为啥马西还不来呢？！说是晚上七点，为啥现在都快早上七点了马西咋还不来！马义也不知道，无言以对，说，要不然就是……马西感冒了？

约七点四十分的时候，马西来了！终于来了！！

先是驴蹄叩击地面的"哒哒"声从静谧的远处一路响了过来，紧接听到有人在清晨咳嗽的声音，捂着嘴干闷的一声、两声、三声，也从雾霭中缥缥缈缈地传了过来。然后是车轴许久没有上油的干涩的刺啦声，在清晨的空寂里像铁铲刮锅底一样刺耳地响。毫无疑问是有人赶着驴车朝这边来了，在这么早的清晨绝不是正常庄户人的行为！浓雾遮没了道上的所有，什么都看不清楚。

崔局长朝身后轻轻一挥手，警队全体子弹上膛。

马义将一根粗木棍横在胸前，攥紧，他还没发枪，这木棍就是他的枪！

当驴车撞开雾的厚墙逐渐清晰显现的时候，崔大喝一声，警队蜂拥而上。

驴车和驴车上的人在一分钟内被擒住。没有遭遇通常都会有的抵抗。当崔和蜂拥过来的警队在驴车四周前前后后都搜索遍了，都有些犯傻：来的只有一个人！一个身高短寸的男人并不惊慌地看着突然在荒郊野岭冒出来的大队警察，按道理他是应该惊慌的，至少应该感到意外，没想到，吓了一跳，这些他都没有，平平静静的，这让干了几十年刑侦的崔局十分疑惑。驴车上摞着蒸笼，放着铁桶，这又让崔和尚等全体警察还有马义都愈发地纳闷：难道贩毒团伙现在都拿蒸笼和大铁桶装毒品了吗？伪装得跟卖包子稀饭似的！赶驴车的矮个男人掀开蒸笼打开铁桶，让警察们更加发傻的是：蒸笼和铁桶里果然是包子和粥！那赶驴车的问，谁是领导？警察们都指着崔。那人走到崔面前，带着民见官的拘束，说：领导好！他说两个小时以前，在金积镇街上，有个人，截住了他的驴车，给了他五块钱，让他把这几大笼屉包子和一桶稀饭捎到王团村来，那个人，还让他带话说：公安的同志，在王团蹲守了一夜，辛苦了，也饿了，吃点包子喝点粥暖暖身子吧！那个人还说，最后，让我们共同祝愿社会主义道路越走越宽广！赶驴车的说：那人说必须要把他的话，还有包子和稀粥，都带到了。我这就算给领导带到了啊！

赶驴车的又从车里端出一大海碗煮鸡蛋来，朝四下里问："谁叫马义？"

马义从人群中挤过来说："我！我！啥事？"

赶车的把鸡蛋塞给马义，说这也是那个人特意交代给他吃的。说一定要谢谢马义！那个人还说，时间太紧，来不及煮成茶叶蛋，鸡蛋味道淡了点儿，给马义说声对不起。

马义问：那个人，叫什么？他说了名字了吗？

赶驴车的说，那个人说他的名字叫马西。

天大亮的时候，从阿拉善左旗的一名内线那里传来进一步的消息，马西那个时候已经到了内蒙古阿拉善左旗然后又走了，内线说：马西昨晚根本就没离开过金积镇！马西成功地把警方大部队调离到王团村空蹲守，他就在已经空了的金积镇上，和从哈萨克斯坦来的毒贩把交易做了。金积镇的地点是马西几个月前就和哈萨克斯坦方面定好的，不能更改。

从撤队到回程，没人再说过话，崔和全体警队没人想说话，连平时饶舌的老尚都缄默着，这件事，不仅是行动失败，是整个警方的智慧被侮辱！马义在回程的路上有时间把整个经过捋了一遍，他彻底明白过来这从头到尾都是马西做的一个局：在雾沉沉的清早，仿佛是偶然让他在雾中发现那树梢上垂挂的草结，尔后是一路草结悬挂，引导他到镇里，进入那条巷子，看到了榆木门上的草环，再然后是马西的人抓住了他，看似一切都是偶然实际是精心设计好的环环相扣，尔后就是马西惊慌失措和下属们紧急商议改道王团村，再尔后是马西不杀他，说了义薄云天的那番话，当时还颇为感动了马义和马西的属下，所不同是，马义的感动是真的，而马西属下们的感动则是在集体演出，接着马西做了那个关键的动作：将那柄杀他的刀，随手一抛，丢在了地上！这把仿佛随意一丢的刀绝对是在拟定计划时就提前想好要在这个当口丢的！为的就是能让马义自己割断绳索跑出去报警。整个计划毫无破绽。唯一的一个意外，就是马财的响枪，这是马西事先没有想到的……马西把他的计划设计和进行得如行云流水一般，马义是一颗棋子，被马西在每一个关键处摆放到关键点上。然后马西还戏耍地向他调侃，说卤鸡蛋味道差了点儿对不起！

尚同义回到派出所就把马义的警服扒下来，并且将他逮捕入监。老尚这次没有火冒三丈，没有怒骂马义，而是对马义叹息着，他叹息马义这回是真的要死了。

马义也觉得这回他是真的要死了。

马义和马财同时被判处死刑，罪名都是通敌，帮助头号毒贩金积镇最大的阶级敌人马西犯下危害社会的滔天大罪！马义和马财是被一起押到县体育馆听候宣判的。宣判后，两人又被押到体育馆后门一处空地上和其他人犯一同蹲下，等待下一步的行动。下一步的行动也可能是有人被拉到刑场立即执行，也有可能是有人先拉回监舍，等待认为到了又一个需要震慑一下的日子，再拉出来执行。马义和马财并排儿蹲着，等待着下一分钟是暂时的生或是永远的死去，两人都没有表现出太多崩溃的失态来，因为死是好多天之前就已经预料到了，而且有无数的人无数次地告诉他们该死了，马义和马财都已经从最初的如雷轰顶撕心裂肺痛不欲生，转为现在麻木的接受。马义看着马财，忽然有一种陌生感，那是一种看着眼前还是活生生的，却在几分钟后就有可能完全消失的、彻底不再存在的、那种不可思议的突兀感。马义看马财很不像是真实存在的人，而是飘忽的影像。马义想起他听下马关村老辈人说过，看一个快要死的人，就是这种飘飘的、虚虚的、抓挠不着的感觉。老辈人说：那是人要走了，半截儿已化成烟儿了。马义觉得马财的死有很大一半是由他造成的，忽然间，他所有对马财的怨恨都全然冰释了，包括马财占有了本来是他的徐秀玲，全都消弭了戾气，他只剩下了对马财的内疚。对马财的内疚汹涌澎湃地涌上来，他迫不及待地想要对马财表示一点什么，要不此生就可能再没机会了！马义朝马财凑近过去，乘守卫不注意，用肩膀轻轻推搡了一下马财，让马财扭过脸来。马义想临死之前再跟马财说说话。

　　马财不扭过脸来。马财还清醒地活在现实世界里。马财对马义的恨还在水深火热着。马财更是把脸扭向一边，更坚决地不看马义，至死不与马义和解。并且马义的触碰让马财对死的麻木又鲜活了起来，他想到是因为马义他才死的，死亡的整个起因流程再次清晰闪现，死亡又一次清醒地划疼了他，马财原本已经没有了的眼泪，再次恨恨地、懊悔地、死不瞑目地流淌了出来。

　　马义感觉到了马财眼泪的烫,对马财的内疚愈发深入地裹围了马义。马义直接把脸凑到了马财的脸跟前,连最后的一点点矜持也全部除去了,并且开口对马财说:"哎——"他想跟马财说一声对不住,想说他不该撺掇尚同义扒了马财的警服给他穿,等等。

　　马财的回复是把一口唾沫直接啐在了马义那张凑过来的脸上,他临死不想听马义说任何话只想表示对马义的恨!

　　马义没有生气,他认为马财啐他是理所当然的一件事情,马财即使采取更激烈的动作,马义也认为是理所应当的。马义的屁股在地上蹭呀蹭的,再次把身子朝马财蹭挪过去,将脸更近地凑近马财的脸,他必须要最后对马财说点什么,这主要是为了他自己想死得心安理得:他至少是给马财道过歉后才死的!马义急切地再次开口对马财说:"哎,兄弟——"但马义话刚出口就发觉他已经来不及了:保卫部行刑的人过来了,把马财和其他一些人犯押上了刑车,而把马义和另一些人犯留下,这样马义就成了下一批处死的人,而马财先走一步。马义的心坠坠地沉了下去,他看到马财的脸色是一种油亮的蜡黄,那是一种死色,在濒死的人脸上都能看到,那是内里的油脂争先恐后地溢出来想护住生命却逼退了原本的红润。马义看见马财最后跨上刑车时掉转头来看了他一眼,马财最后还是看了马义一眼,那眼神里甚至都没有责怪,而是无限哀怨,那哀怨浓愁得无法言说。马财最后的这个眼神深刻地剜疼了马义。

马义突然对马财喊道:"马财,我没看过徐秀玲的奶子,我是骗你的,我是想气你!"

马义想让马财一路去死的时候心里能好受一些。

第四章

马财和马义都没有死。

马财那天其实是被拉去另一个地点看押的,他其实是和马义一样,都是定于再等下一个重大的日子需要再震慑一下反革命分子时再拉出去执行。马财在等待被处死的日子里,心情甚至是有一些舒展的,这源于马义在他跨上刑车时向他扔过来的那句话,马义说他没有看过徐秀玲的乳,这句话起作用了,这让马财再想起徐秀玲的时候心里暖融融的,在这之前已经有段时间没有了,马财对徐秀玲的身子开始有了嫌隙,到了晚上马财也抱徐秀玲,但不再是投入地抱尽情地抱,他抱紧徐秀玲时身上会战栗地起那种鸡皮疙瘩似的东西,有时他抱紧徐秀玲裸赤的身子会倏地一下手松开，那是他突然又想起了马义闯进门来说的那些话，他嫌恶徐秀玲身上有马义痕迹的停留，哪怕是目光的停留，但现在他心里的阴霾消散了，徐秀玲对于他有一种失而复得的意味。马财在等死的日子里是有一点死而瞑目的幸福的。但马财又是遗憾的，极遗憾，他遗憾日子又开始那么的好而他就要死了，马财想到这一点时又会禁不住泪崩。

马财和马义将被处死的时候，突兀地，发生了一件大事，这使得他们向死而生了。

"四人帮"被粉碎！

"四人帮"的倒塌使中国的很多旧有也随之倒塌。"四人帮"期间一切旧的制定、决策、计划、措施都被叫停，继而都被纳入清算其路线的框架内来重新审视。马财和马义的案子，从清算"四人帮"路线的角度再来审看，顿时就天翻地覆地不同了！尤其是马财，甚至被作为反"四人帮"的英雄来重新定位认识。在马财马义一案的甄别审查讨论会上，有人提出：马财开枪，那是顶住巨大压力牺牲自我为了保护群众啊，那是人民警察的崇高职责体现啊，那是英雄行为啊，马财是英雄啊，这是"四人帮"在我们宁夏的代理人在迫害一位英雄啊！与会者都赞同。说当然是英雄！必须是英雄！于是，马财经重新甄别后，除免去死刑和恢复警籍外，更被推定做了一名英雄。马财是英雄了！

英雄马财是被新上任的县公安局长亲自护送回村的。新局长把马财从看守所里迎出来，一路警车开道，县局以及镇派出所领导全部随行，一路浩浩荡荡开到下马关村，地方镇、村组织也早做了安排，除过组织村民在村口热烈欢迎外，村长还特地要求第一晚各家各户都不得到马财家去串门惊扰他，各家的狗都要在狗圈里拴好，不得在村里乱跑和叫，一定要让英雄和他婆姨睡好回家的头一觉！

新局长并且在马财的家里把一个工资袋给马财，说这是局里给他补发的自从判刑之后停发的工资，局长同时告诉马财，经研究决定，马财的月薪已经从之前的四十二块五毛提到六十四块七毛，这是二十二级干部的工资，提了两级，这是国家对一个英雄的奖励和补偿。

马财恍如做梦。

入夜，马财坐在炕头上，看着已经陌生的家和陌生的妻，徐秀玲端来洗脚水伺候马财洗脚，那种暖暖的温馨也是马财之前熟悉现在也陌生了的，陌生得让马财心旷神怡，心旌荡漾，像刚结婚头一晚似的。

马财说："秀玲子，我，我想跟你，那个啥哩……"

徐秀玲说："那咱就来，那个啥……"

俩人除去衣衫，如胶似漆。

马义也回村了。

马义是晚马财一天回村的。马义自然也被免了死刑。但马义无论如何也不能被评为英雄,第一次,马义是自己喝酒误事放跑了马西,第二次,马义更是误导警方致使马西再次逃窜,因此对马义的处理结论是:有错,但罪不当刑责,释放,警察也是不能当的,回乡继续务农。马义回村时受到了几只狗的欢迎,狗在村口嬉戏,一年多没见,还认得马义,奔过来嗅马义的衣角裤管,这让凄凉的马义感到了暖意。只有狗簇拥着马义孤冷地回家去。家让马义更加寒凉,他在村里的家一年多没住人,房顶被雨雪洇塌了,破出一个大洞,野地里的蛇、黄鼬、鼠和獾能直接从洞里进出马义的家,一只獾跳到马义的脚面上,以为自己是这里的主人而大胆不跑,或者可能是从没见过人不知道马义是什么东西而大胆不跑,马义说:"你好!"獾仍不跑。马义更大声地说:"你他妈的好!"那獾才嗖一下跑了。夜晚,马义睡在抬眼就能看见星光满天的破屋里,不知道明天该怎么办。马义兜里只有出狱时发的七十八元钱,这是政府发的关于给错捕错判劳教释放人员的生活困难补助费,按每月六元补发,这是二十世纪七十年代的补助标准,马义在牢监里蹲了十二个月零十七天,政府体恤他,不足一月按一月算,算他十三个月,监狱长说:"马义,你得谢谢政府啊!"马义说:"感谢!感谢!"这笔钱马义不敢乱花,他得买粮食,买盐,买灯油,还得买种子把地种了,熬到收秋地里才打上新粮来,锅里才能继续有米煮，才能卖了米换钱，才能把日子续下去……马义想，明天是不是去拣点树枝柴禾来先把屋顶的洞给补了呢？

两天以后，马义在村外拣树枝柴禾的时候在村口看见了马财和徐秀玲。

马财和徐秀玲从镇子上赶集回来，马财自行车的车把上挂着一大块肉，他们去买肉了，马财现在的工资可以天天吃肉。马义看到了马财的富裕，更看到了徐秀玲挽着马财让富裕滋润得溜光水滑。这两日，马义在村里听到的都是马财现在的红火，同样是纠错改判，他和马财竟是天上地下！马义再一次想到这一切的好本来应该是他的，那种在心底里咬噬样的疼，又回来了。他和马财现在又都活过来了，只有死了才没了计较，而活着就要有比较，有算计，就又有了怨恨。马义看马财和徐秀玲的目光冷凝着，冷冰冰硬邦邦的，像他手里的柴棍一样，直朝马财和徐秀玲甩过去。

马财怕了马义的眼光。徐秀玲更怕，她赶紧松开挽着马财的手，隐到自家男人身后去，不敢看马义。马财和徐秀玲也都感觉亏欠了马义，拿了原本是属于马义的东西。马财不知怎么对马义说好，"三，三哥……"他招呼着马义，向马义堆下笑来，声音小心翼翼。

马义好一阵儿不说话，尔后说："你让她走，我有话跟你说。"

马财赶紧听马义的让徐秀玲走，徐秀玲待在这里是尴尬的根源。特别是要赶紧把车推走把肉推走,这会更加刺激穷困潦倒的马义。徐秀玲巴不得走,她浑身不自在,赶紧走了,临走,暗暗拽了马财一把,提醒自家男人要是有啥不对赶紧躲,徐秀玲怕马义打马财。这个关切的举动让马义看见了,他心里愈发寒凉,酸楚。

"三哥,"马财看徐秀玲在村道上走远,说,"她走了,有啥话,您说。"

马义像通知一样地对马财说:"你们家徐秀玲的奶子,我其实是看过的。"

马财僵住了,笑容在脸上凝固,随即脸色阴沉地吊了下来。

马义说:"上回我跟你说我没看过,那是我以为政府要把你拉走枪毙你哩,我想让你临死心里好受点,我哄你的。其实我看过。"

马财脸色不光阴沉而且闪现出怒色来了,他怒瞪着马义。

马义不惧怕。马义强调地说:"我看过五回!"其实马义只看过一回,他夸大地并且伸出一只巴掌五根指头来对马财比画着,以强调他的话。马义看到马财真生气了,已经穷困潦倒的他总算让日子红火的马财生气了,让马财也尝尝难受的滋味,马义心里熨帖了一些。因为这一点点的熨帖,马义笑了起来,马义已经很久不笑了,生活中全是让他想哭的滋味,他的笑声像久不开启久不使用的生锈的门轴,吱吱轧轧地在脸上生涩地滑过。

  马义大笑着回家去,把一脸愠怒的马财甩到后面。

  马义还没走到家就已经哭了,哭得稀里哗啦,哭得崩溃,哭得蹲倒在家门前的沙枣树下。

  马义的那一点熨帖和舒展,只维持了很短暂的一会儿,他的笑意在脸上还没有充分展开,无边的凄凉又重新裹围了他。下马关村人形容人的日子过得苦焦,过到了生活的最底层,过到蝼蚁不如,有一句话说:把日子过成光阴了。马义觉得他现在就是把日子过成光阴了,这是在马财和徐秀玲日子过得红红火火的衬托下!马财衬托着马义愈发潦倒不堪!马义在沙枣树下哭着把背回来准备修缮屋顶的树枝柴棍都扔了,他想就是把洞补好了有个球用!能改变这是茅草破屋吗?能让他拢共就有的七十八块钱再多几块吗?能让他痛痛快快地买一回盐吗买一斤灯油吗?他就是把马财气那么一下管用么?能改变徐秀玲还睡在马财的炕上躺在马财的怀里吗?!在之后的几天里,马义就心灰意懒地睡在彻底洞开的屋顶下,任月色星光及蛇、黄鼬、鼠和獾肆无忌惮地窜进来。马义睡在天穹下认认真真地想到了死,他觉得他应该死了,活成这样一点意思都没有了,政府不杀他,他就自己把自己杀了吧!马义想要死有很多条路,家里就有菜刀,斧子,上吊的绳子也有,只要敢对自己下手。出门有崖畔,跳下去就行。再走远点就是腾格里大沙漠，人踏进去就出不来。要不就是把兜里的七十八块钱都去金积镇上买了肉，连吃几天，猛吃，把一辈子的馋和饿都解了，最后一顿在肉里掺上宁夏产的农药把自己药死。马义想选择一样去死，他想选一样不太痛苦的，他想自己痛苦了一辈子不能到死还痛苦。马义甚至想到再不然就把自己的下身扎起来，俗话说活人让尿憋死，他想就憋死自己试试？马义想得都笑了，他从哭着想到笑了起来。第三天的时候，马义从炕上爬起来，从七十八元里数出八角钱，去村头小卖部买了四斤挂面，回来一锅煮了，痛痛快快一顿吃光，然后马义不死了，他要做一桩大事。从此他只做这一桩事。

马义要再去寻找马西直到捉住他！

捉到马西是马义唯一能再站上枝头的路！当然这会让马西随时把他杀死，马义很清楚。

马义想反正他也是预备要死了，再一次想死，他就算提着脑袋上路吧！

马义去找隔壁的邻居马学礼商量卖房。

马义的七十八块钱，出去花八毛买了挂面一顿吃了，这几天买苞谷面和咸盐，还买了一点干辣子拿盐拌了当菜，在屋里做饭吃，花去了一块多，剩不到七十六块了，而要上路去寻马西，寻马西绝不可能是一天两天，这点盘缠是远远不够的,马义家里已经没有一件能值一块钱的东西了,唯有房子,马义家的山墙挨着马学礼家的山墙,两家的屋子连在一起,马义想把房子卖给马学礼,这是他唯一能卖点钱的财产。马学礼一直想把马义的房子盘下来,想修缮了给儿子娶亲,以便儿子成亲后一大家子人能接着住一块儿。马学礼给马义提过好几次,马义一直不答应,把房子卖了他住哪儿去呢?把自己挂树上吗?如今马义决定就遂了马学礼的愿,准备把三间房子以八十元卖给他,这是马学礼自己提出的买价。

马学礼对于马义自己上门来卖房欣喜若狂,但脸上却是一团愁苦。马学礼一脸苦相地连连对马义说对不住,本来嘛,三间大屋卖八十个元,太少了!少到他马学礼都没脸说自己也姓马,这简直是明抢兄弟哩!但马学礼说眼下就是这八十个元他也拿不出来了,眼下他只能拿出四十个元,实在是家里眼下再拿不出钱来了。马学礼说四十个元这么点钱简直是把人羞都要羞死了,说不出口!马学礼家炕上的躺柜里放着二百多元他不拿出来,他想绷马义一下,马学礼看出马义卖房卖得急。

马义被马学礼的这个出价呆住了,他发急地说:"学礼,四十个元,你是说相声哩!我不是着急用钱我不来寻你卖房,屋是人的根,我但凡不是逼到绝路上 我不能把自家的根挖了!你好坏再添俩!"

马学礼说:"确实少!少到哥是抢你的房哩!但我没办

法我实实在在是再拿不出钱了！要不，兄弟，咱俩这买卖就算了吧！"

马义呆立片刻，最后一跺脚说："行了，学礼，你拿钱吧！"

马学礼心花怒放，脸上却是更加愁苦，一脸的羞惭万般对不起马义，他去取了四十元来，突然又一拍脑袋，对马义说：兄弟呀，哥真真是差的没法说了！我刚想起来，就是昨天，我给我婆姨抓药用去了两块，现在没有四十只有三十八个元了你看咋办？马学礼把临时抽出来的两元钱悄悄团在手里，他想再绷马义一下，看马义怎么说，如果马义急了，不卖房了，他再把这两元给马义添上，就说是刚又想起来，哪个村的谁谁谁去年借他的两块钱刚还回来，他搁在兜里刚才忘了。马学礼手心攥着两元钱，观察着马义的神态，说："兄弟，哥实在是羞得没脸跟你说话了，要不，这买卖，咱真的还是算了吧？"

马义叹了一口气，把三十八元接了过来。

马财听到消息来到马义家的时候，已经是第二天的上午了，马义晚上就要走。马财看见马义正把家里所有的苞谷面都揉了蒸馍，准备带着上路，并且把家里的桌椅板凳都拆了劈了，当作烧火蒸馍的柴禾，一副彻底不过日子的景象。马财现在恨马义，至少很气，但马财是管片民警，他不能不管他辖区里居民的事,特别是大事,"三,三哥——"马财小心翼翼地招呼马义,尽量显得礼谦,免得哪点不对又把马义惹毛了,再刀枪棍棒地甩过来。

马义对马财甚至有些低声下气的礼谦毫不领情,他烧火蒸着馍,冷着脸说:"马政府,你跟我从今往后不是亲戚,你跟我从今往后就是公事公办,叫我户口本上的名字。"

"马义,"马财只得改口,"你这是,要走吗?"

马义说:"我不能走吗?我还在受你监管吗?"

马财说:"你能走!我是想问一声,你这是预备去哪?去干啥?"

马义说:"我预备去越南寻个婆姨哩,还预备去美国暗杀他们总统,不一定。"

马财严肃起来,说:"马义你好好说话,现在是公安部门在向你问询,我听说你是要去寻马西?有这事吗?"

马义说:"马西是王母娘娘,别人不能碰吗?"

马财忍着马义出言的生冷,继续和颜悦色着,说:"没说你就不能去碰马西。我的意思是说,抓马西是我们公安的事。你一个人,啥都没有,没枪没棒,你也没个具体方向和计划,乱碰硬撞,你这样去很……很悬乎。"

马义说:"马政府你说的悬乎就是最后马西会把我当个鸡的宰了?"

马财不说话,他以沉默表示默认马义的说法,很有这种可能。

马义说:"这话上回我去镇上寻马西的时候你给我说过了,现在是我想让马西把我宰了。我活得没心思了,我想死哩!"

马财忽然觉得马义的话好像有些问题,但不知问题在哪里,马财努力地想,终于想明白问题不是马义的话有问题,而是马义说这些话的语气和态度:面对生死,马义太随意了!马财认为没有人会一点都不惧死,他当警察也有不短的时间了生与死也碰到过不少,面对生死,人至少会有一点点迟疑,一点点踌躇,一点点犹豫不决,马义太随意太不在乎,马财忽然想到马义是不是有线索了心里有一点底了所以他故布迷阵?"马义,"马财更严肃起来,"你是不是又发现了马西的啥线索了?你要是发现了啥,你这回可是要及时跟我们公安说哩,你可不敢又瞒下了自己去悄悄地弄,不敢再误了大事!"

马义说:"情况么,确实有!我发现马西就在金积镇上包房子藏着哩,有几十号人,都有枪,还有个铁疙瘩在床底下放着,圆圆的长长的,上头有个电门一按就能炸,不知道那是不是就叫个原子弹?他预备五一节那天就炸咱们镇上的茅房哩,咱要跟政府先说一声么?"

马财知道这么问马义是问不出什么来的,他的胡搅蛮缠满嘴胡吣会一直持续,马义有了线索一定会自己先干,他是为了他的命运在拼,他还是想再当警察,心不死!马财从兜里掏出一沓钱来,说:"马义,我还是希望你不要走,不要这么去盲目冒险,但你一定要走,我也拦不住,公安也没有任何理由拦你,这一百个元,你拿上,这也是我和徐秀玲商量过的,她也让你拿上。"

马义心底里那咬噬的疼又飘了起来,他手指头一张张捻着那钱,说:"正好你把徐秀玲也一块还给我吧!那本来就是我的!"

马财真火了,说:"去你妈的!"

马财一把抢过他的钱,不给马义了,夺门而去。

晚上,马义上路了。马义背着蒸好的一口袋苞谷面馍,裤衩新缝了一个暗袋,里面放着他全部的一百一十三元七角,用别针仔细别好,跨出卖掉的家,上路,去寻找马西。

马义要去三千多公里外的广州,他听人说马西如今在广州一带贩毒。

第五章

　　马义确实不是轻率地去瞎闯送死,马义其实是有一成的把握能找到马西。

　　马义的这一成把握,还是来自他对马西的熟知。马义坚信马西还会使用秘密方式来召唤、串联、集结他的部众,他坚信他会在广州火车站,也可能是长途汽车站,会再次看到马西悄悄布下的联络标志!那可能不会再是芨芨草,同样一种东西精明的马西不会再用第二次,而且广东也没有西北荒滩上的草,那可能会是一块砖,一块石头,一朵花,一根布条,还有可能是一只鞋什么的,马义不知道马西会在那儿摆下什么,但马义坚信不管马西摆下啥他都能认出那是马西摆的！马西不管干什么都有他抹不掉的风格和味道。马义和马西两个堂兄弟从小玩到大，那种风格味道对于马义说不清道不明但马义能嗅觉得出来，如同一个很熟很熟的人睡过的被窝，你一躺进去就能闻到那股味儿，虽然你说不清那像兰草幽香还是像什么。这是马义独胜一切旁人的秘密所在！

马义不会把这个秘密先告诉警方，马财猜得很对，马义首先要为自己的命运一搏，守住和握牢这个秘密是马义改变自己的潦倒换来今后幸福的保障！因此马义在出门上路的时候，没有那种将踏上死路的悲怆，反而是一种跃跃欲试的亢奋，他又一次有了上回发现苁苁草标的那种感觉：一只狼，正在悄悄接近一头鹿，而鹿却浑然不觉！所有人都是鹿，包括马财和警方也是鹿，都在懵懂中，只有马义自己是狼！这种感觉太好了，因此马义上路时是笑的。

马义先到了金积镇，他去银川市坐火车去广州必须要路过金积镇。在镇上，马义看到了尚同义。老尚还蹲在街上跟人下方。粉碎"四人帮"后，老尚就被撤销所长职位并被开除了警籍，现在老尚在一个民营剧团里，跟着走村串户去唱戏挣吃喝花销，语录歌不唱了，老尚又唱回了老戏，唱眉户剧《梁秋燕》和秦腔《周仁回府》这些，唱一场老尚能分个一块几毛的，也有很多时候没有钱分，能分得几斤村民凑的粮食或者是瓜菜，再或者是一块豆腐，一捧枣什么的，只能糊一糊口。但老尚乐呵呵的，知足常乐。老尚看见马义，很亲热，老远就喊，寒暄过后，给马义道歉，说当年中国最坏的人，除了"四人帮"，就是他了！老尚说："粉碎'四人帮'，粉得好，碎得好，再不把像我这样的疯人拿下，国家就完了！实在是粉碎得好啊！"老尚又说得周边的人哈哈笑，老尚依然在金积镇上无耻地可爱着。

有熟人路过还骂老尚："老尚你又在这下方，你婆姨在那边跟野汉子亲嘴你也不管！"

马义意外地看见老尚竟然恼了，老尚竟然猛跳起来，抓起下方的石头猛砸那人，并且嘴里怒骂，骂着，老尚还哭了，泪流满面，悲伤欲绝。

老尚的老婆几天前死了，他爱他老婆。

马义从金积镇拐上大道一路向东，经青铜峡，过吴忠县，三天以后走到宁夏首府银川市，在银川火车站，也是夜晚，他顺当地扒上了一列开往内蒙古呼和浩特的煤车，更向东去。马义不能买票，他拢共的百多块钱拿来买票到广州一大半就没了，何况他到了广州即使不住店可以睡马路但吃饭总归是要吃的，他不能指望在一天之内就能发现马西摆在那儿的秘密联络标志，他不知道要在广州待多久，十天？一个月？半年？这都是可能的。所以马义一分钱都不敢轻易花，他只能一路扒车去广州。马义坐在煤车上，西北高原的夜风强劲地吹刮过来使他感觉就像骑在飞奔的马上,他省下了钱,又坐上了车,开局顺利,马义心情大好,于是马义想唱一唱,他觉得不唱一嗓子心里实在是欢快地痒痒,于是马义就站在煤堆上,像登上舞台表演一样,对着飞驰掠过的旷野说:"下一个节目,男生独唱:《'四人帮',我×你妈》,演唱者:总政歌舞团马义!"然后马义唱起来:

"'四人帮',我×你妈,

你把中国害惨啦!

……"

马义闭着眼迎着风吼唱着,一遍一遍地唱,唱得狼嚎犬沸。马义不知唱了多久,到他睁开眼睛时,顿时傻了:几个铁路警察正站在他面前看着他!这几个铁路警原本坐在煤车的守车里,他们是搭这列煤车到前面内蒙古乌海站去换岗的,听到上面有人在唱,爬上来看,就发现了扒车的马义。

警察问马义:"你总政的?"

马义说:"不是!我农村生产队的。"

警察说,"你热爱毛主席反对'四人帮'这很好,但你扒车逃票必须要处罚!"

然后警察就把马义带走了。

在到达前方车站内蒙古乌海时警察把马义带下了车。马义强调说要是补票罚款他可没钱!警察说知道你们这些人就会说没钱,然后警察说没钱也有没钱的处理办法。警察让马义在车站干活,用劳动来抵票钱,处罚马义给乌海车站来往停靠的火车洗一个星期的车,一个星期以后作为收容的盲流遣返原籍。并且还讲好不管饭,就让马义吃自己带来的馍。马义直想一头撞在火车上,他懊悔万分地想:本来好好的啥事都没有,瞎唱的啥"四人帮"呀!

马义洗了一个星期的火车,吃掉了一多半带来的馍馍,尔后被收容站的车又送回了金积镇。出门走了快十天绕了一圈又重新回到原地,马义重新站在金积镇褐黄色的街面上,他并不气馁,宽慰自己说:就当这回是演习好了,重新再走过!红军长征也不是一步就走到陕北的!马义从出门缝在裤衩上的暗兜里摸出一块钱来,找镇上的一户人家买了七斤玉米包谷面,又借这家的锅灶再蒸了一笼屉馍馍,补充到快要吃空的干粮口袋里,背起重新上路。三天以后马义再次走到银川火车站,又在深夜时分,再次扒上一列煤车向东去。

马义这次一声都不敢再唱,连尿尿都是断断续续的:尿一阵,停下,听听动静,尔后再尿,生怕连续不断的尿尿声响万一再把警察招来!马义蛰伏在煤车上,咣当咣当走了七天,或者是走了九天,他记不清了,最后煤车在一个车站停下,马义小心翼翼地爬下车,躲在暗处观察良久,最后选定一个他肯定不是警察的过路人上前去问:这是哪儿?那人正在路基边尿尿,尿毕,告诉马义说:这儿是湖北省襄樊市。马义有些发蒙,连湖北省对于他都是完全陌生的,这叫啥"襄樊"的更是听都没听说过！马义在襄樊待了五天，他是扒车的，不能像那些买了票的按时按点地上某次车，他只能等机会。五天后的夜里，马义又扒上一列货车接着上东去。从金积镇出发时，他知道广州在宁夏回族自治区的东面，但现在的方位是湖北省，广州是不是在湖北的东面，马义就不知道了，他完全只能凭运气了。马义蛰伏在货车上，这趟车拉的是架设高压线的电瓷瓶，一车厢都是圆溜溜硬邦邦的，硌得马义一路没法躺下来睡觉，他只能坐着或者站着睡，以至于他下车后都不会躺着睡觉了，把身子放平就睡不着。马义在这列车上又咣当咣当走了七天，或者是走了九天，再或者是更长，到最后马义已经浑浑噩噩昏昏沉沉完全记不住日子。马义清醒过来时，货车已经停在了一个花红柳绿的地方，再不走了。马义又小心翼翼地溜下车，又躲在暗处观察四周良久，最后再次选择了一个他肯定不是警察的路人上前去问：这儿是哪儿？那人没在路基边撒尿，直接告诉马义：这儿是广东韶关。并且还说：前面，下一站，是广州！马义欣喜若狂，高兴得要疯，庆幸自己这一路靠撞大运最后还真是蒙对了，马义真想再高唱一曲，但这回他再不敢了，他小心地放了个屁作为庆祝。马义的快乐只荡漾了不长的一会儿，接下来他看见车站上不少人开始狼突犬奔起来，他认出这些人都是和他一起扒车的，再接着他便看见铁路警察出现了，警察又来抓无票扒车的了，马义慌不择路，本能地跟着前面的四个人一起跑，那四个人的口音马义听上去极端奇怪（后来马义知道他们是湖南益阳人），马义跟着那几个益阳人慌慌张张一头扎进了一列闷罐车，在角落躲了起来。车里拉的是油漆，一个个码放的油漆桶集中地散发着像草原一样广阔的浓腥气味，马义和益阳人缩躲在油漆桶后面，听着闷罐车外头奔跑的脚步声和警察的吼叫呵斥声，那些声响都近在咫尺，到最后马义已经都绝望了，他已经做好了接下来就是去再洗一个礼拜的火车然后被遣送回金积镇的准备。但这样的事情最终没有发生，接下来发生的事情是闷罐车的车门居然被人关上了，关闭的车门使警察的响动变得模糊而遥远，接着马义隐隐听见了汽笛声和哨声，这是火车要发车的信号，再接着闷罐车果然开行了，先是像一条鱼般地滑动，尔后就像是杀了人一样地夺路狂奔。马义和益阳人都死里逃生地大出了一口气，那几个益阳人万分激动地觉得此时应该高呼一些什么来欢庆一下，于是那几个矮仔一起大喊：刘晓庆啊刘晓庆！李秀明啊李秀明！刘晓庆、李秀明是二十世纪七十年代末八十年代初中国男人最想得到的女人。益阳人欢呼过刘晓庆与李秀明后并不遮掩地告诉马义：他们几个是扒车去广州当小偷的。益阳人说，广州那地方城市大，钱多，不像益阳，穷，要偷只能偷几把米。益阳人用益阳话对马义说：个鸡巴的益阳，冇（没）得名堂搞！

火车又哐当哐当地走了很久，马义觉得下一站广州是那样的漫长，到最后马义又不记得日子了，他饿得头晕眼花，神智迷离，他带来的馍全部吃光。就在马义饿得几乎要喝油漆的时候，益阳人还有吃的，益阳人摸出一个他们叫做粑粑的玉米面饼，用益阳话问马义："老倌，要呷的啵？"当马义明白这是问他要不要吃，他迫不及待地点头，迫不及待地伸出手去，益阳人说：这一个粑粑，要卖十元钱的。马义匪夷所思，说这一个饼子在车站要能卖到一毛钱已经是了不得的了不得了啦！益阳人胸有成竹地微笑，说那老倌你跳车下去买好了。益阳人并不仗着人多来抢夺马义的钱，他们满怀信心地等着马义来就范。马义撑不住了，他除了头晕眼花，还气短，很短，有点俗话说的上气不接下气。马义裤衩的暗兜里依然还是一百一十元七角四分，这一路他节俭到极致拢共只花了在金积镇上用来买苞谷面蒸馍的那一元钱，马义摸出十元钱来换回一块饼子，他认为活着到广州才是一切希望的根本！马义吃下那块饼一天以后（或是两天以后），又重新头晕眼花胸闷气短，他头一次真切地体验到吃了一点东西比啥都不吃更要饥饿十倍，马义于是再摸出十元钱来，又买了一块饼，接下来又买了第三块、第四块、第五……当马义买到第九块饼，觉得火车这一辈子都仿佛开不到达下一站的时候，火车猛然之间就停了，毫无征兆地、像滚雷哗啦就落下来，停得纹丝不动，再也不走了。

当马义用手遮挡着前额眯缝眼睛从黑暗的闷罐车里爬出

来,走到阳光下,他先看到了远处的高山,走出车站就是辽阔的大漠,然后他看见了骆驼——马义奇怪地想:难道广州街面上也是有骆驼的吗?

马义接下来看到了车站一间房子门上悬挂的牌子:青海省格尔木市火车站邮电局。

就是说,这是到了青海了?!竟然到了青海了!!

马义甚至没有表现出愕然或者激狂,他的思绪一时间浮在缥缈中,觉得这一切都不可思议,不像是真实发生的。他走了三个多月快四个月了,他把唯一的房子卖了,凑了拢共百多个元,已经花掉了九十多块只剩下十二块七角钱了,反而离广州越来越远!他从宁夏出发去广州,一路千苦万苦,最后走到反而比宁夏离广州更加遥远的青海来了!马义怎么想都怎么觉得这不像是真的。

马义最后走进格尔木车站的一间餐馆里去,那家馆子里卖拉面,还卖卤好的羊羔,一个卤羊羔两元五角,马义买了四个,还买了四大碗面,六个麦饼,六瓶青海沙棘啤酒,剩下的最后三角六分钱他给了馆子门口要饭的(那要饭的青海撒拉族大妈惊愕得像看见了活佛)。尔后马义从容不迫地吃着,吃他平生最饱的一顿饭,他准备吃光喝净后就去死。马义看见走出格尔木车站不远就有一个断崖,从那儿跳下去,从生到死,马义估计也就一分钟时间。

马义吃光全部饭菜出饭馆向断崖走去时却又不想死了。

平生从未吃过的美味,以及饱,主要是饱,饱是能懈怠人的意志的,而自杀则是很需要意志的,饱又能让人感觉到生活的一点点美好,感觉到暖意,感觉到一点点依恋,这些都消磨去了马义的死意,马义觉得再活下去也没啥不好。于是马义又重新走了回来,去跟饭馆门口乞讨的撒拉族大妈跪下,因为刚才那大妈跟他讨钱也是向他跪下的,马义跪下请求大妈返还他两毛钱或者一毛八分钱,马义想着两毛钱或者一毛八分钱能买四个或者五个饼子,他想在吃完这些粮食之前能找到一个活儿干尔后攒钱再去广州。撒拉族大妈把一角五分钱还给马义(经过和马义讨价还价后),惊愕得像看见了魔鬼。把给乞丐的钱物又乞讨回去,这在世界乞讨史上恐怕是第一次。马义在不经意间创造了历史。

马义在花完一角五分钱之后找到了一个在石灰窑场烧石灰的活儿,日薪八角,管住,吃饭每日要交一角钱。那个格尔木的窑主对马义说:"你尕娃遇上我算你命好!你去西宁看看省长每天吃的是啥,你尕娃每天就花一毛钱我让你过的是省长的日子!"窑主每天给马义这些窑工们端上来的饭菜是白水熬茄子和苞谷面馍,他坚持说这就是省长每天吃的饭,说青海广播电台都广播过。格尔木的窑场里听不到省上的广播。马义没见过省长吃饭,但马义想那么大一个省长咋也得在茄子里搁点儿肉吧?他因此不相信窑主的鬼话。但马义对窑主黑心让他吃得差并不太在乎,马义只想快些挣到盘缠早点上路。在熬到两个月,马义算计他挣到差不多又有四十块钱的时候,马义认为他可以走了,而且他这些日子里一得闲空就去格尔木车站打探,已经探得有拉活羊的闷罐车定期再去广东韶关的,马义便去找窑主结账辞工。窑主咂着嘴说:"让你尕娃每天过省长的日子你都不过,你尕娃还想过啥日子?你莫非还想让我把婆姨让给你睡么?呸!"尔后窑主说:要走,行,青海这个海没盖子盖着,谁想走哪儿都挡不住,但窑上立下的规矩是工钱两年一结,谁要是半道上走人那先前的工钱就得打水漂了,你尕娃要是想这么走你就走!石灰窑终日粉尘飞扬,窑工在这里干一年准定就是矽肺二期,窑工很难找,因此窑主们都用这种办法来拴住绑定窑工。马义傻眼了,心中怒火燃烧。但马义不敢跟窑主硬呛,他看见窑主手下几个管窑的亲戚都带着刀,窑门口还拴着藏獒,那藏獒连狼都能咬得死!马义慌忙展颜为笑说他辞工要走是糊涂了,他放着这么好的日子真是糊涂死了!马义笑逐颜开地说:"我每天过的是省长的日子我高兴得很!我还有啥不高兴的!"

马义不能偷偷溜走,尽管这并不难做到,马义兜里没有一分钱,他要溜走连青海省都走不出去。马义只有留下,在粉尘密布和白水熬菜的日子中继续熬着。冬天过去夏天来到,格尔木的荒滩上的草星星点点地绿了,马义的嘴里长满了口疮,他连白水熬白菜里的菜叶都不能嚼了,只能喝汤汁。马义的火烧火燎已经到了极点,他担忧这么拖下去就是有一天到了广州那马西还在吗?马西能像一片叶子一直长在广州的树上吗?!马义愁得真要活不下去了。窑工里有个姓朱的,他是在甘肃的单位里贪污了钱潜逃到格尔木来的,以做窑工的名头在窑上隐藏着,他是见过一些世面的,对马义说:如果马义能有在格尔木做官的亲戚朋友给窑主说句话,窑主没准就能把工钱提前给他支了。老朱说,哪怕有个当乡长镇长那么点儿大的官亲都或许管用!马义对老朱的提议报以苦笑,不要说在格尔木,他在全世界唯一认识的官是下马关村的村书记徐福宽,还认识一个已经被撤职的尚同义。但马义对老朱的话是记住了。这一日,马义下了工在格尔木街上闲逛,格尔木市很小,也脏,街上扔着垃圾和旧报纸,马义捡起一张来看,那是一张《格尔木日报》,被撕扯去了多半边,剩下来的一少半上登着各类新闻消息,马义看到一条写着格尔木市文教局局长刘长宁率领党委一班人深入基层如何如何,马义看过就扔了,这种消息各种报纸上都有。马义扔掉之后忽然又去地上捡了起来,站在刮着沙尘的街头,看着报纸上的"刘长宁",这个他刚知道也是唯一知道的格尔木市一个官的名字,他忽然就有了一个想法,觉得万般无奈之下这个办法或许能冒险一试。马义回到窑上,对那沙姓的窑主说:"沙叔,你认识刘长宁不?"马义看到窑主明显地怔了一下,很快窑主豪壮地说:"我开我的窑挣我的钱,谁也不能把我咋的,我认识他是个锤子!"锤子在青海话里不作铁锤讲,是说男子的生殖器,不光青海,西北五省乃至四川一带的人都这么说的,放在这里使用是对人的无限轻蔑。窑主轻蔑豪壮完了之后就开始了小心翼翼,他小心翼翼地问马义:"你认识?"马义诡秘地一笑,说:"我也不认识。"马义的计划是这样的:他必须得说不认识,这是防止窑主万一去调查,他已经说了他不认识窑主也不能把他怎么样,但他说的时候必须要诡秘地笑,要显得神秘莫测,又要让窑主觉得他深藏着什么,马义分析窑主多半不敢当面找这个刘长宁去问。窑主果然被马义诡秘的笑容笑得有点心烦意乱。一日过去,二日过去,到第三日,马义看到窑主明显焦虑了,但仍是撑着继续满不在乎的样子,来找马义说:"马义你真不认得刘长宁吗?"马义依旧诡秘地笑着说:"不认得呀。"窑主更被马义笑得心烦意乱。又是三日过去,窑主彻底急了,所有的伪装统统剥了去,来拉住了马义问:"马义你和刘长宁到底是啥关系?"马义坚持说没关系,不认得。窑主喊叫起来说不可能!说马义你一个外乡人,来到格尔木,你要和他没关系,你咋知道格尔木有个刘长宁呢?窑主说马义你即便和刘长宁不是亲戚,那你也有亲戚和刘长宁有关系,好比说,给他开车当司机啥的,对不?马义说不对,一概没有!继续否认。但马义依旧诡秘地对窑主笑,而且愈发地笑得诡秘,笑得窑主寒意阵阵。窑主不再问了,直接给马义结算了工钱,放他走,对马义说:"马义你得给刘市长好好说说,我可没对不住你啊!"刘市长?!轮到马义傻了。马义不知道的是,他捡到的那张废报纸是半年多前的,刘长宁现在的职务是:中国青海省格尔木市副市长!

窑主给马义结了七个半月的工钱共一百八十元一角六分!马义出门去将头撞在树上看到头出血了才相信这是真的。马义第一件事就是去格尔木车站买了一张去广州的正式火车票,硬座,到北京转车,票价四十一元七角。马义首先要确保自己能准确地到达广州,同时他也实在是怕了,再不想去扒车东躲西藏半道被人逮住去洗火车被送回金积镇。在火车上,马义豪迈地坐着,看到乘警过来,他开始做表情,开始鬼鬼祟祟,躲躲闪闪,贼眉鼠眼,他想让那铁路乘警拦住他,查他的票,然后他继续支支吾吾,尽量表现出做贼心虚,等到那乘警急了,要逮他走,再然后他就把那张中华人民共和国的正式火车票掏出来亮给那铁路警看——啊,那一瞬间多么扬眉吐气!但那铁路乘警没有查马义的票,他看都不看马义的贼眉鼠眼就径直走了过去,这让马义非常遗憾。

火车到了广州。广州以它的花红柳绿来迎接着马义。马义晕晕乎乎像是踩在云里雾里,他不能相信这是真到了广州。马义下狠心掏出一元钱来给一个路人,让他念一念车站一所房子前悬挂的牌子上写的字,那字儿马义也是认得的,但他此刻不敢相信自己眼睛看到的都是真的。路人收了钱,给马义大声念道:"广州火车站小件物品寄存处!"路人念了三遍。马义终于相信是真的到了广州了！马义瘫软下来，伏地大哭，捶打着地面说："广州啊，我 × 你大爷的广州！"他哭着对广州骂着他所知道的最恶毒的话。

马义从下马关村出发到踏上广州的土地，已经过去了一年零七天。

第六章

马义在广州又待了七个月后去广州火车站的楼顶上要跳下去想再次自杀。

马义这次是真的想死了,哪怕是吃饱了。

马义已经没有别的路可走,七个月来,马义每天都是上午待在广州火车站,下午赶去广州长途汽车站,这两个地方他几乎是每天都一寸一寸地量着地面蹚过,任何一个犄角旮旯他都拿眼睛当舌头般地反反复复舔过,每天!七个月来,马义没打过工,连一天的零散工都没去打过,他生怕就在他去打工的那几天里,马西会在这里布下与属下联络接头的秘密标记暗号,而随后一旦联络上就会立刻将标记撤走,这是金积镇贼帮自清朝就延宕下来的帮规,是为了能少一刻就少一刻让危险暴露在外面,马义知道马西特别谨慎和严格地遵循着这一点,因此马义生怕就在他离开的那个时刻,事情悄然发生了又悄然消失了而他就永远错过了!不打工就没有钱赚,七个月来,马义就靠在青海挣的那一百多元钱过活。在开头的一个月,马义豪迈地吃饭,往饱了吃,他甚至还吃过一回广州的深井烧鹅,二十世纪八十年代初广州的深井烧鹅九角钱半只,那滋味美妙得就像马义第一次看见徐秀玲的乳。马义以为很快就能寻到马西的踪迹,而一旦捉到马西政府就能让他回归警队他很快就有工资好拿,因此马义在最初没有太刻意省钱。在最后的两个月,马义每餐只能吃青菜和白饭了;在最后一个月,青菜没有了,只有白饭;到最后,连白饭也只能隔两天吃一顿,以不饿得昏厥过去为临界点。马义不能去乞讨,因为乞讨是一件引人注目的事,多少会引起四周的人注意地多看你一眼,如果再要引得旁人对你的大声叱骂和轰撵,车站里经常会有执勤人员大声喝骂撵那些乞丐,那就更加会招来众人的侧目,而马义侦察马西只能隐在暗处,他必须是车站里每日像大河流淌般涌动的人潮中最不起眼的那一滴,所以马义只能忍着剜心的饥饿而坚持。在最后的几天,连隔两天一餐的白饭也没钱买了,马义却依旧连马西半丝半毫的踪迹也没发现,马义终于承认自己听到风声来广州寻马西是一个绝大的错误!他彻彻底底地错了!马西根本就不在广州，或者是在马义还没来广州之前马西就已经离开了广州不知又去哪里了。这么长的时间里，马义和马西根本就是在两条道上完全相悖奔跑的车，完全不可能交集！马义想明白了这一点，精神支柱轰然倒塌，虚弱在瞬间就弥漫上来，所有被信念压制着的饥饿、乏力和病痛全部在一瞬间像洪水冲决堤坝，马义立刻就虚弱地站不起来了。马义最大的虚弱是心里空了。马西是马义撑着不倒下去的希望，现在马西没有了，找不着了，马义也再没有花一年零七个月的毅力和气力去寻找了，马义瘫软地闭眼坐在地上喘息，他想歇一歇养一养，养足最后一点气力去死。

马义在临去死前偷了一只女人的发卡，那是马义在向候车室楼顶走去的时候，路过车站里一间卖女人小饰品的商铺，满屋子扑面而来的女人的气息，让马义在临死前想到了徐秀玲。马义不由停下脚步，他有一点心酸，心酸一点点扩大变成了扎心，马义想他这么去死未免太孤单了，像孤魂野鬼，这一点让马义极怅然，死不瞑目。于是马义几乎是抢似地偷了那只发卡，卖饰品的广东女人被马义的凶神恶煞吓得不敢吱声，眼睁睁看着马义把发卡拿走，马义把发卡别在他乱蓬蓬的左侧发鬓上，他当年看过徐秀玲就是这么别发卡的，几分钱一只薄铁皮的发卡贴在马义的头皮上有一丝凉沁沁，让马义感到怪怪的有一些抚慰的意味，这是女人的气息，马义把它想象成徐秀玲的气息，好歹在最后的时刻能有徐秀玲的气息陪着他一起死,这让马义有了一点点的小满足。马义带着一点点的满足重新开始沿楼梯向上爬去,在第七层的地方,有一个小门,可以直通楼顶,白天可以远远看见广州越秀公园的五羊雕塑,马义在七个月里爬上去多次。马义在爬到一层第七级或者是第八级楼梯台阶的时候,他停下来喘息,眼光因喘息而眯缝着,他眯缝地一扫,先是感觉眼球被什么小小的拽住,停下来不动了,接着他震撼地陡然睁大眼睛,这时候他看到了七个月来他苦苦寻找渴望看到的东西!

马义看到就在下方楼梯边的角落里悄无声息地摆着一只埙!

一只用陶土捏就后在土窑烧成的埙!

马义立刻不虚弱了,一丝一毫都不虚弱了,他从楼梯上飞奔下来向那只埙奔去,在隔着还有一米远的地方,马义便清楚无误地断定这埙是马西捏的!这毫无疑问是马西摆放在这里的!埙是西北庄户人的乐器,西北陕甘宁青新五省乡间都有,拳头大,据说最早是捏成牛头状的,故一般俗称牛头埙,但到了马义马西他们的老家金积镇这里,称呼有了改变,金积镇的乡民都叫它"泥哇呜",意思是泥做的能吹出呜哩哇啦声响来的响器,形状也变了,被捏成了椭圆的蛋形,是为了能更好地拢音。马义和马西以及马财,从小就捏这"泥哇呜"来吹,"泥哇呜"是他们童年全部的音乐世界。马义还记得从小便捣蛋耍坏的马西每每捏制这"泥哇呜",都要在这坝的中间画一个男人的生殖器,和这蛋形配成一套,那生殖器被马西画得极短小且如火柴棍细,马西说:"这是校长男人的球!"金积镇乡村完小的校长是个女的,马西每次捣蛋犯坏女校长就要罚他打扫全校所有的六间茅厕,马西恨女校长,因此马西把校长丈夫的生殖器画得短如寸草细如火柴,并且让全校所有吹"泥哇呜"的同学都来看。马义一眼便看见那坝的中间依然还画着一道图形,马义认出并确定这是马西画的!岁月过去了很多年,马西儿时对女校长的仇恨和诅咒自然早已全然淡去,但他随手在"泥哇呜"上涂画的习惯却保留了下来,只是那生殖器如今已简单地画成蚯蚓似的一道,只是随手的一笔涂抹,除了马义旁人谁也想不到这画的一道最原始的意思是什么了。

马义捧着马西画过的坝,像终于攥住了马西的手!马义不知道这是今天什么时候放在这里的,或者是前几日就放在了这里他饿得头晕眼花没有发现,但这是马西放在这里用以联络同伙的标志无疑!马义想,马西用坝来作联络真是太聪明了,这坝是马西独有的标志,他的同伙一眼看到便不会认错,而警察即使走过这里看到了,全广东的警察也不认识这来自大西北的玩意儿是什么东西,更想不到这坝背后的暗意!但让马西绝想不到的是,他认为是谁也识不破的局,却被唯一的一个人洞察,这个人正在悄悄捏住马西的命门死穴,这个人就是他马义!金积镇下马关村的马义!马义想到这一点激动地哆嗦，抖。

马乂又有一只狼正在悄悄接近一只鹿而鹿却浑然不知的感觉！

马乂想这次他绝不会再失手！

马乂攥着埙奔出他待了七个月的广州火车站候车室大厅，他要一路去找到马西！马乂不怕这又是马西对他设下的套，像马西上回一路布下芨芨草标引他上钩一样，马乂想这回马西不会知道他会来广州，更不可能算计到他会在途中被遣返、会南辕北辙地到了青海、又会在一年零七个月后才在广州看到了这只埙。他这一路充满太多偶然性的遭遇是连神仙都无法事先预计的，马西绝不可能事先就料到他的行踪而在这里布好局等他，马乂因此坚定地相信这回是马西在明处而他绝对在暗处，他安全而犀利地在暗处隐藏前行，去寻找最佳时机对马西刺出致死的一刀！马乂奔出火车站时兴奋得几乎要痉挛过去又紧张得要痉挛过去。

马乂奔出来，在车站广场前站住了，他开始迟疑：广场前方面临着三条马路，三条马路通往南、北、西三个方向，马乂不知道马西在广州的窝应该去哪个方向找。马乂迟疑了一阵决定先去北面，如果北面寻不到再折返回来去南面和西面。这是因为马乂的家乡下马关村在广东的北方，他惯性地想要先朝家乡的方向去。马乂在沿着车站北面这条叫做海珠路的马路向前走去,他想,马西会不会也有意无意地把他在这里的窝安在朝着老家的方向?马义这回的运气简直太好,一年七个月来屡屡在紧要关头就降临在他身上的霉运散去了。他沿着海珠路走了一百米,就在一家凉茶铺的门边角落发现了另一只埒,马义在惊喜过后感慨地想:马西果然是把贼窝安在了朝着老家的方向,莫非这狗×的坏蛋也在想家吗?马义一路继续找下去,很快就找到了第三只至第七只埒。在找到了第七只埒的时候,马义想应该不远了,马西不会把埒布置的范围超出一千米去,因为在一二千米内埒太过密集地出现反而会引起人的注意,马西的窝应该就在附近了!马义沿着第七只埒指引的路标方向摸到了一条小巷子里,果然再没有了埒,接着马义看到了他想看到的终极标志:小巷的深处,一扇石门,悬挂着一只草环,和上次在金积镇小巷里看到的草环一样,这草环无疑也是马西编织和挂上去的,因为那编织草环的草,是,芨芨草!广东没有芨芨草,这草是从大西北带来的,是从金积镇带来的,芨芨草因离开大西北的泥土时间过长而枝干枯黄了,像草的标本,这独特的草无疑是马西特意挂在这里令他从四面八方召唤摸过来的同伙不会发生辨识错误,当然也令摸到这儿来的马义不会辨识错误,这又是马西绝没想到的!马义终于找到了马西,他的腿脚瘫软得一时站不稳当,身体控制不住地东摇西晃,在寂静的巷子里发出碰碰撞撞的些许声响,这吓坏了马义,他赶紧退回来,退到巷子口，他要镇定下来，要蛰伏在暗处，细细地观察，他一定要观察选择到最恰当的时候对马西下手，他只有一次出手的机会，这一击必须得手！

广州的小巷和金积镇的小巷不同，金积镇上的小巷就像在黄土高坡上凿出来的一道缝，干黄、粗砺，而广州的小巷是花红柳绿充满温润的，小巷口有一间卖番薯糖水的小铺，一个广东阿婆拿着一把刀在一下一下地切着番薯，马义退到这里，隐在小铺的桌椅板凳后面探头观察小巷深处的动静。马义高度警惕着，反复仔细地查看四周有无人注意到他。四周没有人，只有那小铺里切番薯的阿婆，那阿婆没有八十岁也有七十了，动作迟缓得像骨节都生了锈，眼神昏花迷离全专注在她手里的番薯上，看她颤颤巍巍地切番薯，你担心她随时会切到自己手上。马义看四周无人，开始全神贯注地盯视前方。前面，小巷的尽头罩在一层温润的水汽中，那挂着草环的门口始终静谧着，无比静谧，其间有两只狗撕咬追逐着从门前跑过，还有一名搞清洁的环卫工扫着地也从门口走过，都在门前弄出不小的响动来，但那门里始终无人出来查看一下，似乎那门后面毫无防范，这强烈诱惑着马义想要摸到那门口去看个仔细，但马义最后还是坚决地抑制住了冲动，他最后还是坚信马西不会这么愚蠢和大意，马西是个精细缜密到连眼前一只蚊子飞过都会注意到的人，否则在全国的警察十数年的围追堵截中他不可能活到今天，马西在看似粗粗咧咧门户洞开中一定有精细的设伏,没准这粗粗咧咧正是马西的伪装哩,马义想马西一定在哪儿设有暗哨,他一旦走过去,不知趴在哪里的暗哨就会瞬间像电铃一样被碰响了!马义在最后一刻的谨慎救了马义自己的命,马义在小铺里蹲伏了三个多小时后,果然,不出所料,竟然被他猜中,他看到了,真的,是有暗哨!那名暗哨,竟然就是,小巷走来走去扫地的那个清洁工!马西设下的暗哨没有躲没有藏没有像通常那样在暗处潜伏着,他就是堂堂皇皇悠悠慢慢地在小巷里踱步着,没人想到清洁工会是暗哨,马义也绝没想到。那"清洁工"没有丝毫破绽,在马义潜伏观察的时间里,他只有在极短暂的一个片刻里露出疏忽来:临近午饭时分,那"清洁工"慢悠悠一路扫着地过来,走到挂着草环的门前,停下,左右看看无人,迅疾地从兜里掏出一把钥匙打开门上的信箱,信箱是镶嵌在墙内的,后端通着门里面,那人从信箱中取出一盒饭菜来,尔后迅疾地关上信箱离开。这饭菜是门后的人供应给他的午餐,这暴露了那"清洁工"和这扇门后的关系。这只有三秒或者五秒的疏忽,或者不叫疏忽而是必须的动作,如果没人长时间地躲在暗处目不错睛地窥视是绝不可能被看到的,这只有被马义看到了!马义意外地看到之后微笑了起来,他知道这就算是真正捉到了马西。这暗哨是马西最后的设防,捕捉到和除去这暗哨马西就将是门户大开。马义微笑着站起来,他要去给广东省公安厅刑警总队打电话,那电话是马义踏上广州的第二天就先千方百计打听到的,以便一旦寻到马西好随时拨打。这电话号码马义七个月来天天背诵,已经像一棵树长在土壤里刻在了他的心中。马义想他告诉警察之前第一桩要做的事,就是必须要再让警方先答应他回归警队,必要时这次要让公安部亲自答复他,而且,要先签协议!二十世纪八十年代的中国已经有签协议签合同这些行为了。这是马义在广州蹲了七个月看到、听到和学会的。马义不由笑起来,想到这次他基本可以说是胜券在握!马义突然地抑制不住地笑,以致那举止和反应都迟缓的广东阿婆都发现了,停下切番薯奇怪地看着他。

马义窃笑着站起来向小铺外走,那阿婆颤颤巍巍地迎上来,用难懂的广东白话问马义是不是要买一碗番薯糖水食,广东人是把吃叫食的,马义歉疚地对阿婆笑笑,他想他在小铺里蹲了这么久都不能照顾一下阿婆的生意来买一碗糖水喝,耽误人家做生意,因为他兜里实在没有钱,马义用西北话对阿婆说对不住大妈,接着马义的感觉是感到很奇怪,他看到那阿婆,大妈,依旧是颤颤巍巍地,把手里那柄切番薯的刀,将刀尖,一下捅进他肚子里去了!马义的反应是怎么会是这样,紧接着他看到了血,血从他薄薄的一层衣衫后面大量地涌了出来,天旋地转在一瞬间就笼罩了马义,马义在还没来得及想明白就昏死了过去。

这广东老阿婆才是马西布下的真正暗哨!

马西还是胜过马义不止一筹。

马义在醒来后再次看到了马西!

马西看到马义的时候表现出来的是真正的惊愕,发自内心地感到不可思议,怀疑这真是他认识的那个马义吗?那个种地放羊最远也只去过县城的马义居然能一路摸到广州来!以至马西掰开马义的嘴唇,去察看马义的牙,上、下马关村的水硬,含氟高,因此两个村喝这水的人都牙黄,这是家乡人的标志,马西看到那牙果然泛着黄,像村前村后田里种的糜子的颜色,他相信了这还真是他的堂弟马义!马西验证确实是马义后,对围在一起看着马义同样感到不可思议的同伙属下说:"这驴日的简直是神仙的神棍棍,神了!"

属下的意见是让马西把马义杀了,反正已经捅了马义一刀,再多捅他几刀,捅深一点,结果他是顺手的事情。属下们觉得马义能摸到这么秘密的地方来,留着他很危险。

马西说:"行,待吃毕了饭就杀。"马西常年走南闯北风餐露宿有胃病,他觉得杀人弄得血呼嘶啦的,会刺激胃,对胃不好,因此马西不想在吃饭前杀人。

马义醒过来听到马西的同伙商议要杀他并且马西已经同意在吃完饭后就杀他,马义知道自己这次是再活不了了,并且从窗外的景致看,这已经不是在广州火车站附近了,这是在山里了,把他宰了埋在山里是再顺当不过的事,马义并没有太多的害怕。此时笼罩马义的是懊丧,巨大的懊丧,只差一点点他就要捉到马西了而不是马西捉到他,只差一点点他的命运就完全是另外一种样子,马义懊丧得胸腔都火燎地疼,甚至马义心灰意懒到都等不到马西把饭吃完,同时马义被那广东婆刀捅进去的地方也火烧火燎地疼让他更想快结束这些,因此马义开口对马西说:"马西我×……!"这是一句乡骂,带着上、下马关村的味道,听这乡骂,你会想起村里的羊圈,村道上慵懒地走着的牛,散养啄食的鸡,晚霞炊烟里,村人捧着大老碗在喝苞谷面糊糊……马义想激怒马西赶紧把他杀了,又像之前他在监狱想激怒哨兵快把他杀了一样。

马西听到马义居然骂他,一愣,笑了,回骂马义:"……!"也是一句乡骂。

马义进一步加剧狠毒地骂:"……!"

马西也加剧狠毒地回骂:"……!"

马西和马义对骂着,两人都忘了两人彼此叫骂的祖宗先人是同一个,这里的谩骂已经没有了具体的指向性,只是一种情绪的宣泄和抒发,马义的情绪是愤怒的、绝望的、自暴自弃的,是恨自己不快点死的,马西的情绪则是喜滋滋的,竟然仿佛是在享受这种谩骂,他听着马义连珠炮般地骂他同时他也连珠炮地回骂着马义,愉快得如同在炎炎烈日里吞吃着一碗冰甜,因此两人都骂得激情飞扬。

马义先停了骂,他骂累了,同时伤口在对骂时扯得一抽一拧的很疼,因此马义住嘴并且合上了眼睛,不再搭理马西。

马西甚至有些扫兴,说:"马义你咋不骂了?"他挑衅地继续骂马义:"马义……!"

马义依旧闭着眼睛躺在担架上(他是被包扎后用担架抬来见马西的),不理马西。

马西进一步挑衅地说:"马义你没听见我又骂你了吗?马义……!"他又骂了一句,并且在马义的伤口上按了一下,以加剧他挑衅的力道。

马义疼得从担架上触电般地蹦起来,马义极为愤怒,他又一次声嘶力竭地一连串地狠骂起来:"马西我日……!!!"

马西快乐地哈哈大笑。

马西笑毕,正式告诉他的属下:他不杀马义了!

马西说他要养着马义。

马西不杀马义了要养着马义是因为马义让他感到了久违的亲切。

马西说马义太让他感到亲切了!

马西说他困在广州都要憋死了,已经三年多了,他不能回金积镇去,警察在金积镇为他布下了比磨面坊里筛面粉的筛子还要细密的网,他若回去必定是那筛子上漏不过去的残渣,马西说他已经三年多没有触碰过老家的一丝一缕了,尽管马义是在骂他,但那是乡音!地地道道的乡音!那是乡俗乡情中最纯粹的部分，任何地方骂人的话都是那个地方最纯粹最本色的部分，是没有经过一点伪装和修饰的最地道的家乡原味，马西听着马义的骂，心里竟是暖暖的。

马西是最彻底最顽固的家乡主义者，他无论赚了多少钱和经历过了多少世界，他骨子里都还是金积镇上马关村的乡民。马西秘密居住的这个地方是香港一个也是贩毒的黑道老板建在广州郊区番禺山中的一处别墅群，十几栋别墅星星散散地坐落在山凹里，是那个老板借给他和他团伙住的，广州火车站附近那条小巷里的房子只是马西的一个联络站。马西住进别墅后，命手下的人把他卧室里的席梦思床撤出去，他在镶着花梨木地板的卧室里砌上了炕，和老家一模一样的土炕，他夜晚就睡在炕上，马西若是不睡炕便睡不着觉。别墅里每间屋子里都有沙发，都是澳洲或者是马来西亚的真皮沙发，但马西从来不坐，他跟人谈话，包括吃饭甚至看电视，他都是蹲着，他蹲着看电视，他从小就蹲习惯了，要实在是蹲累了必须坐一会儿，马西也是坐在一个小木头板凳上，那小板凳是马西从上马关村带来的，是用村里的老榆树做的，马西说他只有蹲着或者是坐在小板凳上才感觉是在歇着。马西住在广东的别墅里也要睡女人，女人没办法从金积镇给他运来，马西只好睡当地资源，那同道的香港老板时常从港九给马西弄些温香暖玉过来，都是时下港九最时尚新潮的女人，其中还有荷兰、法国、俄罗斯甚至委内瑞拉的女人，广东人叫鬼妹，鬼妹马西也是睡的，但马西睡的时候叫她们把乳罩裤衩都扒了去，一律换上他老家娘们穿的肚兜，鬼妹不明白马西为什么要让她们在肚子上裹这么一大块奇怪的布，马西给鬼妹解释说女人若不穿肚兜，他会觉得这样的女人看着很不实在，不像个女人，不穿肚兜的女人那还叫女人么？那些荷兰、法国、委内瑞拉的娇媚们只好依从了马西，穿上中国西北黄土高原的肚兜和马西睡觉。马西顽固地做着他上马关村的乡民，无论外部的世界怎么变化无论时间岁月如何更迭，什么也改变不了他。

　　马义的闯入是从三千多公里外把家乡给马西带来了！马西很亢奋。马西在别墅群里专门辟了一栋给马义，让马义养伤和住。马西自己一有闲空就来马义这里，专为和马义说话，骂架也可以。而马义依旧万念俱灰，对马西每天的到来冷冰着脸，不搭理马西，不跟马西说话，他依旧不惧马西一火起来把他杀了。马西丝毫不火，马西甚至对马义很有一些巴结和讨好，他央求马义跟他说话，马西是来亲近家乡的，而马义就是家乡！马西尤其想让马义和他一起唱戏，唱眉户剧《梁秋燕》这些老戏，那是他们小时候一起唱过的，那陇东高原的悠扬婉转的声腔就是金积镇上的空气和风，马西自己先走腔跑调地唱起来，马西痴迷眉户和秦腔，但他的音乐禀赋太差，唱得一塌糊涂，马义听着马西瞎唱，实在是听得难受，忍不住开口骂起来："马西你这是唱呢还是拉屎呢！"

随后他纠正马西地唱道:"手拿着铁铲铲再挎上竹篮篮,梁秋燕我剜野菜来到村外……"马西听着拍手哈哈地笑,他其实是想引逗着马义一起唱。其实马义唱得也很差,马西听出了一堆也是很糟糕的谬错,但马西没有戳穿和打击马义,他生怕他一说马义又不唱了,让这一缕好不容易飘过来的家乡的风又消散逝去。

马西还在一次吃饭的时候把马义叫到他住的别墅去。马义进去的时候,看到马西的餐桌上摆着他的午饭,烤乳猪、盐焗鸡、白灼虾、清蒸石斑鱼这些,很多菜,饭是泰国丝苗香米饭,饭后的水果,荔枝龙眼番石榴杨桃等,讲究地摆在篮子里,马西有两个厨师,一个是广东潮汕的特级大厨,一个是那香港老板特意从香港酒楼为马西挑的,专门给马西做饭,这些就是那两个大厨做的,但马西一点都没动。

见到马义来了,马西说:"马义你给我做碗揪面片,我想吃揪面片。"

揪面片是马西和马义的家乡金积镇的平常吃食,将白面和好,醒一会儿,然后揪,揪成一小片儿一小片儿下到白水里煮熟,拌上醋、盐就成,讲究一些的,再炸一碗油泼辣椒佐食,关键在于醋和盐的调味和面揉得筋道。

马义说:"你自己有厨子,他们连个面片都不会做吗?"

马西说:"嗨,做是做了!"马西让马义来看。马义过去，他看到一桌琳琅满目的菜肴中间确实是摆着一碗揪面片，但马义发蒙，那是他从来没见过的揪面片：盛面的碗要大好多，面里放了鲜贝、鸡丝、海参、鲍鱼、瑶柱、阿拉斯加大对虾……林林总总。那两个大厨觉得

就在一坨白面里加点盐和醋，这是能给大佬吃的饭吗？所以他们把一碗揪面片儿做成了宫廷版的。马西看得火冒三丈，但他不骂厨子，马西认为医生和厨子这两种人是不能得罪的，因为这两种人都能防不胜防地随时取他的命，马西对于一点点的仅仅是可能的危险都要防患。马西对马义说："马义你来给我做吧，你做的地道，我知道你会做！"

马义是会做。马义甚至是做得很好。马义从九岁起就自己做饭了，老家所有的饭他都会做。但马义不想做给马西吃，他仍然恨着马西。马义生硬地说："我不做！"

马义以为马西会火，但马西没有，马西恳切地看着马义，神情疲乏，甚至软弱着。

马西说："马义，我今天病了，嘴里头没味，我想吃咱老家的揪面片。"

马义硬邦邦地再顶一句："你病了跟我有个球关系！"

马义认为马西这回绝对会发火了，但仍然没有，马西缄默，眼闭着，两根指头按着眼窝，好像是按着不让什么流出来，马义突然发现：马西在伤心！马西伤心了！一个杀人不眨眼的人竟然会伤心了！马西用手指头按着眼窝是不想马义

和手下看见他眼窝里潮湿了。马西的神情落寞。马义突然很能理解马西的心境，那是他快两年了离开家乡一直浪迹天涯也有过的，一个人在天边，老家只是在想念中永远也触摸不到，身边围着一堆人但你永远感觉不到有一个亲人，家人才是亲人，那种孤单，那种噬骨吞髓一样的孤独，特别是病了，在病时愈发地浓烈，哪怕是杀人贩毒的大奸大恶，在远方的家面前，人的情愫都一样。

马义什么都不说了，去厨房给马西做了一碗揪面片端来。马西的别墅里就有厨房，面、醋和盐，还有辣子和菜籽油，都是现成的。

马义看着马西叉开腿蹲在地上，让周围一圈儿的真皮沙发和黄花梨太师椅都闲着，捧着面碗，身后是一桌的海味山珍，吃着就放了一点儿盐醋和辣子的面片，马义觉得好笑，这是他进到山里来第一次对马西笑，说："马西，这面就那么好吃呀？比你那大虾都好吃？"

马西吃得很幸福，他反问马义："你不觉得咱村的这面是最好吃的吗？那你说啥好吃？"

马义说最好吃的那得要算深井烧鹅！马义回想并且品咂他曾经吃过的那半只广东烧鹅，连连吧唧着嘴，陶醉地说那简直不是吃鹅那是吃女人的奶哩（马义不说徐秀玲的名字，他在心里藏着），简直把人美死了，好吃得了不得的不得了！马义说有一天他要有钱了，他就买一百只来吃！他要吃得鹅祖宗都怕!

马西看着说得唾沫横飞的马义直笑。

第二天清晨,马义在他的床上醒来,看到他的床上摆了一圈的深井烧鹅,他完全被深井烧鹅的汹涌波涛所包围,每一只烧鹅都是刚烧好还滴着热油。接着马义看到马西手下一个叫蛇柄仔的广东番禺人,还继续从布袋里掏着一只只烧鹅往床上放,蛇柄仔告诉马义这一百只烧鹅是他的老大给马义的,他的老大说,他吃了马义一顿他也还马义一顿!

马义叫起来:这一百个鹅我咋吃得完呢!

老大说你在每只鹅上咬一口你就算吃了这一百只了!蛇柄仔这样转告。

马西不杀马义反而对马义好,面对渺小羸弱而且已被彻底困在山里的马义,马西强大到完全可以对马义不加理会,马义已经对他构不成威胁还能给他带来一些乐子,如同他把玩的一个物件。马西有钱了以后,倒开始喜欢赏玩一些小物件,他有一抽屉玉的翠的手把件和串珠什么的,他觉得马义就像其中的一件。马西时常送好吃的给马义想让马义高兴,其实是为了他自己高兴。马西在山里别墅除了好吃的还有很多让马义眼花缭乱的,譬如,女人。女人很多,都是悄悄地拿车接来,然后悄悄地送走,别墅的一切对外都是悄无声息的,女人有常住的,有住几天的,更多是来睡一晚上就让走的。那些女人,在马义看来,都好看得简直要死!好看得让马义这些在山庄里处在底层攀不上的男人看了都恨。那些女人一团香气袭人地在马义面前走过,马义每每都是低下头不敢去看,心里头骂着她们。

其中最最好看的一个女人,马义连骂她都不骂了,并且对她没有一点杂念,有时候女人太过好看男人反而会圣洁起来,那个女人好看得简直不讲道理,或者说那女人已经不能用好看漂亮这些来评价了,那女人走一步路抬一抬手都洋溢着一种高贵让马义仰止,下马关村说女人好看到了极端,会说比仙女还要仙儿,马义觉得这女人就是仙气十足的精灵,那女人白,白得透亮,皮肤洁净到像没有皮肤,就像玻璃擦得太干净你一时感觉不到有玻璃存在,这是那种让男人每每看到就会觉得自己浑身上下很脏很粗鄙的女人。马义听蛇柄仔说那女人叫霍秀,仅这名字就让马义感到了她和自己距离的遥远,听这名字就不是村里那些叫秀玲桂花月娥的柴禾女人能比的。霍秀是上海人,蛇柄仔说她是上海艺术剧院的演员,在剧院粉碎"四人帮"后复排的莎士比亚名剧《哈姆雷特》里扮演奥菲莉娅。蛇柄仔有点文化,原来在番禺的电影院里画电影海报,后来沾上了毒不得已才来跟马西干。演员,演的还是外国戏,从霍秀,马义才真正感觉到了马西如今混得有多么巨大,这个昔日在金积滩上跟自己一起放驴的,如今和这么洋气高贵的女人都有来往!马义偷偷地想:不知这狗

×的和这叫霍秀的睡过么?

马西看出了马义对霍秀的景仰,有一次问他:"马义,你是不是觉得霍秀好看呀?"

霍秀正坐在马西的客厅里弹钢琴,那钢琴是意大利的,马西和他的团伙都不弹,平时摆在别墅里就像鞋柜摆在那里,只有霍秀到来时,钢琴才会抑扬顿挫地响起,别墅里才会有了和它的精美华贵相匹配的奏鸣。霍秀听到了马西问马义的话,她嘴角略略地翘翘,淡漠地一笑,这种赞美,她已经听男人们说得太多,她淡漠的笑里含着对男人的冷傲和居高临下。

马义无地自容地脸红了,脸红得紫涨,在霍秀面前越发羞惭,他羞惭自己这样的人还敢觊觎人家的好看,还让马西揭穿了,马义无地自容地想要溜走,他对马西支支吾吾地说他没觉得过,说自己这么低级个人哪敢有那么高级的想法,尔后他低缩着肩站起来说他要去上个茅房,他住在别墅里还习惯地说上茅房而不会说是去上洗手间,他低缩着肩是想让霍秀尽量少看到他。

马西按住马义让他别走,他去抓过霍秀来,塞到马义怀里,说:

"马义,今天晚上她跟你睡!"

第七章

　　马义直到霍秀走进他的房间睡在他床上的时候还认为这事儿是在开玩笑，或者是马西在耍戏他，是马西的恶作剧。马义看着霍秀推门走进他房间里来，霍秀脸色阴沉得像走进殡仪馆，霍秀就这样阴着脸径直过来睡在马义的床上。当时马义正要睡，他愣愣地看着霍秀一声不响地进屋来做着这些事，愣怔了一会儿之后马义笑了起来，觉得霍秀这人没想到还怪有意思的，这么洋气高贵的人还配合马西开这样的玩笑。但是又过了一会儿马义不笑了，他开始有一点觉得霍秀不像是在开玩笑，马义看到霍秀在解衬衣的扣子，这个动作他看徐秀玲做过，他知道随着那些扣扣袢袢的解开，两坨叫做奶的东西就会弹出……马义开始晕眩了起来,并且开始结巴,他晕晕地结巴着口舌问霍秀:"你真是要连我……吗?"马义说着他下马关村的方言。在下马关村的词语中,"连"是"和"的意思,你和我。

霍秀没有说话,或许她没有听懂,也或许是她不回答这么愚蠢的问题,霍秀只是继续解着衣扣,直到全部解开。马义看到了霍秀的奶子,他没有继续深入地晕眩,反而愣了一下,他看到霍秀的奶小小巧巧的,像卧在胸脯上的两只乳鸽,这和他以前看到徐秀玲的不一样,徐秀玲的要壮大许多。马义只看过徐秀玲的奶,他本能地认为天下女人的奶子都是这样的,因此他猛然看到霍秀完全不同的像小笼汤包般的两点凸起,他脑子里闪过的第一个想法是:这是啥东西?瘤子?

然后马义开始大大晕眩起来,眼前摇晃地看不清楚,再然后他朝霍秀猛烈地扑过去,像有火箭在屁股后面助推着他,完全不由自主。霍秀承接了马义,特别安静地承接了他,安静得让人恐惧。从始至终霍秀都睁着眼睛,安静地看着马义肩膀上方的地方,马义正俯在她身上猛烈地运动着,而她就这样安静地直视前方,这副样子本身就让人恐惧,是一种寒彻的冷漠。最后是马义被霍秀这毫无一点波动的安静弄得受不了了,就是鸡啄米你也好歹吭吭几声啊,马义最后是自己没趣地翻身下来。

霍秀的爆发是在事毕,她对着屋里的镜子看到了自己脖子上的一块红印,那是被马义亲的或者是啃的总之是触碰的,她"哇"的一声叫起来,然后她哭了,"猪!你这个土猪!脏猪!"霍秀流着屈辱的泪,恶狠狠地骂着马义。"你有一根天鹅般的脖子!"这是和她一起出演《哈姆莱特》的男主演说她的,他也是她戏剧学院的同学和恋人,她的王子这样夸赞他,并且亲吻了她的这儿,就在演出完毕在后台的侧幕条里,那是她人生最美的伊甸园,就像流行语说的在她脖子上种下了一颗草莓,也是唯一的一次,三天后她的恋人因血管夹层动脉瘤破裂死去,她觉得自己的一大半也随着死去了。如今的霍秀觉得自己浑身上下很脏很脏,但她还想为她的王子保留一处圣洁,也是她最后的一点尊严,这就是她被爱人亲过的天鹅一般的脖子!但这点圣洁和尊严今晚被马义糟践了,马义西北乡下放羊汉的嘴……霍秀不能想!她一想心脏就像严重缺血一样跳跳地疼,因此她只能用声嘶力竭的大吼大叫的骂来转移和压盖。霍秀骂马义仍不解恨,她又扑过来,凑近马义,脸对脸像隔着一张纸那么近,"呸!呸!呸……"她不停口地啐着马义,将马义啐得满脸花。

　　马义顶着满脸的唾沫星子,傻了。他完全还来不及回味,他也没什么可以回味的,方才对于他只是一堆手忙脚乱完全记不住什么的动作。马义醒转过来是霍秀骤然爆发的骂他和啐他,这让他觉得委屈,马义想,我拽你了吗?是我拽你进我屋的吗?是你自己对我宽衣解带,完了你又疯子一样地骂我!因此马义觉得霍秀的脑子是不是……有点什么?

马义很快知道霍秀之所以委身于他是被毒品催促的。
准确地说是被马西用毒品催促来的!
霍秀陷毒已深,像空气和水一样离不了了。马西每天只给霍秀这一小包"嘎",马西他们这个团伙把吸毒叫吃嘎嘎,其他团伙还有叫啄兜兜,吹壶壶,煲猪肉,嫖麻什么的,这一小包是霍秀每天最低的需求,若每天不吃这一嘎,她就要疯癫。马西就是用这小小一包把霍秀牢牢系在身边,吊着她,差她去作任何事。马西曾经试着给霍秀断供一天,霍秀便就撕扯了自己的衣服在这山里狂跑,奥菲莉娅在广东的大山里裸奔!

马义知道了之后很有些心酸,他觉得这么一个仙女一样的女娃子,落到这地步,实在是太恓惶了!恓惶是金积镇的土话,是说人活得可怜之极。马义觉得他必须要去跟马西说说,让他不要再派霍秀来了,像派她来上工一样,恓惶死了,放过她吧!马义恨马西,从来到这山里,他基本上就不搭理马西不跟他说话,但为了霍秀,他决定向马西低头,去求他。

马义是在早上起床来到别墅的花园里拉屎碰见马西的。马西也是来到花园里拉屎的。马西的别墅房间里自然是有卫生间有抽水马桶的,但他不习惯在房间的马桶上拉,他还是习惯和喜欢到野地里去。上、下马关村的人祖辈都是在野地里拉屎的。马西手里掂把铁锹，他准备拉完后在花园里挖个坑把屎埋了，这是他住进别墅后唯一养成的卫生习惯。马西走进花园，看见马义蹲在一丛鸢尾花下，马西并不感到突兀和意外，他本能地以为马义跟他一样也是一大早起来到外面来拉野屎的，马义为马义跟他一样而倍感亲切，这是乡情啊，很难得在远在千里之外的广东有这样的乡俗扑面而来，马西因此欢喜而亲切地朝马义笑着，从木瓜树上揪下一把树叶分一半丢给马义。在老家，他们都是在野地里拣块土坷垃擦的，广东没有土坷垃，只能用树叶。

马西兴致勃勃问马义："马义，昨晚，霍秀，咋样？好东西吧？"

马义看着马西兴致好，便乘机说了霍秀的事，他还主动往旁边的地方挪挪，把鸢尾花下的位置让给马西，鸢尾花的花朵和枝枝叶叶遮住了广东一早起来就毒辣的太阳，拉屎不会晒着屁股，马义主动讨好马西。

马西对马义主动跟他亲近，感到很舒心，于是他便有了一点推心置腹，对马义说："马义，我跟你说，我要把你留在我身边，我就得给你也弄个女人，男人没女人咋能在一个地方待得住！"马西让马义啥也别说了，拉完屎，回屋，晚上，和霍秀接着睡觉去。

马义急了，声音高飘了起来，说："马西，你一定要这样的话，那你给我换个女人，你给我换个你这儿做饭扫地的，我看你这儿园子里还有个从乡下雇来的拔草的，那样儿的就行，你给我换个跟我相配的，你别给我弄霍秀那样高级洋气的，我就是个放羊种地的，人家是上海的城里人，人又年轻好看，还是艺术家，人家不乐意跟咱，咱就别糟害人家了！"

"有肉不吃豆腐！"马西斩钉截铁地说，他收起了嘻笑，对马义说："马义，我知道你是觉得霍秀那种身份的人如今落到这般田地你可怜她，可咱当农民的时候，咱在野滩里放驴的时候，咱吃不饱去城里讨要的时候，这帮城里人，这帮高贵洋气的人，她可怜过咱吗？她拿眼睖过咱吗？现在咱把事干大了，她们落到咱手里了，咱就得弄她们，狠狠地弄！"

马义不从，他少有地硬气起来，告诉马西他坚决不做这种事了。

马西说："你是死活不再弄了？"

马义说："死活不弄了！"

马西又说："最后问你一句你弄不弄？"

马义说："最后问一句也还是个不！"

马西便不再说，去腰间抽出枪，马西即便拉屎也是高度警惕地带着枪，那是意大利伯莱塔92 F型手枪，全世界最好的枪。

马西说："既然你不了，那我再留她也没啥用了，还浪费我的白粉哩，很费钱的！"

马西说他现在就去做掉霍秀。

马西声音不大,但马义觉得马西肯定做得出来。

马义什么都不再说了。

霍秀晚上又来跟马义睡觉。

霍秀进来又直接躺在了马义的床上。尔后霍秀又开始一件一件地脱衣服,脱得马义又心惊肉跳,霍秀扒光自己后,又冷漠地睁大着眼睛,不闭,等着马义。

马义又火烧火燎,他转过脸去以不看霍秀来竭力降低自己的燥热。马义不知道该咋样称呼霍秀,他吭哧吭哧了半天,最后决定沿用他在下马关村生产队时称呼从城里下来扶贫的工作队的叫法,他看着墙,对霍秀说:"霍干部,你呢,是个城里的干部,我呢,是个农村的群众,是个农村放羊种地的,我咋配和你霍干部睡觉呢?我这不是把干部当成社员了嘛!我也看出你是不情愿的,这种事情,你不情愿我要是硬来,那我跟驴一样我就是个畜生哩!霍干部,你快穿上衣服走吧!"马义说着,依旧脸冲着墙,手在背后动作,把霍秀脱下的衣服往她身边扒拉得近些,让她快穿上。

霍秀不穿,仍然裸赤地躺着,语气寒冷地说:"我情愿的,你来吧。"

马义无声地笑了一下,不相信霍秀说的,他当然能听出霍秀是非常地不情愿。马义索性抓起霍秀的那些衣服抛到她的身上,让她赶紧穿。马义并且说:"你走的时候把门给我带上。"

霍秀沉默着,默了有不短的时候,马义有一阵以为霍秀要穿衣服走了,但须臾之后霍秀却发抖起来,好似血脉偾张情绪迸发,她把马义抛盖在她身上的衣物都甩到地上,发抖地抓住马义的胳膊让他掉过脸来,说:"马义,你是叫马义吧?马义,我情愿的,我很情愿,我真的是很情愿的,请你,请你快来好吗!谢谢你!"霍秀甚至急得哭了起来,说:"马义,你快来吧!你要不来,我明天,会死掉的!"她哭稀稀的话里夹着浓浓的上海腔。

马义一瞬间想起了马西手里的那把枪!

马义只好做。他痛苦地干着本来应是快乐的事。他唯一能够控制自己的,就是小心翼翼不去碰到霍秀的脖子。

马义一直想有女人,现在有了女人,他更不幸福。马义愈发更想赶快逃离这里。每天天明,等霍秀离开去向马西报告她完成了派工并领取一天食用的"嘎"后,马义便起身悄悄游走在悦雅庄园四周,他已经知道这隐藏在群山坳里的别墅群落叫做悦雅庄园,马义在寻找一条可以偷偷走出山里的路,他要下山去找警察然后带着警察再摸回这里来。但马义在五天之后就放弃了,他发现这是根本不可能的,悦雅庄园几乎是建在半山腰的绝壁上,四周没有路,或许在那些杂草丛生和山岩叠嶂之间掩藏着一条半条能通往山下的路,但那是要靠灵光一现或是在这儿住了很多年之后才能偶然发现的，进出山庄的路只有一条，明路，似乎没有任何警戒守卫，任何人都能悠悠然然地从这条路走下山去。但马义知道，那些在路口摆着小摊卖香烟花生糖的，那些挑着菜筐上山来卖菜卖鱼的，那些在半道上穿着修路队的工服沿道修路的，还有那些三三两两闲逛看山景的，你知道他们哪个不是马西布下的暗哨呢，就像那个差点儿把马义一刀捅死的卖番薯糖水的广东大妈。马义知道他要是今天从这条路下山去，走不到一半，那明年的今天也许就是他的祭日了！马义明白了马西为什么不杀他也根本不怕他会从这儿偷偷溜出去向警察告密，因为他根本就溜不出去！马义很绝望，他千辛万苦好不容易找到了马西，却发现他依然奈何不了马西半点，马西总是处处都先行一招吃定了他。

　　马义更大的绝望是知道他不久就会死。具体哪天会死他不知道，但马义知道他死的那天就是马西从这儿离开的那天。没有一个贩毒的大枭会在四周都是警察的找寻之下而在一个地方长久居住的，也许是两三个星期之后，也许是两三个月之后，马西就会从这里离开，再转移到别处去。马西必须不断地转移才能安全，而马西撤离，必然是精装简从，他只会带走他最必需的，马义知道他绝不可能是马西必须要带走的，他不过是马西这些日子在广东过得闷了想家了拿他来解乡愁的一个玩意物件儿。马义知道他一定会像马西临走丢弃的那些被褥，那些碗筷锅灶，那些杂七杂八，还有房前屋后用过丢的那些避孕套，马西严格规定他团伙里的人和找来的女人睡觉必须要戴，也包括他自己，以防万一染上病，"身体是革命的本钱，也是我们贩毒的本钱！"马西让每个手下都要把这条他亲自写的标语挂在他们屋子的墙上，让每个手下和女人性交时一抬头就能看见。马义听蛇柄仔说过，马西每次从一个地方转移，都要把所有不带走的物品，包括用过的避孕套，都要捡起来，埋的埋，烧的烧，以烧毁为主，不留一点痕迹。马义想他到时候也会是被马西烧掉或是被埋掉了！马西连避孕套这么小的地方都细微地想到了，他还会给警方留下像他马义这样一个活证么？马义不知道马西到时候会不会带走霍秀，他想多半也是会在临走前处理掉的。

　　这一日的天明，马义又在山庄四周寻觅，他想万一能从哪个旮旯哪个杂草丛生的山坳里，发现一条能下山的小道呢？小道倒是依旧没有找到，但马义似乎是觅到了一线生机。当马义一无所获沮丧地回到山口的时候，天还灰蒙着，他看见一个广东老阿姨带着一个五六岁的孩子上山来，那老阿姨把孩子交给等在山口的马西的一个手下，转身下山去了，马义随口问了一句这是山上谁的孩子，那手下是广东电白县人，一口电白县的白话马义勉强能听懂，他随口回答了一句却顿时让马义惊愕不已，那电白人说：这是霍秀的小孩。马义万没想到霍秀竟然还有个儿子！马义问那电白仔："那这娃是谁的儿?"他是问这孩子的父亲是谁,小孩总得有个爹吧。电白仔说:"集体的!"他说霍秀跟这山上的男人差不多都睡过,他龇牙笑着说也包括他。那电白仔说的电白官话在马义听来就像是耳朵里塞着驴毛在听,听得费劲,他偏偏还极爱说话,在他喋喋不休像一盆糨糊一样的絮叨中,马义费劲地听明白了全委。电白仔说霍秀没让这孩子跟她一起住在山上,而是让儿子住在山下,这是霍秀不想让儿子看到她在山上的这个样子,霍秀要维护一个妈妈在孩子面前的尊严,更是不想让孩子这么小就活在阴影里,霍秀坚持要马西给她儿子在山下找住处并且还要雇保姆照顾儿子,马西竟然同意了。她告诉马西说,如果马西不答应她就会杀了她自己!霍秀为了得到每天那一小包嘎,为了活命,她可以什么龌龊的事都做,但为了儿子,她可以不要命!那个老阿姨就是马西给霍秀儿子雇的保姆,她每隔一段日子就把儿子给霍秀送上山来,让霍秀跟儿子亲近两天,然后霍秀就会让马西的一个手下,或者是山庄里那些做饭的,扫地的,园子修剪花草的,把儿子送回山下的博罗镇再交给保姆。霍秀自己不能下山去送,她不能超过八个小时以上离开马西。那电白混蛋嬉笑着,领着霍秀的儿子走了,去给吸完毒的霍秀送去。

马义在电白仔走后还一直长久地呆站在山口的一棵松树下,把自己也站成了一株松。

马义由霍秀的儿子想到他其实是可以不死的!

马义想,他为啥不能以送霍秀儿子回去为借口而趁机下山呢?这样他不就可以活着下山去寻机会找到警察吗?马义为这个意外的发现而惊喜,像从坟墓中又站了起来!但马义刚喜了一分钟后就又陷入了灰凉,他想到了霍秀那张从来对他都是冷若冰霜的脸。这个方案的前提是必须求得霍秀同意,得霍秀去对马西说。但霍秀会去说吗?马义想到霍秀现在被迫每天跟他睡觉,心里极端厌恶恨透了他,她恨他入骨,又怎么可能为他去向马西求情!何况,更关键的,他要怎么跟霍秀说他要下山的理由?难道他能跟霍秀说他下山是要去找警察来抓马西吗?他敢跟霍秀说吗?

马义的情绪一阵亢奋一阵灰凉,但他不放弃,他不能也不敢放弃,他慢慢地蹲下来,让山口的劲风吹着让自己冷静,他要冷静地盘算一下。这可能是他唯一的机会了,他必须抓住!

第八章

马义去迂回进攻霍秀的儿子。

马义想,就算是垂死挣扎吧,他要挣扎一下。马义去找马西,说:"马西,借给我十块钱。"马西对于马义来借钱保持警惕,哪怕只借十元。他说,马义你在我这儿有吃有喝有女人睡,你还要钱干啥?马义说,就是因为和女人睡了,得为女人干点啥!马义说他看到霍秀的儿子上山来了,他和霍秀现在是这么个关系,他也算是娃的后爹了,咋也得给娃买几块糖吧!这个理由听上去合情合理。马西于是给了马义五元钱,他只给五元!马西用家乡话跟马义说,碎碎个娃,五个元买两块糖哄哄就行了。马西可以提供马义吃,可以提供马义喝，可以一次给马义买一百只深井烧鹅，但钱一分都不能多给，有钱就可以逃跑，就可以进行其他行动，马西的精细和谨慎无处不在。马义拿到了马西给的五块钱，去山庄门前的小卖部全部买成了糖，这是他进攻霍秀儿子的武器。

霍秀的儿子，五岁，大名叫霍然开朗。霍然开朗白白的，胖乎乎的，头发曲卷，一双眼睛滴溜溜地转，一副小上海人的样子。霍然开朗会弹钢琴，知道格林童话和李清照，霍秀拼尽全力维护儿子的上流形象，霍然开朗被维护得很好。

马义拿着糖晃呀晃，成功地把霍然开朗从霍秀身边引逗了出来。

马义说："你叫个霍然开朗？这是人名吗？"

霍然开朗不屑回答马义的这个问题，说："戆大！"

马义能听懂，因为霍秀也这样骂过他，戆大就是傻瓜，全中国只有上海人说戆大，但马义对霍秀都不计较，他更不会和霍然开朗这个小上海人计较。

马义继续拿糖在霍然开朗眼前晃，说："霍然开朗，要是你跟叔叔好，叔叔就给你吃糖！"

霍然开朗使劲点着头肯定马义的提议，说："好的呀！好的呀！"

马义分外高兴，他的计划开始得很成功。马义把糖给霍然开朗，霍然开朗一粒接一粒不停嘴地吃起来，小腮帮被糖果塞得圆鼓鼓的，欢喜得不得了，大约是霍秀平时怕他牙坏了控制他吃糖。马义的计划是和小家伙建立感情,让小家伙离不开他,尔后让他去向霍秀提出要让马义叔叔送他下山,要是霍秀不允,马义下一步就会教唆他撒泼耍赖躺地上打滚儿,把新衣服磨脏磨破,霍秀不同意他就不起来,霍秀要是打他,他就使劲哭,不吃饭,或者是尿尿故意尿在别墅房间的墙上,等等,哪个妈妈能缠磨得过这样的孩子呢?马义觉得他的计划成功的可能性很大,他竭力控制着得意。

霍然开朗吃光了所有的糖,从兜里掏出手绢来斯文地擦擦嘴,又叠好放回衣兜,这么点大的小孩能自己在兜里放块手帕并知道使用,这都是霍秀教的,自己已经深陷到泥沼中的霍秀还在拼命地一点一滴地向社会的上端托举着儿子。

马义笑盈盈地问霍然开朗:"霍然开朗,现在咱俩是好朋友了吧?"

霍然开朗对着马义的脸说:"戆大!"

霍然开朗说完转身就走,丝毫也没有因为刚吃完马义的糖有任何不安,这也是妈妈霍秀教他的,霍秀跟儿子说这山庄的人都是坏人,让霍然开朗别跟他们亲近。霍然开朗对马义真正做到了吃孙子的喝孙子的不谢孙子。

马义傻了,十足地像一个戆大。

晚上,马义殷勤地对霍秀说:"今黑你和你娃睡床吧,我睡地上。这两天我都睡地上!"

霍秀正抱着被褥准备去打地铺今晚和儿子睡,听到马义这样讲,她迟疑了一下,随即冷淡且戒备地谢了马义一声,就把被褥抱到床上去了,霍秀正需要床,她不想让儿子也睡在冰凉梆硬的地上。

霍秀在山庄的房子墙壁脱落临时装修,她和儿子没有地方可去,当霍秀只有把霍然开朗领进马义屋里来睡觉的时候,马义十分殷勤,他抢着为霍然开朗洗脚,甚至还学城里人的做法为小孩子洗屁股,热水是他黄昏时就去打好灌在热水瓶里的。马义为霍然开朗洗漱完,又把一盘杨桃和龙眼放在霍然开朗的床边,这些水果都是马义白天去花园早早摘下并洗净的。马义的这些做法让霍秀都感到讶异。

让霍然开朗讶异的是他和妈妈睡觉的房间里多出了一个大人,男人,这个大男人要和他跟妈妈睡在一起,过去他来山上时晚上睡觉只有他和妈妈,而且这个白天见过的大男人还给他洗脚洗屁股,这在以往都是妈妈做的事。霍然开朗问霍秀:"妈妈,他是爸爸吗?"跟所有没有丈夫的妈妈骗孩子的说辞一样,霍秀也跟儿子说他的爸爸去很远很远的地方了,有一天会回来的。

马义听到霍然开朗的话分外高兴,这正是他拼命献殷勤想要达到的效果,马义迫不及待抢着说:"对着哩,对着哩!我差不多就是你爸了,你就是我娃!我会对你好的!"

霍秀白了马义一眼,回答霍然开朗说:"儿子,你觉得你的爸爸会是这样一个……"她说了一句上海话,那是非常鄙视的意思。马义听不懂,但他明白霍秀在说很瞧不起他的话,但马义不生气,霍秀瞧不起他是从来的,一贯的。马义躺在地铺上,看霍秀在床上搂着霍然开朗睡,听他们说话。

霍秀根本当马义在这屋里不存在,她在给霍然开朗讲睡前的故事,只要她和儿子在一起,这在临睡前是必需的。霍秀在学校和舞台表演中训练出来的优质普通话里夹杂着沪语,以及英语,这是把她和儿子跟种地放驴的西北农民马义完全隔绝起来的屏障。霍秀今天跟儿子讲的是黄鼠狼妈妈的故事,霍秀讲:有一只黄鼠狼MOM(妈妈),这一天,她出外觅食回来,走到离她的洞穴不远的地方,OH MY GOD(坏了)!她看到一个HUNTER(猎人),拿着一把猎枪,在她的洞窟口向里窥视着,黄鼠狼妈妈大惊失色,洞里还有她的五个宝宝呢!黄鼠狼妈妈本来是有机会自己逃走的,但她不走,她窜到让猎人看见的地方弄出声响,扭啊扭的,WRITHIN(扭动),猎人终于看见了黄鼠狼妈妈,放弃了洞口,跑过来开枪打伤了黄鼠狼妈妈,捉住了她,活剥了她的皮。在猎人拿着黄鼠狼妈妈的皮走后,黄鼠狼BABY(宝宝)走出洞来,它们已经不认识妈妈了,它们看到的只是一具没有了皮的滴着鲜血的红通通的肉身,它们只是从它们熟悉的平时吃惯了奶的乳头上认出这是妈妈,宝宝们还小,不懂事,也不知道发生了什么事,它们饿了,习惯地朝妈妈围过来,没有了皮的黄鼠狼妈妈最后一次给宝宝们喂了奶,看着宝宝吃饱后高兴的样子,黄鼠狼妈妈笑了,安详地死去。霍秀讲完故事后说:"MAMA LOVES THEIR KIDS MOST IN THE WORLD(这个世界上最爱孩子的是妈妈)!"霍然开朗眼泪汪汪地说:"MOMMY IS GREAT(妈妈真伟大)!"

马义也眼泪汪汪的,他听懂了。因为霍秀设置的语言隔障,这个故事的很多环节他没听明白,他是从这个故事的灵魂上听懂的,马义听懂这是讲一个妈妈爱孩子的故事,尽管讲的是畜生的妈爱孩子,马义已经想不起来自己的娘了,他的娘已经殁去太久了,娘在他的世界里只是一个概念而没有了一丝具体,霍秀的讲述让娘在马义眼前立体了起来,主要是霍秀给儿子讲述时的语气和神态,那就是娘!马义真心有点怜惜这一对可怜的母子了,他从地铺上起来,走过去,为他们在床头点燃了一盘蚊香,让他们能好好说话好好睡觉。后来马义先睡着了,在霍秀继续给霍然开朗的讲述中,他觉得那种听不懂的絮絮叨叨暖融融的,催人入眠,马义在暖融融的感觉中睡去。

当马义醒来的时候,他是被一阵痛楚惊醒的,马义低头一看:他的腿被刀划了一道口子!这是霍然开朗划的,小人儿拿着那把切菠萝的小刀站在马义面前,看到马义醒来睁开眼睛看他,霍然开朗并且把一杯水泼在马义脸上。

霍然开朗义正词严地说:"你不是爸爸你是坏人!你是

那个猎人！我拿刀杀你！"

马义颤抖起来，不是因为痛楚，一个小孩才有多大的力道，马义的腿只是被划了浅浅的一道，马义是因为伤心。

霍秀紧张地护着儿子说："马义，你有本事你别打孩子！"

马义颤抖了半天，说："这点本事我是有的！"

马义包扎了伤口重又倒头睡去，心里冰凉冰凉的。

马义真正陷入了绝境，他没有了钱也不知道再用什么办法能让霍然开朗贴近他。马义想过要再去跟马西借钱的，但走到马西房间门口的时候放弃了：马西绝不会再给他钱！马西是个坚毅果决的人。

傍晚的时候，山里已经有了雨意，天阴霾着，风凉冷地吹，在屋里痴坐着已经想了一天的马义看到霍然开朗在花园里玩，他拿个玻璃瓶子专心致志地在捉从树上掉下来的线叶虫，四周静静的，无人，只有虫鸣鸟叫和雨前的风掠过的声音。马义毅然地从屋里拿把刀出房间朝霍然开朗走过去，这刀正是霍然开朗晚上划他腿的那把。

马义走到霍然开朗面前，在他面前坐下来，说："霍然开朗，你觉得我是个坏人对吧？"

霍然开朗嘹亮地说："对的！"

马义又说："你拿刀杀坏人你很高兴很开心对吧？"

霍然开朗又嘹亮地说："对的！"

马义说:"那要是坏人自己杀自己你看了会更高兴更开心对不?"

霍然开朗迟疑不响了,因为他没听懂。

马义于是演示给霍然开朗看:他挥起手里的刀,一刀割在自己穿着短裤的大腿上,血像是酝酿了一秒钟,随后渗了出来,大腿面上开始殷红。

霍然开朗愣了,这是他始料未及的事情,像是瓶塞被打开酒喷涌了出来,霍然开朗随后咯咯咯地笑了起来,笑着拍手鼓掌。

这是马义要的笑声!马义早就看出霍然开朗是个心里充满了恨的孩子。不像其他五岁小孩的眼睛是透明的,霍然开朗的眼神是阴郁的,里面竟然已经有了生活的皱褶,你很少在那里面看到笑,霍然开朗一点也不开朗!霍然开朗的快乐源也和其他小孩不一样,就像方才,马义看见他在这花园的树下捉虫玩儿,别的小孩一般会把捉到的虫放到玻璃瓶里养起来赏玩,而霍然开朗则是把捉到的虫一条一条地捏个半死,尔后扔到玻璃瓶中,洒上从厨房里拿来的辣椒面儿,让虫们慢慢地被蛰疼死,向这个社会报复和施虐是他觉得最快乐的事情。马义想这都是霍秀教给她的小孩的,从这个小孩刚能听懂大人话起,霍秀大概就没对他说过对这世界上所有人的一句好话!

霍然开朗拍着手兴高采烈地要求马义说:"你再自己杀

自己!"

马义于是再挥刀割自己,霍然开朗快乐地拍手大笑,不断要求马义把自虐的游戏进行下去,马义咬牙不停地割裂自己,直到霍然开朗快笑疯了,自己笑得受不了了要求马义停下来马义才住了手。马义住手时满头满脸已是汗珠滚滚,疼的。

霍然开朗拿起装辣椒面的瓶子,对马义说:"可以吗?"他是问可不可以把辣椒面儿洒在马义的血口子上。

马义不寒而栗!让马义不寒而栗的不是霍然开朗残忍的施暴,而是他残忍时的礼貌,他礼貌地向人询问可不可以让你更痛苦一些。这也都是霍秀教的。霍秀同时用最优雅的礼仪和最扭曲的恨毒教着儿子。马义咬着牙说:"可以!"

霍然开朗把一瓶辣椒面都倒在了马义的大腿上。

马义疼得尖叫起来,撕裂地尖叫。

这换来了霍然开朗对马义的肯定,他对马义说:"你这个叔叔很好玩的!"

霍然开朗向霍秀提出不要旁人送而要让马义送他下山去,理由就是他对马义说过的那句话:这个叔叔是很好玩的!霍秀颇感突兀和意外,接着回答儿子这是不可以的,她不同意。霍然开朗于是向妈妈耍赖撒泼,摔扔屋里的东西,躺在地上打滚,哭。儿子对马义的痴迷让霍秀愕然。

霍秀充满狐疑地望着马义,说:"你这样拉拢亲近我儿子,你到底想要干什么?"

马义则是巴结讨好地对霍秀笑,笑得谄媚,说:"我喜欢你娃嘛!你娃心疼得很!"心疼是西北乡间普遍的土语,跟心脏病痛无关,是形容小孩讨人疼爱。

霍秀审视着马义,缓慢而良久,像是核磁扫描要把马义内里的皱皱褶褶都照射到,尔后霍秀开口说:"走!"她拉着马义就走,这让马义猝不及防,一时反应不过来,懵懵地让霍秀拽着他走。在出门走过花园的时候,马义反应过来了,问霍秀这是要拽他上哪儿去?霍秀不说话,继续拽着马义走,一直走到离马西和他的属下住的那几栋别墅不远处,已经能看到马西和他的手下喝光扔在门口的空酒瓶了,霍秀才停下来,霍秀估计在这个距离范围内马义即使想跑也是跑不了的,只要她一喊,马西和他的手下就会冲出来把马义团团围住。马义也看到了马西的房子,他预感到将要发生什么,顿时紧张和恐怖起来。

霍秀说:"我要拉着你去见马西!我要把你的鬼伎俩告诉他!"

马义尽管已经有预感脑子还是"轰"的一声,汗毛倒竖,说话也开始结巴和发虚地颤,他的下马关村家乡话更是浓重到让霍秀听不真切的地步,人一急就会本能地用最原始的家乡母语讲话,马义说:"我,我,我,我有啥鬼呢?你,你,你,你胡球说呢!"

霍秀伶牙俐齿锋利地咄咄逼人地戳穿马义,说:"你的那点农民的小伎俩能蒙骗过我吗?你千方百计地接近拉拢我儿子,你就是想有个能合理地溜下山去的机会,而你下山去的真正目的是想去找警察告发马西在这儿的住址,你想让警察上山来抓马西,你想整死马西!我说的对不对?"

马义坚不承认,说:"你纯粹是胡球说哩!你是包公转世你还会断案哩,还把你能球的不行!"但马义心里却是大大地发虚,心想这娘们眼睛真毒!马义一边嘴硬,一边身子向后撤,想跑,但被霍秀两只手死死拽住了他的一只手,马义怎么使劲也挣脱不开,就像俗话说的,他被人拿住了,被霍秀!

霍秀死拿住马义不放并且继续说:"你以为我会配合你去跟马西请求让你送我儿子下山吗?我是每天要吸毒的呀大哥!我超过八个小时不吸食冰毒我会生不如死呀!你让警察把马西抓走我到哪儿吸去呀?我会死的呀!你认为我有可能搭上我自己的性命来跟你沆瀣一气吗?你想让我们俩成为同谋,你以为有这个可能吗?我只会把你的这个鬼计谋去告诉马西!我看是你整死马西还是马西先弄死你!"

马义反而不太慌了,霍秀的刀已经捅进了他的内脏里,捅到底了,他反而不慌只剩下了沉,沉重,是死亡要来临时的那种沉甸甸的重。马义认为霍秀说的合乎情理,她不会搭上自己的命来配合他的,她肯定会去告诉马西的!马义的目光移向了侧旁,那边的树下扔着一把别墅的花匠修枝剪叶用的长柄大铁剪,大概是花匠修剪完忘了带走,锋利的铁片躺在剪下的枝叶间泛着冷光。

霍秀顺着马义的目光望过去也看见了那把铁剪,她一下就预感将要发生什么,嘴唇紧张地抖颤翕动了几下却没说出什么来,是那种想说什么又意识到已经晚了的语止。

马义扑过去把铁剪抓到了手里,又快跳一步站到了离霍秀三十公分远的地方,马义认为这个距离已经够了,即使霍秀开口喊马西,这个距离也足够让马义在霍秀喊出第一声时就把铁器戳进她的身体里,以此阻止她再喊第二声。马义认为即使马西听见霍秀喊了一声,马西也不会马上意识到发生了什么,或者马西根本就不会听见,这样马义完全有可能快速逃走。马义作好准备后攥着铁剪望着霍秀,目光从严肃到凶狠再到凶恶,将杀人的情绪逐步提速,促使自己在情绪到达最沸点时好一下捅进霍秀去。

霍秀反而不慌了,她甚至连死亡到来时的沉重也没有,她也斜着马义,目光淡然带着鄙视,这个表情可以理解为她根本不信马义有这个胆子,也可以理解为她甚至欢迎马义的举动,她本来就不想活了。

马义盯了霍秀足足有两分多钟,最后他把大铁剪子往地上一扔,终止了自己的刺杀。这是马义在盯着霍秀的脖颈看的时候,他准备把铁剪从那里插进去,马义知道那里有人的颈部大动脉,马义的思绪在一瞬间从霍秀的颈向下滑到了霍秀的胸,他一瞬间想到了霍秀的乳,女人的乳始终是马义深邃铭刻抹不去的结,霍秀小小的盈盈一握的乳马义是吸吮过的,除了霍秀的乳马义只在小时候吸过他娘的乳,乳对于马义,是娘,是母亲,马义不能杀娘,他不能杀母亲!这个念头在最后时刻柔化了马义的杀伐。马义扔掉铁剪后,长叹了一口气,仿佛对一生作了了断,尔后他对霍秀说:"你去喊马西来整死我吧。我本来好几次早就要死的,好几次都没死成,看来是老天要我今天死。你要是还有良心,就把我拉火葬场烧了,别让马西他们把我在这儿胡乱埋了我到死连个家都回不去,你受累把我的骨灰带回我老家,埋在我家地里,和我娘埋一块儿,我娘叫孙秋霞,地里有块碑竖着刻着她的名,你老远一眼就能看见!"然后马义告诉霍秀他老家的地址:宁夏回族自治区吴忠市金积镇下马关村。马义说了两遍,怕霍秀记不住。

这个结局让霍秀意外地愣了,尤其是马义还说得像临别托熟人捎东西一样平实,显得很真切不像是虚幌。霍秀审视着马义,缓慢而良久,像是核磁扫描要把马义的皱褶内里都照射到,尔后霍秀说:"走!"她又拉着马义就走。马义又猝不及防,更是一时反应不过来,蒙蒙地被霍秀拽着走。霍秀这回是拉着马义往刚才来时的方向走,霍秀一直拉着马义往回走到花园里,在层层花木的阻隔和掩映下,马西住的房子已经老远看不见了,霍秀才喘着气松开了马义。

霍秀说:"马义,你是铁了心要和马西干不犹豫不反悔了吗?"

马义还在懵懂中,说:"是啊,你刚才不都猜到了吗,就是的!你想把我咋的吧!"

霍秀说:"好,我支持你,我跟你一起干!"

马义猛的一下,愕住,神情又像个憨大一样。

最让马义惊心动魄的,是霍秀一手策划的拉着他去说动马西。

马义是被霍秀硬拽到马西面前的,霍秀的设计是马义必须不情愿,是她硬拉着他来,霍秀同时拽上的还有霍然开朗,她一闯进马西的屋里来就气急败坏地说:"马总,我这个儿子我是管不了了,他也不知中了什么邪了,非要让马义送他下山去!"霍秀转向儿子厉声地说:"我告诉你霍然开朗,这是不行的!一直都是王叔叔送你下山去的,这回还是王叔叔送你去!"霍秀说的王叔叔是马西手下那个电白县的猴样男子,一直都是马西指派他去的。

霍然开朗对霍秀的回答就是躺在地上打滚儿,踢霍秀,还用嘴去咬霍秀拽着他的手。

马义的表情是老大的不情愿,坚决地不情愿,马义说:"我不去!老远的路,广东这块儿我道又不熟,话我都听不懂，要有个啥闪失，要是半道上再把人弄丢了啥的，我还要负责哩！我先说好我反正是不去啊！"

霍秀一脸无可奈何地望着马西说："马总，你说怎么办吧？你都看见了，儿子，我管不了，马义，又不归我管，总之，儿子的这件事，我是没办法了，你也管管吧！"霍秀的末一句，说得暧昧，含着一点撒娇一点嗔怨和一点依赖，这是夫妻之间的语态。马义在旁边听得竟有一层酸意泛上来，这印证了他从电白仔那儿听来的话是对的：这山上的男人好多都和霍秀睡过，马西也睡过，霍然开朗身上说不准就有马西二十几分之一或者是三十几分之一的血缘。

马西果然就有一点柔和下来，他在霍然开朗面前蹲下来，问他："霍然开朗，你告诉我，你为啥非要这个马义，哦，马义叔叔，送你去呀？是不是他要你来求我的？"

霍然开朗说："是我自己要的！这个叔叔蛮好玩的！我要他跟我玩！"

马西望着霍然开朗，专注地望着，不说话，他看了这孩子有五分钟之久，或者是六七分钟，一个五岁的孩子是不会撒谎的，即使是大人教他说假话，一个五岁的孩子也是伪装不了五分钟以上的，马西观察的就是这一点。马义的心狂跳，他偷眼看看旁边的霍秀，霍秀的脸灰白。马西长久地观察霍然开朗之后，开口说："马义，那你就送他下山一趟吧。"

马义内心狂喜，他说："我不去！我说了我不去的！"

马西没有生气,他嘿嘿地笑,马西嬉笑地说:"你狗×的把人家的娘睡了,让你送人家的娃一趟你还不愿意啊?"

马西说得一屋子的男人都哈哈大笑。

马义顺势就生气了,一脸受到侮辱义愤填膺的样子。马义义愤填膺地说:"马西你要这么说话我还就是个不去!我说死不去!"霍秀告诫马义他在马西面前一切的表情都要顺势而为,要自然,只有自然和真实才能让马西相信,"这就像戏剧,戏剧是全然虚构的,但戏剧的灵魂则是真实!"霍秀这样对马义说。

马西收起笑严肃起来,说:"马义,你别蹬鼻子上脸跟我得寸进尺啊!你别以为我跟你笑模笑样的我就不会弄死你!叫你去你就去!"

马义继续强硬,这也是霍秀要求他的,霍秀要求马义在马西允准他时,绝对要再次拒绝,绝对不要露出迫不及待的欣喜来,霍秀让马义一定要再绷一绷,要彻底打消马西的怀疑。于是马义甚至更为强硬地说:"你一定要逼我去,你就不怕我下山就跑到公安局去,我去告诉警察你在这儿?我保不准真会这么干哩!"

屋里的气氛冰封住了。

马义看到马西一下都愣了。

马义觉得马西下一步会拔枪,他本能地朝西侧看过去,西侧那边有个门,可以跑。

马西愣怔之后说，马义啊，有些话能开玩笑，有些话是不能玩笑的，会死人的！然后马西让马义明天就去，快去快回。并且交代说明天马义下山的时候，从伙房给他拿几瓶水，再拿点干粮，路上吃喝。至于来回坐车的费用啥的，镇上会有人专门负责。

马西依然不给马义一分钱，他把他的精细和谨慎贯彻到底。

马义和霍秀牵着霍然开朗走出马西的别墅，两人都汗津津，汗如雨下。要去公安局告发马西，是霍秀让马义必须要说的，当时马义就说这等于是要马西直接把子弹喂到他的嘴里！但霍秀说必须得这样，对马西这样巨奸猾的人，就是要把他心里最担心的直接说出来，他会觉得你敢这么坦率反而会认为你心里没鬼，反而会对你不疑心了，这叫置之死地而后生。霍秀心悸不已，她说，这太像是戏了！今天整个都是戏剧的架构，这在戏里叫三翻四抖。三翻四抖就是把戏剧的高潮推到最极致最顶端，这么做的结果，要么就是轰然一声大道畅通，要么就是轰然一声一切坍塌，一切灰飞烟灭！霍秀说，现在看来，路是走通了，置之死地而后生了，后生了！

马义感激霍秀对他的相助，说："霍秀，我咋都没想到你真的是不要命地帮我！这要是弄不好……我不知咋说了！这要真把你的命搭进去了可咋办！"

霍秀哭了。霍秀淌着泪说:"马义你以为我这么活着我这条命还叫命吗?狗的命都比我有尊严!猪的命都比我有尊严!我早就想豁出去死和马西干了!只是我一个人干不了这件事我,一直在等着你这样一个人出现!"

马义笑着说,那你还咋不早告诉我你还那么吓唬,我你们上海人毛病真多!

霍秀哭着说,上海人那不是毛病多,那是智慧。你个西北放驴的,你懂什么!

霍秀说:"我怎么知道你是不是真的?我那天那样对你,我那是试试你是不是真的!万一你是在骗我,我信了你去和马西博弈,我非但不能怎么样他最后还白白送了命,我不是怕死我是觉得太不值!活到现在,我让男人骗得实在是太多太多太多了,我实在是让你们这些王八蛋男人骗得怕怕的了!"她哭得稀里哗啦的。

马义身上没纸,作为放驴的农民他身上从来不带擦拭的纸,马义拿衣服袖子给霍秀擦着眼泪,说:我也是王八蛋之一,但我没有骗你!

"我知道你没有骗我!"霍秀拨开马义为她擦泪的手,她讨厌马义这种不卫生的农民习气,霍秀说马义你以后记住别拿你的袖子给女生擦脸弄得这么脏兮兮的,你别老这么农民兮兮的行不行,你刚让我对你有了点好印象你又让我烦你,然后霍秀继续说,"那天你完全可以为了自身的安全先杀了我但你没有杀我,我就是从那一刻相信你没有骗我!另外,我帮你,也是因为你宁可自己死你也不伤害我——"霍秀停下话语凝望着马义,说:"你这人不错。"

霍秀望着马义的眼里掠过一丝柔情,这一丝柔情是马义从来没见过的。

马义不禁心里暖洋洋的。

马义送霍然开朗下山去。

马义把霍然开朗一路送到山下卤水镇负责看管照料的广东大婶手里,他自己转身就往山上走,一刻都没在镇上停留。卤水镇上的公安派出所就在马义的身边掠过,派出所院子里停着的警用摩托车和旗杆上飘扬的国旗都看得清清楚楚,但马义一路走过去完全视而不见。这是因为霍秀再三叮嘱他,让他送霍然开朗送到地方后要赶紧回来!尤其是第一次送更是得这样!霍秀让马义千万不要相信马西说的他用人不疑,说马西一定会派人在后面偷偷跟着你,你要信了马西的话你就死定了!马义其实不用霍秀叮嘱,他早就清楚不能相信马西,在镇子的一个拐角处,马义故意藏匿了一下,眼睛偷偷向后瞟去,他果然就看见马西手下那个叫蛇柄仔的急忙躲到了一处矮墙后,马西果然派蛇柄仔在偷偷跟着他!此外马义在路上还碰到过至少是两个很可能也是马西布下的眼线,一个是在街头给人缝补衣服换拉链的裁缝,一个是蹲在街上卖鱼的鱼贩,还有一个修自行车的马义不能确定,在马义走过时,他们都拿眼睛剜似地盯着马义,那种眼神绝不是普通人在街上看一个走过的路人随意一瞥的眼神,那种眼神让马义不禁毛骨悚然。马义相信,他只要走进派出所院里,甚至他只要朝那个方向走,枪声肯定就会立刻在他身后响起,子弹在几秒钟内就会穿透他的身体!

马义回到山上,马西表现得很惊讶,那是一种夸张的惊讶,过程和结局马西早就一清二楚,一切都在他的掌控之中,马西只是在演戏,马西惊讶地说:"哎呀马义你还真回来了!我就说我用人不疑嘛,我相信你我没信错嘛!"马义知道马西在演,心里不禁冷笑,于是马西演马义也演,马义也学马西,马义也夸张地抱着马西分外用情地说:"哎呀我舍不得兄弟呀!我要几天不见兄弟我想得不行啊,我不回来我又能跑哪去呢?大腿上的虱子,我往鸡巴上跑呀!"马西演得很好,基本上能做到收放自如,而马义演得很糟,虚假得一塌糊涂,但马义的肉麻却是起了效果:他让马西恶心得都演不下去了!马西收起对马义的亲热臭骂马义:"日你娘的马义!马义你个狗×的你跟我唱秦腔呢?你跟我唱戏呢?你让我恶心得都要吐哩!"马义哈哈笑,为自己成功地恶心了马西而不无得意。

马义又送了几次霍然开朗下山去,而霍秀也更加频繁地让儿子上山来,对马西说是想儿子了,说这段时间特想儿子!

马义送了几次之后，他发现马西派出的盯梢明显对他的监视松懈了。有一次，还是在镇子的拐角处，马义再次猛然躲闪，眼睛向后偷瞄，他发现蛇柄仔竟然没有跟上来，蛇柄仔竟然蹲在路边跟卖凉鞋的讨价还价，蛇柄仔竟然在买凉鞋！尽管蛇柄仔对他的盯梢松懈了，尽管另外几个很可能也是马西布下的眼线，那个裁缝、那个卖鱼的以及那个修自行车的，马义走过时也再没有看到他们对他投过来的那种刀锋般的锐利眼神，他们都也只是抬头轻淡地看马义一眼，他们已经习惯了马义这样悠慢地走过，但马义依然不敢贸然走进派出所去报案。马义知道，只要他拔腿快步向公安派出所跑去，所有的这些松松懈懈在一瞬间就会紧绷，枪声立刻就会一秒不差地在他身后响起！而且很可能是在悄无声息间就结果了他，马义是见过马西有无声手枪的！

　　马义焦急万分。马义想他不能老是这样一趟又一趟就跟只是来逛街似的啊，而且他也不会老是有这种送霍然开朗下山来的机会啊，万一哪天马西改了主意呢？马西那种巨奸猾的人是瞬息万变的！马义越来越焦灼，他觉得他必须要以命一搏了。最后一次，马义闪身在镇子的拐角处，看见蛇柄仔远远地裹在人群里看一个男人跪在街上诉说冤情，蛇柄仔现在已经松懈到在街上看热闹，完全不顾他了。马义觉得这是他的机会，他下决心要在今天不顾一切向派出所冲去，死活就在今天了！于是马义就在镇街上溜达，他要观察一下那几个缝衣服的裁缝、卖鱼的鱼贩子,还有那个修自行车的,是不是也像蛇柄仔这样松懈了,如果也是,马义就立刻行动!马义慢悠悠佯装闲散地溜达着,约五六分钟后,他的目光被人群中一个也在闲散溜达的人牵拽了过去,而那人的目光正在望着他,马义可以确定这是一个他见过的人,或许还可能算是熟人,只是马义想不起来在什么时候见过,他想这可能是他在山上见过的马西手下的一个人被马西派到镇子上做眼线来了?马义不禁沮丧,他沮丧的是马西又布置了一个暗哨,他在最后要采取行动的时候还是让马西的人缠上了!马西盯视他的眼睛无处不在他根本就逃不脱!那人更清楚地看清了马义,他朝马义走过来,甚至可以说是奔过来,有一点迫不及待,马义除了沮丧还骇怕,他骇怕那人会发现和看清他的企图,马义想躲避,但来不及了,那人已经奔到了马义面前,并且对马义笑,让马义感到怪异的是,那笑里却没有任何阴险的诘问和防范,全是意外相逢的欣喜,由衷地欣喜着,笑得还有一点对他讨好,那人还用手握成空拳捶马义的胸前,那是表达亲昵的动作。这些怪异的举动让马义重新审视打量这人,然后,天崩地裂般,马义差一点要惊呼出声来。

马义看见的竟是马财!

马义不知道他看见的是福还是祸。

第九章

　　金积镇派出所干警马财穿一身化纤的旧西服,袖口和衣摆上有洗不掉的点点油渍,那是二十世纪七十年代末八十年代初香港偷运到内地来销售的垃圾服,胳膊上戴着一溜电子表,斜挎一个书包,从敞开的书包口看,里面是邓丽君的歌曲盒带。马财的这一身穿戴是八十年代初从内地到广东来的贩子们的标配,八十年代初,广东沿海的小镇上,到处都是这种穿着香港垃圾西服,挎着包,来收购走私的电子表和邓丽君的音乐盒带,带到内地去贩卖的贩子。民警马财的这一身走私小贩装扮出现在卤水镇上,包括他黄土坷垃一般土气喧腾的大西北老家话,就像一滴水放进了一杯水里,很是融合，没有一丝突兀的痕迹。

马财没想到竟能碰到马义，他的高兴以及激动是发自内心的。马财一时间激动得要掉泪。马财就是来找马义的，有线报说，马西贩毒团伙可能在广东、广西一带活动，作为案犯属地的宁夏公安厅禁毒总队，在公安部的统一部署下，来到两广，由两广公安配合搜寻马西，马财也在这支队伍中，而他单独的任务，就是奉命找马义！马财一边警惕地闪躲地看着四周，看是不是有人跟踪马义和他，一边压低声音和马义说话，他的声音因为激动、紧张、时刻要顾及四周而急促和断断续续，让马义听起来很费劲，马财说：自从马义不听劝阻，自己走了，公安方面就已经想到马义多半是到广东、广西一带自己找马西去了。公安方面分析，认为马义一个人去找马西固然很危险，但也有一个巨大的好处，那就是马义对马西很熟悉，比任何人都熟悉，马义比谁都更能通过蛛丝马迹找到马西的痕迹，这是谁也替代不了的巨大优势，县局乃至自治区公安厅的领导都认为，只要找到马义就有可能找到马西！因为这个原因，马财告诉马义说，他被领导从金积镇派出所特地抽调到了省厅缉毒总队，参加这次行动，马义熟悉马西，而整个宁夏公安，还有谁比他马财更熟悉马义的呢？要找马义，还有谁比他更合适的呢？他们仨兄弟，就像环环相扣的结，三国演义，三国杀！马财说，他找了马义快两年了，两年里，他一直在找马义，就像一只一直在找家的狗,马财说的时候声音哽咽。

马义看到马财眼角烂兮兮的,那是上火好久不退蜇烂的,发炎的体液顺着烂眼圈流下,像雨水滴在龟裂的烂泥塘。马财说,两年里头,广东他就来过七趟,广西去了三趟,中间他还去过两趟云南,因为在广东广西找不到马义,有线索说马西团伙可能转移到了云南,上级分析怀疑马义是不是也跟踪去了云南?马财说两年来他广东、广西、云南来回地跑,身上一片一片地烂,南方这边湿气重,西北人到了南方就像整天浸在水缸里。两年了,马义一点音信也没有,所有的人都认为马义已经死了,让马西杀了或者在哪儿出了意外死了,宁夏公安厅已经命令马财停止在两广的任务撤回宁夏,他今天是已经退了镇上旅馆的房正往长途汽车站走想买票去广州回银川的,结果就让他撞见了马义!竟然!竟然撞见!!"三哥,三哥,"马财激动万分地拉住马义,"你,"他顿住,先平缓了一下情绪,怕太激动说不出话来,然后他问:"你,是不是,已经,打探到马西的情况了?"马财问得小心翼翼,声音轻轻细细的,仿佛声音一大,会把树上的鸟儿惊飞似的。

马义不说打探到或者没打探到,他直截了当地表明他的态度,说:"你凭啥认为我就会告诉你呢?我凭啥要让你去立功受奖呢?你凭啥认为我就会傻到你把我婆姨睡了我还要买补品给你补身子?"

马财噎住,巨大的激动和喜悦仿佛从高山之巅上摔下来,摔成了冰凉。马财简直不知道说什么好,他急切地在原地打转,蹲下,又起来,反反复复,仿佛渴了太久终于看见了一条河但突然有个人过来严斥说这河水不让喝,这理由蛮横地像刀劈斧子剁却又让他无力辩驳。

马财急切地说:"马义都这时候了你还纠缠这件事你觉得有意思吗?!"

马义说:"我就是个没意思的人!"

马财说:"马义你就不能顾全一下大局从大局出发吗?"

马义说:"球!"

马义仇视地斜乜着马财,他这一刻脑子里满满充塞着的都是徐秀玲。和霍秀在一起后,马义对于徐秀玲已经渐渐有些淡远了,男人对于女人的念想是和性的饱饿有很大关联的。当马财蓦地出现,徐秀玲又鲜明突凸地回来了,往昔的刀又狠狠劈斩在了他的心上。马义盯着马财的脖子看,他老觉得马财的脖子是让徐秀玲擦过的,他脑子老有一幅画面毫无理由地挥之不去,他老觉得马财从被窝里爬起来,光着,身上汗淋淋的,而徐秀玲会拿条毛巾给马财擦汗,尤其是仔细地给马财擦脖子,这幅画面毫无逻辑道理地在马义脑中盘桓,让马义心烦气躁。马义重重地一拍马财的脖子,他恨这个脖子。

马财丝毫也不明白马义为啥要拍他的脖子,但马财此刻急切而焦灼,一切都顾不得去细想,他拉定马义,怕马义拂袖而去，然后对马义说，马义你不愿跟我这个警察说你总可以跟其他警察说吧？马财让马义现在跟他上镇派出所去，那里有很多警察，还有领导，没有一个和徐秀玲睡过！马财拉着马义就要走。

马义急了，声音压到极低叫起来，说马财你要想死你就拽我！马义说现在至少有四个人在暗处盯我的梢，有四到五把枪对着我，最少也有三把！你要想让咱俩都死你就拽！

马财作为侦查员在愣怔了一秒之后立刻就明了此刻的险峻，他立刻松开马义并且什么都不再问，此刻再问什么都是愚蠢的只能徒增拖延的危险。马财说，马义，我就说一个意思，我猜到你可能不方便随时能来，你五天后，或者是一个礼拜十天后都行，你一定要再来这个镇上，我会在这儿等你，死等！马财恳求地看着马义，说："一切为了国家大局！"

马义望着马财烂成了烂桃的眼窝，忽然心里有些温软起来。

马义什么都不说，甩下马财走了。

马义回到了山上。马义只能回到山上，他刚从隐蔽处闪身出来，一回头，就看见蛇柄仔远远地躲躲藏藏地跟在他身后。马义又气又急，一多半的气来自对马财的情绪，当然也气蛇柄仔这些人像狗皮膏药似的甩也甩不脱，急的是下一步怎么办？真的是要屈从了马财么？这是马义最最心不甘的！

他去向马西报告他回来了的时候,还沉浸在因马财而引起的情绪里,想着自己的心事,对马西带搭不理的。这恰恰掩护了马义。马义的这副表情让马西理所当然地认为他是不愿去送霍然开朗又不得不送因此很泼烦。马西笑了,说:"谁要你把人家的妈睡了呢,人家娃把你当爹非要让你送你有啥办法,以后你还得接着送!"马西笑笑地让马义走了。马义离开马西,好一会儿,醒转过来,吓出了冷汗,才想到刚才他有多么的悬!马义想到,刚才他要不是满脑子都在想着徐秀玲和马财,都在气恼着马财,他怎么可能把已经和警察见面的事情遮盖得这么若无其事呢?马义是个简单的人,他做不到对人有深度的欺骗。马义冷汗津津地想,莫非这是马财在冥冥中救了他么?

　　让马义没有想到的,更气更急的是霍秀。霍秀简直是气急败坏。霍秀听说马义是因为一个叫徐秀玲的女人而拒绝跟警员马财接头,"要死了要死了要死了!"霍秀气急败坏地对马义叫嚷,这是上海女人的叫嚷,听上去在说"要稀了要稀了要稀了"。并且霍秀在搜肠刮肚地想,要想一个最恶毒的词来臭骂马义,最后她说:"魑魅魍魉!马义你真是个魑魅魍魉!"霍秀说马义,你的那个叫徐什么的,她是什么样的天仙啊?她比陈冲还要天仙吗?她比张瑜还要天仙吗?二十世纪八十年代上海滩上的天仙是陈冲和张瑜。霍秀质问马义:"莫非她比陈冲张瑜还要好看所以你个魑魅魍魉昏头了?"

马义实诚地说:"徐秀玲比较好看,她眼睛大,是我们那地方的人说的毛眼眼!"

霍秀更气,"要死了要死了要死了!"她更尖利地对马义叫嚷,"就算她眼睛大,眼睛大难道比命还要大吗?在这种时刻,为了个女人你这样,真是要死了你!"霍秀让马义下次去卤水镇上必须要跟马财接头,必须!没有选择余地!霍秀严正地警告马义:如果马义不这么做,她就把一切都去向马西和盘托出,大家一起死!反正和警察接不上头也是死!

马义说:"好吧!"马义说其实他当时看到马财的烂眼窝和听到他说的那句话,就已经动了要跟他合作的念头,只是他还不能彻底放下对马财的仇恨。马义让霍秀别老这么呛他。

霍秀继续要求马义,说,不光是要和马财去接头,见面的时候,还要为徐秀玲的事向马财道歉,必须得说你那天是小肚鸡肠你对不起他,你以后再不这样了。而且你不能敷衍地对他说,你要说得真诚,要说得真诚的前提你就得从心里把徐秀玲忘了,你心里老还装着你那个徐秀玲你怎么说得真诚?你只有说得真诚,那个警察才能相信,他才能消气,他才能帮助我们!霍秀说:"马义你要拎得清哦,女人在这种时刻算什么呀!我是女人我都认为不算什么!"

马义说:"不!"马义说得坚决并且毫不迟疑。马义说,女人,她只要走到我这儿来,马义对霍秀指指自己的前胸,将手掌按在他心脏的地方,重申地说:女人只要进到我这儿来,我就忘不了她！马义拒绝谄媚和出卖。

霍秀威胁地说："你真的不去说吗？"

马义说："死都不！"

霍秀望着马义，心里竟有一丝暖融。

霍秀在床上铺好了被，对马义说："你真是犟种！来睡吧。"

霍秀这次是主动的。

马义再次见到马财还是在卤水镇街上那个僻静的拐角处，马财果然在老地方等他。马义想马财大概是天天都在这儿等，他看到马财的烂眼圈儿更烂了。马财一见到马义就拉定他急急地压低声音说，马义你啥都别说你先听我说！然后马财说，马义你既然是因为徐秀玲才不跟我合作，那咱们就先说徐秀玲，不说徐秀玲你心里过不去这个坎儿！马财顿住，脸上阴郁着，像要下暴雨前的暗黑天色。接着马财又说，我知道你记恨我，我是娶了徐秀玲，我是天天黑了搂着她在炕上睡哩，你是不是以为我天天都高兴得像过年呢？可你知道吗，我娶了她，她的心却不在我这里，你知道她心里天天想着是谁吗？马财说着做了一个手势，他将手像风扇一样地摆，那意思是这事儿没法说了，说出来心里都淌血！然后马财对马义说：就是你！徐秀玲心里想着的是你！

马义万没想到竟会是这样！他想不到马财憋了这几天最

后甩出来的是这么个炸雷。

马财身子都发抖地说:"我听见徐秀玲做梦的时候喊你的名字!"

马义让马财说得也哆嗦起来。

马财说:"有一次我还看见徐秀玲在纸上画,我刚走过去,她赶忙把纸一团扔了,后来我偷偷拾起来,展开,看到纸上,她写的,还是你的名字!满篇都是!"

马财想再做一个手势,但他手抖抖的做不出来。马财是真伤心了。

马义看着马财,他看到马财不光是眼窝烂了,他的两边嘴角都烂了,像一边一个挂着两颗蔓越莓,有血水从嘴角渗出来,两边脸颊颧骨上的皮肤都爆皮了,马财上火上得厉害,马义想,马财在等他这些日子里都在琢磨刚才这些话了,他肯定是反复地琢磨,这些话这些日子在他肚子翻过去滚过来,像在蒸笼里蒸,像在油锅里煎,反反复复折腾着他,最后他下决心要在见面的时候把这些话端出来说给他马义听。

马财说:"马义你解恨了吧?你好受了吧?徐秀玲她对你——"

"马财你啥都别说了,闭嘴!"马义挥手打断马财还想继续往下地倾倒,尔后他正式告诉马财,"这事,我跟你干了。我跟你合作。"

马财一颤,很巨大的一颤,尔后,马财想巩固这意想不到得来的成果，于是他又开口，再一次强调地说："马义，徐秀玲她确实是对你———"

马义低声地叫起来："我已经说了会跟你合作，你他妈的闭嘴！"

马财住了口，他很有点怯，怕反复无常的马义又有什么变化，马财小心翼翼地说："那你咋还，你咋还生气了呢？你好像，应该，高兴才对。"

马义阴沉着脸说："我高兴个屁，我根本就不相信你说的！"

马财愣了，说："你不相信？！"

马义说："对！我一听就是你编的！啥徐秀玲晚上做梦喊我的名字，还在纸上写我的名，这要不是你编的我头割给你！"

马财心虚了，说："那你既然不相信，那你咋说——"马财赶忙停住，他想说那你怎么还要和我和我们警方合作？但马财不敢说下去，他怕马义万一转念一想又不干了。

马义阴沉了有一分钟没开口。

尔后马义说："马财，我不想跟你服软的，但这事儿，我要说，你了不起，你，是个爷们儿！你为了你说的大局，国家的大局，你把你最心爱的，端出来，你糟践你自己，你往你自己的心里扎刀子，还一遍一遍地扎，扎得够狠，将心比心，这么干，我做不到，我有点服你了，这件事情上你确实够爷们儿！所以，我跟你合作。"

马财感激不尽地说："三哥，三哥——"

马义却又低声地恶吼道："滚！少跟我套近乎！"

马财一瞬间又被马义喝斥蒙了。

马义说："这不是说我就不恨你了！"

尔后马义从他和马财躲藏的街角隐蔽处先探出头去看了一眼身后左右，他看到蛇柄仔还在原地待着，蛇柄仔已经松懈到连隐藏都不隐藏了，蹲在人群里，屁股撅着，看着街头一个摆象棋残局骗钱的人在跟路人下棋，马义迅速简短地对马财说了马西以及团伙的情况，同时说了霍秀的情况，他建议警方大部队可以选一个日子打上山去，剿灭马西，他和霍秀到时候可以做内应。马义让马财回去汇报，说他下次来镇上听警方的回复决定。马义说完闪身离去，他做得已经很像一个警方的侦查员了。

马财蒙蒙地看着马义走，好半天才醒悟过来心头掀起激动，激动不已。

再一次在凼水镇上接头见面的时候，马财向马义传达了警方前线指挥部的研究决定，指挥部认为，马义所报告的马西团伙隐藏在广东番禺境内莲花山脉一带的悦雅山庄，是案情几年来的重大突破，马义同志立了首功！但马义所提议公安采取大部队突袭上山一举将其擒获，指挥部经研究后认为不妥。指挥部认为，马西团伙隐居的悦雅山庄，经了解上山之路只有一条，马西肯定在山路沿线布置了无数公安目前尚不能掌握的暗哨暗线，不要说大队伍，任何陌生人上山，必然会马上暴露行踪马西必然会立刻得到信息，整个团伙必然会瞬间逃窜转移到另一地藏匿，山上是否还有秘密下山的暗道尚不得知。指挥部认为很可能还有第二条甚至第三条暗道，马西智谋狡黠过人，他必然是事先想到了这一切充分利用了地形的优势才将团伙隐匿在此的，因此，采取大部队强攻，行动失败的可能性很大。指挥部经分析认为，马西团伙既然是以贩毒营利为主要目的，那么他们必然不可能长久待在山上，他们必然会下山来和新的交易伙伴进行交易，因此，指挥部决定，马义应继续潜伏在山上，利用目前尚无第二人能取代他的优势，务必要确切打探到马西团伙下山交易的地点、时间、人数以及方式，便于公安大部队布置伏击，在山下交易地点将其擒获。另外，鉴于马义同志的一贯要求，指挥部已经报请宁夏自治区公安厅，公安厅党组经研究决定，如果这次能配合公安一举擒获马西特大贩毒团伙，马义无疑是立下了奇功，可以考虑批准马义同志归队！马财对马义说，这次可是区上公安厅开会决定的，可不是上回尚同义和那个崔局自己嘴上说说的！

  马义大喜！马义喜不自禁地从地上拣了半截砖头扔出去，把函水镇街道上一盏路灯的灯泡砸碎，发出"哐"的一声响，以表欢庆。马义对马财的态度和缓了许多,他主动跟马财攀谈聊天,谈他若当上了警察的事情,有一点迫不及待。马义不好意思地问马财公安一般都是几号发工资?马财说一般都是八号发,逢年过节也有提前几天发的。马义又问过年过节警察都发东西吗?譬如发个羊肉苹果啥的不?马财说发。羊肉发得少,苹果发得多,羊肉贵。马义接着问马财他们警察脚上穿的那种三接头皮鞋都是在哪儿买的?一双多少钱?到时候他半年的工资够买一双不?马义担心他现在脚上穿的老农民的布鞋和警服不配套,要是他到时候还穿这双鞋,人家会说他发的这身警服怕是偷来的,不相信他是警察,所以他必须也要买双皮鞋穿上!马义不知道警察连警服带皮鞋都是一起发的。

马财看着马义笑,他笑着说这得看情况,要是评上了先进就发皮鞋,免费。

马义说那他一定得争取当先进!

马义回到山上,将警方的计划细致地告诉了霍秀。在山上,在到处都是马西眼线的盯视下,马义只有和霍秀睡觉独处的时候,才能细致地说话。马义必须要跟霍秀详尽地谈这件事,他觉得只有霍秀才能打探到马西下山交易的确切地点,霍秀要比他更容易深入地接近马西。

霍秀听完马义说,沉吟了几分钟时间,在床上坐起来,穿好衣服。霍秀说她下面的话要有尊严地说。霍秀对马义说：去打探马西何时下山交易以及交易的具体地点，可以。但，她有个前提条件！霍秀说，她和霍然开朗将来是要回到上海去的，上海人最后总归是要回到上海去的，她儿子霍然开朗已经五岁了，再有一年半载就要上小学了，所以，她必须先向政府要求一件事，那就是，抓到马西之后，政府必须要让霍然开朗将来上上海最好的小学，这个学校她已经想好了，是她为儿子已经想了好几年的，就是位于上海徐汇区上中路两百号的上海市上海小学，这个学校，不是这个学区的老百姓的小孩想进去比想当上海市长都难，政府必须先答应她！霍秀让马义先去转告公安指挥部。马义听了，很为难，说，这个案子是宁夏公安在办，宁夏咋能管到上海的事呢？霍然开朗要是想上宁夏的小学，那可能还行。霍秀说，那我不管！宁夏办不了上海的事，让宁夏汇报公安部，让公安部跟上海市政府打电话，上海市政府对公安部来电话总归是要考虑的吧？马义吓了一跳，说，霍秀你真敢想啊！你是国务院啊，还敢指挥公安部！霍秀说，我只有这一个机会让我儿子接受最好的教育，我没啥怕的，我什么都敢想！马义急得要死，说，霍秀，你，你这不是太让政府为难了嘛你！再说了，抓贩毒的，是国家大事，再咋说咱两个也是国家的公民吧，咱俩——霍秀打断马义，说，政府难，总没有我难吧？说到根本上，说句最不要脸的话，我一个卖身的，最下贱的人，在平时，我还能有什么机会跟人谈条件才能让人搭理我！？总之，这件事，必须要让我的儿子上最好的学校，否则，谁来让我干我也不干！马义你别跟我说什么公民有责，在这件事上，我首先是一个妈妈，是一个娘，然后，才是公民！霍秀斩钉截铁地说这件事没有任何商量余地。

　　马义无奈，又下一次跟马财接头见面的时候，向马财紧急转达了霍秀的这一先决条件。马财简直傻了，匪夷所思，说上海人还有啥事情是想不出来的？连黄浦江边的树上长烧鸡大概都是敢想的！马财对马义说他要去紧急汇报，让马义在这等他两个小时，马财说他估计这件事要层层请示汇报研究最快也要两个小时。马财像子弹一样蹿出去走了。马义在函水镇人来人往的街道上等。蛇柄仔没来，那个卖鱼的和修车的也不见，马西似乎已经松懈到不再派人盯梢他，但马义丝毫不敢大意，没看见人不等于没有，马西不知道设在哪个旮旯里的暗哨正窥视着他，马义的眼睛依旧鹰隼似的扫描着四周。到一小时二十分钟左右的时候，马财匆匆回来了，带来了宁夏回族自治区人民政府、上海市人民政府、公安部三家联合对霍秀的答复，马财说，这样的三家省部级政府单位在短短的一个多小时内联合对一个百姓的要求作出紧急答复，这是新中国成立以来的首次，足见马西一案的重大以及政府对此案的高度重视，三家权力机构经过在电话里紧急沟通商议后对霍秀的答复是：可以办理！但前提是必须要准确无误地提供情报协助公安一举抓获马西及其团伙。马义回到山上转达给了霍秀,马义说:政府答应你了,你牛×!

霍秀笑了。马义第一次看见霍秀笑,霍秀笑得很清朗,一脸阳光灿烂,马义觉得霍秀一笑真是好看死了,太好看了,这世界上还有这么好看的女人!马义一时有些看傻掉。霍秀灿烂地笑着说她一定能套出马西的交易时间和地点来。

霍秀说:现在,我为我儿子而战!

马西却自己先说了他即将下山交易的地点以及时间。

如此轻易得到,让霍秀和马义都不能相信这是真的!

马西把山上的人都传唤到了他的大房子里,召集大家开会。马西团伙会定期组织学习。马西组织大家学得最多的是法律,马西经常对属下说,你要想犯罪你首先就得懂法,你得知道你携带多少毒品一旦被抓到你会判多少年,你更得知道,根据法律条款,你万一被捕,在公安审讯你的时候你该怎么说,在法庭开庭审理的时候你又该怎么说,你得利用法律条款让法院对你少判尤其是要最大限度地规避掉死刑,所以马西团伙里,自马西而下,个个都是学法又懂法的。马西其次让大家重点学的是地理,地理细化到中国每一个县的每一条街、每一条巷子、每一座山和每一条河,马西都要属下知道和记牢,马西说,你只有都烂熟于心,万一碰到公安要抓捕你,你才知道该怎么躲、怎么藏、怎么跑!所以马西团伙的人，特别是骨干成员，很多都能张口就说出譬如河北邢台市政府的所在地是邢台市桥东区红星街一百三十九号，说出黑龙江哈尔滨市南岗区政府的地址是宣化街二百六十一号，说出广西南宁市园湖南路一百二十七号有一家建设银行。马义和霍秀进到马西的屋里，一眼就看到马西在墙上挂了一张1：50000的广东省番禺地区的大幅地图，上面番禺地区的每一个乡镇，每一个市街，以及山峦溪水，都有清楚标注，马西先让大家又再次重温了一遍番禺的地理地形，尔后指着地图上一个红色标注圆点直接宣布，这次咱下山干活的点儿就在这：番禺的凼水镇！具体出发时间临行前一小时通知。然后马西宣布散会。马西开会极简短，没有一句废话。团伙众人各自散去，开始紧张有序地准备，所有的物品，连用过的废牙刷（可能会被公安拿去检测出上面遗留的个人的DNA从而存入公安档案），该毁的毁，该烧的烧，该深埋的深埋，确保团伙撤离后整个山上不留一点痕迹，这一套他们经常干已经做得极其娴熟。

马义对此迅速作出判断：这是假的！他认为这是马西甩出的烟雾弹。霍秀赞同。

马义十分激动，他对霍秀分析马西种种巨大的不可信，他说上次在他的老家宁夏金积镇，马西就是故意在他面前说他们接货的地方是他的姥姥家王团村，故意让他"偷听到"，引诱他去报告公安，让公安在王团村设下埋伏，结果马西是调虎离山。马义说这次马西的这一套重演了!马义分析马西肯定是怀疑山上的人里有内奸,所以故意放出风来要在凼水镇上交易,让内奸去密报公安,让公安再一次上当,他下山跟人交易的地点肯定是另一个地方!"要真是这么机密这么重大的事他咋会当着外人说!"马义说。马义说的外人就是他和霍秀。马义说他并且注意到马西召集开会的时候有个山庄的老阿姐一直在场,那个老阿姐是山庄的服务员,马西说话宣布的时候,她一直在屋子里搞卫生,擦桌子擦凳子擦茶几擦沙发擦这擦那的,马义说谁会把团伙的头等机密随便就说给一个扫地烧水的服务员听?难道这是山庄员工联谊会么?

霍秀没有马义那么激动,她甚至毫不激动,霍秀想的要更细致更深入,而不只是对马西的狡诈表示愤怒。霍秀想的是,如果马西所宣布的是假的,如果马西的目的在于查验内奸同时引导警方上当,那么下一步,马西在临走前就会处理掉他怀疑可能是内奸的人,马西这是已经在怀疑她和马义了么?他会杀掉她和马义么?霍秀心里没有愤然,她顾不上,而是沉甸甸的。

霍秀对马义说:"你不能死!"

霍秀又说:"我更不能死,为了我儿子!"

霍秀当晚就去了马西的卧室。

她穿得很严整,连衬衣最上面的一颗纽扣都扣紧。霍秀知道如今她的媚已经魅惑不了马西了，索性她就素到彻底，素到都严肃起来，她想这反而可能会引起马西的注意。霍秀闯进去的时候，马西正和一个广州女人在床上，那广州女人叫何穗琼，是广州的一个中学美术老师，也是被马西用毒诱了来的。何老师正在扭啊扭地给马西脱着她的亵衣，像她的美术课上那些人体模特那样。马西懒洋洋地看着。马西对霍秀的突兀闯入很生气，他刚被撩拨起来一点点。马西瞪着眼骂霍秀，老子叫你进来了吗？滚出去！老大生气了，这是很严重的事情。霍秀却不出去，她已经没有退路了，她必须钉死在这里。霍秀笑吟吟地说马总您别生气，我知道您对我的身子已经没有兴趣了，您没看见我风纪扣都系着吗？我是来给你们助兴的，助兴往往要比实干更有意思，就如同想象永远要比直接更性感，我会让您难忘今宵。马总您别忘了我是学表演的，我会把虚拟的东西演绎推波助澜到极致！然后霍秀就开始操作，倾尽她全部的风情以及力气，以及，脸面。马西哈哈笑，马西被霍秀彻底的粗鄙点燃了，马西骨子里农民的天性使他永远对粗鄙不堪的东西热情洋溢。倒是何穗琼受不了了，何老师脸憋得紫涨对霍秀说："霍秀，你也是个知识分子啊，你也是个女人啊，你怎么能这么不要脸呢？！"霍秀说："……！"这是一句连马西都讲不出口的最粗鄙的话，何老师逃似地走了。马西狂笑，笑喷了，他乐不可支，马西的农民性使他太喜欢这种粗野的寡耻，他被霍秀调动和燃烧得无以复加,在狂笑中,马西大为尽兴。

完事后,马西归于平静,他少有地给霍秀削了一个杨桃,这是马西心里被霍秀感动了的表示,尔后马西让霍秀说,说吧,你找我啥事?你总不是故意来糟蹋你自己的吧?马西看着浑身也汗淋淋的霍秀说。

霍秀委屈的眼泪淌了下来。

霍秀说,马总你是不是这次不带我走要把我杀了?

马西说,哪有的事!我这次是要带你走的呀!

霍秀说,那你告诉我你这次下山交易的真实地点!你只有告诉了我真实地点,我才能相信你是真的不杀我要带我走!你骗我给我个假地点怎么能让我不疑心你要杀我!

马西看着霍秀,笑了,说你们这些文化人啊,好多时候,都是聪明反被聪明误,你们就是想得太多!然后马西告诉了霍秀真实的交易地点。

马西说的还是:卤水镇!

马西对霍秀发誓他说的是真话。

霍秀和马义都含糊了。

霍秀再去马义的屋子和他睡觉实则是去和马义紧急商议。马义不时抓住床板摇晃,发出"哐、哐"的声响,给屋外走过的人以他们正在做性事的印象,因为事情太重大了,不能让外面路过的人听到一星半点他们的谈话。马义坚持认为马西是放烟雾弹的想法动摇起来,他迟迟疑疑地,说,这么看来,去凼水镇是真的了?霍秀说,看来像是真的。马西不像是在骗我。马义说你肯定他没有骗你?霍秀不敢肯定,说,差不多吧,我不敢百分之百地保证他没有骗我,但我感觉是。马义更紧张了,他喘着粗气,像是要决定生死,说,那么,我下山去报告警方?他用的是询问句。霍秀更紧张,说,要不,你就去报告?她用的也是询问句,十分地不肯定。两人都缄默着,相互地看,都想让对方来拿这个决定生死存亡的主意。沉寂中,马义先开口了,他觉得他是男人在这个时刻必须要扛起来什么,于是说,那就这样我去报告,出了事我负责!霍秀拖着长音犹犹豫豫地说好……吧,突然她又说不行,说再等等!马义说为啥又不行?为啥要再等等?霍秀说她总觉得没有这么简单,她总觉得,这么简单会是马西吗?霍秀说她脑子里一直有个画面在转,就是马义注意到的那个画面,就是马西当着那个扫地做卫生的老阿姐说他要去凼水镇交易,这是马西么?这么轻率随意简单!霍秀说她觉得马西的底牌很有可能是另外一张!马西甩给她的疑虑太大了,她必须要再去探查,真正落实,她不能拿她儿子的前程和她自己的命开玩笑!马义同意霍秀的担忧和分析,觉得她说的有道理,说,再等等也好。马义问霍秀她啥时候再去找马西?霍秀不说话,却一直在看马义的手,马义很奇怪,也低头看自己的手,他不禁笑了起来,原来他的手紧张得一直没有停下,一直在摇晃着床。霍秀说,别晃了,再晃戏就过了!一直晃一直晃,谁能干这么长时间?你是吃了药的西门庆吗?

霍秀次日又去了马西房间。

霍秀这次是白天去的,她还是自己径直就闯进去。马西一个人在,在敞开门的卫生间里大便,他刚拉完,还没冲马桶,刚提着裤子站起来,对霍秀的突然擅自闯入,马西这次不止是生气几乎就是恼怒了,"……!!"马西几乎是咆哮地一连串地骂着霍秀,他觉得男人拉屎的时候最狼狈,他不愿让别人,尤其是不愿让女人看到他的狼狈。

霍秀有两到三秒的时间是愣怔着,她没料到会碰到马西正在拉屎的尴尬场面,三秒之后,霍秀极其快速堆起了笑,她的聪慧和反应迅捷救了她,她瞬间就像昨天一样地微笑起来,说,马总您好!是这样的马总,昨天我来,我看您脸色不好,担心您有什么疾病,不放心,所以我今天再过来看看。正好,您在大便,我正好来看看您的大便,我学过一点医的,从大便是能看出身体里潜伏的一些病症的。霍秀说着,走过去,俯在马桶上,几块黄褐色的大便在马桶中少许的积水中沉浮着,霍秀拿过一支旁边洗手台上盒子里掏耳朵的棉签,从水中挑了一小块黏稠,举到眼前仔细地看,又放到鼻子跟前嗅,最后,放在嘴里,抿,品尝。这个举动让马西惊愕住了。霍秀将马西屙下的黏稠吐出来,说,马总,没多大事儿,您的大便只是有一点辣,有一点发苦发黏,如果大便是腐败的腐臭味,或者是有一股血腥味,那多半是严重的肠炎,肠息肉,甚至是肿瘤,您没事,您只是上火了,大便辛辣发苦,黏,是上火的表现,马总您多喝点儿水,这两天吃轻淡点儿。

马西愕着,说不出话,许久,说,霍秀,你呀……他无语。

霍秀于是趁机说了她来的意图,她说,马总,我对您还是有用的。我总觉得您说的去凼水镇不是真的,我总觉得您是在放烟雾弹,您就告诉我您这次真正要去的地方吧,您就带上我吧!我真的对您是有用的!霍秀一边说,一边替马西系好他一直愣怔地提在手里忘了系的裤子,像多年的夫妻一样,情重意切。

马西久久地看着霍秀,然后说,霍秀,你这次是自己救了自己!

再然后马西把地点告诉了她。

马西说,这次他要去的地方其实是番禺的棠下镇。七天后,半夜出发,拂晓时到。

霍秀的眼泪一下飙蹿了出来。

霍秀回来告诉马义这一结果的时候,她泪流满面。

霍秀泪流满面地说:我的祖籍是浙江绍兴,我的老乡越王勾践吃屎是为了救国,而我,是为了我儿子!

马义在六天以后又送霍然开朗下山,把情报告诉了时刻都等在那儿的马财。

马财激动地不知说什么好,他也哭了,然后,他告诉马义:皮鞋,也是一样发的!

马义回到山上,马西把他唤了去,告诉他明天就要出发,马义佯装一切都不知道的脸上无比惊讶,说明天就要走啊这么急?他又极认真地问,还是去卤水镇没变吧?马西对马义诡秘地一笑,说,不是!尔后告诉马义是去棠下镇。马西说他这次要带马义走,因为他还要在广东再待一段,在这都是南蛮子的地方他离不开马义。马西让马义快去准备,并且对谁都不要说。马义巨喜,他再一次证实了霍秀情报的确切,同时他知道他不会死了。其实从霍秀告诉他是去棠下镇的时候,他就已经估计到马西不会杀他要带他走了,今天是从马西嘴里得到了证实!马义若无其事地,甚至是懒洋洋地,他甚至还有一些不满和抗议,嘟嘟囔囔地说他不想去!马义说,你把我带到这带到那,我兜里又没个钱,我把人家霍秀睡了我想给人买个啥都没钱,我这个男人当的窝囊死了,你让我回宁夏算了!马西怒了,马义表演得太逼真让马西完全相信他是真心的不情愿。马西怒不可遏地说,马义你是从鬼门关回来的你还不知足!我差点都要把你杀了不带你走你知道吗?你要再嘟嘟囔囔我就把你宰了埋在这山上!然后马西甩给马义二百块钱,让他去给霍秀花。马义却说,二百哪够!他要四百。马西怒气冲冲地再甩给马义二百,说,狗×的哪天我真宰了你!马义一笑,接过,揣起,他做的真的就像一个贪财奴。

马义回到自己的房间,马义把霍秀拉到床上,一边继续摇晃着床又发出"哐哐"的声响,一边压低嗓门告诉霍秀一切都妥了,警方已经在棠下镇全面设伏!霍秀紧抿嘴唇,那是她怕张嘴会把哭腔带出来惊动了从窗外经过的人,控了好一会儿,霍秀平复了一些,对马义说你别摇晃床了我们来真的吧。霍秀柔情地看着马义说,最后一个晚上了,马义今晚我要第一次和你做爱!马义笑了,说,霍秀你说啥呢,咱俩都那么多回了,啥还第一次!霍秀说,之前我和你,那都是在做交易。霍秀说着,双手搭上马义的身子,给他脱衣服,极轻柔地脱,像给小婴儿脱一样。然后霍秀拉着马义去冲澡,极轻柔地给马义擦洗,像擦洗鸡蛋一样地擦洗,像擦洗玻璃果盘一样地擦洗,像擦洗掉在地上沾了一点灰的饺子那样地擦洗,马义魂飞飘荡,立在淋浴喷头下像化了一样。然后霍秀拉马义上床,她开始亲吻马义,不是亲吻马义的嘴而是亲吻马义的耳垂,像含着果冻一样吸吮地亲,霍秀说她爱的那个男生就是这样亲她的,她今天也要这样亲马义,霍秀说亲耳垂是亲吻的极致是最高境界,耳垂是许多穴道的聚集点,哪怕是一点像羽毛拂过的轻触都能感觉到,亲耳垂是能亲到心里面去的。霍秀一面亲着马义的耳垂一面用她的上海家乡话呢喃地轻唤马义,她唤马义囡囡,囡囡是上海话里昵称的小孩,霍秀说女人对一个男人最浓厚的爱意就是把他当孩子。马义被这一团柔软裹围着,他被催化得都要哭了,眼泪汪汪地说霍秀你咋对我这么好呀?天上的仙女也没你好啊!霍秀不停地亲吻着马义,说,马义你说过女人只要走进你的心里你就忘不了她你为她做什么都可以,我这样算走进你心里去了吗?马义使劲点头,说霍秀你走进我心缝缝里去了!霍秀说,马义,从明天起,我和你可能就见不着了,我和儿子就要回上海了,我老在想,我这样子,天天吸毒,我控制不住不吸,我可能命不长,我要死了我儿子就太可怜了,马义,你要答应我,如果有一天,我真没了,你得管我儿子!我活到今天就认识你这么一个人性好的,我儿子就拜托你了啊!马义庄严地说行,一定!霍秀说,马义,今晚我身上的每一寸地方都是你的……

比天仙还要好的霍秀啊!马义被融化得一塌糊涂。

结束后,马义说,秀秀,等明天,事都完了,咱俩也别分手,我娶你,能成不?

霍秀一笑。

霍秀一笑说,这不可能。马义你别觉得我说了我爱你我就真是爱上了你,你别忘了我是学表演的,我永远都不可能爱你。记着你今天答应我的,照顾我儿子!

尔后霍秀穿衣起身离去,她去收拾行李物件准备明天下山。

马义倚在被霍秀的体温烘焙得暖暖的被窝里,痴痴地发呆,直到天明。

马义在下山的时候紧跟着马西。山上在傍晚的时候就下起了雨,到天黑出发的时候,山麓间风雨雷电交加,天愈发黑成了没有缝隙的一块。马西在一个星期前就从香港的天气预报里(港英当局气象局都是提前十天预报)知道今晚有大到暴雨,这正是马西要的天气。队伍每人一顶带斗篷的黑胶布雨衣,把头脸都埋住,走在山涧里,像一排黑色的榉树在挪动。在山口的时候,马义看见马西撩开了一下雨衣斗篷,脸探出来,他在察看地形,很快马西就又戴上斗篷遮盖住了自己,马义看见马西的斗篷上有一块白,那是一块白色的医用胶布,可能是斗篷破了一个口子临时用一块医用胶布凑合贴上的,白胶布在黑暗中显得有一些醒目,马义于是就紧紧地跟着那一小块浅淡的白。马义没有看见霍秀,在一长溜的黑黢黢中他根本分辨不出哪个是霍秀,他只听见霍秀可能是被山间树木的枝枝杈杈剐了戳了,发出过几声短促的"啊呀",再就听不到她的动静了。大家都在屏住声息紧张地走路。马义很快发现这根本不是他平时下山走的那条大路,这是马义完全不知道的山里的另外一条路,而且这完全不是路,队伍完全是在灌木杂草嶙嶙岩石中穿行。马义深一脚浅一脚地走,此刻他万分庆幸公安指挥部没有听他的建议，而是坚持在山下的伏击点等着马西及其团伙，马义瞅着在他前面晃动着的那一小块白，那是罩在黑胶布雨衣里的马西，他恨恨地想：这狗×的果然就预备了后手！马义在大雨磅礴的浇注下浑身还是惊出了一层冷汗，他想要是公安听了他的话打上山来或是把警力全部都埋伏在那条进山的明道上，那他现在能做的就是去跳崖！

走到夜半时分，一行队伍完全走进了深山里，四周只有暴雨的哗哗声，巨大的雨声在山谷里回响，像钢板颤音，因为四周已经渺无人烟，也因为极度的累，行走的人都松懈下来，四仰八叉瘫坐在地上，再也走不动了。马西很急，马义听见罩在黑雨披里的马西对大家说天亮之前必须走出大山走到棠下镇要不就完了！马西吆喝着，说，都起来都起来都起来，大家唱个歌，精神精神！马西问大家都会唱什么歌？众人七嘴八舌，这些东南西北汇在一起的毒贩们会唱的歌很少，最后挑了一首毒贩们小时候唱过的也是唯一共同会唱的唱起来："丢手绢，丢手绢，轻轻地放在小朋友的后面，大家不要告诉他……"一支贩毒的队伍极为奇怪地唱着这首儿歌在大山里继续前行，哗哗的暴雨声和歌声混响。马义哼唱着，他竖起耳朵想从中分辨出霍秀的声音，他失败了，他听出那驴叫一样地集体吼声里夹杂着有女声，但他不能确定那是不是就是霍秀，因为贩毒的队伍中也有其他女眷随行。

天微明，队伍进入棠下，马义在镇子口看到一间房子门前挂着的牌子上用红漆写着：棠下铁皮社，是打制铁皮壶铁皮桶的，确认这是棠下镇无误，马义一路上一直忑忑紧张的心才稍稍有一点平复，他一直担心马西会走到别的地方去让警方扑空，接着马义掉入比之前更巨大的紧张中，这是开战前的紧张，紧张在四周的寂静无声中蔓延，以致马义的尿都紧张得流了下来，淅淅沥沥地流，控制不住，马义看到队伍慢慢走进棠下镇空寂无人的镇街里，停下，他看见全身罩在贴着那块白胶布的雨衣里的马西向四下张望，马义想他大概是在观望寻找前来和他交易的人吧，马义的眼光也向四周慢慢寻找地望去，他不是在寻找前来交易的人而是在寻找马财，有三到四分钟的时间，那是让马义快要窒息的三到四分钟，终于，马义看到了马财！马义看到马财的头从一堵土墙后面慢慢地探出来，鬼鬼祟祟的，如果不是马财手里握着手枪，马义觉得马财埋伏在那里就像是要偷驴饲料，马义和马财小时候放驴的时候去马西的上马关村一起偷过驴饲料，接着马义看见马财身旁趴着一个、两个、三个、四个、五个……密密麻麻全是警察！马义嗖一下跳起来朝那块白胶布直扑过去，紧紧地牢牢地死不放手地籀抱住那个温热的身子，石破天惊地喊："抓马西啊！"马义看到马财一跃而起。

马财，以及众多的警察们，都举着枪，吼叫着，潮水似的朝马义这边涌来。

马义觉得一轮红日正从棠下镇的天空冉冉升起!

几分钟后,马义傻愣地发现他死命抱住的是度假山庄厨房里的一个姓刘的厨子。

马财和所有的警察们都傻愣了。

把一行众人裹着的雨衣都扒去,马义和警察们发现这些都是度假山庄的服务人员:厨子、花匠、电工、维修工、客房清扫大姐……而马西不见,马西手下团伙的人也不见,经现场紧急突审,刘姓厨子说,马西是让他们到棠下镇来搬东西的,马西说来棠下搬一趟东西回山每人给三百元,时任广东省委书记的月薪为三百零七元四角,这使众人沸腾欢呼。并且马西当场先付给每人一百元,拾元拾元的大票每人十张,这更让众人表示即使是走去新疆搬东西也不在话下!马西指定由刘厨子负责指挥带领管理这帮山庄的勤杂,于是就有了马义看到一个罩在贴了白胶布的雨衣里的人,马义以为那指挥者是马西,实际那是刘厨,刘来到镇街探头探脑地张望,他那是在寻找前来联络让他们搬东西的人,马西交代说到了棠下镇就会有人来联络他们。接着马义看到了更让他瞠目结舌的东西:他看到所有人的黑胶布雨衣上都贴着一条白胶布!刘厨子说是马西在出发时让他们都贴上的,说是黑灯瞎火的怕人走丢了。马义笑起来,打摆子一样浑身哆嗦地笑,他笑他现在才看到!警方问马西哪儿去了?没有人能说清楚。刘厨子不清楚，那些电工花匠们也不清楚，马西不知道是在山里的哪个隘口，哪个岔道，在大雨滂沱天地一片混沌迷蒙中，在暗夜的一团黑漆里，带着他的人，那些人也都披着一件贴着白胶布的黑雨衣，悄悄离去的，更不知道马西们此刻去了哪里！

蓦然马义脑子轰的一下，他发现了更刺到他心窝里的事情。

马义发现：霍秀也不见了！

天大亮，约六个小时后，广东公安的线报传来了马西的消息，说马西已经完成了毒品的交易带人撤离了。马西完成交易的地点没有一个设伏的警察，马西甚至还在交易点的镇街上清闲地踢了一会儿足球才带着手下走的，这个地方就是：卤水镇！

马西最终去的还是他第一次公开告诉众人的地方，他竟然没有说谎。

线报同时报告：霍秀死了，尸体此刻就横在卤水镇的街上。

霍秀死在卤水镇上，身体死成一段僵硬的曲线。马义随着公安大队人马赶到卤水抱起霍秀的时候，他发现霍秀手里攥着一条白胶布，这无疑是霍秀死前从马西的雨衣上抓下来的，这说明马西在山里的不知哪个隘口哪个岔道悄悄改变方向走向另一条路的时候，霍秀当时是发现了的，霍秀比马义更一路紧紧盯着马西，霍秀紧随马西而去，风雨穿行，直到走到镇街，霍秀才发现这是凶水，因为儿子寄养在这里因此霍秀熟悉这里，霍秀万想不到马西最后来到的是凶水镇！巨大的绝望、愤怒和理智彻底丧失，使霍秀死命抓向马西，于是她最后揪下来了这条白胶布。马西曾经明白无误告诉过霍秀他要去凶水镇，但所有的人，包括霍秀身后的警方，都决不相信马西这个无比狡猾无比奸诈的人，会这么老实，会这么简单，会这么笨拙！死都不相信！马西也知道他的对手们决不会相信他会这么老实和简单，于是他这次偏偏就这么老实和简单！

马西赢得漂漂亮亮。

马西让所有的警察都恨到牙碎，群情激愤。

凶水的镇街上，唯有马义沉静，马义跪在地上，抱着霍秀，他奇怪自己此刻并没有太多的悲痛，马义的神情恍惚却又专注，他恍惚是对周边的事情反应麻木，甚至包括霍秀的死，他专注地在想一件事儿，马义想本来一切都进行得顺顺当当的，本来走的好好得，怎么走着走着，咋就走到这么岔的岔道上来了呢？把命都送了！到底是在哪个当口出了岔子？马义在往回捋，如果说霍秀的死是最后的结点，马义从这个点往前捋，一点一滴地捋，一个细节一个片段努力回想地往前捋……马义恍然大悟！

马义恍然大悟马西其实从一开始就在设局！

马西在设一个精心构置的局！

马义想马西甚至可能从在山上第一眼看到他就想到要设这个局了。马义想马西应该是没有想到他会出现在广州，马西不会神机妙算到分别两年之后马义会找到这儿来并且竟然会找到他，马义想马西第一眼看到他时是惊愕的，但马义现在几乎可以肯定，马西在惊愕了最多只有十分钟后就想到要利用他了，马西是个有一微点的缝隙立刻就能捕捉住机会的大枭，在此之前马西肯定为几个月后的下山交易在寻找一个能充当棋子去误导和调动警方的人，正好这时候他马义出现了！马西已经用过他当棋子骗过警方一回，他想再用他一回，什么出于乡音乡情乡愁而要留着他不杀他那都是假的，那是马西在演戏，马西从来都能把最假的戏演得极真！他，马义，被当作一颗设定的棋子，于是霍秀就被安排了进来，因为马义需要一条能自自然然地下山去和警方暗地联络沟通的管道，这只能是通过霍秀的儿子来实现，看似是马义背着马西利用了霍然开朗，其实一切都是马西安排的。同时马西在变本加厉地欺辱霍秀，人性沦丧地欺辱霍秀，马西有意要把霍秀欺压到反叛，让她彻底投向马义的怀抱成为马义的同谋，因为只有霍秀和马义成为共谋，马西的计划才能实施成功。马西是在表演残暴，表演给马义以及霍秀看。当马西成功地用残暴让马义和霍秀结为同盟，然后马西放出话去，说他要下山交易的地方是卤水镇，马西知道马义和霍秀决不会相信，马西也知道两人背后的警方也决不相信，马西还知道霍秀肯定会再三地用一切手段来试探他诱导他哄骗他，让他说出所谓的真话，霍秀果然就这样做了，马西不动声色，马西抻着霍秀和马义，马西要等到一锅水开到鼎沸时才下米，让马西没有想到的是霍秀在最后时刻竟然会吃他的屎，那一刻马西被惊到了。马西在那一瞬间真的被震撼到而且少有地被感动了，但这个过程也只有五六秒钟，五六秒之后，马西立刻意识到这是个绝佳的机会，这是职业的高度警觉和清醒，马西立刻清醒地意识到这个时候他说点儿什么，会让霍秀，让马义，以及让霍秀和马义背后焦急等待的警方，都会认为他是良心被震撼和感动而说了真话，于是马西在五六秒钟后便开始表演这种震撼和感动，他演绎得酣畅淋漓，霍秀信了，霍秀就是学表演的，霍秀学表演信奉两句话，一是表演要真听真看真感觉，二是眼睛是心灵的窗户，霍秀从最初那五六秒在马西的眼睛流露出来的神情中看到了真，真切，马西那的确是真感动，霍秀因此深信不疑。

　　马西在整个过程只有五六秒的人性闪现。

　　霍秀就死在那五秒钟上！

马义抱着霍秀，悲伤在这时候弥漫了上来，像地底下渗透上来的水，缓沉地，汩汩地，却是源源不断地，最后酿成了汹涌，包裹住了马义。马义看到霍秀的眼睛是闭住的，不属于死不瞑目的那种，但马义伤心地看到霍秀的嘴是张着的，僵硬地张着，霍秀临死的那一瞬肯定是想说什么来着或者是想喊什么，被一刀扎进了身体，于是已经大张开的嘴被定格住，马义想霍秀肯定是死得很不甘的，死不甘心，她肯定是到死也想不明白想喊怎么会是这样却被一刀扎住心脏，想说的话无声地僵化在了嘴里，永远消陨了。

马财和警察们层层密密地伫立，一片静默。

马财跪下给霍秀磕了一个头，然后对马义说，有件事他对不起霍秀也对不起马义。马义泪眼迷蒙地问马财啥事？马财说，他让马义转告霍秀，说宁夏自治区人民政府、上海市人民政府、公安部联合答复霍秀同意让她儿子进上海的好学校，没有这回事，这事是假的。

马义呆了，哆嗦地结巴地问，为、为、为、为、为、为啥是假的？！

马财说，因为办不到。不要说当时时间那么紧，只有一个多小时，就是时间宽裕，三家省部级政府机构，为一个孩子上学的事，在一块进行开会商议，这是不可能的事！除非是国务院牵头三家开会，国务院能为这么件事开会么？

马义一脚狠狠踹向马财，吼：那你们为什么要骗她！？

马财被马义一脚直接就踹在脸上，血从口腔里蹿冒出来，他爬起来，擦抹着鲜血说，为了大局！你看看我们这些人，这些警察们，为了大局，我们这些人连面子尊严什么的都可以牺牲，连我们的命都可以为祖国牺牲！

马义疯一样地踢打马财，疯喊：可她是老百姓！她最大的大局就是她儿子！我×你们妈的你们这些骗子！马财的战友，四周那些警察们，呼啦啦围上来就要抓马义，被马财挡住，说算了，他理解马义打他。

马义在马财脸上啐了一口，愤然哭着离去。

马义在汹水镇的出租屋里找到霍然开朗的时候，这个小人儿也在嚎啕大哭。霍然开朗不是因为妈妈死了而悲伤，他还不知道妈妈已经没有了，即使他知道了母亲逝去，这个问题对于五岁的他也还是一个模糊的概念霍然开朗大哭是因为饥饿和恐惧，那个照料他的广东阿婆不见了，她本来就是马西找来的，随马西一起跑了，把霍然开朗丢在冰锅冷灶的屋里，屋里只剩下两个不能吃的生的芋头。霍然开朗见到马义推门进来，愈发汹涌地哭，哭声里已经有了要告状和委屈撒娇的意思，伸开双臂扎煞着小手朝马义扑过来，要马义抱，这是他第一次主动要马义抱，以往他对马义，从来都是一种居高临下的傲骄，霍然开朗并且紧紧贴着马义把头埋在马义的怀里，这是他第一次对马义作亲人的依偎，霍然开朗像受了惊吓的羊羔一样依偎着马义，这让马义一阵心酸。

马义抱着霍然开朗去镇上的小旅馆先住下，给小人儿买吃的。马财随后找到了旅馆来，向马义传达了公安方面的意见，说，这娃的娘殁了，指挥部已经报请自治区公安厅，今后由政府来负责养这个娃，进养育院。尔后马财又期期艾艾地对马义说，先前还答应过让你归队的事，但这次是误报，所以，因此……马义打断马财的支支吾吾，冷冷地说，娃的事你们就别操心了，我答应过娃他妈她有一天要不在了我来管这娃！这娃的妈活着的时候说了，娃不上养育院。至于他归队重新当警察的事——马义冷冷地说现在已经不是他能不能归队的事，他已经不想这个，现在是他和马西的事，马西把他的女人杀了！他和马西不算完！

马义在卤水镇上又住了几日，他要在这里办一件事，他给霍秀在镇上买了块墓地，把霍秀的骨灰盒埋进去，在墓前立了一块碑，照例还要在碑上写点儿什么，马义问那雕碑的石匠，你们这镇上，哪块牌子的字最大最显眼？石匠想了想，说，镇北头关帝庙匾额上的字儿最大，忠义千秋，就那字显眼，老远就看见！马义把兜里的钱都掏给了那石匠，交代说，你刻的比那字再大点儿！

待马财看到霍秀的坟前耸立起赫然一块巨碑且镌刻着斗大的一行字，他吓了一跳。

那碑上的字是：霍秀爱妻之墓！

马财为马义担忧，他拉过马义来，说，三哥你这可不行啊！结婚是要国家民政部门批准的，你批准了吗？而且，你立了这块碑，你再成亲，你就是二婚了，你亏不？人家还会问你前妻是干啥的，再怎么说，她，一个吸毒的，会影响你——

马义喝断马财，让马财闭嘴，说，老子就认她是我婆姨了！就是全世界的人现在站在这儿，就是民政部长站在这儿，我也说她是我婆姨！

马财不敢招惹暴怒的马义，嘟囔地说，好，好，你认她当婆姨吧。

马义给霍秀碑上最后撒上一捧土，这是番禺当地的习俗：入土，封棺，落定。

第二日，马义背着霍然开朗回宁夏吴忠金积镇下马关村去。

第十章

徐秀玲在下马关村等着马义。

徐秀玲是接到马财从广东发来的电报，好几日前，便在村里每日等着马义的。二十世纪八十年代，电话和公章一样，都是公家办公室里的物件，老百姓要有急事联络办理都是打电报。马财发电报就一项内容：他暂时回不去，让徐秀玲先好好照料马义和那个孩子。徐秀玲在村头等到了马义和霍然开朗，领这一大一小回家去，马义的家已经没了，他家的老屋早已被他为了筹措去广东的路费而典卖给了邻家的马学礼，如今已被老马开了一间粉房，做粉条。徐秀玲领着马义和霍然开朗上她家去，她家的两间老屋，自父亲徐福宽前年死后就一直空着，徐秀玲紧着把它收拾出来让马义和他的娃住。屋里，徐秀玲预备得一应俱全，灶上的锅碗瓢盆，炕上的被褥枕头，橱柜里的米面，菜窖里的菜，土豆、白菜、萝卜、芫荽、西红柿、葱，还有一瓣儿蒜，连水缸里的水徐秀玲也给马义挑满了，锅里是徐秀玲给马义和霍然开朗做的第一顿饭：羊肉豆角焖面，冒着缕缕热气。徐秀玲逐一给马义交代，还把面盛上，端到马义和霍然开朗手上。徐秀玲做这些以及和马义说话时一直低眉塌目着，眼睛不敢看马义，她一直觉得亏欠着马义，这么多年过去她还是觉得亏欠，马义越是过得凄惶她越是觉得亏欠，即使没有马财的电报，她也什么都愿意为马义做！另外，马义看过她的奶子，这让徐秀玲一直有在马义面前光着身子的感觉，马义让徐秀玲心神慌乱。

  马义看着徐秀玲细致周到同时不自然地在他面前忙活，一团温润在他心里氤氲地弥漫升腾起来，他以为他和霍秀那么撕裂的一段之后他会淡了徐秀玲，但眼下的徐秀玲却是一点一滴地又流回他的心里来了，霍秀是画在画上印在邮票上的那些女人，他看着好，但那不是他的，徐秀玲是他家乡河边的苦豆子草，是村头老榆树上雀鸟的窝，是村落屋檐下挂着的干辣椒串，是房前屋后的柴火垛，是羊圈里飘来的膻味，是葱花放进油锅里爆出的那"哧"的一声响，马义踏进下马关村就像沐进一泓湖水中通体舒畅，而徐秀玲就是湖中的莲。眼下的徐秀玲正是女人一丛荷花开得最艳红的时候，徐秀玲丰腴得恰好,马义看着他曾经见过的徐秀玲胸前的那两团浑圆,在徐秀玲走来走去的忙碌中,即使衣服也遮掩不住它的起伏摇曳,这是比霍秀茁壮得多的如同庄稼地一样的厚实,黄土地上评价最好的女人有一句说词:肉肉的身子,耙地的手,说女人的丰腴和勤劳并举,就是徐秀玲这样的。屋里是要有女人的,再破的柴屋因为有了女人而熠熠生辉,马义看着屋里为他忙来忙去的徐秀玲,又一次酸楚地想,这本来是他的婆姨!

徐秀玲继续不看马义眼睛看着别处轻言细语地说:"村里都包产到户了,地都分了,村里给你分了七亩地,是上好的水浇地,和马学礼他们家的地挨着,马学礼当初抢着抢着要这地,是马财,又叫上派出所所长,和村里说了,硬把这地分给你了。一年里,这几亩地,你种点儿麦子、稻子,麦稻割了,你再种些菜呀瓜呀,一年的吃喝,是够你和这娃的了。零用钱上要不够,你跟我和马财张嘴。"徐秀玲说着,又给马义端过一碟炸辣椒来,下马关村的男人吃面是要拌辣子的。

那红红艳艳的辣椒像火,更把马义点燃了,下马关村人说,婆姨好不好,要看辣子炸得好不好,徐秀玲的辣子炸得好,红得像印泥,最好的炸辣子就是像印泥红里透着油浸,这是金积镇也数得着的好婆姨啊,马义想马财回家就是天天吃这辣子拌面吧?这一碟炸辣椒更把马义的潦倒和孤苦愈发凸现出来,马义那股酸酸涩涩的味道更猛烈地翻涌上来。

徐秀玲没察觉,继续说:"这辣子,你要吃得好,我再给你炸些端来。"

马义不语，脸绷着，嘴唇和脖颈都僵直地绷着。

徐秀玲见马义不说话，脸黑糁着，以为马义又想起了往事，又气着了，忙慌乱地说："那你，你和娃慢慢吃，有啥事你吭声，都一个村住着，近近的。"徐秀玲慌乱地走了。

马义是想起了往事，他绷着，是怕一张嘴把伤楚和悲戚带出来，霍然开朗就在他跟前坐着，在完全陌生的地方，这个上海小人儿一直惧怕地依恋地看着他，他不能在霍然开朗面前表现出来软弱……

马义在徐秀玲的屋子里住了五日，这五日，马义还是因为霍然开朗没地方住才住下的，这五日，徐秀玲留下的东西，除了第一顿那一碗焖面，他也是怕霍然开朗饿才吃的，此外马义连一根葱都没吃徐秀玲的，他兜里还剩最后一点钱，他都是用这点钱自己又去买了米面来做了和霍然开朗两个吃。徐秀玲还留下了灯盏和灯油，马义也没点，宁可让屋里黑着。

这五日里，马义马不停蹄地忙，他先去找了马学礼，马学礼一看两年多不见的马义来了，忙厉声厉言地申明马义典卖给他的房子他已经开了粉房，如今也绝不可能再退！马学礼以为马义来跟他要房的。马义说他不是来赎回老房的，他也没钱赎，马义径直说老马听说你想要我那七亩水浇地，抢着抢着要？马学礼说想又咋的，我还想当县长哩，政府不给我安排！马义不跟马学礼耍嘴，他什么都不说，直接伸出一个巴掌，想了想，怕马学礼嫌多，又弯回去一根手指，说：四百个元，一口价，你要是行，地是你的了！马义要把地也继续典租给马学礼，租期三十年。因为那地虽然分给了个人但名义上土地还是国家的，不能卖只能说是租，许多年后的说法叫做土地流转。马学礼喜出望外，忙解开腰带从内裤的暗兜里数出四百元来给马义。马学礼的钱都是时刻揣在身上的，他慌忙地给予，是怕马义反悔。

马义拿了钱，立刻去了马西的老家上马关村，找到村长，拿一百元给村长，说他要买村西头的一个生产队的牲口圈。村长喜出望外，那牲口圈的顶棚都塌了有十多年了，圈墙都塌了好几处，到处都是豁子，完全是个废圈，这等于是走在路上摔个跟头捡了一百元！马义得了牲口圈，余下的四天，除了中间回下马关村给霍然开朗做三顿饭不让这孩子饿着，马义日夜都待在圈里。买来砖，木椽子，油毡，白灰，铁丝钉子合页等各种小料，垒墙，铺地，修顶棚，抹白，收拾齐整。尔后，马义去了金积镇上的供销社，批发回来酱油、盐、醋、挂面、水果糖块儿、毛巾、肥皂、电池……还有针和线，都码放在砖砌的土台上，那土台马义把它当作了柜台。马义做完了这些，只剩下了十五元，他不敢再花，学马学礼那样也缝个暗兜藏在裤衩里，找了一枚别针别上。这钱他要给霍然开朗留着，怕霍然开朗万一有病了好给娃去买个药上卫生所吊个水啥的。他答应过霍秀的,决不能让她的孩子有一点儿闪失。最后,马义在村里捡了一块人家扔掉的老旧案板,用碱水洗了,洗去那上面几十年的油垢,用白漆在上面写好字,钉在牲口圈的门上,一切妥当。

马义在那案板上写的是:马义便民小卖部。

马义的小卖部在马西的老窝诞生了!

第二日,马义把徐秀玲屋里的东西原封不动都给徐秀玲留下,包括一棵葱在内,尔后带着霍然开朗永远离开了下马关村,去上马关村经营他的小卖部了。

徐秀玲急火攻心。她听说马义领着娃走了,第一反应就是认为马义是因为她而弃村而去。徐秀玲认为马义肯定是还记着旧事,一见到她,又勾起了旧仇新怨,因此马义疯了,人只有疯了,才会做出这种事!徐秀玲在马义面前一直是心神慌乱的,她顾不上慌乱了,跟着马义追到了上马关村,在马义那间摆着电池肥皂毛巾针头线脑的牲口圈里,徐秀玲这回眼睛直勾勾地看着马义,说,马义,我知道你还记着当年那事,你要还记着那事……我也没办法,事已经做下了,尿已经是尿下了,我也没办法再喝回肚去,我知道你不原谅我,你不想要我的帮助,你也不想在下马关村住,你心里憋屈你不想看见我,但你也不能把地都卖了来这开啥小卖部呀,农民要没了地,你这样,往后日子咋过呢?你还带着个娃哩!

要不，你跟我回去吧？地的事，等马财回来，我让他去跟马学礼说，你把钱退了叫马学礼把地再还你！行不？徐秀玲激动且着急得胸部起伏颤动。

马义却头扭过去看着墙，看都不看徐秀玲，神情更是冰冰冷冷的，说，我还记着当年的事我还忘不了你？徐秀玲你说的是美国话吧！我在广东，啥好看的没见过，我心里头还能放下个你？不说旁人，就说这娃的妈——马义摸摸霍然开朗的头，霍然开朗偎在马义身边，眨巴着眼睛仰头看着马义，马义说，这娃的妈，上海人，上海那边的人，洋气人儿，从小就喝麦乳精，徐秀玲你知道啥叫麦乳精吗？你爸是支书到死也没见过麦乳精，不知道麦乳精是擦的还是抹的！娃的妈除了洋气，人更好看，好看的那都不是人了，那是画报！这么洋气好看的人，她谁都瞧不上就跟我相好，一天到晚缠着我没办法的没办法，要不她人殁了，我能替她管娃吗，是不是霍然开朗？马义又摸摸霍然开朗的头。霍然开朗似懂非懂地点头，须臾，觉得这不像是好话，又摇摇头。马义继续说，我开小卖部咋了？我开小卖部就是为了过日子！我现在开小卖部，将来，我还上金积镇开商店哩！再将来，我还上北京开大商店哩！将来，我一月就挣五百一千哩！我一月挣一千我那钱都算挣得慢的！徐秀玲你不信你就等着将来看！马义说得傲慢高冷，一副压根儿不把徐秀玲瞧在眼里的样子。马义说这些话一直都冲着墙，他不敢看徐秀玲，他是怕一触到徐秀玲的眼睛，他的那些傲慢、冰冷、强硬，顷刻间便崩塌雪化，徐秀玲始终都是马义心底最嫩软的一块。

徐秀玲又气又笑，她认为马义是吃醋吃到人疯魔了，人要不疯魔，能说这种疯话吗？刚开张卖两块肥皂就已经想到要去北京大城市开大商店了！就像下马关村人说的，刚当了村长就已经想到要去国务院的饭堂打饭了！徐秀玲气笑不得同时又无可奈何，说："马义你疯了我跟你说不成话，你等着马财来跟你说吧！"

徐秀玲气气地走了。

马义看着徐秀玲离去，目光冰冷，他这回的冰冷是真的，从心里散发出来的，徐秀玲一口一个马财，让马义愈发地心寒……

马财在三个星期后从广东回来了。

马财的情绪很差，他和他的警队在广东以及广西甚至湖南又撒网苦苦找了马西两个多月，马西蒸发得连蚊子那样的毫厘线索都没有，消失得无影无踪干干净净，从自治区公安厅厅长到县局局长到缉毒大队再到马财，一层一层，层层都挨批评。局长天天都吊着脸骂人，马财和警员们被骂成了猪头。情绪很坏的马财回到家，听徐秀玲说了马义的事，更火大，他径直就去了上马关村，在马义那间都一个多月了还弥散着骡牛驴马膻味的小卖部里，找住马义，劈头就说："马义你是不是男人？！你要不是男人你拿把镰刀趁早自己把下头割了！"

小卖部门口围着上马关村的村民，看热闹，看一个警察在找一个农民的麻烦。

马义慢悠悠地说："我不是男人，我是二胰子。"

围观的村人"轰"的一声集体笑了，二胰子在当地话里是阴阳人，是阉人。

马财不理会马义的调笑，他继续火大地说："马义你给我惹下的麻烦事还不够吗？那七亩地，好地，水浇地，你知道那是我和派出所刘所费了多大劲儿才给争取来的吗？就为了你哪天再回村能有个安稳日子过！你说扔就把地扔了，你瞎腾啥呀你折腾！你说，你到底是为啥要把地都卖了来这开小卖部？"

马义说："我为挣钱呀！种地哪有做买卖来钱快！"

"屁！"马财斥责马义，"都一个星期了，你一共卖出去三瓶酱油一把挂面，有两瓶酱油还是赊账的，这就是你挣的快钱？"马财踏进小卖部前是先在村里做了一点调查的。

马义依旧慢悠悠地说："我不急。做买卖嘛，总是先赔后赚。你咋知道将来我这小卖部就不能挣得水漫金山呢？将来，总有一天，我钱多得，我上金积镇里去逛，耍，我都不是一个口袋装钱，我身上这四个口袋我都装钱，哪个口袋我都装五百，花完一个口袋我再花下一个口袋的！"

围观的村民们又"轰"一声集体笑了。一个村民喊着马义的名字,他小时候也是跟马义一块放驴的,上下两个马关村就隔一条窄窄的唐徕渠,两个村的人打小都认识,那村民喊着马义的名字说:"马义,那你得卖三火车的肥皂!咱村,每一户,平均得买你好几百块肥皂,把俺们身上全都洗秃噜皮了你那肥皂都使不完!"

村人们又都笑,笑里洋溢着对马义的嘲弄。

马义自己也笑,他并不生气,也不急迫,依旧悠悠的。

唯有马财不笑,唯有他是真心地焦灼。他为马义焦灼更为他自己焦灼,马财做了警察尤其是近一年还抽调到县缉毒大队当了一个组长,大小也是个负责干部了,他更不能让人说他抢了另一个男人的女人,这个男人是个老百姓,还是个农民,他抢了这个无权无势的农民的女人后,这个人从此消沉、堕落、潦倒,日子过得凄惶,这个名声会永生压得马财喘不过气来,会压死了他!马财换了一种语气,尽量平缓地重新跟马义说:"马义,你跟我说实话,你这样,不顾一切,要离开下马关村,要躲开我们,到底你是不是还是为了——"马财顿住,话在嘴里翻卷,最后还是艰涩地换了一个词儿,他说不出他老婆的名字来:"你还是为了她对不对?"马财有一点气血上涌,他竭力让自己平缓,说:"都这么长时间过去了,前一段,在——"马财又顿住,因职业的保密本能他及时吞回了广东两个字,"你不是都已经放下了吗,咋你现在又来了！又这么，胡搅蛮缠的！马义，你要还这样，不依不饶的，你是不是，有点，不是男人了？"

马义不笑了，默着，这已经不是个能嬉笑调侃的问题。

门口围观的村人越来越多，都不干活了，堵在门口看。这都是马西的村邻和亲戚。

一个村里的土语喊作老姨妈的老女人从外面挤进人堆里，也看。她拿着一把韭菜还有两个茄子，韭菜和茄子都往下滴着水，刚洗过的，大约是晌午饭的菜。

马义看见了那老姨妈，勃然变色，变得尖利，他尖利地对马财说："我就不是男人！我就是放不下！一辈子都放不下！马财你别不好意思说，我就是为了你婆姨徐秀玲！我就是忘不了徐秀玲！我就是忘不了你婆姨！我为啥忘不了你婆姨？你知道！"

村人又都轰一声更大声地笑了，乐不可支且兴致勃勃。

桃色话题，永远是从城市到乡村一致的兴趣爱好。

马义看到那个老姨妈拎着滴水的菜也笑了，她比她的村人要笑得收敛，没有那样放肆地笑，她眼角和嘴角都弯曲起一泓纹路来，浅浅淡淡的，但她也是笑了。

马义在众人的哄笑中更激烈地说："你说对了，我就是不顾一切要到这村来，我哪怕一个月我就卖三瓶酱油一把挂面有两瓶酱油还赊账，我哪怕穷死，我也不愿意留在下马关村，我不想在村里夜夜听到你搂着徐秀玲在炕上快活，你弄出的那声半个村子都能听见，那是我的婆姨让你撬走了！"

马财在马义激烈的轰击中，脸色变得酱紫，手抖抖地举起，要朝马义劈下。

马义将自己的头朝马财的手掌迎上去，说："你要打我呀？！好，你是警察，你来打！"

马财手落下，没有劈向马义，而是抓起柜台上马义的一瓶酱油，朝马义掷，又在最后一刻变了方向，狠狠掷在地上，酱油摔了一地的油黑和浓浓的咸气，马财夺门而出。

马义追出门去喊："马财你赔我酱油！"

马财说："我赔你个锤子！"

马西的村邻们哄然大笑，愈发乐呵呵。

马义看到那个老姨妈眼角和嘴角的纹路笑得更弯曲了。

马义笑了。马义面上并没有笑，他面上依旧愁苦和激愤着，他在心里笑。马义看到上马关村的村人都笑着离去，尤其马义看到那个老姨妈笑吟吟地提着洗好的菜回家去，她的家就在小卖部的对面不远，他心里更是笑开了花。马义是在演戏。马义愤怨是有的，心中的酸苦依然也是有的，但马义此刻激愤的言语和举动则只是在演戏。马义在广东让马西打得惨败，但马义向马西学习了演戏,学习马西怎样把假的事演得逼真。马义觉得有一点点对不住马财，他让马财在乡里乡亲面前打脸了，但这是没有办法的事，马财是马义的演出里必不可少的一环，马财是他整个表演的支撑点，马义必须牺牲马财的颜面。马义是演给上马关村的村人们看的，尤其是演给那个老姨妈看的，他，马义，一个外村人，突兀地，冷不丁地，傻兮兮地，一个多月只卖了三瓶酱油一把挂面而且有两瓶酱油还是赊账，如此赔着钱也要来这开小卖部，他必须要合情合理地给这儿的村人尤其是给那个老姨妈一个解释，以消除他们的疑心，马义必须要让上马关村的村人相信，他是出于吃醋记恨，嫉火中烧怨怒冲天，才头脑发热不顾一切抛家弃村上这儿来的，马义尤其是要让那个老姨妈相信他就是因为这个再没有别的企图，这一点对马义下一步的行动至关重要。

那个老姨妈，是马西的娘，亲娘！

在凼水镇，当马义抱着霍秀僵直的死体痛哭的时候，他就想到了这一步的复仇行动。马义必须复仇！马义知道他再也不可能单枪匹马寻找到马西了，像这次在广东侥幸寻到他一样，即使能再次寻到，马西也会立刻毫不犹豫地杀了他，不给警方留下一个能提供丁点线索的活口，就像他要杀掉霍秀。马义想到，他必须要在马西的眼皮底下，在离马西近在咫尺的地方，近到能听见马西说话、喝水甚至上茅房拉屎的声音，在如此逼近的暗黑处，守候着，等着马西！马义想到这个地方就是马西在上马关村的老宅,那老宅里,有马西的娘守着!马西你跑到天边,你还能不回来看你娘吗?一年两年你不回来,三年五年你不回来,十年八年你还不回来一趟吗?马义知道马西就是再难再险也是肯定会回来看他老娘的!马西有两条做得最为出色,一条是贩毒,一条是做儿子,马西在上下两个马关村里是顶级的孝!马义想,我不知道你在哪里,但我知道你会来哪里,我就在你会来的地方等着你!十年八年,二十年,一辈子,到死,我日日夜夜都等着你!只要你回来一次,哪怕一次,我等到你,就足够!马义决心要通过日夜监视马西的老娘来伺机捕捉马西,他坚信这是可能办到的,这不光能让他复仇更能支撑起他重新归队再当上警察!马义当时想到这一步行动的时候抱着霍秀哭得更凄厉,他凄厉的哭声里其实已经有了风雷激荡的豪气。

　　马义决心要当这一个长期的潜伏者!

　　再没有比马义更合适更有力更独此一份地担当这个潜伏者了!马义是这块土地的天空上掠来掠去的一只鸟儿,他已经在这里掠飞了三十多年了,从出生到现在。从一株小草的倒伏,从一根树杈的折断,从田埂上的一溜脚印,从禾苗上露水的碰落,从门开门关的吱吖声响,从窗棂透出来灯光的明明暗暗,从狗的吠与不吠,从夜鸟鸣叫的缓急轻重,甚至从夜空中飘过来的一缕风的味道,马义立刻就能嗅出马西来没来过这里,几时来的,他是一个人来的还是几个人一起来的……没有什么能逃过天上的鹰隼向下俯视的眼睛!马义就是这只鹰隼!

马义又再一次有了一匹狼正悄悄逼近一只鹿而鹿浑然不察的感觉。

马义笑,笑得很狰狞。

第十一章

马义上小卖部对面马西的老娘家去,提着一包桃酥。

马义心中恨恨地冷笑,面上却谦恭热络,进门就喊:"四妈!"把桃酥奉上。马义殁了的娘和马西的娘是表姐妹,马义从小就喊这个女人四妈的。马义说:"弄个小卖部事多,要刷屋子要糊顶棚,墙也塌了几个豁子,都要弄,还要跑镇里进货,都一个多星期了才顾上来看四妈!"马义大喇喇从从容容的,他断定马西即使最近回过家也不可能对他的娘说起过这次在广东和他马义的事,马西每天要经历那么多事那么多人,马义在其中轻微,没什么特殊缘由,马西怎么会想起来专门对老娘说起马义呢?因此马义坦然。

马西的娘果然对马义丝毫没有戒备和异样,她果然是没听到什么,依旧是往昔的样子,不冷不热地对待这个平时多少年也不走动往来的远房侄子。马西的娘叫罗素娥,说是老姨妈,其实她是十六岁上生的马西今年也才四十七八岁,四十七八岁在二十世纪八十年代已经算老了。罗素娥说:"前两天就看着像你又看着不像,没敢认,这几年没见,你咋瘦成这样?你还带个娃,娃是你的?"罗素娥看着马义,她不识字,但眼睛里却像能看懂《资本论》似的,幽深。

马义躲着罗素娥的眼睛,他当然不能说这是从广东马西那里带回来的霍秀的儿子,马义说:"这些年,在外头跑,一个人,没意思,就,姘了个女的,就,鼓捣出来了这么个娃,娃的妈,后来跟人跑了,嫌我穷,没本事。"马义尽量说得悲伤。

罗素娥平淡地笑笑,这种事情,在这片黄河滩里很平常,这片黄河滩里有一些孩子是没有妈或是没有爹的,马西的爹在马西很小的时候外出去内蒙古磴口给人跑船拉纤就带别的女人跑了,再也没有回来,坚强的罗素娥自己带马西长大。罗素娥转了个话题,说:"昨天看你和马财吵架,好像你还惦着人家的婆姨?"

马义乘机夸大渲染,好加深让罗素娥相信他来上马关村的动因,马义激越地说:"可不是我要跟他骂架打锤!本来那是给我说下的婆姨,让他抢了去,他——"

罗素娥打断马义的话，径直说："你光说有啥用！你把他婆姨引出来，引到这村的后头，那里有片草甸子，平时没人，你在那儿把他婆姨日了！"罗素娥平淡的眼睛里闪出一些火花的亮来，说男女之事用最直接最重力的话，看出她恨警察，非常恨。

马义被吓住了，这老女人！这么说话！马义一时不知道怎么接话了。

罗素娥说："你不敢？"

马义说："不敢。"

罗素娥鄙夷地说马义："你下面长个球光是尿尿的？尿货！"

马义认尿地笑笑，他转了个话题，绕到他登门到这里来的真正目的上，马义说："四妈，我哥他，最近，回没回来过？我哥没说回来看看你？"

罗素娥坦然到脸上没有丝毫波澜，看出这个话题她是被问得最多也是她准备被问最多的，罗素娥说："他敢回来？一月里警察来好几趟！你不信，这屋里，你自个儿看！"

马义不看,他知道就凭罗素娥那么幽深的眼睛，即使马西回来过，这屋里怎么可能会有马西回来的痕迹！马义又转了话题说："四妈，光在这儿干坐了，你给我烧点水来喝呗。"

看在一斤桃酥的份儿上，罗素娥起身上外面灶间给马义烧水去了。

马义迅速蹿上炕去,手伸到炕洞里,去摸。马义家原先老屋的炕洞里藏有机关,那是马义殁了的娘藏在里面的秘密,炕洞里嵌着不大的一个小盒,马义的娘把那叫玲珑阁,里面放着女人的体己钱和一些戒指首饰啥的,马义想他的老娘和罗素娥是表姐妹,罗素娥会不会也有这个习惯也在炕洞里藏个盒子呢?那盒子会不会有马西回家来过的痕迹,譬如藏着马西给她的钱?马义想来碰碰运气。兀地,马义果然真的就触摸到一个盒子,扁扁的,方方的,马义把扁方的盒子抓出来,打开,他有些失望:盒子里没有钱!但马义迅即就喜悦起来,他迅即就明白过来他眼前看到的要比看到钱更重要:盒里没钱却有药!有六个小玻璃瓶,瓶子上花花绿绿的标签写着药名:香港马世良堂保胃丹。这种香港的药自然不可能是罗素娥自己去街上买回来的,金积镇上的公社卫生院只有四环素,治感冒开四环素,得了癌症也开四环素,风湿骨病腹泻黄疸疝气沙眼一律都开四环素,金积镇缺医少药,这只能是马西为了给他娘治胃病从广东那边带回来的!这说明马西从广东潜回家来过!更让马义欣喜的,他看到那六瓶药有五瓶已经吃光了,只剩下空瓶,最后一瓶也吃得只有瓶底的一二十颗药了,这意味着,最近,马上,也许就在这几天之内,很快,马西是不是就有可能再潜回来给他娘送药?马义悲喜交加,等待到马西并不只是像一团空气那样的虚无缥缈!

　　罗素娥把水烧好端进屋来时马义刚好把盒子重新塞回炕

洞里藏好。

马义内心风起云涌着但他并不走,他还继续待在这儿,喝水,和罗素娥闲聊,扯东扯西,一派云淡风轻的样子,他甚至还帮罗素娥劈柴,把秋天收的辣椒穿成串挂在屋檐下晾晒,直到罗素娥要做晚饭了开始烦他坐得太久,马义才走。马义不给罗素娥留下一点觉得他发现了什么急着要去报告的疑心。

一连串的失败让马义现在也学会了谨慎和沉稳。

马义想了一晚上,到天亮的时候决定不把这个发现告诉警方。

最终让马义下决心不去报告的缘由主要有两条,第一,他已经两次报告了马西的踪迹,两次都是严重误导警方造成马西逃之夭夭的重大谎报,这直接导致了他前途的断送,马义实在不敢想也再输不起他还能有第三次谎报!何况,在炕洞里发现药,这只能说明马西曾经潜回家来过,而不能确切证实马西还会潜回来而且是近期会再潜回来!第二,没有什么比逮住活生生的马西,既能让他报杀霍秀之仇,更能让他有可能重启回归警队之路!马西才是马义的调令!

马义决定要亲眼看见活生生的马西就站在眼前了再去报告!

马义要确保他这次一击得中!

马义在小卖部正对着罗素娥家的窗户纸上捅了一个洞，又在破洞上贴了一个窗花，窗花是镂空的，眼睛能看出去，马义想万一马西回家朝这边看过来他也只是看到一朵窗花在窗户上绽开而发现不了窥视的破洞，马义现在不光学会了沉稳还学会了慎细和狡诈。马义还搬了张凳子放在窗户底下，准备每个晚上（马义想马西总不会胆大包天到大白天就敢回来吧）都不睡就坐在窗户下面不眨眼地盯着对面，马义还拿了小卖部的一瓶醋放在手边，预备要是困得实在熬不住就大口喝醋，让那浓烈的酸驱走睡意，小卖部里还卖有辣椒酱，吃辣椒酱也能驱睡，但辣椒酱每瓶比醋贵六分钱，马义舍不得吃。

马义夜夜盯到天亮。天亮了，马义还不能睡，他把睡得迷迷糊糊的霍然开朗叫起来，背着他，在晨曦薄雾里，走十五六里地，上金积镇去，去掏厕所。马义开小卖部是不能养活他和霍然开朗的，他还得再去找活干挣钱，因此马义承包了镇政府从财政所、派出所、国土所、卫生院……到文化馆的九个机关单位厕所，马义必须要在八点之前把这九个厕所掏洗打扫妥当，让干部们一上班就能在洁净的厕所里屙和尿。马义的工钱是每天一块六角五分，这是二十世纪八十年代国家对于雇用临时工的统一工资，在二十世纪八十年代国家从火柴定价二分钱一盒到规定临时工的工钱一切统管。马义把霍然开朗放在厕所的角落里，用羊皮袄围着他，围严实，不让塞外的风灌进来吹着孩子，让霍然开朗接着睡。每当这个时候，马义就很心酸，觉得自己没本事只能让娃在茅房里睡。但没办法，马义不敢把这么小的孩子独自丢在家里，怕万一有个闪失对不起霍秀。霍然开朗人小却睡觉打鼾，声音尖尖细细的，每个清晨，霍然开朗尖尖细细的鼾声和马义手中扫帚在地上划过的哗哗声一起唱和着，直到迎来金积镇上的天光大亮。

马义每十天结算一次工钱，领到十六元五角，马义怀里揣了这钱，去金积镇上唯一一家名叫"向阳红"许多年后改名叫"宜家超市"的供销社，交上七元一角四分，买一罐麦乳精。金积镇上本来是没有卖麦乳精的，镇上的人以及四周十里八乡的村人们听都没听过这种饮料，因霍然开朗不喝白开水只喝麦乳精，这是霍秀认为小孩子喝麦乳精有营养因此霍然开朗从会喝水起就只喝麦乳精，马义托向阳红供销社去宁夏首府银川市的大商店进货，每十天进一罐来卖给马义，一罐麦乳精差不多够霍然开朗喝十天的。余下的九元多钱，是马义和霍然开朗十天里的口粮钱，马义用这钱去买了米面和菜来，其间马义还要在镇上割点肉，炒或炖了给霍然开朗吃，他自己很少吃或者根本不吃，马义自己苦着也不能让霍秀的儿子受委屈。

霍然开朗每次都把麦乳精喝得吱吱响，像夏天里的知了在叫。

马义看着霍然开朗喝，他每月要买三罐麦乳精而从来没喝过一次，从来都不知道麦乳精什么味道。马义说："霍然开朗，把麦乳精也给你马叔喝一口。"

霍然开朗斩钉截铁地说："不行！"

马义一点都不生气，相反听了高兴地哈哈笑，马义认为霍然开朗说的声音这么响亮说明这娃喝了麦乳精身体健康，一个健健康康的霍然开朗！马义觉得他要是有一天死了能够向霍秀交代。

徐秀玲听说了马义的情况不由心酸。徐秀玲是去金积镇上赶集时听上马关村的人说的，那村人告诉徐秀玲，马义的日子过得凄惶！村人说时常看到马义家吃饭，那小娃喝着甜水水（麦乳精）吃着炖肉或是芹菜炒肉再或是韭菜炒肉豆腐炒肉，而马义只是吃两个麦馍，有时候连麦馍也没有就是几个煮熟的洋芋，面前放着一小碟咸盐，用麦馍和洋芋蘸盐吃，算是吃了一顿饭。村人们都说，就是在马主席统治宁夏的时候，也少有把日子过成这样的！宁夏农村人说的马主席，是国民党的宁夏省主席马鸿奎。是说马义的日子过得还不如旧社会。徐秀玲听了心里很不好受，回来告诉了马财，马财也不好受，尽管马义前些日子当众羞辱了他当时他恨不得踹马义几脚。马财说，咱得想办法拉扯他一把呀！徐秀玲说，咱送他啥好呢？送米送面送菜送两瓶胡麻油再送半篮子鸡蛋？马财说，嗨，费那个事儿！直接的，送钱吧！徐秀玲说好！

就揣着钱去上马关村了。

徐秀玲把十张二十世纪八十年代面额最大的纸票,十张拾元的,放在马义小卖部的土砌柜台上,说:"马义,这钱你要是不要你就撕了!"她说完转身就走,不给马义一点回旋的时间。徐秀玲这是要逼马义收下这钱,谁敢把钱撕了谁又舍得把钱撕了?何况这是一百个元!

马义望着那钱,心里都抽搐哆嗦了一下,这钱真是太多了!整整十张拾大元的纸票放在土台上,被马义那些皱皱巴巴土头土脸的货品簇拥着,更显出它的巨大。一瓶醋七分钱,一斤盐一角四分,鸡蛋一块钱十二个,关公像一角二分,手电筒电池五分一节……一张拾元的纸票就足以像太阳照亮这间屋子了!马义把那钱捡拾起来,手哆嗦着,为了不哆嗦,马义还狠劲咬了自己的手一口,尔后,马义把钱撕了,他一张一张地撕,撕得精细、彻底,粉粉碎,有意不让那钱还能粘贴复原,撕碎的纸片他都放在他吃饭的大海碗里,然后他端着海碗追出门去,追上徐秀玲,把纸片当面撒还给她。

十张拾大元的纸屑在徐秀玲的面前飘飞了足有十几秒钟,纷纷扬扬落下。

马义这是要逼徐秀玲从此再不要给他送钱!

马义是在两个月后的一个星期六晚上发现对面罗素娥家有动静的。

马义当时一如既往地趴在窗户底下透过镂空的窗花盯视着对面，他蓦然发现对面门口的羊圈有骚动，罗素娥在自家门前垒了一个羊圈养了两只或者三只绵羯羊，马义看到有一只羊从羊圈里跑了出来，此刻，快大半夜了，羊兀地跑出来，肯定是有人进到羊圈里惊扰了它，这会是马西先翻进自家羊圈先看看四周有没有动静再溜回家去吗？！马义的心狂跳起来，跳得他有一点要窒息的感觉。马义把眼睛更凑近窗花的镂空处要看个清楚，他必须要看清楚，他告诫自己这次绝不能再谎报，接下来，马义看到的是让他大感失望同时也是让他大出意外的事情，他看到从羊圈里冒出头来的人不是马西而是村里的马福成，接着他看见同村的老万婆姨也冒出半截身子来，原来两人是半夜里偷偷跑到罗素娥家的羊圈里来偷情的！罗素娥的家在村边上，这里隐蔽。马义看见马福成扯着老万媳妇的衣服说："快点，快点，快点！"老万婆姨抱怨地说："你急啥呀急猴猴，又不是领救济款！"马义看见马福成拽着老万婆姨蹲下身子去，羊圈的墙没过了两人，看不见了，接着一阵窸窸窣窣的声音转来。马义听见老万媳妇说："马福成，你先答应给我买双袜子！"马福成说："行，行，咱先弄，弄完就买！"老万媳妇说："不行！弄完你就不买了！上回你就答应买袜子的，结果弄完你只给我买了个发卡，才花了四毛！四毛钱，马福成你是弄狗呢？"马福成说："好好好，这次我先把买袜子的钱给你……"接着又是窸窸窣窣的响动,和羊只此起彼伏的哞哞声一起混合着。

马义听得身上燥热,他闭上眼睛,开始回想和霍秀的以往,以抵御眼前的引逗。让马义意外和不可思议的是:他竟然不能清晰地回想起霍秀了!霍秀成了模糊的一团遥远。每当马义快要想起霍秀的时候,徐秀玲总是跳出来盖过了她,徐秀玲现在绚烂地,立体地,在马义的眼前纤毫毕现地活跃着,让马义看不见了霍秀。这种和霍秀渐行渐远的疏隔,尤其是徐秀玲来送钱后,越来越浓烈地笼罩了马义,马义越是拒绝和冷对徐秀玲其实内里越是热切地想贴近她。霍秀越来越像马义生命里灵光一现的神,那么姣好但渐行渐远,而徐秀玲则越来越是马义周遭实实在在的存在,是这金积滩上凛冽的风,是滩地上涩苦但回味甘甜的水,是在缺水多风的草滩上摇曳的芨芨草,是路边的牛蹄印里汪着的一泓浊水,是女人们长着硬茧的手擀出来的洋芋面,是树上的青枣,是河边的马莲草叶上蹲着的一只蟾蜍……徐秀玲是马义的稀罕!金积镇的男人们从来不说爱女人,上下马关村好几辈子几千个死了的和活着的男人没一个说过爱,他们只说稀罕女人,徐秀玲就是被马义在心里稀罕着的!正是因了这一份要死要活的稀罕,马义才不能允许徐秀玲怜悯地来接济他,被稀罕着的女人可怜施舍你,那是劈向马义心里的刀!

马义最后竟是想着徐秀玲把满腹的灼热泄了,他觉得有点对不起霍秀,仿佛背叛了霍秀,尔后马义疲乏得很幸福,马义疲乏而幸福地依靠在窗台上,像依在徐秀玲的胸上。想象中的徐秀玲的胸就像饱实的麦垛,马义过去下田做活,割麦子,乏了,就喜欢靠在麦垛上休憩。马义突然想到他还要做一件大事,马义想他要是重新当回警察领了工资后,至少要买五头肥羊,在村里宰了,散发给村人,特别是不能忘了要把一只最肥壮的羊后腿给徐秀玲家送去,马义要彻底抹去徐秀玲看着他时眼里的那一份怜悯!在徐秀玲来送钱时马义在她的眼睛里看到了怜惜。

后半夜的时候,马义在迷迷糊糊中一抬头,一眼就看见了马西!

马西溜进家门的时候,正好马义喝下一口醋酸得他龇牙咧嘴地抬起头来,马西在闪进家门的时候在门口停顿了有十几秒钟,出于一贯的慎细他向暗黑的四周打量着,最后确定有无异样,这让抬头的马义正好有时间能看清马西的脸。马西站在家门口的样子就像假的一样,显得非常的不真实,马义本能的反应是马西怎么可能站在这儿呢,就像野外的狼怎么可能站在镇上的电影院门口呢,以致马义看到马西后很平静。他原来以为看到马西后会激动地蹦起来或者眩晕,但他只是在迷糊中感到诧异,马义甚至还有时间平静地把手中的醋瓶放回灶台上去,醋瓶里还有小半瓶醋还能炒菜或者拌面条不能糟践了。尔后马义醒悟了,醒悟过来的马义惊出了一头的汗，他快速行动起来，一切都是他已经在脑中想了几百遍的步骤：马义先去查看霍然开朗，这是他首先要惦记和安置好的，霍然开朗睡得很熟，依旧打着像四十岁的大人一样的鼾声，马义把一块早已备下的挡板放在炕沿边上给他挡好，免得这娃万一睡得迷糊在炕上翻滚摔下地来，尔后马义蹑手蹑脚地出门，蹑手蹑脚地走过罗素娥家的门口，像一溜儿轻烟飘过，马义又蹑手蹑脚地走过挨着罗家后墙的一段田埂，直到离罗家够远确信那屋里的人已经听不到他的脚步声了，马义才撒腿猛跑起来，向一公里外的下马关村奔去，去向住在村里的马财报警！马义只有选择马财，马财是离他最近的警察。

  天上月朗星稀，马义像风一样在万籁俱寂连仓鼠都睡了的旷野上迅跑，激动和紧张导致小腿肌肉一阵一阵痉挛。

  在跑到横亘在两个村子之间的唐徕渠的时候，马义遇到了麻烦。唐徕渠是宁夏最古老的渠，修建于唐朝，平时渠中是没有水的，每年只有到了五月才开闸放水浇灌农田，马义前两天路过的时候看到渠还是干涸的，但此刻马义站在渠边看到的是：渠水满溢！唐徕渠开闸放水了。浊黄的黄河水席卷着在渠底躺了一冬和一春的草棍、纸屑、从渠边的树上掉落的枝丫，甚至烂鞋、破筐、丢弃的牛拥脖、妇人的月经纸，五花八门五光十色，在滚滚波浪中漂浮。马义如果要绕道两三里路从桥上过渠他怕时间耽搁不起，现在的每一分钟都是决定他命运的关键,因此马义毫不迟疑地跃入渠中,和满渠的浑浊一起漂浮。到马义顶着一头的烂污爬上对岸的时候,他浑身湿漉漉臭烘烘脏兮兮完全像个进村偷牛的贼,连村里的狗都不认得他了,以至于马义站在马财家门口拍门的时候,足有半个村的狗被他惊醒后跟着他,狂吠着,和他一起把睡梦中的马财叫醒。

马财听完马义结结巴巴的报警,马义是泡在塞外开春乍暖还寒的渠水中冻的,这结巴却使整个事件更添了一种战栗感,马财嘴巴大张肌肉僵硬痉挛了有一分多钟才闭合上,尔后,马财说:"上车!"声音因一瞬间的声带严重充血而嘶哑。

马财说的是上他的自行车。

当马义跳上马财自行车的后座,徐秀玲从里屋惊惊慌慌地跑出来,惊惊慌慌地一迭声地问:"咋了?咋了咋了咋了?"徐秀玲是从炕上被窝里睡得迷迷糊糊爬起来的,只穿了一件贴肉的小汗衫,胸前的两坨前突随着她慌慌张张跑出来而颤颤地跳动着,猛然她顿住,她看到了马财身旁的马义,接着,她又看到了马义一时发愣地望着她的眼神,随着马义的目光她反观自己身上,她短促地"啊"了一声,猛醒过来,接着,面红耳赤,更加慌乱,她慌慌乱乱地又跑回里屋去不出来了。徐秀玲的这副样子竟让马义有一点欣慰:徐秀玲不自在了!徐秀玲的不自在说明她在心里并没有忘记当年的事并没有忘记他,这让马义在肃杀中感到了一丝慰藉。马财则完全没有意识到马义和徐秀玲之间微妙的波动,他全部的内在思维和外在触觉都被马西的陡然出现所占据,马财连耳垂都是红的,他全身都在充血,马财血脉偾张地载着马义向五六公里外的金积镇骑去,骑行得像要去杀人一样凶猛,马财要第一时间赶到镇上派出所去报告。马财的金戈铁马把马义从有些恍惚中扯了回来,马义一瞬间也豪气干云杀气腾腾。

马义的报警把金积镇派出所在深夜搅得地动山摇,所有的警员在二十分钟内从睡梦中全部到岗集合,向上面各级的电话报告、请示,以及各级传过来的指示、命令,让派出所唯一的一部电话机响个不停,几乎没有一分钟以上的停歇,所有警员在开春寒气依旧料峭的深夜里皆汗水淋淋。一个多小时后,同样汗淋淋的县公安局长带领县局缉毒大队、刑警大队以及交通警户籍警等,一众人马从县上赶到,连一句寒暄的话都没有,大队立即向上马关村扑了过去,路遇唐徕渠横阻,和马义来时一样,警队不绕路去桥上过渠耽搁时间,从局长到警员全部下水泅渡,半公里宽的渠面上一时间人头涌动,上岸后行至离上马关村一里远的地方,队伍停下,因皮鞋进了水走路会发出"咯吱咯吱"的声响,局长命令全体把鞋脱了,局长自己也脱了鞋,警队全体光脚摸黑前进,直扑罗素娥家。摸到村口,行动前,局长最后一次把马义叫过来,再次问他:"马义同志,你到底有没有看清马西回家了?如果你报告的情况属实,那国家奖励你的就不单单是让你重新当警察。但如果不是,如果我们这次行动没有抓到马西反而惊动了他,导致马西再不回来了,那后果就严重了!"局长很严厉。

马义激动兴奋又紧张,他想说"要马西不在屋里就让政府把我枪毙了",但马义想想又没这样说,现在不是"四人帮"那会儿了,现在都讲法治了,国家咋会再枪毙他呢?这么说显得他太农民不懂政策。马义改口说:"是不是的,都到了家门口了,你自个儿进去看看不就啥都清楚了!"

局长没有再说什么,命令队伍行动。

马义也脱了鞋,要随大队进村闯进罗素娥家去,却被马财拉住,坚决不让他去。

马义急了,说:"马财你是怕我抓了马西也当了警察和你一样了,在徐秀玲面前就显不出你了吗?!"

马财也急了,骂马义:"马义你是属驴的你知不知道个好歹?你进屋去,你不就暴露了吗?人家不就知道是你告发的马西了吗?人家不得来杀你要你的命啊!"

马义说:"马西都抓了谁来要我的命?树上的鸟吗?"

马财说:"马西被抓了还有他那些手下呢?你以为那些人是树上的鸟光会朝你叽叽喳?"

马义不说话了,他承认马财说的有道理而且确实是为他着想,他是见过马西那帮人杀人不眨眼的,马义抚摸地拍拍马财,这一拍里有歉意的表达也有叮嘱的意思,马义让马财自己小心点儿，马西可有枪！马财则让马义快回自己屋里去等着，别站在村口像个树桩子似的立着，万一马西在村外还埋伏下有暗哨让他们看见马义那可就危险了，然后马财随大队进村朝黑黝黝卧在那里悄无声息的罗家窜去。

  马义则摸回自己的小卖部，在屋里等着。霍然开朗依旧在炕上熟睡，没摔下来，鼾声依旧成熟。马义侧耳听着对面罗素娥家的动静，他听到"吱扭"很轻微的一声，大概是有人撬门摸进去了，接着，是哐哩哐当噼里啪啦轰轰隆隆的声音，这肯定是大队人马像洪水泻地般闯进去了，再接着，是各种人声混杂一片地响起，喝令，呐喊，质问，警告……马义不敢看，他坐在炕前的小板凳上，不敢起身去凑在窗花的孔隙处看对面的动静，马义不敢看决定他命运的那一刻的到来，那一刻自然是看着警察押着马西从门里走出来，马义想他要是猛然看到那一幕他肯定会晕，会心脏病犯，会胃疼，会抽筋，会憋不住尿了……马义在没有点灯的屋里索性又闭上眼睛，把自己埋进更深的黑暗中，彻底不看。马义躲在黑暗里独自冥想，他在想马西被押出来时会是啥样呢？马西会继续牛逼吗？他会继续歪着头，笑，烟不抽叼着，不在乎，反正他知道咋样都要死当孙子求饶也是要死还不如硬气一些，马西会这样么？要不马西就彻底垮了，瘫了，被警察像一堆软泥样地架出来，裤裆哪儿淌着水，那是尿的！马西死到临头人也尿了？马义还是宁可马西能硬气一点，因为政府宣判马西死刑的时候会说到他是金积镇上马关村人，马义不想让别人说他与之斗争的人是尿包囊货，那样显得马义也很不英雄。接着马义又想到他自己，他觉得他自己也要做一点准备，到时候局长肯定会从对面罗素娥家走进他这小卖部来，来跟他握手，来感谢他，夸奖他，告诉他啥时候到公安局去上班，马义想到时候他不能露怯，他一定不能感恩戴德好像受了多大恩惠似的，这都是他拿命拼来的他是立了功的他是功臣。马义进一步想到，他或者可以跟政府再提点要求？比如，他要求不能像马财那样被安排在金积镇派出所，他要求一步到位直接进县局，在县局刑警队当刑警，他要带着霍然开朗一起进县城住，县城里有学校，霍然开朗眼看到了要上学的岁数，娃得上学！马义在黑暗中遐想着，直到一道刺目的亮透进来撕碎了黑，马义迷糊地睁开眼，看到马财拉亮了小卖部的灯怒气冲冲地站在他面前。

马财恶狠狠地说："马义你到底在搞啥名堂？！"

马义一惊，说："咋了？"

马财几乎像咆哮地说："马西根本就不在屋里！"停停，他又咆哮地再重复一遍："屋里根本就没马西这个人，都翻遍了！马西他妈说马西根本没有回来！"

马义的心使劲地沉了下去，之前就有的隐隐的一丝担忧，之前他不敢想也不愿去想，现在锥心刺骨地翻涌上来，之前马义就隐隐想到，从他发现马西，到他蹚着渠水去告诉马财，到他和马财到镇派出所,再到局长领着大队赶到,又到大队包围村子闯进罗素娥家,其间至少已经过去了三个小时,马西会不会已经走了?马义的心沉到了冰河深潭的最底部,他像窒息了一样说不出话来。

马财受到的打击比马义深重,他脸色发青,眼角噙泪,看出刚才局长是怎么劈头盖脸地斥责他,马财怒火万丈地责问马义:"马义,你说实话你是不是在哄骗我们公安?你是不是想重新当警察都想疯了,所以你就编出来这么个发现马西回家的谎话,你想让公安领导看你从早到晚都冲在缉拿马西的第一线你出生入死,你想立功受奖,是不是?!马义,你知道不知道你这一通报警差不多把全县的警察半夜三更都调动到这里来了!你知道不知道报假警是要负刑责的?何况你报了这么大一个假警!"

马义说:"我没有!"马义只辩解了这一句什么都没往下说,他知道说也没用,他已经诳了公安三回了,他知道公安已经严重不信任他了。马义怀着忐忑,看着马财的脸色问:"局长没说会咋处理我?"

马财恶狠狠地说:"局长说明天上午十点枪毙你!"尔后,马财长长叹了一口气,说:"还能咋处理你?局长还是那句话:你已经是农民了,已经到了社会的最底层了,还能再把你处理成副农民啊?至于其他的,你这辈子想都不要再想了!"

马财瞪着马义,但眼里已经没有了怒气,他想抚慰马义几句又觉得说什么也没用,从兜里掏出拾元钱来,把马义柜台上摆着的几斤糕点买下,走了。

马义几乎是没有意识地看着马财拎着他的糕点放下钱走出去,眼光木木的。他想刚刚他还兴致勃勃地想怎么跟政府提条件直接调到县局去好让霍然开朗在城里上学,转眼炸药包就炸毁了他,炸得他稀碎!

马财走出门,悄悄把糕点扔到一个坑里,用脚划拉过来一些黄土,埋了。那糕点从马义小卖部开张进货到现在就没卖出去过,村里没人买,都放了一年多快两年了,已经硬得像肾结石。马财本来还想把马义柜台上的货多买一些的,怕马义多想,就只买了这些糕点,他以这种方式变相婉转地资助马义钱。

马义隔着窗子看到了,马义看到了马财在用脚往土里埋他的糕点,马义恰恰就看到了马财在怜悯他在施舍他并且用脚来结束,哪怕你用手埋也显得尊重些!他认为马财这是可怜他同时也是轻蔑他。已经万念俱灰的马义被最后的击打击溃了,他腾地站起,扑向屋里的电闸,把电闸盖子砸碎,尔后扬起右手,要把两根指头朝里面插进去,那里面被他砸断了的闸线断头上,蓝色的电火花一炸一炸地闪烁同时吱吱作响,当马义的手指就要触到那幽蓝色死亡的时候,身后传来的一声响动扯住了他。

马义一回头看见霍然开朗站在炕上眼睛溜溜圆地看着他,光着小屁股,小鸡鸡挺着。

霍然开朗说:"马义,我要喝水!"

霍然开朗说的是喝麦乳精。

马义蓦然想起来他还有活在世上的这一份责任,扬起来的手又缓慢无力地垂了下去。

马义没有去死,他睡了一夜,醒来后去找了一个新的盖子换上把电闸修好,继续活下去。除了霍然开朗让他不能去死以外,也不是他置之死地后又燃起了斗志,而是马义醒来,并且冷静下来,巨大的悲怆随着一夜的翻滚也淡去了一些,他把整个事端又捋了一遍,发现他也并没有悲惨到家,他手里其实还是握着有牌的,他其实还是有牌可打的,他并没有输到彻底!昨晚只是突如其来的打击让他蒙圈了。第一张牌,此刻马义尤为感谢马财昨晚死活拽着他不让他跟着警察闯进罗素娥家里去,这除了让他免除马西的追杀还让他没有暴露能继续潜伏,他继续能每天晚上趴在窗台上隔着窗花的缝隙监视对面罗素娥家的动静。第二张牌更是极为关键,在昨晚一大堆的不幸和悲惨中,却还有着一个巨大的幸运:他没有告诉警方罗素娥家的炕洞里藏着马西送来的药!当时行动紧张他没来得及告诉马财,后来则是事态发展急转直下他根本就忘了说,如果马义昨晚告诉了马财,警方搜查了那个炕洞看到了药，这除了能证明马西曾经回过家却依然不能抓到马西外，后果只能让马西认为警察是掌握了他的行踪而寻迹跟踪来捉他的，马西必定会更加隐遁，他真的极有可能从此就再不回家了，而现在，马西会认为警方的深夜登门只是例行的突击搜查，这样的突袭在以前也是有过几次的，警方并没有掌握他的踪迹，那么，马西就可能会再溜回家来！也就是说，马义极有可能在以后的某一个夜里，在罗素娥家一推就吱吱作响的榆木门门口，再次看到马西那张被月光涂抹得青森冰凉的脸！

马义要坚定地活着等着和马西再度相逢！

马义总结这一次他的失败是败在了时间的延误上，这是必须要在下一次行动前解决的问题，如果马西再次出现，他必须能在第一时间就告知到警方！天亮后，马义去了金积镇镇上，问明了情况后，片刻思考，马义决定要做这件事。这件事在金积镇非常的大，大到马义只要一干就会在金积镇的十里八乡传开，引起轰响，这件事金积镇自清雍正朝建镇到一九八三年的至今，七百九十一年来，没有一户百姓人家干过，这会是载入金积镇史册的一桩事，干这件事要用的钱也大，马义问过，这件事国家的收费是八百二十元，这个价钱让马义的心哆嗦了好久，这意味着马义今后除了每天打扫九个厕所外还要干更多的活儿，譬如，更大量地扫更多的厕所，还要去物资供应站给人扛包，给镇上贩卖羊绒的内蒙古商贩往返内蒙古一带拉车赶脚,去镇上的坟地给出钱人家的阴宅剪草培土修固,逢阴节代为烧纸及哭坟,甚至卖血,但马义想,只要是不立刻要他的命,他都干!

马义要在他的小卖部里安装一部电话!

第十二章

马义回下马关村去找马学礼借钱。下马关村只有两户有钱人，另一个是每月挣国家工资的马财家，马义自然不肯跟马财和徐秀玲去借钱。马学礼手头有六百元闲钱，他说可以借给马义，借一年，但一年以后要还八百，多出来的两百是利钱。马义恨得牙痒，他骂马学礼："……"马义恶狠狠地问候马学礼已经故去很多年的老娘，尔后他打借条，按上手印，他没有别的办法。马学礼笑嘻嘻地丝毫不生气，只要能挣钱骂啥都行随便骂，马学礼笑嘻嘻地说："那马义你就是我爸了？我妈没意见我就没意见！"马义不搭理马学礼无耻的调笑，恨恨地拿着六百元的高利贷走了。

马义回到他的小卖部,把六百元钱小心地在铁匣子里锁好,尔后将铁匣藏在房梁的檩条中,离八百二十元的电话安装费还差二百多元,马义想他最迟要在三个月之内挣到,然后还要把马学礼的高利贷挣够,连本带利还给他。马义愁苦地在小板凳上坐下,想着要咋样把这么一大笔钱刨出来。隔着敞开的房门,马义看着毫无危机意识的霍然开朗依旧活蹦乱跳地在院子里玩耍,捧着水杯在喝,咂巴得吱吱响,这提醒了马义,他的目光朝放在土台上的麦乳精瓶子望过去,那瓶子里的黑褐色粉末只剩瓶底了,到日子了,麦乳精又该买了,马义心里被针扎似地刺疼了一下。

马义想了半天,最后,他招呼霍然开朗过来,朝院里喊:"马建国!"马义在半年前就把霍然开朗改名为马建国了,霍然开朗,这名字在上、下马关村显得怪怪的,听上去十分地奇异,尤其在村中的老年人耳里听上去简直是妖孽,不止一个村人悄悄问过马义:这娃的妈是和外国人睡过的么?因此马义决定让他改叫建国,这是多么光辉的标准中国名字!马义不知道霍然开朗的亲爸是谁姓啥,于是就让这娃随他姓,姓马。马义郑重地召唤:"马建国你过来!"

霍然开朗依旧玩耍,他对"马建国"毫无反应。

马义提高声音再次呼唤:"马建国我让你过来你听见了吗!"

霍然开朗听见了但不予理睬,他鄙视"马建国"这么土鳖乡气的名字。霍然开朗并且还轻蔑地看了马义一眼,就像霍秀当年曾经轻蔑地看他一样,这小碎崽子真是霍秀的儿子。

马义只好妥协,他经常半途便妥协,改口说:"霍然开朗,你过来一下!"

霍然开朗蹬蹬地过来了,捧着晃荡着麦乳精的水杯,问马义:"干球啥?"他说话的尾音里依旧有上海小孩糯的语调,但金积镇已让他改变许多,譬如"干球啥",这已经是上、下马关村人问事的语气了,问话带着男性生殖器,听上去像骂人一样实则是亲近的表示,透着黄土地的粗粝,上海人是绝不这样问的,上海人都问"啥事体",绵软温细,霍秀就是这样问话的,霍然开朗已经开始跟霍秀不一样了。

马义跟霍然开朗商量,他把已经决定要做的事情温婉地跟这个八岁的小孩商量,因为霍秀,他对霍然开朗一直顺着、惯着、宠着,比霍秀还要过分,他怕万一有一点粗硬让这个小家伙不开心了,会让天上的霍秀伤心。马义说:"霍然开朗,你看啊,是这样的,咱家呢,这段日子,钱上紧张,很紧张,吃饭的钱再往后都保不住没有,你看这个麦乳精,你喝完这一罐,往后咱是不是就别喝了?渴了,喝水也是一样的嘛!好娃,能成不?"

霍然开朗斩钉截铁地说:"不行!"他强调说:"我白水是喝不来的!"这个小人这样说话又开始上海了,又开始了上海人的矫情、作以及任性,霍然开朗又开始像霍秀了。

马义依旧和婉地跟霍然开朗商量:"好娃,那我每天在水里给你放些糖,这样能成不?"

霍然开朗依旧拒绝:"不行的!"他又强调说:"糖水是乡下人喝的!乡下人生小囡才喝红糖水的,我妈妈讲的!我不喝的!"

马义笑笑,没有再和霍然开朗说什么,又以宠惯的态度顺了他去。但目前的情况不每一分钱都要算计着花是绝不行了,霍然开朗的麦乳精必须断掉,马义想他到时候做就行了。

四天后,麦乳精彻底喝完了,马义把空瓶子给霍然开朗看,又倒过来使劲抖着摇晃,表示你看好啊确实是一丁点都没有了,然后马义把瓶子拿到院子里"咣当"一声砸了。马义本来是不想砸的,这瓶子留着还能当个盐罐装个咸盐啥的,或者盛花椒大料,金积镇过日子穷俭的庄户人都把瓶瓶罐罐仔细地留着。但马义还是砸了,他这是要让霍然开朗看着,从此家里和麦乳精一刀两断。

霍然开朗的反应并不激烈,他只是朝马义翻翻眼,马义之前也有过几次不想让他再喝麦乳精的,但最后都顺着他跟他妥协了,因此他并不太当回事。霍然开朗甚至还笑,那"咣当"的一声暴响让他觉得开心好玩,霍然开朗依旧喜欢暴力,喜欢撕裂、砸开、剁碎。

下午的时候,霍然开朗在外面玩得满头是汗地跑回来了,对马义说:"马义,我要喝水!"他说的自然还是喝麦乳精。

马义正在用马尾和牛尾的鬃毛掺着苎麻在搓绳,他新揽了一个活儿:在每天早起扫完厕所之后,去背用作刻阴宅墓碑的石板,出产墓碑石板的采石场在三十里外的须弥山,一块板重三十到四十斤,背一块四元钱,马义一次背两块,来回六十里路,所以他捆石板的绳必须要搓得结实,要用马和牛的鬃毛搓,搓成皮绳。听到霍然开朗喊,马义起身给他倒了一杯水,水是马义早给在外疯玩的霍然开朗烧好了的,并且给他凉好了,温热的,不烫不凉。

霍然开朗不高兴地喊起来:"马义,我说了我不喝这个的!"

马义说:"那没了。要喝,就这。"

马义坐下去继续搓他的皮绳。

战争爆发了。霍然开朗生气,继而恼怒,再然后发飙抓狂,霍然开朗把马义给他倒的水泼了,又躺在地上打滚,边打滚边偷看着马义的反应,马义却平静地不为所动地搓绳,并没有像以往那样地妥协,霍然开朗更加火大,他哭着,喊叫着,爬起来去踢马义,踢马义的脚,还踢马义的屁股,还把马义搓好的绳踢散,把堆在马义脚边的马和牛的鬃毛踢得满天飘扬,马义不动气,除了坚持不开口答应去买麦乳精,一如既往地宠着惯着霍然开朗,让他踢让他打,并把他踢散的绳和鬃毛都收拢过来继续接着搓,直到霍然开朗抓起那水杯要摔,马义才慌忙跳起来,这水杯,刻花玻璃的,要一毛钱一个哩，这是马义所不能任由他摔的，马义抓着霍然开朗的手要把杯拿过来，霍然开朗却一口咬在了马义的虎口上，马义猝不及防，"嗷"的一声叫，松开了手，霍然开朗抢过杯"咣"地砸在地上，杯上整朵的花碎成了星星点点的渣，马义的眉头紧蹙地皱了起来，蹙成了一坨，瞪着霍然开朗。

霍然开朗毫不惧怕地回瞪着马义，从他五岁见到马义，他就没有怕过这个从来在他妈妈身旁都是谦顺着低矮着的男人。

马义默默地走出小卖部去，走出村子，走到草甸子上，草甸子上空无一人，风掠过草尖，远天的白云在飘，马义看了一下方向，朝着南面跪下，他觉得南面应该是广东的方向，霍秀的坟在广东，他是对着霍秀坟的方向跪下，马义先磕了一个头，尔后，开口说，霍秀，今天，我要跟你说件事，这事，今天不说不行了。自从你把你娃托付给我，我拍着良心说，我没亏待过你娃。打小我爸就没了，我没伺候过我爸，我把你娃当我爸一样地服侍哩！我不敢说我对你娃十成十的好，可我想，服侍爹娘也就这样了。可今天，我要管教你娃哩！第一，现在这儿没人，我可以跟你说实话，我要攒钱装电话我要抓马西哩，除了为我自个儿我也是为你报仇也是为你娃报仇哩！第二，你娃也是让你惯得不像样了，他不喝水只喝麦乳精，庄户人家哪有这样的！在咱这么苦哈哈的地方，你娃要老是这么少爷的样儿，有一天我不在了，他可咋活呢？所以，我把你娃的麦乳精从今天起断了，他不高兴，跟我闹，我得管教他！我先来跟你说一声,手轻手重,你别往心里去！马义说着,"咚咚咚"又磕了三个头,尔后抓起一把黄土朝南面撒去,这在上、下马关村的习俗里叫叩坟,叩坟向亡人报备,有点类似阳间的叩门报告。风把黄土吹撒回来,吹落在马义的身上,像霍秀的回音。

马义带着一身星星点点的黄泥沫儿回到屋里来。

霍然开朗其实已经不哭闹了,每一个小孩在独自一人的时候都不哭闹,小孩的哭闹是给大人看的。霍然开朗一看到马义进屋,立刻像舞台大幕被拉开,在秒间便开始又哭又闹,又开始在地上打滚,去踢他的一双小短腿能够着的东西:地上放着的壶,簸箕,扫帚,马义放在墙角做饭用的半截萝卜、几个土豆和葱,铲煤的铲子和煤,把屋里踢得乒乒乓乓尘屑碎末飞扬。马义不说话,走过去,抓起霍然开朗,一个大耳光抽在小家伙的脸上,他不打屁股,他直接打脸,打霍然开朗最疼且一照镜子最能看得见的地方,在回屋的路上马义就想好他出手打就要打得让霍然开朗这一辈子忘不掉。

霍然开朗的右脸在秒间就肿了起来,很明显胖大了一层。

马义一掌又抽在了霍然开朗的左脸上,这一掌把他打飞了出去,须臾,左脸也肿了。

霍然开朗甚至没有哭,他惊了,这是从来没有过的事,继而,他怕了,骇怕强烈过了疼去,霍然开朗怔怔地怯怯地不敢哭地看着马义。

马义没有再打,他打的效果已经呈现,马义走到墙角的灶台,抓起刚给霍然开朗烧开了一壶水的大铁壶,哗哗哗,将开水全倒在地上,又转过去,将一块秫秸秆编的盖帘盖住水缸,又搬了一块石头来压在秫秸盖帘上,那石头马义能搬动而霍然开朗是搬不开的,马义将家里的水缸封了,而要到外面找水,村里是没有水井的,水要到十几里外的泉眼用毛驴去驮,小孩子根本没有办法弄到水。

马义对霍然开朗说:"你不喝,那就啥也别喝!"

尔后马义去自己睡觉,不再理会霍然开朗。

霍然开朗是直到夜里才敢小声地嘤嘤地哭起来的,那哭声里含着一点撒娇含着试探马义的意思,看马义管不管他,更多的则是因为饥和渴尤其是渴,霍然开朗已经大半天没喝水了。

马义听见了,马义眼闭着却是根本没睡,霍然开朗一直在他的心窝里蹲着,但马义听见了则坚定地不予理会,他知道一旦理会了前面做的一切都将白费,马义翻了个身继续清清醒醒地"睡去"。

霍然开朗扛不住了,小声地胆怯地喊:"马义——"

马义回应了,粗声硬气像要吃人似地说:"马义也是你这个小碎崽子叫的?!"

霍然开朗不敢喊了,他从来都是直唤马义的名字,而马义也从来都是笑笑呵呵地回应,现在马义不让喊了,他不知道该喊马义什么。

马义心里在笑,但脸上继续是一副苦大仇深的样子,他继续要让霍然开朗骇怕他的气恨,他要清楚地、明确地、深刻地让这个小家伙感觉到:他真的火了,这事很大!而霍然开朗果然是更骇怕起来,连嘤嘤地小声地哭都不敢了,霍然开朗只敢不间断地翻身弄出一些响动,或者是连续咳嗽,以此知会马义他很难受,马义则坚决硬着心肠不管,他要熬鹰一样地熬着这个小家伙,直到霍然开朗疲困地睡去,睡梦中一滴晶莹的泪还挂在眼睫毛上。

天亮后,霍然开朗的饥渴更甚,他望着马义的眼睛里几乎全是哀求了,但他不说话,因为他依然不知道该怎么称呼马义。马义还是坚决不管,他不去烧开水也不去把水缸上的石头搬开,马义认为熬的还不够,还不到时间。一直到霍然开朗嚎啕大哭,那哭声里完全没有了撒娇和试探,连骇怕都没有了,连气恨都没有了,完全都是因饥渴噬咬得难受。

马义认为到时间了,他搬开水缸上的石头,舀一瓢凉水放在霍然开朗的面前。

有个名词叫琼浆,琼浆其实是没有的,不存在的,琼浆就是时间,只要时间到了,一切能喝的流质就是琼浆。

霍然开朗抢似地抓过水瓢,噎得直翻眼,咬人一样地喝。

那真是喝琼浆呵!

马义知道,这娃从此爱喝水了。

马义笑嘻嘻地说:"马建国,水好喝不好喝呀?"

"马建国",霍然开朗,把最后一口水咕咚地吞下去,尔后他走到自己睡觉的铺上,躺下,脸冲着土墙,并不搭理马义。霍然开朗保持这种跟马义僵持疏离的姿势很久,直到他又渴了,爬起来,自己去水缸里舀了一瓢水,喝了,又躺下,脸不看马义始终看墙,其间他还自己去拿了一个馍就着水吃,吃馍时也是冲着墙,直到天黑,彻底睡去。

马义有点傻。之后的日子里霍然开朗都是这样:他果然是开始喝水了,也不再提麦乳精,但他喝水吃饭的时候都是自己独自冲着墙或者是眼睛看着地下就是不看马义;他不再直呼姓名地喊马义,但从此也什么都不喊马义了,这固然跟他不知今后该喊马义什么有关,但恼恨马义也像铁闸一样闸住了他的口;他不再敢为所欲为任性骄纵地吆喝马义指使马义,但过去那个跟着马义、黏着马义、像马义胸口乳头上那根毛样成天吊在马义身上的小捣蛋霍然开朗,也从此不见了;马义制伏住了霍然开朗,但霍然开朗从此也跟他不亲近了。马义全天下已经没有一个亲人了,这个唯一跟他叫、跟他喊、成天挨紧他有一股人肉的暖意透着过来,这股人肉的暖融融每每让马义感到微醺,暖融了他的孤单,而这种暖意疏远他了,这让马义心里不好受。

马义赢得了跟霍然开朗斗争的胜利,但他很伤心。

马义再上罗素娥家去，他豁出来又买了一斤桃酥提上。

马义从那个晚上抓捕马西未果之后就想着要上罗素娥家去，他迫不及待要去探查，看罗素娥是不是已经在怀疑他了，这对于他下一步的行动至关重要。

罗素娥竟然一丝一毫都没有怀疑马义，对马义提着点心上门喊她"四妈"照旧笑笑呵呵地应承、收下。马义仔细观察和研判了罗素娥的笑，他确定那是真的！这个农村的老太太没有那么高的演技，能做到皮笑而内里阴恨着。罗素娥甚至还主动跟马义说起了那天晚上警察上门突袭的事，她认为这就是警察的例行搜查，并不是发现和掌握了什么线索而特意来的，警察以前也这样半夜搜查过好几次的，至于赶在马西回家的当口来，那只是赶巧了。罗素娥自然不会对马义说马西回过家的事，这是马义从她轻松的笑谈中猜想出来的。罗素娥说："警察又来搜，这回人来的那个多呀，枪那个密呀，可咋样呢？还不照样球毛也没搜到一根！警察连球毛也没搜到一根呵，哈哈哈！"罗素娥爽朗轻快地笑，说着不该是一个女人说的话。另外，马义还从罗素娥的言谈中研判和肯定：她没有对马西提到过他马义！她没有对马西说过他马义如今就在她的对门开着小卖部！在马西回家那么有限的时间里，在那么紧张的时间里，罗素娥有多少话要对儿子说，而马西又有多少事要跟娘交代，罗素娥有什么必要有什么缘由要特地对马西提到他马义呢？就像周遭有那么多的乡亲，罗素娥有什么必然要特意提到谁谁谁呢？只要罗素娥对马西提到一句他马义，那就一切全完！马义就是估计到罗素娥不会对马西提到他才决定继续潜伏的，马义打的是极其危险极其悬乎却又是十分牢固的心理差，经常是近在咫尺的一层薄纸反倒最不容易被捅破。马义赢了，他彻底地放下心来，尔后，马义开始无限地心疼他提来的那一斤桃酥，一斤桃酥要八角多钱哩，既然罗素娥没有怀疑他那他就没有必要这么贵重地贿赂罗素娥，他着实地亏了，马义实在不甘心，趁罗素娥上外面灶间给他去烧水，马义悄悄撕开桃酥的包装纸，飞速地抓起一块桃酥塞进自己的嘴里，他好歹也要吃一块，不能全便宜了罗素娥。

罗素娥烧水回来，给马义沏好了一杯茶，笑呵呵地跟他聊天。

罗素娥说："马义大侄子，你把马财的老婆日了没有？你把她已经日了吧？"

马义心头又是一凛，他并不厌恶男女性事，但这种事从这个老女人嘴里这么赤裸裸地说出来，就像看见一个牙都掉没了的老媪在往嘴角堆着白沫的嘴上涂口红，让人一阵反胃，马义不禁又在心里骂道：这个不要脸的老女人！马义心里厌烦脸上讪笑着，支支吾吾地搪塞说："四妈，我，还没，没，没和她咋呢。"

"嗨！"罗素娥一拍大腿，不笑了，认真地义愤填膺起来，看出她对警察的仇恨愈发深重，说："马义你咋还不去弄他的老婆呢！光想又不敢，你真没个球用！早就跟你说了，闺女怕黏，媳妇怕缠，对小媳妇，你多缠她几次，她早就是你包子里的馅了！你要不想到村外头野地里去，你要觉得在你那小卖部里怕有人进来，你要没地儿去，你来我屋里，我给你腾房，我这屋里，宽敞着哩，炕上地下，任你打着滚儿地弄她！你啥时候用房？"

马义惊悚，忙说："不用！不用！四妈，这，这，这我自己想办法！我自己能成！"

"不不不不不！"罗素娥坚决地阻止马义说不用，她坚持要帮马义这个忙，她坚持要促成这桩向警察复仇的事，"马义你别说不用，你就上我这屋来！你啥时候来？说个准日子！下星期一？再不，星期五！星期五你咋也把那媳妇缠到手了吧？你就把她领来，你日她！"

马义一双手慌忙摇摆像电击了一般，也说："不不不不不！四妈，真不麻烦你了！四妈，哎——四妈你腌糖蒜呢？这是今年新收的蒜吧？"马义把话题岔开去。

罗素娥说："啊，是，腌点儿糖蒜。"罗素娥一边跟马义聊天，手底下不闲着，一边把新蒜一颗颗剥了往大玻璃瓶的腌汁里泡，她敷衍地跟马义应付一句，又坚持把话题扯回马义要和警察的婆娘通奸的事上来，说："要下星期五还不行，那，星期六……再迟星期六总成了吧？星期六要还不成，马义,你下面长的那东西是鞋带吗?最迟,星期六你来!"

马义说:"四妈呀,星期六也不成,星期十六也不成!哎——四妈,你一个人,你腌这么多糖蒜,你吃得完吗?"马义又把话题岔开去。

罗素娥不许岔开,坚持要谈马义的通奸,说:"那你说你啥时候能把那婆姨领来?"

马义则坚持要谈糖蒜,说:"这一大瓶子,你吃到后年去呀?"

罗素娥坚持说:"大侄子,这勾搭女人的事不能松——"

马义也坚持说:"这要放到后年,这不都沤烂了吗?这还能吃啊!"

罗素娥拗不过马义了,松口说:"哪还能放到后年,我也不是自己吃,这是要带走的。"

马义也松了一口气,他到底把罗素娥硬掰过来了!马义淡淡地顺着罗素娥说:"哦,要带走的呀,谁来带——"马义猛然顿住,一股凉气从后背脊梁蹿起,谁要来带走?让谁带走?是马西么?!马义竭力平稳了呼吸,竭力不能让罗素娥看出他的急切来,竭力随意地漫不经心地问:"四妈,谁要来把这糖蒜带走啊?"

罗素娥张口要说,瞬间停住,她显然是把她要说的这个名字警觉地吞咽回去了,罗素娥明显地改口说:"总归,总归是,是我的人呗。我还能给不相干的两姓旁人弄这吗?多费事呀这个！这还得赶紧弄，要不怕来不及。"

马义愈发觉得这说的好像是马西！而且罗素娥还说要赶紧弄怕来不及，这说明这个人近期就要来！马义的心猛烈地跳，但他又狐疑，这真是给马西备下让他来带走的吗？马西那么难回来一次，冒着枪林弹雨地回来一次，会特地带走一罐糖蒜？！这太关键了，马义又竭力地若无其事，漫不经心地笑，说："四妈呀，这糖蒜又不是啥稀罕物，这一大罐，也就卖五六个元吧，镇上供销社里就有卖的，你那啥亲戚呀，还专门稀罕来带走这个？"

罗素娥剥着一粒粒新蒜往罐子里扔，说："我这糖蒜跟供销社卖的跟旁人的全不一样。"

马义说："再不一样它也是糖蒜，它还能是唐僧西天取经路上的人参果吗？"

罗素娥不说什么，脸上浮起骄傲的笑，她剥好最后一颗蒜扔进罐中，取过放在旁边针线簸箩里的剪子，刺破左手一根手指头的指肚，血珠成串地涌出滴入腌汁中，那血迅速裹围住了新蒜，罗素娥说："你见过这么腌糖蒜吗？这不是唐僧取经的人参果也差不离了！"

马义看得惊悚，被着实吓着了。

罗素娥说："这方子是我婆婆传给我的。我公公就是见天吃我婆婆这么腌的糖蒜。我公公要不是那一年掉河里淹死了他能活一百！这方子大补男人！"

罗素娥体内的血不停地被放进糖蒜的腌汁里，鲜红的血在黑褐色的腌汁中看不见地不停地弥散开去，使那腌汁愈加黑褐，她没有要停下的意思。

马义看得心悸，说："四妈，你滴上几滴就行了，你还淌水一样地放血呀！"

罗素娥却继续淌血，说："这血要放上一勺子才能成，要不不管用的。"

罗素娥看着那血在滴落，脸上快乐地安详地温馨地在笑，她手指肚上有旧痕，有好多处愈合了的白色的疤痕，层层叠叠的，看出她不是第一次这样割裂自己，她快乐地毫无半点痛苦地笑着，方才让马义觉得恶毒无耻的脸上发散着圣洁的光。

马义用不着再落实什么了，这无疑是给马西来带走的！一勺子血，只有娘为儿才会这么做！马义忽然觉得自己才是真正有些恶毒，他在罗素娥这个当娘的人，在她最敞开最不防备最圣洁的时刻，却在心里掂起了将要刺向她死穴的那一把刀！

马义心虚且觉得亏欠了罗素娥，他低头不敢看那血的落下。

马义抓紧办的一件事就是立刻去金积镇上的修焊铺找人焊了一个小铁盒子，铁盒是用来装钱的，盒子没有安锁，只留了一个洞，钱可以从洞里塞进去却取不出来，要想取钱只有把铁盒子用气焊割开。马义除了留下每天最最必需的生活费外，其余的钱，哪怕一分两分，都要坚决地塞进铁盒中去，他要坚决地绝了自己想要多花一分钱的念想。马西近期要回家来，他要再来看他娘同时带走那血浸的糖蒜，马义不知道马西哪天回，在罗素娥糖蒜腌好的每一天里，在每一个下雨或者不下雨的晚上，马西都随时有可能回来，马义必须要抢在马西前头攒够两百元连同那借来的六百元把电话安上！这是马义头拱地也要做成的事情。

马义给他和霍然开朗留下每天最最必需的生活花销是：半月，买一袋面，每天，取两斤（马义原想取一斤半的但发现实在不够吃），蒸一屉八个馍馍，他吃五个，因为他要干活，中午吃四个，晚上吃一个，晚上吃完不用干活了，可以少吃；霍然开朗吃三个，中午两个，晚上一个；早饭他和霍然开朗都是不吃的。吃的菜，也是半月，买一篮子土豆。土豆在金积镇这里叫洋芋，洋芋是金积镇最便宜的菜，村村户户都种洋芋，洋芋一如金积镇戈壁滩上遍地的砾石一样，是最多的产出，马义自己没地了，种不成，只有买来吃；即使是如遍地砾石般的洋芋，每天，马义也严格地只取两个，切了，炒一盘土豆丝。土豆丝马义也是不吃的，只给霍然开朗吃，他自己有时候把那馍馍蘸着土豆丝的汤汁吃，更多时候则什么也不蘸，因为霍然开朗经常是吃得很馋很快，连汤汁都喝了。其余每日原本有的花销，都被马义严格地将钱塞进铁盒中去，决不花销。

霍然开朗每天啃着馍馍吃着炒土豆丝，他乖多了，对这样的艰苦，前所未有的艰苦，他居然一句哼哼都没有，一个人静悄悄地吃完，或者是躲出去玩，或者就是自己早早上炕睡了。他还是不跟马义讲话，一是怕了马义，更主要还是不知该喊马义什么而缄默。对一个八岁的孩子整天怯生生地缄默着，马义心酸无比，十分懊悔自己的下手，这本来是一个没有任何负担欢蹦乱跳的年纪，让他两巴掌打得沧桑了。更让马义心酸的，霍然开朗明明很苦，但也怯生生地不说，苦并不心酸，但一个八岁的小人面对日子过成了黄连却胆怯地不敢言说，一双眼睛怯生生地看着你，这是最让大人心酸的。马义不能让霍然开朗日子过得好一点儿，连鸡蛋都没办法让他吃一个，他想至少能让小家伙欢笑一下，于是马义每天想办法逗霍然开朗笑，把自己的衣服撩起来，以自己的肚脐眼为中心，画一个大嘴婆姨，尔后捏着肚脐眼四周的赘肉，让这个"大嘴婆姨"张着大嘴对霍然开朗挤眉弄眼，这是马义唯一会玩的逗笑把戏。霍然开朗看着马义对他的献媚，并不笑，头一低，还是躲了，还是怯生生的，马义愈发地伤心。

马义每三天去须弥山背一趟石板，这一天，又到了日子，马义早上起来，把面袋子里的面都扫了出来蒸馍，袋子里的面也就够蒸一屉七八个馍馍的，没菜没油水，面吃得费，又到该去镇上的粮站买面了，洋芋也吃完了，洋芋也该买了，马义预备背石板回来领了工钱就去买。八个蒸馍,马义照例自己揣上五个,把其余三个和一盘炒土豆丝留给霍然开朗。霍然开朗现在已经很懂事了,会照料自己吃饭,会烧水会自己喝水,会吃完饭把碗碟洗了,在马义不在屋里的时候会把门闩插好不让外人进来。马义临出门的时候想跟霍然开朗亲昵一下,他摩挲霍然开朗的头并且轻轻揪他的耳朵,霍然开朗这次没有躲开,但他木刻僵硬,他木刻且僵硬地低着头承接着马义的摩挲,那是一种被迫接受任务的姿势。自己养了几年的孩子,现在连接受亲热都成了被迫,马义心都在颤,一瞬间冲动马义甚至想,抓啥马西呀,去球他娘的吧,就把这小铁盒子砸了,把钱都拿出来,就给霍然开朗买麦乳精喝,给他买肉买鸡蛋,给他买桃酥,只要这娃能笑!冲动过后马义还是去背石板抓紧挣钱了,铁盒依旧严密地藏在马义的炕洞里。

只有一件事才能让马义完全停止去抓马西,那就是马义死了!

马义在须弥山上背好两块石板要下山回家的时候,被山上的一户人家寻过来拦住了,那家出了大事,他家的小闺女去寻走失的羊时,从崖畔上摔下去摔死了,现在停尸在窑洞里,这是暴死,按须弥山里的习俗,必须要寻个阴气重的人来守灵一夜,要一夜和死人拉着手,不松开,这样才能缠住了她，免得日后小闺女屈死的魂再找回家来。马义隔一天就背一趟死人阴宅的墓碑，阴气最重，是十球足十的阴人，找马义再合适不过。那户人家给马义开的价是：守一夜，十块钱。马义分外高兴，当即应下，十个元，这差不多就算是抢了银行了！只要能挣钱，和死人拉一夜的手又算个啥，马义不惧。马义甚至想问这山里还有死人的吗？要还有死的都来找我！但这么问人家太不合适，是找打，马义就没有问。到真正开始守灵的时候，到马义在死者家人一众目光的注视下，在停尸的铺位侧旁也躺下去，真的和那小闺女拉起手来，马义才发现情况并不是那么回事，情况要残忍恐怖得多：那小闺女的头摔烂了，头上摔裂了很大一个洞，破洞处被主人家用一块棉絮塞住，有血沫子还不时地渗出来，那棉絮完全被浸泡成了一团殷红，在四周守灵烛火的映照下像一团殷红的花盛开。马义和小闺女拉手躺到半夜就发起烧来，吓的，还有恶心，他不能松手，一松手十个元就没了。到天亮的时候，马义已经烧的得些迷糊了，马义着急地想，一会儿，等天再亮些，他还要背着两块大石头走三十里地回家去哩，他不回去不行呀，家里还有个霍然开朗哩，可他这样子迷迷瞪瞪地咋能走回去呢？情急之下，马义索性侧过身子，朝那小闺女更凑近了些，近到毫厘之间，尔后朝小闺女那没有半点血色梆梆硬的嘴，那嘴上还有一大块褐紫色的血痂，那也是摔烂结痂的，朝那上面亲下去，马义是把自己的嘴重重地扔了上去，重重地砸了上去，这一下子，猛地一激灵，马义觉得自己的头发都炸了起来，觉得自己的头皮都支棱了起来，觉得自己浑身的血都要往外飙，一激之下，顿时通畅，半点迷糊都没有了，到马义背着石板下山走在路上竟然一路都很清醒，脚下竟然没有打飘，一路走回了家。一路上，马义脑子里其他意识都淡漠了，只是强烈地记着一件事，那就是回家之后要把这次挣来的钱，背石板挣的八块和守灵挣的十块，赶紧塞进铁盒中去！仿佛只有这样，整桩事才算是有了一个结束，挣到钱是他所有这些行动的最高和最终的目标。到马义踏进家门，第一件事就是紧着把铁盒从炕洞里扒出来，把一路上攥得紧紧的攥得皱皱巴巴的钱塞进去，尔后，才完成了任务一般，长吁了一口气，瘫坐下去，一路上被惊吓勉强压着的病弱，先是渐渐地，一点一点地，尔后是汹涌地，波涛翻卷般地，全都弥漫了上来，马义又发烧迷糊了。

马义在迷迷瞪瞪中感觉有人在怯生生地扯他的衣袖，马义睁开眼睛看见是霍然开朗，这是好多日子以来小家伙第一次主动挨近他，霍然开朗不光挨近他还主动跟他讲话，马义迷糊地看见霍然开朗哀求地望着他，眼神里露着怯怕，想说又不敢说，对他讲：饿！马义脑子轰的一下，他猛然想起这已经第二天了，他只给霍然开朗留了够吃一天的馍馍，就是说，小人儿已经快一天没吃饭了，小卖部里能吃的东西早就卖没了，只剩下不能吃的灯油镰刀火柴铁钉这些余货，还有几瓶酱油醋，没卖出去还放在那儿，马义已经好久好久没钱进新货了，接着马义看见了霍然开朗脚下扔着的那条面口袋，面口袋被翻了过来，上面有被舔过的湿痕，小家伙饿得连空口袋上面粘的生面都吃了。

马义的眼泪被催发了出来，马义落泪还并不是看见霍然开朗吃生面，而是霍然开朗躲了他这么久就不跟他说话一开口居然跟他说的是饿！小家伙得饿到多狠才不顾一切跟他开口讲话的！马义愧疚死了，愧疚得无地自容，他想要是霍秀看到了她儿子饿成这样会不会在天上伤心地哭！马义赶紧抓起面口袋要去镇上买面回来蒸馍，猛然想起挣来的钱全都被他紧着赶着塞进铁盒里去了，马义愣怔住了，有一种喜剧般的悲怆，有一种黑色幽默般地想笑又想哭，继而马义又想到他还不能到村里跟村邻们去借钱，否则村邻们会奇怪地问你刚背了石板回来你领的有工钱呀你的钱呢？马义不能说他铁盒塞钱的事，他不能暴露自己这么急切要安装电话的行踪，怕风声传到罗素娥那里去让她起了疑心，一个村，百多米长，风没到，这消息会先到了！马义一时不知怎么办好了，抓着空落落的面口袋愣愣地站着，霍然开朗饿慌了的小眼神还在乞怜地哀求地不错睛地望着马义，马义急火攻心，病弱愈发汹涌地袭上头来，一阵天旋地转，咕咚一下摔倒，彻底晕厥了过去。

马义十分钟后醒转过来。

马义醒转是被一阵嘤嘤咛咛的哭喊叫醒的。

马义无法不醒,那哭声不大但叫得他惊心动魄。马义从来只被人叫马义,连霍然开朗也学霍秀的样一直叫他马义,在霍然开朗不知该怎么称呼他躲着他不跟他讲话的日子里,马义好多次猜想过霍然开朗哪一天开口跟他说话了会叫他什么,马义想最大的可能是喊他"哎",那是一种不知怎么称呼又必须称呼地喊他,马义想如果霍然开朗喊他"哎"了,他就顺势引导霍然开朗从此喊他叔,马叔,这是一种介于外人和亲人之间的称呼,这是马义所敢奢望的,除了生他的亲娘,从来没有任何一个人以亲人的口气称呼过他,马义奢望能有一个人哪怕能以有一点点亲人的况味喊他,在这人世间!现在,马义听到有人在哭着喊着地叫,叫他,那喊叫是前所未有的。

马义听到霍然开朗在喊他爸爸!

这喊叫一下就惊醒了马义的迷昏直接刺穿了他的心庭!

霍然开朗以为马义要死了,这个八岁的小孩极端恐惧,爸爸是每一个小孩心中最伟岸最高大的保护神,在霍然开朗的天地里,是高是矮,如今只有马义在那儿站着了,他再没有任何亲人了,霍然开朗本能地呼喊马义,他怕失去马义,怕极了,一直嘤嘤咛咛地哭,他不敢放声大哭,怕大声哭会吓着马义,以为马义会被一下子吓过去真的死掉了,爸爸这个称呼其实这些年来已经是藏在霍然开朗的心里了,只是霍然开朗自己也不知道,今天是被恐惧本能自然地牵引了出来。

霍然开朗哭着喊着马义爸爸，还用小手指头去挖马义的鼻孔，他以为挖通了马义的鼻道马义就会喘气活过来了。

马义才知道他在霍然开朗的心里已经铭刻得很深了！

马义在第九分钟的时候其实已经醒了，他醒来之后还佯装昏迷地躺着，马义伪昏迷着，他要继续听霍然开朗喊他爸爸，他要享受这种呼喊，霍然开朗哭哭啼啼细细嫩嫩的喊像针刺又像羽毛拂过地撞击和抚摸着马义，让马义火里水里地翻卷，直到马义再装不下去，他听哭了，那不停落下的眼泪会揭穿他的伪装，马义才一跃而起。

为了这一声爸爸，马义可以赴汤蹈火！

马义什么昏迷病弱都统统没有了，他精神抖擞地背着霍然开朗上金积镇去。

马义背着霍然开朗去要饭。

马义背着霍然开朗走在去金积镇的路上。

下午的太阳已经有些乏力但还是暖烘烘地照着，又是开春时节了，一路上的砾石滩蒸腾发散着氤氲的水气，有野花野草的嫩苗已经从石头的缝隙中钻了出来。霍然开朗趴在马义背上，一路上不停地碎碎叨叨地跟马义说话，他说话的内容也是碎碎叨叨的。霍然开朗说，他这些天，在门口的老榆树上，发现了一窝雀儿，雀儿有六只，后来有一只死了，后来有一只又死了，再后来雀儿都飞走了，树上没雀儿了；霍然开朗又说,前些天,他看见对门罗奶(罗素娥)在她家羊圈里尿尿了,罗奶的屁股黄黄的,罗奶尿的尿把地上的土嗞出了一个坑;霍然开朗还说,这些天,他和马建强还有马洪义三个人去地里挖茨菇子(一种金积滩野地里长的植物的根茎块,微有些粉甜,可食)了,挖来的茨菇子后来都让马建强抢走了,他打不过马建强,只好都让他抢走……霍然开朗不停地跟马义说着,把这些天憋着的话不停地向马义倾倒,霍然开朗甚至都不知道跟马义说了什么,他为了跟马义说话而跟马义说话,他就是想跟马义亲热。

马义听着霍然开朗像雀儿似的跟他叽叽喳喳,像天上的太阳照着他一样周身暖烘烘的。

马义笑眯眯地问霍然开朗:"你跟我说了这许多,那我以后要喊你马建国,你应不?"

霍然开朗羞了,更贴紧地伏在马义背上,悄悄地笑,不说话。

马义说:"你要是羞得不说,那你就咬爸一口,算是你应了。"

霍然开朗拱到马义耳朵边,咬了马义耳垂一口,轻轻的。

马义醉了。

金积镇上今日逢集,镇街上摆的食摊不少,要点吃食并不难,马义的困难在于他向这些乡里乡邻开口讨要太难了,马义把霍然开朗摆到镇街一个旮旯角落坐下，让小家伙等着，他不能让霍然开朗看见他向别人点头哈腰地伸手乞讨，那会毁了他第一天当爸爸的高大形象，尔后马义在一长溜的食摊边上溜达，磨蹭着，慢慢积聚着自己的勇气。渐渐地金积镇天空上的太阳更向西边倾坠了下去，天开始晚了，集要散了，不少食摊开始收拾锅碗桌凳，马义再不去讨要不行了，他像做手术挨刀一样地走向一个卖油糕的摊子，对一个坐在板凳上嚼油糕的食客先恭敬地喊了声："爷！"这是金积镇上要饭的规矩：开口向别人讨要，不管对方多大多小，若是男的，一律喊"爷"，若是女的，则喊"奶"，以示谦卑。马义喊过了对方一声爷，尔后哆嗦着声音说："爷，给，给，给点儿吃的。"那食客是远村的，应该是见过马义的，那人也才三十多岁，比马义大不了两岁，甚至比马义还要小，他对马义称呼他爷爷奇怪极了，脸上露出想笑又使劲绷住的狰狞，那狰狞的笑让马义觉得自己污脏不堪，仿佛自己脏兮兮地站在人前自己都极鄙视自己，待那人夹起一块油糕给了马义，马义接过，逃一样地走了。

马义逃跑般地走到霍然开朗面前，把油糕给了他。一块油糕，比茶盅盖儿大不了多少，霍然开朗三几口就吞下了肚，接下来的情况反而让马义更纠结：霍然开朗更加饿了，那香甜但只有三几口的油糕更大幅度地开启了霍然开朗的饥饿。但霍然开朗不说，他只是怯怯地眼巴巴地望着马义，眼里的期盼比之前更加深切。马义受不了这眼神，说："那……爸再给你去要。"马义期期艾艾地返回食摊，太阳更向西边倾斜了下去，天边落日的一抹红霞已经显现，一长溜的食摊只剩一摊了，那是支起一口铁锅在卖羊腥汤的，羊腥汤是金积镇上独有的吃食，把洋芋粉条萝卜以及羊肉放一口大锅里熬，熬得，盛一海碗，放上辣子和芫荽，配一个硬面饼吃。那卖羊腥汤的之所以没走是他还剩一层锅底，他必须要把这锅底卖完才能收摊。只有两三个来赶集的女客还在喝汤吃饼。马义别无选择，已经不能再犹豫了，他期期艾艾但也是毅然地朝一个女客走过去，先矮下身子深鞠一躬，开口叫对方："奶——"猛然间马义雷击似地惊住了。

那女客，是徐秀玲！

徐秀玲也惊了。徐秀玲的惊愕是极其幽远的，她的惊愕仿佛是从极其遥远的远方投射过来的，眯缝着眼，目光漂移不定，这是因为她眼前看到的让她太过意外，以至于她看的模糊起来，觉得十分地不真实和不肯定。

马义醒悟过来，无地自容，转身就跑，比刚才拿着油糕跑得更快。

马义一路跑到霍然开朗身边，他去拉霍然开朗，想拉着霍然开朗一路快跑回上马关村去,但马义停住了,他看到霍然开朗在吸吮手指！霍然开朗在等着马义要来吃食的时候，一直在不停地吸吮和舔着他的手指头，那指头上沾着一层方才拿油糕的油星，他一直在不停地吸和舔，霍然开朗的手是黝黑的，跟所有常年不洗澡不洗手的农村小孩一样，霍然开朗的手掌手背和手指头都泛着一层黝黑的油亮，唯有沾着些许油星的两根指头被他吮舔得白森森，白得刺眼，白得不像是他的手了，白得让马义看了心惊肉跳。

霍然开朗怯生生地喊马义："爸……"他怕马义责骂他舔脏手。

这一声"爸"把马义又逼回食摊那边去。

那几个女客都走了，徐秀玲还在食摊边坐着等马义，她跟摊主借了一个洗菜的小面盆，把锅底剩的汤都买了，盛了有小半盆，等着马义，面饼卖完了，没有了，只有徐秀玲吃了一半的半块饼，她团在手里，极其不好意思，准备给马义。

马义朝徐秀玲走过来，嗓音不是在哆嗦而是发颤了，说："奶，奶奶，给，给，给点儿吃的吧！"

徐秀玲反倒是羞惭万分地赶紧把面盆端给了马义。

马义迟疑了一下，又把徐秀玲团在手里的那半块饼也拿了过来。

徐秀玲想哭。

"马义你等等！"徐秀玲带着哭腔喊住端着盆要走的马义，伸手就去掏兜。

马义明白徐秀玲举动的意思，说："徐秀玲你要是给我钱，我还给你撕了！"

马义一颠一跛地走了，他饿得腿软，加上病弱，走路不稳实。

徐秀玲哭了出来。

徐秀玲回到家，不说话，神情戚戚然。马财从镇上下班回来，见已经是傍晚了屋里却不开灯，老婆一个人坐在黑暗里，冰凉的像尊泥胎，马财诧异，问徐秀玲赶集是把钱丢了么还是咋的了？徐秀玲戚然着不说，问半天后说了，开口前眼泪先又滚落下来，说了撞见马义领着娃要饭的事，特别说到马义饿得连她吃剩的半块饼都讨要，徐秀玲泪眼婆婆地说："马财啊，是我们害的他把日子过得这么恓惶啊！他，他，他还喊我奶！喊我奶奶！作孽啊！"

马财震惊，但他首先是狐疑，出于警察的职业天性，说，马义应该不至于这么缺钱啊，他在外头揽工还开着小卖部啊，肯定是有啥事了！马财想来想去也想不出马义会有啥大事把钱都耗尽了，最后狐疑是不是人病了？是马义有了大病？或者是那娃有病？从霍秀那儿领来就是个病缺？先天性心脏病二尖瓣缺损啥的？看病把钱都花了？马财认定马义或者是霍然开朗病了，而且病得不轻，一般的小病马义会扛过去不会上医院花钱的。马财的震撼和愧疚因此更要胜过徐秀玲，他说："不管咋样咱得帮他啊！咱不能看着他病恹恹地要饭啊，还领着个娃！"

徐秀玲说:"咋帮呀?我要给他钱,他说要给我撕了!他已经给我撕过一回了!"

马财不说话,他知道马义的确是又穷又硬的人。

徐秀玲说:"要不你去把钱给他?"

马财说:"我去,他更得给我撕了!你知道他更恨我,恨我把你娶了!"

徐秀玲也不说话了,她知道马义的心结就是堵在这儿。

马财长久地思忖,他一定要想出个办法来。徐秀玲便等着他。最后,马财说话之前先涨红了脸,他为他想到的这个办法血涌上了头脸色紫红。马财说:"咋样也不能看着他要饭不管,还拖着个病身子,尤其我现在还是个警察!我要眼睁睁看着不管,不要说这四邻八村的人,不要说我的战友同事,就是我抓的罪犯往后都瞧不起我!这事啊,要帮他,还得你去。你再去,你这回,你,换个说法。"

徐秀玲毫无信心,说:"我还去?换啥说法?啥说法能让他把我给的钱接了?"

马财的脸愈发憋得红紫,说:"你去,你就说,你是背着我来的,你就说,你……你这么些年,你心里,一直有,有他,你忘不了他,你不能眼睁睁地看着他要饭,把日子过得这么恓惶,所以你背着我来了,这是你给他的体己钱。"

徐秀玲懵懂,她听清了马财的话但她懵懂,徐秀玲懵懂地说:"马财你跟我说的是啥呀?你是跟我讲笑话么?"

马财强调地说:"不是讲笑!你去就得跟马义这么说。"

徐秀玲喊了起来:"马财你疯了!你胡说疯说啥呀!我啥时候心里一直有着马义一直忘不了他了?!我这些年,我哪一天不是好好的一门心思的跟你过日子?!我心里头只有你你不知道啊!马财,你是不是因为当年我让马义……你心里头还一直吃着劲呢?马财你是个王八蛋!"徐秀玲委屈地哭了起来,从来温良贤淑的徐秀玲也破口骂人了。

马财慌不迭地解释并哄着徐秀玲:"不是不是不是的!我哪能还老吃这个劲儿呢!你对我是啥心思我还能不知道?我的意思是,马义的心思他就是堵在你这儿,你去这么跟他说,就是要化解他心里的疙瘩,消掉他的敌对情绪,只有他不跟咱成天顶着呛呛了,他才能接受咱的帮助。我在广东的时候,实在没有办法的情况下,我用过这一招,我当时看他情绪是松动了的,很灵!你要是去跟他当面说,效果肯定更好。我知道这办法不咋样,显得我下贱兮兮的,可这不是没办法的办法嘛!要不你想个办法出来?"

徐秀玲敛起怒火不语了,她知道马财这个办法可能是唯一行得通的。

徐秀玲嘟囔地说:"马财,你一个大男人,你这么朝你自己头上扣屎盆子,你不堵心?"

马财说:"我堵心。我要不堵心我不是男人!可,这是救人的命哩!我豁了!"

徐秀玲沉默不响,抻着,女人在这种时候是要矜持一下的。

马财也不响,等着徐秀玲自己开口应承,他知道女人在这种时候是要矜持一下的。

徐秀玲开口说:"马财,那咱说好,以后不许你想起来又心气不顺,你骂我,打我。"

马财嬉笑地说:"哪会!马义要实在还不接你的钱,你亲他一嘴也行。"

"滚你娘的蛋!"

徐秀玲认真地怒了。

徐秀玲带着从镇上储蓄所取来的六百元钱去了上马关村马义的小卖部。

马义又刚背石板回来,和霍然开朗吃着晚餐的剩馍馍和剩洋芋丝,徐秀玲进门的时候,他正把一块蘸了剩菜汤汁的馍馍丢进嘴里嚼着。迎着马义讶然的目光,徐秀玲先把六百块钱掏出来放在马义面前的小石桌上,在马义怒目瞪起要发作的时候,徐秀玲抢先说话了,话是她一路上想好并在心里默念了好多遍的,因此徐秀玲说的有点像背书,徐秀玲说:"马义,你先别说啥,你别又跟我说要把钱撕了啥的,你先听我说!这些年,这些话我一直想跟你说来着。这些年,我人是嫁给了马财,但我这心里,我一直,一直,我一直有你！我这身子，虽然每天黑了是和马财在一个炕上睡着，但我，但我，我，我这心里头……你明白不？我今天来给你送钱，不是因为看着你日子过得孽障，是可怜你来的，我是背着马财来的，我是心里头有你我才来的，你要是还不要这钱，你要是还给我撕了，你就太伤我的心了！"徐秀玲说完，还把手在那一沓钱上重重地拍拍，这个动作也是她在路上想好，想着在说完话后必须要加上去的，以示强调。

马义眼里的怒气被剥夺得一缕不剩，马义的反应是茫然，像猛然间听到国家宣布说银行的钱国家都不要了，凡有城镇户口的都可以到银行去随便拿，他一时间茫然不知所措，不确定他听到的是徐秀玲在说她心里有他么。马义茫然地望着徐秀玲，像夜里老榆树上呆掉的夜枭。

徐秀玲看着马义茫然，她想下一步马义或许会哭，马义会哭吗？

马义没有哭，他清醒过来，确定徐秀玲方才是在向他展示爱意，一股凉凉的气旋从尾椎顺着脊柱蹿上头来，接着变成热滚滚的涡流弥漫了全身，马义不确定自己是什么感受，喜悦难过震惊悲怆这些都算不上，或者说这些词儿都太轻渺了不足以概括他的感受，马义觉得这很像小时候有一次他掉进河里，河水裹挟着他一直往下沉，往下沉，往下沉，马义最后都看见满天闪着金星的天幕了，那是死的幻像，人在临死之时眼前看到的是一片金光灿灿，忽然猛地一股力道刺穿金光透进水里，那是一只巨鸟的利爪吗？马义当时感觉是一只天上的神鸟凌空而降一爪抓起了他，后来马义知道是河上一个摇船的渔人救了他，马义被拽出了水面，重又看见了蓝天白云。马义觉得很像是那一次，一瞬时生死之间天地翻覆！马义就是被这死而复生的感觉震撼得更加呆茫，他愣着。

徐秀玲认为马义是狐疑。她认为马义这样愣着不说话就是狐疑，他不相信她说的。徐秀玲迟疑了一下，然后她上去抓起了马义的手，抚摸。这个动作也是她在路上想好的，她不会去和马义亲嘴，但她想她可以和马义拉手，以示亲昵，让马义相信她对他的情感。徐秀玲在牵起马义的手抚摸的时候，她竟然战栗了，这是她头一次和马财以外的男人如此亲近，竟有一股异样的热在涌动，这使得她对马义的抚摸显得很真实，真的是发乎于情从内而外的。

马义被融化了，就像许多年后有一首歌的歌词说的：你轻拈之间揉碎了我！马义转过身子去，看着墙而不看徐秀玲，因为他要哭了，他不愿意让徐秀玲看见他哭，作为一个男人这有点尿，马义背对徐秀玲的身子抖得厉害，像建筑工地电动筛子筛砂石那样震动地抖，摇晃地抖，眼泪在颤抖中汹涌地流淌，他摇晃地站起来，去水缸里舀了一大瓢凉水咕咚咕咚大口地喝下去，大概是他觉得热，热得难受，徐秀玲紧张起来，她认为马义喝完凉水后会对她做些什么，譬如会朝她扑过来什么的，对此徐秀玲已经想好了婉拒马义，她会对马义说她如今已经成家了，有男人了，她也不想伤害马财，就让两人都把情感埋在心底吧。这也是她在路上想好的，准备等马义情难自禁的时候就对他这么说。但马义并没有做什么，马义只是嘟囔地哽咽地说了一句，便被巨大的悲怆堵塞住了，说不下去了。

马义对徐秀玲说："秀玲子……"这更像一句悲怆的呼喊。

然后马义接受了徐秀玲带来的钱。

马义给徐秀玲打了借条，算是借的。他坚持要打，声言一定要还，绝对要还！第二日，马义退还了向马学礼借的钱，带上徐秀玲的六百元，同时砸开那小铁盒，取出他这些日子攒下的钱，共八百，去金积镇上邮电所办了手续。邮电所来安装电话机的时候，还免费送给了用户一本地区的电话号码簿。马义翻开那黄色纸页的电话簿，都是镇上大机关的电话号码：镇党委，镇政府，镇人大，镇政协，镇公安派出所，镇财政局，镇土地局……马义挑了一个他勉强敢打搅一下的号码：镇卫生防疫站，拨了一个电话过去，他要试试他的电话。

马义拨通后，像做贼一样小心翼翼地说："喂——"

电话那头说："我防疫站，你哪位？"

马义听到这像是从天上传来的声音，"哇"的一下大哭起来，嚎啕大哭，崩溃地大哭，哭得不可抑制，哭得停不下来。

对方等了半天等来的是无休无止的哭，说："你有病啊！"把电话挂了。

这是马义的首次通话。

马义自此每天黑夜抱着电话机坐在窗下盯着对面罗素娥家的动静，等着马西再次回来。

罗素娥已经在腌第七罐糖蒜了。前面的六罐，罗素娥年年腌好等着马西回来取马西却年年不回来，糖蒜腌过了日子都沤烂了，成了黑心蒜，成了一丝一缕的烂碎漂浮在红褐色的汁水中，罗素娥每年都把烂蒜倒在门前羊圈的角落里尔后再锲而不舍地腌新蒜，那烂蒜的残渣和汁水的甜腥招来大量的蚂蚁，年复一年，罗素娥羊圈的角落里形成一个巨大的蚁巢。马义每天站在自家小卖部的门口，看着对面大得吓人的蚁巢，心如刀割心急如焚。六年的等待里，马义已经十分落魄了，越来越落魄，每一天都在加重地落魄，马义因为几乎是天天都在熬夜监视而练就了一双夜枭的眼，他能在星星都没有的暗夜里看清对面罗素娥家门板上趴着的壁虎和金龟子，同时马义也不能在晚上睡觉了，因为他已经不会在晚上睡觉了，他只能在每天天明时伴着透进窗棂来的光亮才能睡着一会儿，只有在这时他知道马西不会在这时候回家了他才能暂时安下心来，睡眠是要安心相伴的。这却耽误了他每天天一亮去镇上扫厕所挣钱，他无奈只有辞了这活儿，这直接导致了马义的经济情况更加烂糟。马义给阴宅去背墓碑石板的活儿也不可能再挣更多的钱,毕竟镇上不可能每天成倍地死人,这个市场份额不可能成倍地增长。马义的电话机自从安装好后几乎没有响过,但每月二十元的座机费却是固定要向邮电所缴纳的,不交纳邮电所是要掐线的,马义不能让邮电所掐了他的电话,万一在掐线的那一天那一时那一分里,马西突然就回家来了呢?马义的小卖部至少是有四年基本上没钱进过新货了,马义六年前进货的白糖馅点心如今硬得能直接当铁锤在墙上敲钉子了,六年前进的挂面,马义千叮咛万叮咛霍然开朗不能拿手碰,一碰就会变成粉末,六年前进的电线即使搭在高压线上也电不死人了,因为电线中间的铜芯已经锈化成一截一截的了,不通电了。但马义不能关了小卖部,无论是硬到能当锤子的点心还是一碰就碎成了粉的挂面都得当样子继续摆在柜台上,小卖部里总是要有点货摆着的,马义每月还得尽量挪出点儿钱来进点新货续上,哪怕是几瓶酱油几瓶醋,进货就是向村人标明着他的小卖部还在继续开张营业着,马义要关了小卖部他就没有理由再在上马关村住下去了,就没有理由再在罗素娥的对面住下去了!

徐秀玲期间来过好多次,有马财嘱咐她来的,也有她自己来的,带着钱,或者是带着米面肉油来,来救助马义的饥寒交迫。为了怕马义拒绝不收,她依旧是挨近马义,拉起马义的手,触摸,尔后适时地把钱或是米面肉油放下。马义依旧是每次都激动得不能自已,每次都像是刚听到如天崩地裂一般的震撼,每次他的手都是在徐秀玲的手掌里像蜡化了一样提不起来,他根本没有力气把钱或是米面肉油朝徐秀玲再推还回去。每次马义都是低眉耷目(他自卑到根本不敢抬头看徐秀玲)被徐秀玲征服着,只有一次,马义被激发得实在不能自抑,他一把反转地抓起徐秀玲的手紧紧地攥着,徐秀玲即使用嗅也能从马义粗重的呼吸喷出的气味中嗅出他想干什么,徐秀玲缩回自己的手,她第一次也是唯一的一次对马义说出她已经准备了多年的话,她对马义说,马义你别这样!这么些年都过去了,我也成家有男人了,咱俩就把心思都藏在心里头你说好吗?马义说好的。其实马义只是一瞬,从他抓起徐秀玲的手徐秀玲本能地一震时,马义就已经松开先抽回了自己的手,根本就用不着徐秀玲说那一大篇,马义自己就先自卑地崩溃了,马义想,他如今这副潦倒样,用金积镇人的土话说,他如今混成了这副球怂姿势,他还有啥资格再想别的!他还能有资格对徐秀玲做什么吗?

马义爱如潮水却不能登岸,站在冬日的上马关村萧瑟的田畴里,四周一直延展到天地尽头都空无一人,野蜂在田畴里飞舞,野蜂都比马义有自信,响亮地嗡嗡叫着充满了底气,马义凄凉想到他已经四十一了,不要再过好久,就是眼前的事,很快的事,很快即使国家再让他当警察他都老得不好意思再当了!马义想难道他一辈子就这样了么?一辈子都像罗素娥家门前羊圈的蚁巢中最卑微的蝼蚁,等着,耗着,一直到老?到枯萎?到灰飞烟灭死去?

在那个冬日的寒冷的下午,马义困兽犹斗地想,无论如何他都要再拼一下!

这一日,马义又上罗素娥家去。六年里,马义上罗素娥家去了多次,去窥探,但这一日不是,这一日是马义的转折点,马义本来已经够多舛的命运从此更为多舛。

罗素娥对马义的登门,眼角眉梢皱褶纹路里都溢着笑。六年里,罗素娥对马义的印象已经很好了,马义恭顺,勤快,孝道,真把她当娘待,填补了多少她有儿却似无儿的孤苦和寂寞呵!六年里,马义上门提的桃酥的包装纸摞起来都有两指厚了。罗素娥笑盈盈地问马义:"马义,你吃了么?"罗素娥问这话绝不是客套,她真给马义去灶房端出馍馍和菜来。

马义对罗素娥的回应是劈手一个大耳光结结实实抽在她脸上,二话不说。

马义抽这一耳光是他进门前就仔细设计好的,他计划要抽在罗素娥的右脸上,并且一定要抽在右脸的正中偏上一点,因为那个地方罗素娥很多年前被牛的犄角顶过,骨头当时碎了,医好后面颊有一点凹陷,耳光抽在那地方会比抽在别的地方疼。马义果然就精准地抽在了罗素娥右脸正中偏上一点。罗素娥惊愕地呆愣了几秒之后,捂着脸杀猪地叫起来。

马义凶神恶煞地朝罗素娥逼迫过来，他还要抽。

罗素娥夺门而逃，逃到村里唯一的村街上，吓得一声声地嚎叫。

马义追到村街上，冬日暖阳的村街上本来就闲聚着很多的村人，此刻都围了过来，马义当众一脚将罗素娥踹倒，将罗素娥踹得翻滚出去连滚了几个跟头，尔后，马义在众目睽睽下，掸掸身上的尘，背着手，回他的小卖部去，像扫荡后回炮楼的日本鬼子。

村人的议论纷纷在几个小时之内就像风一样刮到了金积镇里，传遍四邻八乡。

马义在几个小时之后被马财带到了镇派出所，拷在羁押室的暖气片上。马财审问马义，说："马义你为啥要打人家罗素娥？"马义说："想打。"马财说："想打？想打你就打呀？你还想着自己钱少哩，你咋不去抢银行呢？"马义说："银行不好抢。"马财怒目圆瞪起，厉色地说："马义我警告你啊，我现在是代表人民公安在讯问你，你好好说话啊！"马义说："因为我恨马西，我不能把马西咋样我就打他妈！马西把我的女人害死了，你知道的！"马财对马义的说法充满了狐疑，说："那你这么些年都没打你咋现在打呢？你不会是有啥别的目的吧？"马义说："那是以前我一直忍着，现在我忍无可忍！我的目的就是想气马西没别的。"马财还是狐疑，但也不能完全说马义的解释就没有他的合理性，便不问了,换了话题说:"即使是犯罪分子的家属也是不能打骂的,打骂他们也是一样要触犯法律的,马义你不是一直想当警察吗,你咋能这么目无法纪呢?"马义说:"我现在还不是警察我是老百姓,等我当了警察我一定守纪律,真话!"马财警告马义说:"老百姓也不能犯法!马义我告诉你啊,你要再打罗素娥,情节要再严重的话,你是要被拘留的!你听见了吗?"马义说:"听见了。"马财说:"听见了就好!那你今天先回去,你要再打就再把你拘来,听见了吗?"马义说:"回去我考虑考虑。"马财就打开手铐让马义走了,对马义的行为按照治安条例进行罚款处理,罚款一百元,条例规定是罚款一百至五百元,马财本来是要罚二百元的,后来想到马义没钱,罚多少都是他替马义去交,就罚了一百。马财随后到派出所财务室替马义交了一百元。

马义回到上马关村,村街上照例聚集着冬闲没事拢在一堆晒暖闲谝的村人,见到马义进村来,村人都知道马义让公安局带走了,有村人就笑着说:"马义你再去打罗素娥呀,你再去打,公安这回一准逮你进去吃牢饭,那饭可香!"话迎来一片的哈哈哈哈。马义一概不理会,穿过村街径直朝罗素娥家走去,走到门口,敲门,砸一样地敲,要拆门拆房一样地敲。待罗素娥以为出了啥事失急慌忙地来开了门,见是马义,一凛,要缩回去关门,已经晚了。马义揪过罗素娥来劈手就打,照着骨碎过的脸颊又抽下去,罗素娥嚎叫着又逃窜到村街上喊人救命,马义又追过去,众目睽睽之下又对罗素娥拳打脚踢,打得方才还对马义调笑的村人们瞠目结舌,惊愕马义这狗×的家伙还真又下手打啊!罗素娥被打得在地上爬,号哭着,乞求央告马义:"马义你别打我了呀!咱有啥仇呀你这么打我?你不是一直都喊我四妈哩么!我一把岁数了你再打把我打死了呀!马义我求你了你别打我了行不我求你了呀……"马义却打得更凛然,更急风暴雨地打。连村人们都觉得罗素娥实在有些凄惨了,一伙人上来拦阻马义,另一些人跑去报警,村里只有一部电话可以打110,那就是马义小卖部里他自己安的电话,村人跑到小卖部里用马义的电话报告马义又打人了,这回可是把人都快要打死了!这是马义的电话自安装好后打出的第一个报警电话,让赶紧来捉马义自己。三十分钟后,金积镇派出所的警车开来,把刚刚离开派出所羁押室的马义又抓了回去。

马财火冒三丈,说:"马义,你不是答应回去要考虑考虑的吗?"马义说:"我考虑的结果就是,还要继续打。"马财说:"你知道你这回的后果吗?"马义说:"赶紧拘留吧,趁开饭前进去还能赶上饭。马财,这些日子拜托你和徐秀玲把我儿子先管上,我没别的人可托!"马财恨得想咬马义,说:"我还给你管儿子?我把你儿子下锅炖了!"

马义被处以行政拘留十日,就羁押在镇派出所里。

马财把马义关起来,尔后急急地和徐秀玲去上马关村,要去把霍然开朗接回自家替马义养着。一路上，两人心急火燎，想着出了这么大的事，这孩子自己在家现在不知道哭成啥样儿了！赶到马义的小卖部，两人很讶然：霍然开朗竟然很悠然自在！完全没有一点小孩子天要塌下来惊慌失措的样子。相反他在熟练地切菜、炒菜、蒸馍，预备要去看守所给马义送饭。马财看得实在有些惊讶，他有六七年或者是八九年没见过这个孩子了，马财喊这个埋头在烟熏火燎中竟像个家庭主妇般操弄家务的小人儿："霍然开朗，霍然开朗——"小人儿听到喊竟有些懵懂，脸上露出茫然又是依稀记得的样儿，六年了，霍然开朗已经十四岁多了，有六年没人喊过他这个名字了，他现在完全成了马建国。六年前那个还有点儿嗲的上海小囡彻底没有了，彻底长成了金积镇砾石滩地里的小孩，黑红茁壮，敦敦实实，野天野地。马建国对马财表示他不跟马财和徐秀玲上他们的家去，说他自己在这儿完全能成，他会挑水，会自己吆着驴到十几里外的一眼泉去挑，他会做饭，会和面、蒸馍，炒菜，他还会炖肉，要是有肉的话。村人要是有人来小卖部买啥他也会弄，他会打算盘，钱上也不会算错。马建国看到马财穿着警服，便喊他"政府"，说："政府，你要是能再给我十个元，我自个儿就能活得更干散！""干散"是上马关村的土话，是说人活得滋润，马建国已经是一嘴黄土高原的沙砾土话了。马建国操着村语，露出牙龈小无赖地笑着，毫无羞意地朝马财伸着手，讨要十元钱。马财和徐秀玲再三确定马建国自己完全能照顾自己，尔后马财给了马建国十元，马建国振臂高喊："谢谢政府！共产党万岁！"

马建国揣着热腾腾的炒菜和蒸馍走去金积镇给马义送饭。派出所看守的警察不让马建国进去，说羁押的人犯统一开饭，如果家属都来送饭，那公安局不成饭铺了？马建国便坐在地上不走，打滚，又拿过警察的茶杯来朝地上倒点儿水，蘸着地上的黄土面儿在派出所门口的牌子上写字，把"公安"改成"粮食"，公安局成了粮食局，意思是说公安只会吃饭，饭桶一个。马建国已经上六年级了，会写字。看守的警察缠不过这个撒泼的小孩，只好放马建国进去，马建国鞠一躬，又喊："谢谢政府！共产党万岁！"抱着菜馍进去了。

马义看到菜里除了永恒不变的炒洋芋丝外竟然还有一碟炒鸡蛋，惊异，问马建国："咱家哪来的鸡蛋呀？哪来的？"

马建国说："爸，我从老婊子她们家鸡窝里偷的！"

马义说："谁呀？谁是老婊子？"

马建国说："罗素娥呀还有谁！她家的那鸡每天都下一个蛋，罗素娥每天都要煮个蛋吃，我给她偷来了，爸，我想你坐牢要吃得好一点！"

马义说："偷人总不好。不过，一个鸡蛋，拿就拿了吧。你也吃！"他让马建国也吃。

马建国很想吃，但他忍着，咽着口水，说："爸，你吃！我不吃！你放心吃你的，吃了明天还有！你不是要坐十天牢吗，我每天给你去老婊子家偷一个蛋，到第十天上，我把她那鸡再偷来，弄点辣子，我看见她家后墙头晒的有干辣子，我去弄点来，把鸡宰了，爸，我给你做辣子炒鸡！老婊子害你坐牢，咱就吃她的鸡！"

马义哭笑不得，但心里暖融融的，这个捣蛋顽劣的儿子是他苦难生活里唯一的甜。马义过得苦，实在是太苦太苦了，马义好多次都在想，是不是老天看他苦成这样给了他一个儿子？就像这里的土话说的，老天饿不死瞎眼雀！马义自己都绝想不到，当初他只是为了霍秀的托付而领回来的这个上海娃如今跟他这么贴心贴肺的，像金积镇砾石滩地里的苦楝树和树下的土，娃已经长成了一棵树，死死长在他这堆土上了。马义苦不堪言的时候，马建国总是能像拌面和吃饺子的醋，能让马义觉得日子有滋味起来。有好几次马义都觉得实在熬不下去了，想毙了自己一了百了，都是马建国拽住他的心把他拽了回来，让他活着。

十日后马义拘留期满，马财把他放了出来，问他："马义，你这次回去还预备打吗？"马义说："我再考虑考虑。"马义又回到上马关村，村街上又聚集着闲散的村人，见到马义回来，村人们这回都屏了声息，鸦雀无语，看马义会咋办。马义不说话，黑沉着脸，径直走过村街，径直走向村尾的罗素娥家，敲门，又像砸一样地敲，像拆房拆门一样地敲，这回罗素娥不开门了，死活不开，在门里哀求马义说："马义你把我饶了吧！你把我打死政府又不给你奖金你费这个辛苦干啥呀！我这把岁数还能活几年，求求你饶了我，我给你磕头了！"罗素娥果然就在门里给马义磕头，咚咚好几声响。马义却不依不饶，高声道："罗素娥你不开门是不是，好，我今天先回去，我明天再来，我就不相信你一辈子不出门了！"

马义回小卖部去，睡一夜，第二天果然又来，把门砸得巨响，喊："罗素娥你出来！你出来我拆了你的老骨头敲锣！"村人在罗素娥家门口围了好几圈儿，但都不吭气，也无人阻拦马义，更无人跑去马义的小卖部打电话报警，因为村人们都看见穿警服挎手枪的马财此刻就站在马义的身后，阴冷着脸，看着马义张牙舞爪。马义叫骂了一阵，一回身，也看见了马财。

马义说："来了？"

马财不作声，瞪着马义。

马义低声地说："你放心，我不会再打了。"

马财也低声地说："我知道你不会再打了，因为你的目的已经达到了。你只是继续吓唬。"

马义说："我啥目的？"

马财说："你想让马西来杀你！对不对？"

马义一笑，不是那种计谋被揭穿心虚的笑，而是把信息成功地传递给了对方会心的笑。马义一笑，声音更低地说："既然你们都知道了，那你们公安就快准备吧！"

马财真正显露出了焦急，把马义拉过一边，避开村人，说:"马义,这太危险了!就算我们公安从现在起就在上马关村,就在你的小卖部四周设伏,那也不能确保你百分之百的安全!马西,你比我更知道他是多么奸猾的一个人!马义你听我说,从现在起,你回你的房里去,门窗关紧,绝不要再出门!其他的事交给我们公安!抓马西是我们公安的事!"

马义斩钉截铁地拒绝:"绝不可能我缩回去!抓马西更是我的事!"

马财急得要喊出来了:"马义呀,你这样是很可能要被马西一枪打死的!"

马义说:"那要是他一枪打不死我呢?!"

马财一时间被马义脸上的狰狞吓住了。

马义狰狞地说:"我这样活,跟死了有啥区别?!我就拼着万一不死能换来个柳暗花明!我还是要再当警察!我就是不为我自己,我要为我儿子!你都看见了,我儿子,马建国,他现在跟我姓叫马建国了,可他跟我过的这叫啥日子呀!我要是当了警察,我月月就有工资,我就能让娃过得好!就算我要是被马西一枪打死了,换来你们能抓住马西,我咋样也算个烈士吧?我打听过政策,国家对烈士子女是要管的,上学呀,花费呀,以后工作呀,政府都管,我儿子马建国要成了烈士子女比现在跟着我强!强好多!马财,你啥话都不要再劝我了,劝也没球用,你要是可怜我这一辈子过得太苦,你就等我死了,一定向政府替马建国申报烈士子女!"

马义跪下给马财磕了一个头。

马财再不作声了,这是他早已预料到的,他默默塞给马义用布裹着的一件东西,走了。

那是马财自己穿的一件警用防弹衣。

马西下决心无论如何要潜回村来杀了马义!

马西隐在甘肃省的庆阳市,与宁夏的金积镇中间横亘着一座六盘山。庆阳是一个十分适于隐匿的地方,城市不大,溜达出几里地去就是沟壑纵横连绵广阔的塬上,可速逃;同时因为著名的长庆油田在庆阳,每天十几万人来来往往进进出出,车水马龙,进来什么人和出去什么人都极不显眼。马西六年来都隐在庆阳,中间出去接货贩货,交易后带着手下又潜回这里。马西这些年的战线已经从面向国外转向国内了,国内吸毒的人猛增,马西已经开始拉动"内需"。六年里马西想回上马关村却实在不能回去,他知道警方到处找他找不着,他的老家就成了警方重点盯视守候他的雷区,这次实在因为马义逼得他的老娘没活路了!当马西在金积镇的眼线把消息传来的时候,马西才惊愕地知道马义竟然已经在他家的对门蛰伏有了七八年之久!八年里,没有任何人告诉过他马义就在这么近的地方扎着,他的娘没有告诉他,这本来是最应该也最容易能告诉他的人,老娘从未觉得马义值得提起来一说,就像枣树上结了一颗枣河里头蹦起来一条鱼小娃在村口尿了一泡尿,这么稀松平常的事有啥可说的?因为思维的交错,大千世界的极多秘密,都这样被一层纸样一捅就破的稀薄所严密包裹着。马西当然知道马义不再隐身走到明处来暴露自己他背后的谋算是什么,但马西明知却不能避躲,马义掐住了他的死穴。最让马西动怒的还不是马义打罗素娥,而是他的眼线告诉他,他的老娘在地上向前爬,村人们都在边上看,老娘一边爬一边哭着央求马义饶了她,老娘白发苍苍,白发像枯草一样被汗水贴在额头上,马西的心都抽搐成了一坨。马西脸上的表情轻松得是要微笑起来的样子,这是他内里已经怒到极致怒到发抖的表示。马西从他的枪库里挑了一把口径点三八的手枪,对手下说他要回上马关村一趟。

马西少有的不理智地被激怒了。

手下们顿时都炸了,老大的举动等于是说他要回老家去卧轨自杀!手下群情昂奋,以各种声腔,激烈地表示共同一致的反对理由,坚决地阻止马西。有七八个人之多一起上前把马西的手枪夺了下来。

马西淡然平静着表情,看着手下们夺去他的枪。

马西说:"我要不去杀马义,你们会瞧不起我的。"

马西又说:"我作为一个儿子,我的娘被人像狗一样地拿脚踹,在地上爬,向人求饶,而我却龟缩在这里不敢出头,你们会从心底里瞧不起我的。你们都瞧不起我了都不怕我了,你们有一天就会杀了我的。"

马西是很平静地说的，这平静的说却让手下们顿时噤声，鸦雀无语。更有一人赶紧把夺下的枪还给马西。马西越是平静表明他内心越是在翻卷越是狠硬，马西如果是叫喊地说还有可商量的余地，而要忤逆马西平静说出的话是很危险的。

还是有一个姓薛的手下大着胆子最后规劝马西，薛是马西刚起事时就从湖北来跟马西结伙的，因为资历老敢讲一些话。薛说："老大，即便是非要去杀马义，你也不用非要自己动手。你可以从兄弟们里头挑一个或者挑几个替你去，我想大家都愿意，包括我！这么些年来，老大，你待大家恩重如山！"

手下们越发地屏了声息，看着马西，等着他表态。

马西眼睛掠过一张张脸。从一个个力图表现强硬不惧死的脸上，马西却在他们的眼睛里看到了恐惧，马西并不揭穿地一笑，说："如果今天，我让你们为了给我老娘报仇去送死，我要这么不仗义，以后，你们谁还跟着我干？我还能在江湖上戳到现在？我能不早就倒了？你们啥都别说了，我自己的娘，我自己去！"

马西最后交代：他要是回不来，死了，把他的猫送给前街的肖姐，那是个爱猫的人。

马西把手枪揣进腰里，上路，乘晚上的慢车经宁夏的中卫市去金积镇。

宁夏自治区公安厅在金积镇召开紧急部署会议，副厅长张帼文（女）受公安部的委托连夜从银川赶来召集区、市、县、乡镇四级公安商议，会上，张副厅长让最熟悉情况的金积镇派出所民警马财先讲，马财介绍了情况并提出自己的作战方案，马财说，根据他对马西的了解，特别是根据当事人马义对马西的了解，马义要比他更深入地了解马西，马西这次至少有百分之八十的可能会潜回上马关村来杀马义！因此，要做好在上马关村伏击马西的准备。从今天晚上起就要连夜部署，刻不容缓！马财说，在上马关村设伏有个关键，上马关村是个勺子把地，独立成村，一面靠黄河，两面靠毛乌素沙漠，无路，只有唯一的一条出村进村的路通金积镇，伏击的警力可以把靠黄河靠沙漠的三面围起来，以防马西万一冒险泅渡黄河或者穿越沙漠潜回村子。这条唯一的路必须给马西留出来，不给马西留出道来他怎么进村呢？马西如果进不了村又怎么能伏击他？而且，在这条路的两边至少五百米内不能安排一个伏击警力。马西跟马义一样，从小在这里长大，对这里的一草一木都熟得不能再熟，马西从路边一棵草的倒伏，从鸟在夜里的叫唤，从风刮过来的空气中的味道，等等，立刻就能察觉出有没有异样，他只要察觉出有一点点异样他绝不会进村！一定要给马西造成道路通畅警方还未察觉还没来得及设伏的感觉，让他放心进村。马财说，警方的监视点可以架设在这条路的五百米外，包括夜间的远红外监视器械，全天候全方位监视这条路。上马关村屁大点个地方，村里就那么几个人，脸都熟，不管白天还是晚上，马西有没有进村，何时进村，哪怕他化妆进村，那是绝对能看得一清二楚！特别是自治区公安厅今年花外汇从西德购进的远红外夜视仪，连路上一只蟾蜍爬过都能看清！一旦发现马西进来，立刻封路，四个面的伏击警队一拥而上，进村，围堵，力争生擒马西！

与会者都认为马财说得很好，看得出来马财琢磨马西不是一日两日了，方案完美。

张副厅长是位女性，于金戈铁马中又多了女性的细柔。她提出一个问题：马义同志的安全有保障吗？据说他还领养了一个小孩，小孩还没成年！

马财如实汇报说：马义同志的安全不能百分之百的保障。已经反复劝说马义同志这些天待在家里别出去，但他固执不听，他一定要到罗素娥家门前继续挑衅叫嚣，他是为了继续加大刺激马西让他回村，他这样做有他的个人目的，他强烈地想擒住马西立下大功再重新当回警察，让他改变是不可能的！我之前向我们县局肖成川局长建议过，是不是我们警方现在就把马义强行保护隐藏起来？比如说以拘留的名义把他弄到看守所来暂时拘着？肖局说不能！肖局说如果马义在村里消失不见了，上马关村的人都姓马，跟马西不是亲就是友，难保不会有啥人通过啥渠道跟马西递信儿，那马西没了目标他还会进村吗？伏击计划也就完了！肖局的意见是，我们警方能做的，就是一旦发现马西进村，要尽可能迅速地发起进攻，能早一分钟生擒马西或者击毙他，就是对马义同志最大的安全保护！只能是这样了。

张副厅长沉吟了片刻说："要奋斗就会有牺牲！"

就这么定了，以马义为诱饵的方案不变。

近一千人的警队在上马关村的南北西东四个面连夜撒了下去。马财也参加了设伏，趴在离村道五百米外盯着那条唯一进村的路。一夜无事，马西没来。白天，马财回到金积镇派出所正常上班，自治区公安厅最终确定的伏击方案中有一条就是金积镇派出所全体警员白天必须正常工作，那是考虑到马西在金积镇里很可能安插有眼线，派出所如果有异样，譬如人员都抽去参加伏击了所里空了，那马西极有可能就会察觉终止行动。因此马财和同事继续在所里处理日常琐事：街上抓到的小偷小摸，办理户籍，谁家钥匙丢了进不了门，四邻八村的街坊争吵打架闹到派出所来，夫妻打架也闹到派出所来，西村丢了羊东村偷了牛北村少了猪报案到派出所来，小娃丢失盲流遣返，等等，以及来派出所要求警察去帮着捉奸，马财每天都要忙这些鸡零狗碎的事。

上马关村在白天也有几件这样的琐事闹到派出所来。第一件是村里马成夫妇打架打得头破血流闹到派出所来要离婚；第二件是村里马明方来告状说他堂兄马明春把他房前的三棵白杨树伐了，俩人扭打到派出所来吵得天昏地暗；第三件事稍稍大一些,村里的马彦下午哭稀稀地来派出所找马财,说他家的牛从崖畔上摔下去摔死个球了,牛太大,是陕西秦川牛和内蒙古驽儿牛杂交的品种,当地人称为象牛,如象般的巨大,且重,他弄不动,有困难找民警,马彦来求马财是不是找辆车帮他把牛弄回村里去?好歹还能割点肉吃!马财到隔壁国土所借了一辆卡车来,和所里的两个干警赶到马彦说的崖畔下,果然是有一头巨大的黄牛摔死在那儿,牛头都摔烂了,卵泡大的牛眼睛都摔出来吊在牛腮帮上,马财和干警帮着把死牛抬上车让马彦拉回村去。这三件琐事的当事人和马财都极熟,从小一起长大,马成和马彦还是马财的远亲,但马财还是极为严格和缜密地对他们进行了盘查和询问,观察他们的言谈举止,窥测其中是否有隐匿,他生怕这是马西制造的事端要达到他的什么目的,尽管他实在也想不出离婚砍树摔牛这些又会和马西潜回村来杀马义有什么牵连,尽管马财也知道这可能有些杯弓蛇影,但马西带给人的紧张是深达骨髓痛及神经的,因为你永远不知道他会在什么时间什么地点以什么方式出手!马财只能高度敏感和警觉着。

马财一整天忙碌下来汗津津的,连裤裆里都湿漉漉的。

马财湿漉漉地继续参与晚上的蹲守伏击。

马义一整天下来也是大汗淋漓。马义在罗素娥家门口又叫骂了一整天,他衣服里头穿着马财的防弹衣,脖子上套着一副驴拥脖,脖子是防弹衣防不到的地方,马义本来想找块厚牛皮蒙上但他没有,他的小卖部里只有在货架上放了有六年没卖出去的一副驴拥脖,他想驴拥脖好歹也能挡一挡子弹。村人们过来过去看着马义的样子怪异,马义解释说他脖子上长了风疹疙瘩怕再吹风他一时又找不到别的啥来挡脖子。马义不知道马西的子弹会在什么时候从什么方向打来,他跳着脚慷慨激昂叫骂罗素娥的时候,内里则心虚惧怕得一身一身出冷汗,他的裆部和睾丸也是一层水汽。唯一让马义有些心定的,是他虽然放眼看不到马财但他知道马财和他的警队肯定就在附近,他知道只要马西的枪一响警察就会像黄河的水一样漫过来。

马义叫骂着,罗素娥照例是紧闭房门不开,马义的叫骂一句句像一块块石头隔着院墙扔进罗素娥家的院子,那些骂让风吹飘着都能听见被荡远的回响来。马义给自己规定的时间是骂到五点半,五点半左右天就渐渐黑了,他就该收工进入夜间作业,夜间他还要在小卖部的窗户窥测罗素娥家。村街上看热闹的村人看了一天看得腻烦了逐一散去,也该各自回家做晚饭了,村街上变得空寂。马义独自叫骂像落单的野狗独自吠着,亮着的天确实一点点地暗黑了下来,风刮过发出哨鸣的悠长的音,在暗黑且空荡荡的街上等着子弹打来,等着死亡来攫走自己,这种硬挨着的感觉太吓人也太难受了,马义闭上眼睛强迫自己转移思绪不再去想马西的子弹何时飞来，强迫自己去想些别的。他想到如果他被马西打死，万一他还剩口气没那么快的死掉，他该说些啥呢？马义突然想到这真是需要好好地认真地想一想的，因为死人在临死前说的话最受重视！马义开始认真地想，这一思路的转换使他渐渐不那么骇怕了。"领导你好！"马义想到第一句话应该这么说，好歹也要跟临死前赶来看他的领导打个招呼。接下来马义想到他应该抓紧说马建国的事，马建国的上学，以及生活费，这些事不用说，国家对烈士子女都有政策规定哩，关键是娃以后参加工作，农转非，这些必须要提。马义想让马建国以后户口农转非去金积镇那些政府的单位也谋一个吃皇粮的窝窝，他想最好能提让马建国去车管所。马义这些年在镇上给政府机关扫茅厕看出这单位福利最好，车管所的人拉的屎好多都飘着油，马建国要是能去这个单位至少以后不会饿着……

马义在胡思乱想中挨到五点半，枪没响。

马义长长出了一口气松懈下来，带着满身的汗走回他的小卖部去，马建国已经做好了饭摆在小桌上等他。一贯顽劣捣蛋的马建国这些天里极其的乖，马义严令他这段日子不许出门把门关紧，他不想自己万一中枪让马建国在现场看见他鲜血横流的死样，那会把娃吓着。马建国少见地十分听话，每天就待在家里给马义做饭，他不知道马义究竟要干什么但他猜想到马义在干一件有危险的大事，他尽量做到听话不让马义烦。马义匆匆扒完了饭又赶紧猫到窗户跟前去盯视着,他判断马西要是潜回村子来多半是先潜回家看看周围的动静再行动。马建国则轻手轻脚地洗完了碗自己早早就上床去睡了。马义窥视着对面,听着马建国刚上床片刻就鼾声如雷,他知道马建国并没有睡着,知道马建国的鼾是打给他听的,马建国是想告诉马义他已经睡着了让马义放心忙他的事别操心他。到底是小孩,装也装不像,马义酸涩地笑,不禁泪眼婆婆,娃虽然淘,捣蛋,招猫逗狗上房揭瓦,但一颗心都在把他养大的老爸身上,仁义,懂事!马义想到要是他被打死,这个只有十四岁的娃今后进来出去就只有一个人了,清锅冷灶的,马义的眼泪滚出来砸在地面上。

马财凌晨三点的时候肚子剧疼,大约是趴在沙地上趴久了凉气浸润的。一起潜伏的警队同事都劝马财回去,说这里有这么多人都在监视路上盯着马西有没有进村,不缺他一个。马财坚决不回,他要自己盯着,马西对于他来说已经不是案子而成了他生命的一部分。马财必须要方便一下以解决肚子绞疼的问题,沙漠虽然辽阔地大,但他不能站起来走到远处去拉,因为如果这时候马西来了,远远的,他会看见月光照耀的沙梁上有人影绰绰,那就全暴露了,不远处的沙地上有一个凹坑,马财必须匍匐过去,在凹坑里处理。马财身子紧贴着地爬到坑里,迫不及待地褪下裤子,不一会儿,又有一个人匍匐过来,也是迫不及待地褪下裤子,和马财并排蹲着,马财借着月光一看,顿时吓得呆愣掉:这是张帼文!张副厅长帼文是这次行动的前线总指挥,她亲自率队蹲守,大约也是在寒凉的沙地上趴得太久,也是导致她的肚子一阵一阵绞疼得实在无法忍受。马财吓傻了,腾一下本能地要站起来,张急忙扯住他,声音压得低沉厉声喝斥道:"你站起来,暴露了怎么办?!暴露了我处分你!"马财不知道说什么好。张说:"现在是打仗,不分什么男女!"张副厅长帼文让马财蹲下继续拉,和她一起。马财蹲下,哆嗦地说:"张,张厅长,您要纸吗?"张一摸口袋,说:"哟,忘带了!"她需要手纸。马财把他的手纸撕扯了一半给张,张说谢谢。

　　洁白的月光洒在沙梁上。

　　也是在凌晨三点左右的时候,上马关村马彦家白天被摔死的牛还扔在牛圈里,村里万籁俱寂,月光洒在那头体形巨大的象牛身上,黄牛变成了淡白。寂静中,一声极低的划破什么的撕裂声响起,像一滴水滴入水池般的轻微,接着一把手术刀从死牛的肚子里捅出尖刃来,划破整个牛肚,牛肚像两片蚌壳剖开,浑身血污的马西从牛肚里钻出,在万籁俱寂的村夜里他也轻微细声地像烟一般。马西像烟一般就飘回村里来了。这是马西决定回村来杀马义就同时想好的方案,马西来赴死却决不莽撞,他在坐上火车的时候就吩咐他在金积镇的眼线去贿买马彦了，马西特别交代让眼线告诉马彦一定要向警方求助，要让警方帮着把死牛拉回村里来，这是人的思维盲点，对坦然送上门来的东西往往不会狐疑，果然马财就和他的警队战友把藏进牛肚里的马西拉回村里来了。巨大的死牛肚子里摘去全部内脏同时剔除大部分的肉恰好能藏进一个人。而此刻警方大部队还在村外苦苦蹲守着。让村里的马成夫妇吵架以及让马明方马明春俩堂兄弟相互告状也闹到派出所来，这也是马西策划的，目的是掩护死牛事件，把三件事混在一起让死牛显得不那么突兀。马西让眼线一把就给了马彦一万元，一次就给够他！给了马成马明方马明春各一千，同时绝不告诉他们这些事和马西之间的关系，只说拿钱干事，不该问的绝不要问！这样警方就算怀疑了某人也不会问出马西来。对村人来说巨大到眼晕的钱让四个村人都亢奋不已，均服帖，其中马成说："一千个元！不要说让我跟我婆姨打架，就是让我把她掐死，都能成！"马西把一切最细碎之处都想到了且铺设得平平整整。马西钻出牛肚来，最后一桩准备就是拔出腰间的点三八口径手枪拉动枪栓进行枪检，枪栓在霜冷中发出轻而脆的咯嗒一声，像小锣轻敲了一下。

枪很好，没问题。

　　马义在三点一刻左右听到对门有动静，罗素娥家的门吱扭响了一下,似乎有人要拉门出来但没有。马义心狂跳着瞪大眼睛盯着那门看了有两分钟没有看到有人走出来,须臾,门里,有人凄厉痛楚地喊了一声,是女声,又喊了一声,第二声没有那么尖利而是沉闷了,且短促,仿佛被扼住脖子声音断裂在里面,尔后再无声了。马义又足等了五分钟没有等到再有一点响动,对面在响动之后寂静得诡异,马义觉得不对劲了,肯定是已经发生了什么,他决定去看看,必须去看看!马义站起来,走出家门,在夜风中,他两条腿软得厉害。马义并没有觉得自己有那么害怕但腿软得厉害,他几乎都走不到近在咫尺的罗素娥家去。马义拖拽着腿,挪,挪着走,挪到罗家门口,推门,门虚掩着,显然是有人已从里面打开了。马义战战兢兢地推门进去,眼前看到的景象顿时让他的恐惧消弭大半,他看到是罗素娥昏晕过去倒卧在门口,罗素娥的嘴角、衣领和衣前襟上都是血,地上也有血,罗素娥吐血了!马义想她很可能哪儿疼得厉害,挣扎走到门口,开门,想喊人,马义想他听到的那第一声凄厉痛楚的喊就是罗素娥在呼救,结果第二声刚出口,一口血便喷出来,栽倒下去。马义使劲摇晃着罗素娥,喊她,在马义的摇晃和喊叫声中,罗素娥悠悠地醒转,虚弱得像风中的枯叶,她看见是马义,眼里射出仇恨来,那仇恨竟然让她有了一点力气,她用这点力气骂马义:"马义……!"是一句最粗野的村骂,骂得颤颤巍巍。那骂因为没有足够的力气推送,低而柔弱,竟像友好的问候。马义被骂笑了,说:"老太太,你都半条命了,还有力气骂人呐!"马义扛起罗素娥向村口跑去,对着夜色茫茫四顾无人的旷野喊马财,他知道马财和警察大队就在附近,他大声地喊,疯喊,猛烈地喊,连续地喊,他要让警察赶紧把车开过来送罗素娥上医院。

所有的秩序都被打乱了,夜鸟扑簌簌地腾飞而起,鸡狗猫在不该吠叫的时间点吠叫了。接着是村人的反应,随着第一声吱呀的开门,村里一片开门声此起彼伏,灯光从一扇扇敞开的门里透出来,黑糊糊的村被点亮了,村人涌到村街上,人声鼎沸。

四面的警察像黄河水汩汩地席卷过来。

在金积镇医院,马财和马义坐着警车几乎是抓人一样在深夜把院长和主治医生从家里抓到了医院来。从自治区人民医院下来的院长会同主治医生诊断后,确诊是胃穿孔大出血,紧急安排手术施救,同时通知马财和马义:患者需要输血,镇上小医院没有血库,你们商量看抽谁的血。还有,医药费的事你们也商量一下,看谁掏。马义看着马财说:"血我有。"马财笑了,说:"你的意思是你没钱呗!"马财兜里也没钱,他找警队同事借了一圈儿,最后借了一百七十块钱,交给医院。马财对马义说这钱他马财付了。

马义被叫进手术室输血的时候,出了一点意外,因为罗素娥出血汹涌,必须一边手术一边输血,院长估算着罗素娥的出血量,告诉马义他至少要抽一千二百CC血,马义问清楚一千二百CC差不多有一葡萄糖瓶子那么多的血了,甚至一瓶子半,他吓了一跳。马义抽过血,他有一次被怀疑是乙肝上镇医院来验血抽过,马义以为抽血就是抽那么一小管子,最多两管子,马义迟疑了,面对要不要躺上罗素娥对面的另一张手术床来输血而踌躇不前。手术室外的走廊里不停地咣当咣当地响着,那是镇医院走廊的窗玻璃都破了,镇上财政无钱拨款安装新的。此时已是清晨,凛冽的风透过没有玻璃的窗户刮进来,整条走廊气旋涌动。咣当声中,院长催促地问马义到底要不要输血,决定了吗?这时候罗素娥又悠悠地醒转,她又看见了马义,又涌动上来一点力气,她用这点力气骂马义:"马义……!"她又骂得恶毒无比却依旧柔弱无力。马义气了,对罗素娥说:"老太太,你再骂我,我掐死你!我现在就掐死你!前两天我咋没踢死你呢!"然后马义告诉院长他给罗素娥输血,决定了。院长提醒马义说:"要输一千二百CC哦!"马义说:"你说过了!"他在另一张手术床上躺了下去。

警方留在医院已无事可做,马财和警队撤离,他们要去紧急开会重新部署。

几个小时后,算上马西的那把点三八口径的枪,共有九把手枪悄悄挑开病房的白布门帘对准了马义。

输完血在病床上昏沉睡去的马义完全不知道他离死去这么迫近。

马西是迟后了三个小时赶到镇医院的。当时在村里，马西被骤然而起的喧闹弄得也一时蒙掉，有几秒钟的时间他完全不知发生了什么完全不知所措呆愣在原地，一切仔细谋算好的计划都骤然停止，几秒钟后他醒转过来，赶紧隐身在马彦家的牛圈里，趴在死牛后面，看着被惊醒的村人在牛圈外面跑来走去。马西自始至终没有见到马义，他只是从村人嘈嘈杂杂的议论中得知他的老娘病了，快要死了，被马义背去了医院，马西心急如焚但他不敢出来。马西一直躲藏到村人们回到家里继续关了灯睡觉，村庄又重新寂静和黑暗下来，他才闪身走到马彦家的后山墙边，那里放着一辆幸福250摩托车，这是马西让他的眼线在两天前就放在那里的。马西的眼线叫杨树鹏，是临近预旺堡村的，和上马关村的很多人从小就熟，非亲即友，和马彦也是亲戚，杨树鹏在金积镇上是收购羊绒的羊绒贩子，他骑着摩托来村里走亲戚是再自然不过的事，他把摩托放在马彦家的理由是骑到这里临时坏了，马西并且指示杨树鹏一定要磨断摩托车的一条电路线切切实实把车搞坏掉，这样即使警方在村里看到这辆摩托就是检查这辆摩托也不会觉得有什么异样。马西准备杀掉马义后躲在马彦家的菜窖里（他不能躲在自己家里尽管他家也有菜窖），他计划躲好多天，并为此在马彦家的地窖里预备足了干粮和水，等着风波彻底过去，设伏的警队撤离，他再在夜里骑这辆摩托车离开。摩托车车速快，即便有起夜的村人看到他，一晃而逝之间，又是暗夜，村人也会认为这是杨树鹏在骑车离去，不会疑心是多年不见了的马西在作祟而去向警方报告。马西照例把一切细碎之处想得周周到到并安排得严严实实，他敢死却决不莽撞。马西借着打火机的光亮，把一条新带来的电路线给摩托车换上，尔后骑车，在天际微明的晨曦里，沿着那条唯一进出村子的明路，向金积镇疾驶而去。因为老娘发病，生死不知，马西心急如焚，他决心拼死一冲！但在驶过路口的时候，却因为太过寂静和顺畅，让马西在大为意外之余竟然还有了一丝怅然：这闯关也太容易了，路上竟然连一个警察都没有！仅仅几个小时前，这里四周还是枪如林人如蚁，因为一个意外情况，呼啦啦潮水一样涌来的警察又呼啦啦退潮般地撤去。因为马义的大呼小叫，公安的行动指挥部认为设伏计划已经彻底暴露，大部队再潜伏下去已无必要，马西即使来了也被惊动，他不会再进村了，于是队伍撤离，再想下一步的办法。马西原以为在这里和警方是有一场死拼恶战的，不禁感叹人算不如天算，天意造化弄人。一路骑到金积镇，在镇上杨树鹏那间以堆放羊绒的仓库为掩护的联络点里，马西见到了杨树鹏和七名专程从庆阳来接应他的手下，九人合兵一处，径直潜去了医院。在医院里，一个护士告诉马西，被警车送来的叫罗素娥的农村老太，经过输血以及治疗后，已被送入普通病房休息，同时，输血后头晕的马义也被安置在病房躺下歇着。马西并没费太多力就找到了那间病房，看到了他的老娘和孤零零的马义，马义躺在病床上，像死去一样地昏睡，任何一个小孩拿把刀都能去把他杀了！

　　马西不能进病房去，病房里还有其他病人，若引起骚乱会把警方重新招来，他只能站在病房门前，在用枪挑开的白布门帘后面，隔着一条隙缝观察。马西先仔细看他的娘，罗素娥在病床上平稳地睡着，从呼吸就能听出她已去了痛苦沉静下来，她的脸色虽然还蜡黄着但已经有了血色，两块颧骨处泛起了绯红，马西知道这是输血输的。有人用鲜血浇灌了她。接着马西又观察马义，马义的面色则苍白，他的两片嘴唇上像许久没喝水唇皮爆裂着，负过多次枪伤和刀伤的马西知道那是失血的枯干。马义睡得很不平稳，他像有狼撵他一样呼哧呼哧急促地打着呼，一会儿又悄静地没有了声息，像死了一样，马西知道这都是失血后体虚的表现。马义头上脸上虚汗淋淋，头发被汗浸泡透了贴在额头上，一绺一绺的像玉米缨穗。

　　九把指向马义的枪，至少有六七把都不是出于愤恨真心要马义死的，杀掉一个马义也用不着这么多枪一起瞄准他,这么多枪一同举起，都是向马西表示忠心的，他们争先恐后地要杀掉马义是为了要向马西表示他们对他的忠心和紧紧跟随。

所有的枪都在等着马西一声枪响后一起射击。

马义将死在浑然不觉中。

马西却把枪收了起来,并且让杨树鹏等一干人都把枪收起来。

"这个人,"马西隔着门帘指着昏睡的马义说,声音低沉,"他刚刚用他的血救了我的老娘,我要是现在把他杀了,你们中会不会有人嘴上不说心里却觉得心寒?会不会觉得我是个没有天良的人?会不会觉得我如此丧尽天良以后对你们也会这样?我如果是这么一个人,我还值得你们跟着我干吗?以后谁还会铁了心跟着我干?"

马西随后走出医院去,就像没有来过一样。

杨树鹏等手下跟他走出去,他们愈发死心塌地地跟着马西。

七个小时后,警方察觉到死牛的蹊跷,马财顺藤摸瓜找到马彦的时候,马西已经带着杨树鹏和一干手下坐在去甘肃庆阳的火车上了。火车已经过兰州了。马西知道警方迟早会查到马彦的,杨树鹏也是会暴露的,所以他在行动一开始首先就通知杨树鹏把积存的羊绒卖掉,把钱收回来,尽量做到少损失或者没损失,随时准备跟他走。马西始终把团伙中人的安危和利益放在首位,所以马西在团伙中具有极高的威望。又过了五小时,马西回到了蛰伏的庆阳,立刻召集开会,马西也需要和他的同志根据新发生的情况商议下一步的行动。

马西在会上首先宣布的第一件事是：以后不许再提杀马义。

第十三章

　　马义要归队当回警察的梦想再一次稀碎。

　　马义却不沮丧。他这一次没有沮丧，相反他沉稳了。马义这次很沉稳，不急不躁，并没有因为暴露了自己的蛰伏身份而退回到下马关村去，他从暗处走到了明处，也没有因为让罗素娥知道了他的目的从而显得局促、尴尬和忐忑，从而开始闪躲罗素娥。他沉稳地像一颗钉子继续钉在上马关村，还就钉在罗素娥家的对门！马义坚持这样做，是因为他窥见并洞察了罗素娥的新动向，这让马义重拾了有可能擒住马西的信心，马义觉得他的警察梦并没有完全泯灭！他依然还有机会。

　　马义反而心里头暗暗愉悦着。

那一夜晚的一连串的突兀,随着马义行径的暴露马西的行径也同时暴露了,马西很难再能秘密地潜回上马关村来了。马义此后发现,罗素娥开始去金积镇了,频繁地去,每星期总是要去一趟。开始时马义不明白罗素娥这是要干什么,后来有一天马义突然醒悟到:这母子俩是要改变见面方式,罗素娥这是要改为在金积镇上和儿子见面啊!之所以罗素娥要这么频繁三天两头地去,是因为马西行踪不定,她只有频频前往以期待万一哪天能等到儿子。妈妈总是要想念儿子的,而儿子,不可能从此一辈子也不见妈妈!马义为自己的这个发现而兴奋不已,他开始秘密尾随罗素娥。于是这就显出盯在罗家对门的好处来了,罗素娥一出门马义就知道她要行动,罗素娥一行动马义就行动。马义想尽一切办法不能让罗素娥发现又要看清她干什么地跟着罗素娥。但马义一无所获。马义跟踪的结果就是发现罗素娥一连串的无所事事,罗素娥去镇上就是去赶集、逛街、到供销社的商店去转转,去小食摊买一碗羊肉烩面或者一碗泡馍和赶集的乡民一道蹲在街边吃,甚至有时候就是去镇上的茅厕拉一泡屎就回来了。马义无数次地跟踪没有一次盯梢到罗素娥跟马西在接头,连一点马西的痕迹都没有窥见。马西始终就是像一个传说在金积镇的上空飘浮着。马义几乎都要放弃跟踪了,他严重怀疑自己的判断是不是出了问题,直到后来又有一天,马义忽然大彻大悟地想到:罗素娥这是在熬鹰啊!罗素娥这是把他马义当鹰在熬啊！罗素娥去金积镇上压根儿就没有打算去见马西，马西也压根就没打算来，老太太每次空自往返都是故意的，她故意一次次地让马乂一无所获地徒劳奔波，就是要熬到马乂不耐烦，熬到马乂心浮气躁，熬到马乂失去全部的兴致和劲头，熬到马乂自己受不了了主动放弃，尔后她再和儿子安全地见面！这个喂猪饲牛剜野菜腌糖蒜的农村老太太配合贩毒的儿子竟然也练成了福尔摩斯！马乂冷冷一笑，为自己的洞察而得意，他决心那就和老太太比着熬呗，看谁能熬得过谁！

双方都知道对方要干什么，双方都从暗处浮到明面上来，双方开始明斗。

双方都在等着对方被熬倒而自己拥抱胜利。

这一日，马乂照例又早早地捧了老碗蹲到门口去喝玉米糊粥，佯装吃早饭偷眼瞅着对门，看罗素娥今天是不是要出门，对门吱呀一声开启，罗素娥出来了，她果然又要出门。马乂若无其事地站起身回屋，准备等罗素娥走远后再尾随她，突然马乂震撼地停住了，他不经意间的一瞥看到了罗素娥今天出门带了一小罐糖蒜！马乂知道罗素娥依旧年年都坚持腌的糖蒜是腌在大玻璃罐子里的，大罐子她肯定拿不了，就装了一小玻璃罐带上，这无疑是带去给某个人的，她总不是去农展会参展的吧？那么她去给谁呢？是去给马西么？马乂熬了太久已经疲惫不堪的神经兴奋起来，接下来罗素娥的一个动作让马义愈发亢奋：罗素娥看见马义看她拿在手里的糖蒜罐了，连忙掖在怀里藏好。这个动作是下意识的，是本能的！她为什么要藏掖？一罐糖蒜又不是炸弹她有什么必要藏掖？马义因此愈发认定是因为马西！久不现身的马西，熬不过担忧和思念母亲的心，今天，终于来金积镇了——这很有可能！罗素娥就是今天去和马西见面并给他去送糖蒜的！马义急急回屋，倚在门上，喘息，平定情绪，他告诫自己不要慌，不能乱，万不能乱，要先好好地想一想今天的行动计划，生死存亡是祸是福或许就在今天！

马义想了有五分钟（时间不允许他再多想下去），把正要出门去上学的马建国叫过来，让他今天不要去上课了。马建国一听便兴高采烈，只要不让他上学他就高兴。马建国已经十七岁半快十八岁了，上高二了，长得孔武有力，赳赳雄风，马建国的数理化以及语文地理历史等一律一塌糊涂，马建国只有两项优点，一是体育好，二是能说，被誉为金积镇中学的"第一名嘴"。马建国问马义："老爹，啥事？"

马义告诉了马建国他想好的行动方案：马义让马建国今天在后面跟着罗素娥，叮嘱他一定要鬼鬼祟祟地跟着——马义问马建国："鬼鬼祟祟你会不会？"马建国说："老爹，光明正大我不会，鬼鬼祟祟我绝对会！"马义说："好！"他继续讲下去：马建国跟踪罗素娥，而且一定要让罗素娥发现他，一定要让罗素娥看见他鬼鬼祟祟的样子，让罗素娥一看就知道他是跟踪者,然后,跟不多远,要让罗素娥甩掉他,一定要让罗素娥切切实实地感觉到她成功地把盯梢的人甩掉了,然后她才能放心地去行动,再然后,他,就是马义自己,抄近道,提前赶去进出金积镇必经的路口,找一个旮旯隐蔽处藏好,等着罗素娥出现,再悄悄地跟踪她。这时候的罗素娥已经没有了戒备了,这招叫黄雀在后,这一招今天一定能发现罗素娥的秘密!马义问马建国:"儿子,你觉得这咋样?"他言语里充满了快意。

马建国却并不以为然,说:"老爹,费这个事干吗!我在半道上,把老婊子拽过来按住,绑树上,一顿猛抽,啥口供我都能给你问出来!"

马义斥责马建国说:"不行!你这样要坏大事的,会惊动罗素娥后面的人!你就老老实实照我说的一步一步地做!还有,罗素娥也那么大年岁了,你别老一口一个老婊子地叫!"

马建国笑嘻嘻地说:"行,以后我就叫她花姑娘!"

马建国欢蹦乱跳地去行动了。

马义自己也行动,他避开进出上马关村的大路,那是罗素娥走的路他不能走。他找来两只羊皮筏子绑身上,泅渡黄河去了金积镇,黄河的浪几乎要吞噬了他。浑身湿透的马义到达镇子后在路口一家铁匠铺里躲好,从那里能看见所有进出镇子的人而别人看不见他,同时铁匠铺里的炉火能烘干他的衣服,他湿漉漉地走在镇街上是会引起别人疑心的。尔后马义很笃定监视着路口,他算准罗素娥会在他到达之后半个小时左右来到。但半个小时过去罗素娥并没有出现,然后是一个小时,一个半小时,两个小时……马义焦急了,他不知道罗素娥出现了什么状况,连想象一下的可能也没有,无法想象。到两个多小时的时候马建国出现了,马建国依旧遵照马义叮嘱地继续保持一副鬼鬼祟祟的样子,他鬼鬼祟祟的样子像一只猴,马建国理解的鬼鬼祟祟就是猴的样子,他猴样地四处张望找寻着马义。马义躲藏着不能出来,他不知道罗素娥会不会就在下一分钟蓦然出现!

马建国见不到马义,开始四下轻声呼唤:"老爹,老爹!"

马建国提高一点嗓门说:"老爹,老爹,我知道你在这儿,你出来呀!"

马建国急了,更大声地唤:"马义!马义!马义!"

马建国扯高嗓门喊起来:"马义!国家要给你发个老婆哩!让你现在上镇里填表去领!"

马建国喊得一堆的人都围拢过来看。

马义再藏不住了,冲出来一把揪走马建国,拉到僻静处,照屁股上狠踹了一脚,骂他:"你狗×的碎怂瞎球喊啥你喊!"然后急问他跟的人呢,罗素娥去哪儿了?!马建国大吃一惊,说他以为罗素娥早就到了,他以为马义已经把事都办完了,他还想问马义都侦查到些啥情况哩!马建国说他一直是按照马义说的做的,他一路都鬼鬼祟祟跟着那罗素娥,然后让她发现了他,再然后,他装作崴了脚,没法走了,成功地让她甩了他,一切他都是按马义的既定方针办的!马义此时知道事情是出大错了,但不知道错在哪个环节上,更不知道错的结果会有多严重!马义马建国父子俩急忙沿原路往回寻,一路砾石、滩地、沟壑、山峦、草丛、树后、刺蓬棵,细细找遍,罗素娥毛都没见一根。马建国说:"爸,你说这老婊子是不是半道从哪个崖畔上摔下去摔死个球了?"马义斥骂他:"你又喊人家老婊子!早跟你说过,就算她不是好人她也一把岁数了!"马建国改口说:"爸,你说这花姑娘是不是从崖畔上摔下去摔死了?"马义认为这种可能也许有,但可能性很小,罗素娥尽管上了岁数腿脚不利索了但这条道她也走了几十年了,她闭着眼睛都能走。马义的焦虑是罗素娥会不会让野物拖走了?这条道上是有狼的。马义万万不能让罗素娥死,罗素娥还牵坠着马西哩,这是他马义能重新归队再当回警察的路!因此马义极焦虑。两人继续往回找,远天晚霞的嫣红渐渐褪成灰白,夜鸟又开始在树丫上盘旋绕匝,远处山梁上回圈的羊排成一条长线蜿蜒地走下来,村庄有灯亮了,马义父子顶着星星点点闪烁的灯火一直走回到村子,走到他家小卖部门口,眼前蓦然看到的,让父子俩瞠目结舌。

罗素娥早就坐在马义的小卖部门口等着他们了,而且,她还笑着。嘲笑。

那罐糖蒜就光明正大地拿在她的手上。

罗素娥说:"爷俩在外头浪了一天,也是乏了饿了吧,吃糖蒜不?"

罗素娥说着把那罐糖蒜摔到马义脚边,黑褐色的汁水和腌成琥珀般的一颗颗蒜粒在黄泥地上弥漫了一片。尔后罗素娥转身回她的屋去了,慢悠悠地。

马义马建国两个傻愣在原地。

原来这仍旧还是一场熬鹰,加戏耍,加羞辱。

但罗素娥并没有胜利之后的飞扬,相反,她灰暗了下去。

马义是在几天后发现的。马义几天后看见罗素娥早上起来倒尿盆的时候,她在咳嗽,是那种空洞地咳,是那种敲着空心墙发出"哐、哐"声响地咳,这种咳很不好,罗素娥的身体这些年已经很不好了,病弱是会让人灰暗的,但马义更主要的是看到了罗素娥的心绪,她的心绪更灰暗,都在脸上显现出来,马义看到罗素娥脸上阴郁着,七月流火在她脸上奔走,她出来倒尿盆的时候,放在门口的一捆秫秸秆儿把她绊了一下,她一脚将秫秸秆踢飞,踢散,这是暴躁。马义突然领悟到:糖蒜的事,其实最受打击的是罗素娥!罗素娥用糖蒜来试探他马义,她试探的结果是这么多年了马义依然不屈不挠地跟踪着她,而且还多了一个马建国,马义的不屈不挠有了承继者!罗素娥因此格外地沮丧和失落。罗素娥一天天地老了,一天天地羸弱下去,或许不要很久,她就走不动了,她迫切需要尽快见到儿子，而马西肯定也是焦急地要尽快见到老娘！马义想明白了这一点后他反而是胜利地笑了，他先前的沮丧一扫而光，他先前的羞辱更是一扫而光，马义知道他现在要做的，就是耐心而从容地等到罗素娥和马西都再忍不住要见面的那一天！

马义又一次有了一头狼正在接近一只鹿的感觉，但这次狼和鹿双方都是清醒明白的。

狼能不能捕到鹿，这次就要看狼的智慧了。

马义是从马建国变得不爱说话忽而又是极端地爱说话看出蹊跷的。马建国不爱说话的时候，精神倦怠，眼角都是眵目糊，懒散地卧在床上，若是坐着，则头永远耷拉着，像颈骨骨折了一样。马义认为马建国是病了，感冒了或是得了黑炭病，上下马关村的人把肝炎叫黑炭病，脸色像炭一样黑，人得了肝炎也是整天乏乏的，但一阵儿马建国的表现又推翻了马义的臆测，马建国又变得极其地爱说，兴致勃勃，精神抖擞，目光如炬，这时候马建国就会拉住马义说："老爹，来，我们来谈一下教育战线的事！"马义说："谈教育战线？农民谈啥教育战线，不谈！"但马建国非要谈，固执地要谈，不屈不挠地要谈，马建国所要谈的教育战线的大事，就是他认为他们学校的刘安恭和张彩芹两个人存在着通奸关系。刘安恭是校长，张彩芹是教导主任。校长搞了主任。马义说，你个碎怂你知道啥叫搞！马建国说，我都高中了我啥不知道？我还知道上环哩！马建国说他的依据就是有一次他看见校长在主任的腰上捏了好几下。马建国说，刘安恭张彩芹两个人要是没搞过，张彩芹凭啥让他在腰上随便捏？马义说，你个小小碎尿你还看了个细！人家搞不搞跟你有一壶醋的关系！马建国义正词严地说，当然是有关系！校长是不能随便搞主任的，要是能随便搞，那学校不就成了窑子店了吗？马建国说这件事他准备要上宁夏回族自治区人民政府去告！马建国谈这些的时候眼睛直勾勾地望着前方，眼冒蓝光，义愤填膺，激情四射，看得马义毛骨悚然。

马建国常常是谈完了教育战线有人通奸的事后夜里依然不睡觉，他常常在夜里走出房门去，去寻找能发泄他蓬勃精力的举动，他没有别的游戏可玩，他洗树，拎着水桶拿着毛巾，把村里所有树的树干都洗白，直洗到天亮。他还计划着要把村里所有树的叶子都洗一遍。

马建国脸上还渐渐长出很多痘痘来，像撒了一脸的芝麻。马义有一天早上起来，吓了一大跳，他看见马建国满面鲜血淋漓，那是马建国拿把小镊子把痘痘都夹破了。

马义忧心忡忡，他认为马建国是得了癔病，就是上、下马关村人说的花病，犯花痴。后来村里有懂的偷偷告诉马义说：娃这是把大烟抽上了！抽上大烟的人脑子都是不正常的。村上的人把不论吸什么样的毒一律都称作抽大烟。

马义脑子里轰的一下,他的天塌了。

马义声泪俱下地跟马建国谈话,他说:"马建国,你哪能也抽上大烟了呢!抽大烟,别的不说,咱家有多少钱能让你抽这个?抽上大烟,咱家纸薄的这点儿底,让你拿脚一跺就败了呀,娃!"马义不敢对马建国说他的母亲霍秀就是抽大烟把自己害死了,这太惨烈。

马建国笑呵呵地。马建国承认他吸毒但他笑呵呵地。马建国笑呵呵毫不担忧地说:"老爹,首先,现在早不叫抽大烟了,现在都说溜冰、K粉、扎飘、飞啥的,你要还说抽大烟,我们吸毒界会瞧不起你的。第二呢,老爹,我溜冰就是耍一耍的,我们学校,同学里头,耍溜冰 K 粉的不是我一个,女同学有的还耍哩,压根儿就没事!另外,最重要的一条,老爹,你把心妥妥儿地放回你的肚子里,我溜冰是不用花钱的,一分钱都用不着我掏,有人供着我哩!人家说了,我要十年他供我十年,我要二十年他供我二十年!"

马义说:"谁?谁能这么白掏钱供你耍?哪个?你说出来,我寻他去!"

马建国说:"一个人民。"

马建国不说供给他毒品的人,只说是人民,人民中的一员。马建国说要是说了公安局会找人家麻烦的,他不能吃了人家的饭又砸人家的锅。

马建国跟马义交谈完又兴致勃勃乘着月色去洗树了。

马义一把薅下来自己一绺头发，他气极。

马义开始跟踪马建国，他把一切都扔下，连镇上的厕所都不去掏了，一切的中心从此就是马建国，马建国已经是马义心底里最柔软也是最坚硬的部分，一碰就会生疼拿刀剁一万次却也剁不掉。马义每天尾随马建国去学校，他要找出那个给马建国提供毒品的人，从源头上斩断伸向他儿子的这一只黑手！马义不敢声张，他不敢去问马建国的同学，更不敢去跟老师和校长反映，马义不知道学生吸毒会不会被开除但他知道挨处分是一定的，他不能毁了儿子的前途。马义只能是悄悄地观察每一个跟马建国接触的大人，包括马建国的班主任、学校打铃的校工、校门口摆摊卖凉皮凉粉黄米凉糕的摊贩、看自行车的人、修鞋补鞋的人、爆米花的人、闲溜达的人，尤其是闲溜达的人，没事在校门口闲溜达的人最可疑，但马义一无所获，马义认不出更不能确定哪一个是毒贩，他看哪一个都像又看哪一个都不像，而马建国亢奋的痴癫更加厉害，他真的开始去给村里的树洗叶子了，这说明马建国吸毒的量和次数在加大，毒祸日益深重，马义见过霍秀的样子，霍秀吸到后来就是日渐癫狂。马义心如刀绞且火急火燎，他没有任何办法了，他只剩下最后的也是唯一的办法，那就是去找马财，马财是警察，找马财就是找警察。但马义不能去派出所找,去派出所就是报案了,马义不能去报自己儿子的案,他只能去下马关村的马财家里去找警察帮助。

马义极端地不愿意去马财家里,更是不愿意为这种事去马财家,因为徐秀玲在。对着一个占去了自己女人的男人,而且这个女人就在当面,承认并展览自己的霉运、潦倒、落魄以及在霉运潦倒落魄面前的无能,以及要哀求这个男人,对马义是受刑。但为了马建国,马义去了。站在马财家的门口,马义不愿踏进马财家里去因此他拒绝了马财夫妇一再让他进屋的邀请,他就站在门口,低着头,声音蚊子似的细小,努力地不看徐秀玲,他怕徐秀玲的眼神会灼伤他。他低声细气地对马财说了马建国的事,他希望马财能以警察的身份出面查一下管一管,但一定不要闹得全学校都知道,娃还要上学哩!求给马建国留下日后活人的余地。

马财当即就说办!马财说这种事情其实现在并不少,贩毒的人给学校的学生还有社会上的人免费供给毒品,目的是培养未来的消费者,先养肥了再宰!这种供毒的人不一定是固定的一个人,也可能是几个或者是一伙,也可能是好几伙儿,也可能是今天这个来明天又是那个来,马建国未必认识他们,你别听马建国说他讲义气不说出那人的名姓来他那是吹牛哩!这种事不好查的难度在于,警察不可能二十四小时跟踪马建国这么一个学生娃娃,现在吸毒的人不少,学校有,社会上更多,如果都要跟踪,光宁夏自治区怕是就要部署十个缉毒总队的警力！还未必够！这种事情只能是具体的贩毒者露头了，有线索了，警局再立案调查。马财说他现在能为马义做的就是把马建国秘密弄去戒毒所戒毒。

徐秀玲在一旁急切地说："马义你需要用钱吗？"她知道凡家里有吸毒的都严重缺钱。

马义心里一暖，他听出了情真意切。

马义说："需要！"

马义不推诿，他伸手向徐秀玲要了五百元钱，并坚持地打了借条，神态认真，公事公办。其实马义眼下并不太需要用钱，他计划一个星期以后就把这钱原封不动再还回来。马义是在遮掩，他要在马财面前把徐秀玲和他的情愫撇得干干净净，他要保护徐秀玲不能让她受到一丝牵绊，他要让徐秀玲始终轻盈地飞。

徐秀玲是藏在马义心底的一块温润。

马财不让马义去戒毒所看马建国。马财说戒毒所的戒毒过程是一场锉骨剜肉的熬煎，爹娘老子看了会受不了。一个多月后，马建国走出戒毒所回家的时候，他又成了过去的那个好儿子。他每天按时睡觉，准点上学，思维正常，对校长和教导主任的疑似苟且绝不再提，也不再洗树，而且又成了一个勤劳的小孩，每天挑水劈柴做饭喂鸡饲羊，还帮马义干田里的活，锄麦地的草打药啥的，对于吸毒，他如今连马义抽的旱烟味都闻不得，讨厌，烦，马义欢喜之极。

马建国的好并且还延展到了学校，出于对过去顽劣和浪荡不羁的后悔歉疚，马建国现在在学校是格外地好，上课认真听讲，对老师谦恭，并且热心班级活动，搞卫生办墙报事事争先，马建国甚至还包下了学校六个男女厕所的清扫，而且跟马义打扫茅厕不同的是马建国分文不取。马建国的进步学校都看在了眼里，学校先安排马建国先做了班里的副班长，后来又做了学校的大队委。马建国在学校的突出表现还得到了女生的青睐。有个女生叫吴雅娟的，她是南碌村村医的女儿，家境优渥人也好看，过去她从不搭理马建国，现在她主动来跟马建国说话，一脸笑盈盈地，说："马建国，你好高呀！"其实马建国一点儿也不高，他一米六九，吴雅娟是没话找话，她就是想和马副班长说说话，这让马建国抓耳挠腮地欢喜。

吴雅娟不光是找马建国说话，还到马建国简陋破旧的家来，来亲近他。当南碌村村医这个漂亮的丫头走进小土屋的时候，马义觉得家里就像迎进了一轮太阳。吴雅娟来到马家，扫地、担水、拿抹布擦灰，还帮马义劈柴禾，自己把自己提前当作了马家的媳妇，马义又是欢喜之极。

马建国对吴雅娟说："吴雅娟，来，我们来亲一个嘴！我保证会对你好的！"

吴雅娟仰起脸说："行！"

马建国就亲吴雅娟。亲完，马建国说："吴雅娟，我们俩不合适，你以后不要再到我们家来了，你走吧！"

吴雅娟哭了起来，说："马建国，你刚才不是还说保证会对我好吗？"

马建国说："刚才是刚才，现在是现在！"

吴雅娟哭哭啼啼地走了，再也不登门。

马义被儿子的行为弄傻了，他问马建国为什么要这样？"我看这丫头挺好的，家里也好，以后咱要有个病啥的，吃个药也方便！"马义说。

马建国说，丫头是好，他在心里喜欢她，很喜欢，但是——！马建国说："因为吴雅娟说了，不止一回地跟人说过，她将来是要到北京上海那些地方去的，最次也是要到银川去的，死活也不能在金积镇这个地方待，她说她这么漂亮，要窝在这儿，可惜死了她这个品种！"

马义不明白，说："那也没啥呀，到时候你跟她一搭里去不就行了呗！"

马建国细柔地看着马义，眼睛里是一个十七岁半的少年很少见到的细柔，那是一种深深眷顾的柔软，马建国就这样细柔地看着马义，说："爸，我要是跟她走了，你又走不了，你一个人留在这儿，你咋办呢？谁管你呀？你要是老了病了又咋办呢？我得留在这儿陪伴你！"

马义的眼泪一下被催发了出来，觉得有这么个儿子，真好！人穷，但有这么个儿子，真是值了！马义泪眼婆娑地说："那你又不跟人家成家，那你为啥还要跟人家亲嘴呢？"

马建国也哭了，也是泪眼婆娑。

马建国说："我这辈子要是不跟她亲一回嘴我不是太亏了吗！"

马建国的好持续了一个多月，或者是两个月，在一个多月两个月里，马建国像天使一样让马义幸福无边，但就在一个早晨，幸福戛然而止，中间连过渡和铺垫都没有，马义又熟悉地看到了马建国的萎靡，马建国几乎是一夜之间就枯萎了，又是睡不醒，即使是醒了，头也慵懒地耷拉着，又不说话，又不去上课，家里那些让马义倍感暖意的挑水、做饭、劈柴、饲羊喂鸡、下地帮着做田里营生的举动，统统都又没有了，而且慵懒成倍地发展，发展到连尿尿都懒得下床，拿个空瓶子或者空罐头盒套在下体上尿，尔后隔着窗扔出去，好几次空罐头盒边缘锋利的铁皮茬口把他生殖器的外皮割出了口子，出血了，血汩汩地流，他只是看着，像在看别人流血，并不去包扎，等着那血自然地凝止，对生活严重地无精打采。继而又是严重地亢奋，又开始话密，成宿地跟马义说话，又谈教育战线刘校长和张教导主任有可能存在通奸的事情……这回不用有经验的人点破，马义自己也能一眼看出，他的儿子这是又把毒吸上了！又有人给马建国供货而他自己终还是挡不住那诱惑。

马义又哪都不能去了，什么也又都干不了了，他又得待在家里守着马建国，怕马建国毒瘾上来神志不清自残甚至自戕。他经常是在屋里，从上午坐到下午，又坐到天晚，变弱了的天光从窗棂照进来照在他发呆的脸上，他痛恨那个在背后给马建国供毒的人，痛恨到说不出话来，后来马义不痛恨了，他开始恐惧，恐惧一点点地扩大，渐渐变得全面而广泛，而深刻，他完全顾不上痛恨了，马义恐惧地想到，那个背后给马建国供毒的人，或者是一群人一伙人，那神秘的飘忽不定的一个人一群人一伙人，他们啥时候才会对马建国罢手？儿子照这么下去最后会成啥样儿了呀？儿子会稀烂成一摊腐肉的！

马建国经常自己跑出来，他经常是憋闷要出去疯跑。马义就会出去找，从田间地头甚至是金积镇的镇里把马建国找回来，他要把儿子找回来关在家里护在自己腋下。这一日，马建国又出去了，还扛了把锄头，理由是要出去给马义锄地。马义知道他又是出去寻毒品去了。马义又出去找。暮色苍茫中，马义没有找到马建国，村道和田畴上一片静谧，归巢的燕雀和蝙蝠在田野上低飞盘旋，马建国不知跑到哪儿去了，那把锄地的锄头被他插在土堆里像插在坟头上的幡竿，隔着锄头，马义却看到罗素娥沿着田畴和村道走回村来。

罗素娥笑盈盈的，这是马义第一次在罗素娥脸上看到她笑的灿烂，罗素娥笑着顺着田埂走一蹦一蹦地居然还充满了弹性，这么大年岁了走路还走出了他娘的弹性来，老娘们儿这是遇到了有多高兴的事啊！她这是去哪儿了？马义突然想到他已经有多久没有再监视跟踪罗素娥了，他已经完全任罗素娥随心所欲地来来往往，都是由于马建国让他再顾及不了别的事，马建国彻底地羁绊住了他！马义蓦然觉得问题严重了，这里面可能已经发生了什么事！

　　罗素娥也看见了马义，看见了马义眼睛里的狐疑和审视，但她依旧欢娱地笑，这欢娱的笑里带着明显的挑衅，她从随身挎着的包里拿出一个大玻璃罐头瓶子，马义认出那是她上回装糖蒜的瓶子，罗素娥将瓶对马义晃晃，又掉转过来，将瓶口朝下，再朝马义抖抖晃晃，表示你看好了，瓶子是空的了！这分明是挑衅的逗弄。

　　马义脑袋轰的一下，罗素娥这是告诉他，她已经去镇上见过了马西把糖蒜给她儿子了！

　　对马义更大的击溃随后来临，罗素娥开始笑得诡秘，诡秘里头含着优越感，那是她掌控了马义什么的优越，是她掐死了马义什么的优越，罗素娥诡秘地笑着说："马义，你儿子，这些日子不好管吧？"她的声音在空寂的旷野里幽幽地穿行。

　　马义于是什么都明白了。

　　毒品是马西让手下给马建国的！

马义觉得马西正站在前面越来越暗黑的田畴里又一次胜利地看着他……

马义几乎是撞进罗素娥家去的,丧魂失魄地撞进去,罗素娥正坐在堂屋里吃干枣,当零食吃,吃得悠然,这是她心情好的表示,马义扑倒似地过来,对罗素娥倒地就拜,磕头,磕响头,像敲鼓一样咚咚咚咚地磕。

马义连连磕着响头并且连连说:"四妈,四妈,四妈呀,我错了,我是个傻×我大错特错了呀,我再不敢了呀,我真的真的真的真的再不敢了呀!真的再不敢了!我要还想把你和马西哥咋样我就是驴下的,我就是猪下的,我就是狗下的,我就是驴猪狗一块厕下的!四妈,四妈呀,你去给我马西哥说说,你一定要给他去说,让他把我儿马建国饶了吧!娃还小哩,娃才十五(马义说小了近三岁),碎怂娃娃毛还没长齐哩,马建国那就是个虱子虮子,你把他都嚼了吃了那也没啥肉不够你咂巴一下嘴的,你给马西哥说说就把马建国饶了吧!从今往后,我把马西哥喊爷哩,他就是我爷爷!"

马义匍匐在地上下贱得就像猪狗一样。

罗素娥很欢乐,但罗素娥脸上的表情是惊愕的,是完全看不懂的,这个乡村老太太的表演曼妙。罗素娥惊愕地说:"马义,你说啥呢?啥饶不饶的?你说的啥事呀你磕头作揖的?你拜土地爷呀?"

马义一个劲儿地磕头跪拜,使劲,这是他眼下唯一能软化罗素娥阻止事态进一步发展所能做的,马义一直把头磕到了罗素娥的鞋边边上,让罗素娥的脚指头都能感觉到他头的震动,把头磕得如此彻底,连连说:"四妈四妈四妈,你不愿明说,这我理解,你让我马西哥把马建国饶了,这你懂的,这你肯定懂!"

罗素娥愈发欢畅,她尤其喜欢马义的头一下一下叩着她脚指头的感觉,这让人觉得高贵,但罗素娥脸上依旧认认真真地写满着不解、懵懂,觉得荒唐和惊愕,她说:"马义,我不懂你说的啥,你越说我越听不懂你胡球说啥呢!"

马义又使劲磕了好一阵儿,停止,缓慢地爬起来,他知道是不能让罗素娥表态的,罗素娥自然是不能答应去给马西说,她若这么说不等于是承认她能见到马西和马西有联系么?那公安就得又找上门来了!马义只是表达,表达他的懊悔和哀求,同时奉上他的自我轻贱,让罗素娥和马西解气,他知道罗素娥会转达给马西。

马义站起身的时候只觉得天旋地转。

两天后,马义求饶的信息传递给了远在甘肃庆阳的马西,由他决断。马义跪地告饶磕头不止头都磕出来了血,先软化了马西的一干下属,下属纷纷劝马西放过马义算了,告诉金积镇潜伏的人断了给马建国的毒品供给,让那娃戒了算了，下属说，一个老大不小的男人，这么做，等于是把自己的头装进裤裆里了，老话说杀人不过头点地，他的头已经点地了，再何况是对付那么个小娃，这么早就把小娃的一辈子拾掇了，有点儿残酷，教训也教训过了，算了，把这娃饶了算球了吧，再说这个叫马义的还救过咱大姨的命哩！马西属下的人都把马西的娘叫大姨。

马西一直笑微微地听着。

尔后，马西笑微微地说："马义救了我老娘，我上回说，我要是把他杀了，你们嘴上不说心里肯定会觉得寒心，认为我没有天良，以后你们谁还会铁了心跟我干呢，所以我不杀他。但马义跟我较劲，他跟踪我娘还想着要继续弄我，我如果不惩戒他，大家会认为我没脾气，我如果连一点脾气都没有，谁还会怕我呢？谁还会在乎我呢？谁都不怕我不在乎我了，以后又有谁会铁了心跟我干呢？所以说，对马义，死罪可免，活罪不饶！"

下属们都鸦雀无声，尽管马西一直笑着。

马西说："我现在要去上茅房，你们谁去？"

下属们呼啦啦都站起来跟着马西去，包括刚从茅厕回来的，没有人敢不跟着马西。

马义是在一个星期天的中午看见马建国用头撞树的，马建国不再洗树而是头撞树了。开始马义认为是癫痫，马建国得了羊角风癫痫，后来马义知道是给马建国供毒的人不再白给他货了，开始要收钱了，而且礼拜六礼拜天休息，周末不上班不供给毒品，贩毒的人居然也讲劳动法，马建国因为周末吸不上毒而头疼欲裂周身如万蚁钻过而去撞树。悠闲度过了周末的供毒者在新的工作日开始愈发变本加厉地纠缠马建国，更加密集地拿着货来引逗马建国，像鱼儿游弋在钩钓者看得见的荷塘，此时的马建国已经毫无抵御力，让他用杀人来交换他也是肯的。马义也是从那个礼拜天之后发现家里的东西日益在减少，小卖部货架上的货，从肥皂、灯油到大的犁铧、桶、缰绳，几乎每天都在丢，开始马建国还会遮掩，他会虚张声势气急败坏义愤填膺，他会在一大早对马义喊叫起来，说："爸，不得了了，咱家昨晚上进贼了，偷了咱两箱子啤酒！"要不就说是贼偷了一大截缰绳或者是一副驴拥脖。后来，喊叫得多了，他自己也觉得无趣，也明白马义绝不会相信，就不再遮遮盖盖，直截了当地对马义说："老爹，那付犁铧我拿去换钱了（或者说那把铁锹我拿去换钱了），我得嗑药，不嗑药我会死，国家有保护法，要保护少年儿童！"在这种时候马建国嘴上依旧很能说。尔后马建国出门扬长而去，全然不顾马义怒火万丈地瞪着他。

　　马建国发展到开始偷马义的钱。

　　这一日，马义要出门，去炕席底下取他的钱包，钱包还在，但马义发现里面的钱没有了！有四张五个元那么多，还有两张二元的，七张一元的，一毛两毛五毛的碎票用猴皮筋仔细地绑到一块，有一块六毛，全部尽数不见了！这是马义一个月里买粮的钱、买洋芋的钱、买盐的钱、买灯油的钱（为了再多省几块钱马义已经把家里的电掐断了），以及要是发烧了实在扛不住上乡里卫生院买几片四环素的钱！马义眼望向刚起床正在慵懒地抠脚的马建国，马建国之前已经好几次偷拿过他的钱了，因为家里再无东西物件可拿去换钱，他只有开始偷家里的钱。但马建国之前虽然偷钱还留下一部分，他还想到家里的生计，这次则是一扫而光。

马义问马建国："马建国，我包包里的钱是不是你又拿了？"

马建国说："不存在这么深奥的问题！"

马建国越来越疯癫地像社会精英一样尽说充满玄虚哲理的话。

马义愈发地恼怒，骂他："放啥屁呢，问你拿没拿我的钱！"

马建国继续懒洋洋地抠脚，拒不承认"这么深奥的问题"发生过。

马义急眼了，上前揪住马建国，要强行搜他的身！事端就在这个时候更大地发生了：马义觉得脸上一紧，像有一回他在镇上粮站被吹干麦子的强力鼓风机喷在脸上那种砸夯般的猛地一紧，这是马建国一个耳光抽在他脸上，抽得他一个趔趄，栽倒。这也是马义第一回遭马建国打。马建国打完马义后自己也愣怔住了，第一次对于他也是颇为震撼的，他被自己的举动吓住了，有十几秒的时间马建国愣怔地看着被他打倒在地的马义，其间有两次他伸出手去，试图去拉马义起来，但最后还是冷漠和狠硬占了上风，马建国嗑药以来变得狠且冷漠，他最后指着马义说："老马你别怪我抽你，我拿你点钱你跟我叽叽歪歪还拽我衣服！老马我要是不看你是我爸我让你今天就逝世！"他已经有好久不叫马义爸爸了，只叫老马，而且这已经是客气的称呼。之后马建国索性把偷拿马义的钱从鞋壳里堂堂皇皇地拿出来，堂堂皇皇地装进上衣兜里，要出门去买K粉。马义怒不可遏，从地上一跃而起，揽腰去抱马建国，要揍他！过去小时候他常常这样倒栽葱地把马建国揽腰抱起，摔在炕上，拿笤帚疙瘩抽他的屁股。对于马义暴烈的举动，马建国却笑，他笑得胸有成竹，淡笑着反转把马义揽腰抱起，轻易摔在地上，骑在马义身上，开始反过来揍马义。这让马义更怒不可遏，他竭力挣扎，但十分钟后就彻底不再动了，他发现这完全是徒劳的，他要想从马建国身子底下挣脱出去就像小时候马建国想从他的手底下挣脱出去一样，完全没有可能了！悲凉像腊月里黄河的冰凌水从马义的骨头缝里弥漫上来，让马义顿时萎靡得没有了气力。马义想，他把马建国养大，他才刚过五十还算是个壮年哩，让耕田耙地、掏茅厕、背死人碑、操心马建国的吃穿用、日日夜夜盯着罗素娥、时时刻刻想着罗素娥背后的马西……这些完全把他掏空了，把他的身子掏虚了，他完全打不过虎狼之年的马建国了，只能趴着让马建国打。

马建国打马义打得很从容不迫，一下一下结结实实地打着，他边打着马义边跟他说话，说："老马，这样吧，我再打你——（他还扭头看了一下马义放在小卖部柜台上的小闹钟）再打你十分钟吧。我是这样想的啊老马，我想既然已经开打了，动上手了，那我就要把你一下打服，打得你从今往后永远给我闭上嘴，省得你老跟我叽叽歪歪让我烦！"马建国一会儿就把马义打得遍体鳞伤。马义并不太痛楚，他心底的悲凉要远远弥盖过了他身上的痛楚去，悲凉一浪一浪地翻卷上来裹严了他，巨大而苍茫，马义脸被马建国强按着贴在地上，他心里抽搐地疼，无比伤心。

马义今天出门本来是要去金积镇上割肉的，那些钱，马义本来是下决心要花十个元割四五斤肉回来炖了吃的，他家已经有好久好久没有吃肉了，有两年多快三年了吧？马义是下了决心今天要让马建国好好吃一回肉的。

今天是马建国整二十周岁的生日！

马义自此便被马建国打成了日历，日历每天要撕掉一页，马义差不多每天要被马建国打一顿。马义总在藏钱，他必须每天要把他掏茅厕、背坟头墓碑板、小卖部的进项……

那些零零散散挣到的钱，绞尽脑汁在屋里的哪个旮旯缝隙里藏起来，否则一眨眼的工夫便不见了。马义总在藏钱马建国就总在找钱，马建国每天都是要吸毒溜冰的，他哪怕只找到五块十块根本就买不了半克冰毒的钱，他都要拿着这五块十块去找人央求哪怕只让他吸一口，甚至让他闻闻从别的毒友嘴里和鼻孔里喷出来的味道都行。马建国找不到钱就要打马义，用在屋里能找到的一切东西，铁铲、铁棍、水桶、簸箕、锅、笤帚、拖鞋……打！要从马义嘴里打出钱来。马义每次藏好钱后，第一件要做的事就是迅速套上棉袄棉裤，戴上棉帽，尽可能在身上多包裹一些，即使在炎热的夏天也是这样，以能抗击马建国的打。而马建国经常能把马义的棉袄棉裤打成夹衣，打得里面的棉絮飞溅。即便是找到了钱，马建国也不能放过马义，他认为马义把钱藏得太深奥，让他反复地找，耽误了他的时间。"你把个破钱藏得这么深奥好像你是银行金库的！"马建国指责马义说。或者说："你他妈又不是银行金库的你把个破钱藏球得这么深奥！"于是又打马义。不少的时候，马建国无论怎样也找不到钱，因为马义没有挣到钱，马义经常有挣不到钱的时候，马建国也知道马义没有挣下钱找也白找，马建国急得在家里团团转，这时候他会对马义说："老马，你看，我不嗑药，心里头烧，像蚂蚁钻来钻去，特难受，不是一般的难受，这我绝对没骗你！这样吧，我跟你商量一下，我——（他又看看柜台上的闹钟）打你五分钟吧，这样我注意力能转移一下能好受一些。我要出去打别人派出所要拘我。"于是马建国又打马义。马建国眼睛里闪着疯癫狂野的光，终日里只专注于一件事而忘了其他一切的疯狂，终日里都在疯魔和理性之间游走，疯魔时候居多，他基本疯了，眼白都是血红色。日日月月，暑去寒来，冬消春至，马义终日在水里火里熬煎着，他想过去死，有一回他在镇上买好了安眠药，有三回他都在家里磨快了菜刀，但最后都是马西把他拖拽了回来。马义想他决不能死在马西前头！决不能！

徐秀玲来家看马义的那天正是马义让马建国打得在炕上趴着，他让马建国踢伤了尾椎骨，一动就疼，动不了。徐秀玲进来的时候，马义感觉就是寒夜里掀开灶上的锅盖一股热蒸馍的味道飘进来，那种氤氲的暖烘烘的要融化了你的味道，其实徐秀玲身上一点蒸馍的味道都没有，这只是马义的感觉，这是经常吃不饱更吃不好的人最妄想的味道。徐秀玲则一眼就看到了马义的饿，一只空碗放在马义的手边，碗很干净，舔的，这是马义动弹不得，没法下地给自己做新饭，于是就舔空碗的残渣，直到把碗舔得像刚从窑里烧出来一样的光洁。徐秀玲直接就奔了马义冰凉的锅灶，拢柴禾，点火，烧水，烹煮自己带来的挂面和鸡蛋。马义暖融融地看着，这真是一个好女人啊！徐秀玲喂马义吃完了鸡蛋挂面，接下来做的更直接，她看到一张跌打止疼膏药的残片丢在炕沿边上，边上都卷缩打蔫了,已经换下来好久了,就问马义:"马义你是不是好长时间没换药了?是不是你动弹不了,自家换不成?"马义说:"不不,我自家能换,刚换的!"但徐秀玲从马义的迟疑和闪躲中证实他的确是没有换药。徐秀玲也有一小会儿的迟疑,有一点儿羞怯,接着她就褪下了马义的裤子,把外裤和内裤都扒下,她做得果断,毫不跟马义商量以及言语,马义大窘,羞臊得要跳起来,但顷刻间就宁静了:徐秀玲抚摸地在马义赤裸的屁股上轻拍了一下,示意他别动,这立时就融化了马义。徐秀玲给马义换药,她的手凉凉的,也轻,怕碰疼了马义,像长脚蜉蝣在水皮上掠过,马义闭着眼进入那凉凉的温润。一个男人,光着屁股,被一个女人的手摸着,而且这个女人是他一直心心念念的,马义奇怪自己一点性的念头都没有,他的下面一直安安静静的,他觉得这时候的徐秀玲就像崮牛山顶上的一棵树,崮牛山顶上是有一棵树的,上、下马关村的人远远地都能看见,马义小时候常常坐在自家门口或者村头远远地看那棵树,饿了疼了觉得日子太苦常常呆呆地看那树,看着山坳里的云或者雾气在树梢上飘来走去,树给他静的感觉,很静,是会让他舒服起来的静。

马义没话找话说:"徐秀玲,你的手怪好看!"他也真心觉得给他换药的那手生得好看。

徐秀玲也得意自己的手,她伸出手来,手白皙,是那种怎样粗砺的劳作都摧毁不了的白皙,白皙而又修长,很不像农妇的手。她端详地说:"都说我这手好看!和马财成亲那年,我跟他说,马财你给我买副镯子吧,买王家堡子的,要不白瞎了我这手了!马财说,好!买!结果,到现在也没买。那年是没钱买,镯子太贵;现在是老夫老妻了,早忘了买了。真是糟践了我这手了。"徐秀玲并不怨恨地笑着。

马义知道王家堡子出的镯子,那叫青金镯,是用王家堡子产的一种青金石,方圆只有王家堡子那一小块地方的山上有,采了石后,先是凿,尔后是打磨、抛光,还要在醋缸里泡一冬,捞出来,在太阳底下看,镯子上会跳跃着一层晶晶亮的光。金积镇上每次逢集,王家堡子的人都会拿着打好的镯子到集上来卖,镯子不便宜,的确很贵,十好几年前马义听说就要卖到三十个元一副,现在咋也要六七十个元了吧?马义想。

马义决心要给徐秀玲买一副青金镯,配她的手。

因为马财没给她买!

马义能从炕上爬起来后,他蹒跚着,去了金积镇,直接去了镇卫生院卖血,这是他现在能尽快给徐秀玲买下镯子的唯一办法。马义抽了八百CC血,他怕买镯子的钱不够。马义本来还想再抽的,但卫生院的大夫说再抽的话反过来就要给马义输血了。马义卖得了一百四十七元,其中有两元钱是采血后餐补,马义一分不敢花,揣着钱去镇上打听,还好!镯子的确是涨价了，涨得厉害，但他卖血的钱买得起！最好最贵的是一副八十个元，马义准备等后天镇上逢集的时候就来买下。马义又揣着钱回村去，在小卖部里，他左右盘算，最后把钱藏在了马建国睡的炕席底下，台风中心是最安全的，马义没有听过这句外国的名言，但他听过中国百姓自己的名言：灯底下是最黑的！马义就把钱藏在马建国自己的腰底下！藏好了钱，在等待的两天里，马义每时每刻都在甜美中，除了睡觉，他都在想象把青金镯子交给徐秀玲的那一刻。马义想徐秀玲肯定先是惊讶，她的嘴会因为太意外而张开，张的老大，会露出牙甚至会看到她嗓子眼里的小舌头，马义喜欢死了徐秀玲喜出望外的样子！尔后徐秀玲会羞涩，会不好意思，再尔后，马义想，徐秀玲会感动，她可能会流一点眼泪，至少她会眼窝湿了，马义想徐秀玲会眼泪汪汪地望着他，那是被他送镯子的行为感动的！那一刻，马义想，他超过了马财去……马义恋爱了，在自己的想象中深陷地恋爱了，活到五十多岁，头一次，像毛头小伙一样，急切地期待着要把一件东西给爱，并急切地期待爱对他的回应。马义整日都喜滋滋的，他至少快有五年没有笑过了，那种恋爱着的感觉，让马义觉得没吃没穿还挨打的日子，也不能算完全不好。

马义的喜气洋洋引起了回家的马建国的警觉，他本能地想到马义这是挣下钱了，而且马建国在三五分钟后就找到了马义藏着的钱：因为马义太重视这笔钱了，他眼睛总是紧张得不自觉地往藏钱的地方看，往马建国睡的炕席上看，这等于就是示意马建国钱就藏在那里。以致马建国找到了钱都没有成就感,他拿着钱,淡然,像是从抽屉里直接取来的一样。

马义的反应是空前激烈的,他饿虎扑食一样地朝马建国扑过去厮打抢夺,倒是马义前所未有的猛烈让马建国意外,吓了一大跳,接着马建国也以同样的猛烈来回击马义。他必须要在马义不服的情绪刚露头的时候就把马义打服,这是马建国一贯的宗旨,以免影响他以后从马义这儿拿钱。马建国风卷残云地把马义又打得遍体鳞伤,他打马义已经打成轻车熟路,马义伤刚好的尾椎骨又被马建国踢伤,又不能动了,他只能眼睁睁地看着马建国把他的一百四十七个元揣进口袋里去,而且迫不及待地要出门去溜冰嗑药。

马义的抗争变成了央告,他央告马建国:"马建国,你给我留下八十块,剩下的你拿走!"

马建国断然拒绝:"不行!就这,钱还不够哩!"

马义又央告:"马建国,你就给我留下八十个元吧!你就当你爸是狗,你给狗留口食。"

马建国不搭理马义,他又在炕席底下来回地找,看还有没有遗留下的钱。

马义咆哮地央告:"马建国,你就给我留下八十块钱行不行!"

马建国也咆哮地回答马义:"马义,你想再挨打你就言语!"

马建国火急火燎地离家走了。

马义眼睁睁看着马建国离去,他觉得身子虚乏得厉害,虚乏极了,觉得整个人都被马建国掏空了,什么都没有了。马建国连渣都没有给他留下。马义不能动弹,他绝望地连连捶打着炕沿,哭了起来。马义生活里唯一的,唯一的一点甜的味道,被马建国硬硬地抢夺走了。马义哭得稀里哗啦,他猛烈地哭,声嘶力竭地哭,撕心裂肺地哭,半个村子都听见他在哭,狗听见他如此的哭都不叫了,狗被吓的,马义像狼一样凄厉地嚎……

马义就在那一刻决心要杀了马建国!

杀戮是在五天后的夜里进行的,马义在五天后又能挣扎地站起来了,马建国在离马义不远的炕角蜷睡着,马义看他的样子像是嗑药之后的昏睡,马义先下地取了菜刀,一点一点地挪到马建国边上,他准备一刀切在马建国的脖子上。马义动手前先端详了一下马建国,说不清他是要记住马建国最后的样子还是出于其他什么心理,这是三年多来他第一次这么仔细地看马建国,这些年都是马建国打得他整日躲躲闪闪不敢正眼看这个儿子。马义看到马建国瘦了,都说吸毒的人会瘦,马建国确实是瘦多了,锁骨都雕刻般地凸出来了,手臂都很有些柴的样子了,因肌肉退缩而显得骨节粗大,脸也很黄瘦，腮都瘪进去了，才二十三岁就枯萎成这样，马义一阵心酸，他想起四五岁时他刚把马建国抱来的时候他胖乎乎的，那个时候他叫霍然开朗。马义把菜刀轻轻横放在马建国锁骨上面一点的地方，那是马建国的咽喉，尔后马义预备使劲一下把刀按下去。马义这时候有些分神，马义恨自己杀人的时候还走神，他又想起了马建国四五岁的样子，一旦想开了头就不由自主地要想下去，马义想起有一次马建国不知是病了还是吃啥东西吃坏了，他跟马义哭说他疼，嗓子疼，就是马义现在用刀按住的这地方疼，当时马义就给他揉，成宿地抱着他给他揉，哄他。马义还记得马建国当时这儿的皮肉细细嫩嫩的，摸上去就像摸在绸缎上，像洗手时肥皂滑腻地打在手上，像摸着花的蕊儿，马义轻轻地揉不敢用劲，他怕稍一使劲真会把这一团粉嫩弄疼了……马义忽然骇怕起来，他怕一会儿刀猛地切下去，血喷出来，马建国会喊疼，那不是马建国在喊那是五岁的霍然开朗在喊疼！马义下不去手了，他可以杀马建国但他不能杀霍然开朗，那个胖乎乎的、粉团一般的霍然开朗！马义提刀的手哆哆嗦嗦地从马建国的咽喉上撤回来——

马义回撤的手被攥住，马建国睁开了眼睛，他陡然睁开的眼像是在黑暗中陡然绽放出一星火苗，很晶亮，马建国根本没有在睡，或者他早已被马义触碰醒一直在佯装睡着。

马建国说："你这是要杀我呀？"

马义不说话，呆愣地看着马建国，马义完全被马建国吓住了,他怕马建国会一刀切了他。

马建国也看着马义,看得很长久。马建国看着马义的眼神居然很柔软,他柔软地看着马义,其间他的手伸出来,似乎是想抚摸一下马义清癯黄瘦胡子拉碴的脸,但马建国终于还是没有这么做,他已经不习惯这么亲昵了。

马建国说:"爸,我听见你哭了,从娃娃长到这么大,我还是第一次听见你这么哭。爸,我伤你的心了,我知道,这么些年,我把你的心伤得透透的了,我要是不把你的心伤得透透的,爸,你不会这么哭的。"

马义的眼泪一下飙了出来,马建国有五年多没有喊他爸了!马义说:你狗×的还知道啊!但马义的这句话被泪水堵到了嗓子里并没有说出来。

马建国又说:"爸,我是上海人对不对?我还连一次上海都没去过哩!爸,以后,哪一天,你要是有钱了,你把我送回上海去吧!"

一滴泪从长大后从来没哭过的马建国眼角滚落出来,像水银滴落。

马建国猛地夺下马义手里的刀,切在自己的咽喉上,快得让马义根本来不及反应……

马建国自己杀了自己。

马建国,上海人霍然开朗,死了。

第十四章

　　马义一滴眼泪都没有了。

　　马义在马建国推进焚烧炉火化时就没有再落过泪,他看着马建国被推进炉子里,脖子上被火葬场的化妆师傅围了一条围巾以遮挡深可见喉骨的刀切血口,马建国的咽喉都快被自己完全切断了,他当时的手劲有多大!马义从那一刻起就在心里头不停叮嘱自己要把一切情绪:悲伤、愤恨、恍惚、焦躁、幻像等,所有的这些情绪,都要从自己的脑子里排空,只留下静,安静,他要静静地,没有任何其他杂质地,全神贯注地,盯死罗素娥!通过盯死罗素娥来跟踪到马西的行踪。马义想要通过抓住马西达到再回归警队的欲望忽然间就没有了,他忽然间就对再当不当警察极其地无所谓了,在这之前马义尽管已经五十岁过了但还是很渴望地想再当警察,穿上警服让学校的小孩喊他一声警察叔叔是他时时刻刻的梦,但马义现在不这么想了,马义现在只想静静专注地跟马西搏命!马义想从此他就做个业余警察吧,他这个不是警察的警察从此余生就是专业地只做一件事:捉住马西,让他死!

一个安安静静的专心致志的复仇者是最可惧的。

马义日日夜夜盯着罗素娥,即便是在半夜三更,马义也要走到罗素娥家门前,贴着门缝,大声念一段《人民日报》社论或者《宁夏日报》社论,社论是什么内容无所谓,无论是号召大搞农田水利建设或者是其他什么都无所谓,只要文字是铿锵有力的,而社论的文字通常都是铿锵有力的,于是马义在半夜里像要咬人般地朗诵;马义再或者是大声地唱一段秦腔眉户碗碗腔等,以此来告诉罗素娥:即使是在狗都睡了的时候,他马义的眼睛都还睁着!在盯着她!马义并不惧怕罗素娥知道他在盯着她,马义想即使他偷偷摸摸躲躲闪闪隐隐藏藏罗素娥也知道他在盯着她,因此马义索性明目张胆。马义盯得罗素娥发毛,而马义就是要让罗素娥发毛,严重地发毛,惊悚地发毛!罗素娥只有愈加地发毛才能愈加地焦躁,焦躁和惊悚不安对身体是摧残的,罗素娥本身就有病,天天要吃药,马义整整七个月每天全天候地带骚扰性地监视罗素娥,不给罗素娥有一刻的放松空闲。马义不能再打骂罗素娥,打骂罗素娥公安局是要处理的,但念社论唱秦腔总是不违反治安处罚条例吧?马义就是要合法地让罗素娥熬到极限!七个月,药早就吃完了,马西也能估算出药吃完了,他总会再来给老娘送药的吧?他总会不放心潜回家来看看病中的老娘现在咋样了吧?马义不相信马西会任凭他老娘再次胃穿孔穿死!而罗素娥更会想见到儿子!人在病弱中对亲人的思念和依恋是尤甚的。马义在安安静静地等着那一刻的到来,那一刻便是他一口咬死马西的时候!没有了马建国的牵绊马义可以更心无旁骛,马义停止了外出做工挣钱,每天就吃两个馍馍,早上一个,中午一个,晚上不吃,菜就吃咸菜,甚至连咸菜也不吃,含一颗盐粒就当菜把馍馍咽下去了,最大限度地减少对钱的消耗,把全部的空隙都用在了对罗素娥的熬煎上,也是对马西的熬煎!这么惊扰、恐吓、摧残一个病中的老人是卑劣的,马义甚至觉得歹毒,但马义决心歹毒,他要以歹毒来对付歹毒,甚至更歹毒来回击!马义已疯癫。

马义在七个月后看到了机会的浮现。

马义看到罗素娥眼睛赤红,眵目屎在眼角厚厚地堆积,阴虚阳虚内火鼎盛,仿佛一根火柴就能把她点着,同时整日地咳嗽,咳得半个村子的人都能听见,咳得地动山摇。最关键的是,罗素娥开始频繁地到马义的小卖部来探头探脑地看,看马义是不是在,一看马义仍然在,没出去,还在盯着她,"唉"的一声忍不住就叹出了声,失望焦急愤恨所有这些情绪连遮掩都不遮掩,马义知道,老太太这是熬不住了!

马义于是在朔风怒吼的一个早晨失足掉进了黄河里。离马义掉河的不远处,一个宁夏水利厅下属的水文工作站正在炸冰凌,黄河每到严冬是要封河的,封河的冰凌会绵延出去百十公里,到初春开河,冰凌迟迟不能自行融化,便需要人工炸开,马义是故意掉进黄河里的,他故意选择在水文站施工的地方掉河,是好让水文站的人能及时地看见他落水。当水文工作站的员工们大呼小叫地把马义从寒彻透骨的冰凌水流中捞起来的时候,马义身上的棉裤冻硬到一撅就断。棉裤都能一撅就断这是有多么的寒冷!几分钟后,马义便高烧到四十一度。这是马义期望的热度。

马义躺在自家屋里的炕上,脸像炉膛样烧得通红。村人拥进家来看马义,一个人能死里逃生是大事。村人都认为马义是死里逃生。对村人们嘈嘈杂杂的慰问,马义闭着眼支支吾吾着,他不说话,他要留着力气等关键的人来了再开口说话。半个小时后,关键的人物果然来了,罗素娥身子病弱,走得慢,落在了后面。罗素娥挤进围着马义的人群,把手搭在马义的额头上,摸。马义闭着眼睛任她摸。马义掉进冰水里烧出来的高热就是为了在这一刻让罗素娥来摸的。马义知道罗素娥一定会来查验他,因此他不能有半点的虚假。在罗素娥面前有丝毫的做假她立刻就能嗅出来。因此马义的高烧是真真实实的，马义的咳喘是真真实实的，马义的泪水鼻涕横流是真真实实的，马义的虚弱躺在炕上起不来了是真真实实的，马义看到罗素娥把手搭在他头上几分钟后脸上露出一抹浅笑，这一抹浅笑使她病弱蜡黄的脸红润了一些，是精神抖擞气血上涌衬映的，马义知道这是表明罗素娥查验后很欣然。

马义拼足力气说："罗素娥，你别以为我不行了，我没事的，我三五天就能爬起来，你等着，你等我起来了我照样！"

声音低弱的连马义自己都听不清在说什么。

罗素娥笑得更欣然，摸着马义烫手的脑袋说：

"那四妈就等着你能再爬起来。"

罗素娥放下三个探望病人的鸡蛋，走了。

马义在心里骂罗素娥：担着一个来探病的善名，才他妈拿三个鸡蛋！

待最后一个来探望的村人离去之后，马义迅速从枕席底下摸出一盒速效感冒胶囊，加大剂量服下，药是他事先去镇上药店买的，一盒十一块零七毛，这对于马义是天价，而马义必须买，他必须快速地退烧，这是他整个计划的第一步。尔后马义连滚带爬，准确地说翻滚和一寸一寸地挪着，从炕上挪到窗户跟前，隔窗看罗素娥下一步的动静。这时候马义已是眼前一片迷蒙，晕眩到什么也看不清楚，这是要昏晕过去的前兆。马义摸出一枚针来，中医的针，开始扎自己的穴位。这是马义整个计划中的另外一环，如果吃了药不能马上退烧，他听金积镇上的一个老中医说扎穴位可以在短时间内让人高度精力集中，马义必须要让自己迅速精神抖擞起来。但马义在晕眩中已经全然不记得老中医说的是扎什么穴位了，是印堂穴、合谷穴、睛明穴、攒竹穴还是足三里？马义记得一团含糊。马义便在自己的头面、胳膊、腿上乱扎，扎中哪儿算哪儿，最后不知是疼的，还是因为酸麻刺激，在扎到一个地方的时候，马义觉得周身战栗，轰然一下，眼前清亮了起来，他看清楚了对面的罗素娥家。马义先看到罗家的门关着，门口一根铁丝上晾晒的衣服在风里飘扬，马义松了一口气，这说明屋里的人还在，还没出门，村里的人若要出门去时间长久一些，譬如去镇上，会先把晾晒的衣服收起来，一是怕落雪落雨，另外也怕人偷。马义又等了好一会儿，其间他再次扎针让自己保持清醒，强撑着等到了罗素娥开门出来。罗素娥果然就出门来收了衣服，把门口放着的一把躺椅也收进门去，怕被人拿走，须臾，挽着一个包袱又出来了，她果然是要出门！跟村里上了岁数的老年妇人一样，她们出门都不拎包而都习惯地挽着一个包袱，延宕着黄河滩地里老旧的习俗。马义一眼就看到罗素娥的蓝印布包袱里鼓鼓囊囊棱角滚圆地凸起，很像是包裹着罐子，那里头会就是罗素娥盛糖蒜的罐子么？马义激动不已，激动中，他甚至胡乱把针扎在自己的大敦穴上，那是治疝气和漏尿的。罗素娥的步子依旧蹒跚着，走不快，向村口通往金积镇上的路挪去，和以前马义看到的背影一样,之前是马义和马建国联合跟踪这个背影,而这一次,马义已是孤叶一片,并且一心向死,他再无牵绊!

"嗷——"马义低低嘶叫了一声,开始连连扎自己的鹤顶穴,也叫膝顶穴,这也是他事先向镇上的老中医讨教来的,并且这个穴位他牢牢记住了,这是医治足胫无力下肢瘫痪的,这个穴位在膝盖尖的尖突上,扎这个穴位非常非常的疼,刀剜肉般的疼,马义要让自己软得像鞋带一样的腿赶紧挺直站起来……

马义事后很长时间里都想不起来他是怎样来到金积镇上的。当马义挣扎地走到公路边时,全身的气力耗尽,意识开始模糊,又要昏厥过去,做什么又都像是在梦游中。马义想他后来应该是坐上了在乡间揽客的蹦蹦车去金积镇上的。金积镇的村镇之间如今也有了拉客的机动车了,是那种幸福250摩托车加个车斗改装的,四野八乡的村人都叫它蹦蹦车,因为它跑起来一蹿一蹿地蹦,在马义梦游般的迷迷糊糊中,不坐蹦蹦车他不可能再有力气走到镇子上。马义最后清醒过来时,是一屁股坐在镇口广场的台阶上,他想这应该是开蹦蹦车的车主到站后把昏晕过去的马义推下来的,或者是两个人把马义架起扔到台阶上的,人家还要继续开车去揽客不能让他一直躺在车斗里。马义应该感激蹦蹦车车主对他猛烈地一颠,震醒了他,尽管那满嘴烟臭的车主把他像砸夯似地朝地上一丢。

马义最心心念念感激的是蹦蹦车车主在罗素娥到达之前弄醒了他。罗素娥也是走到公路边，也是坐蹦蹦车来到镇上的，但罗素娥老了，病了，走得缓慢。尽管马义发着高烧要靠扎针和吃药才能拖动两条腿行走，但马义还是抄近道先走到了公路上先搭到了车。马义坐在镇口的台阶上歇缓了好一阵儿，这一休憩极端的关键，让马义又有了能站起来能走动的力气。当马义又有了一点力气，他远远看到罗素娥从随后的一辆蹦蹦车下来，两条腿行走更加地蹒跚，这是一路上蜷窝在拥挤的车斗里窝的，像一个陀螺，一旋一旋地朝镇里走，马义庆幸这真是天意啊，天意助他！罗素娥的老，罗素娥的病，罗素娥的慢，是天意让罗素娥落在他的后面。若是罗素娥先到，或者他再晚一些醒转，或者是他醒转来了刚好看到罗素娥下车但他却没有力气站起来，马义的天就真的塌了！

罗素娥毫不防备地沿着镇上的小街小巷向前走，马义躺在炕上起不来的样子完全屏蔽了她一贯的警觉。马义闪躲地跟在罗素娥后面，药力开始发挥作用了，他思维清晰如洗，行动敏捷如猫，同时精神的亢奋也让他的肾上腺素勃发遮盖了他的病弱。马义猜想罗素娥现在是要到镇上的一个地方去,这个地方是她和马西约好的，是她和马西碰面的地方，马义想罗素娥和马西之前一定是在那儿会过面的，那是一个老地方，而且，马义断定，马西此刻肯定是已经潜回金积镇了就在那地方等着，因为马西不知道罗素娥什么时候才能有机会脱身而来，他必须要提前到在那儿等。马西此刻就在镇上的某个地方等着他的老娘来！马义精神完全抖擞着，彻彻底底地抖擞着，每一个毛孔都在抖擞着！一路上，至少有三次，马义想过是不是要先去公安局报告警察，譬如要不要跟马财去说一声，但最终马义还是否定了，他已经诳了警方三次，警方听了他的报告已经山呼海啸出动了三次，他三次都让警方成了一个笑话，他实在是再也诳不起了，假如这次又是马西的虚晃一枪呢？马义决定至少这次也要亲眼看到马西出现后再去报警。马义还背着一个帆布袋，袋子是他平日出远门去背坟茔墓碑时装馍馍、咸菜和凿碑的凿子的，现在馍馍咸菜和凿子他都没有装，里面就背了一个高倍电音喇叭，香港广东人叫"大声公"，这也是马义为这次行动特地咬牙挤出钱从镇上商店买来的，马义预备看见马西后就用这喇叭高喊。金积镇这些年发展很快，规模扩大了好多倍，有消息说马上就要撤镇改县了，改为金积县，但毕竟还是镇子，马义想他连续地喊，扯破嗓子地喊，撕心裂肺地喊，镇上有派出所，尽管隔着几条街，几道巷子，警察们还是会及时听见的。

当然这会换来马西的子弹射进他的身体里！

这当然也会换来警察的子弹射进马西的身体里！

马义决心今天就和马西一起死去！

罗素娥丝毫没有察觉到悲戚的挨近，她继续行走。罗素娥走得更加缓慢了，因为脚疼和膝盖疼，她的脚踝骨和膝盖由于病日益加重而骨质疏松也愈加厉害。罗素娥走得疼痛，但她很欢悦，马义躲在后面隔着老远都能看见罗素娥脸上笑盈盈的，那是她将要见到儿子的满心欢悦。路过街边的一个小公园，一个小胖子，很胖，圆嘟嘟的，一岁多或者两岁，追着一个皮球朝罗素娥跌跌撞撞地跑过来，罗素娥停下看他，眼角眉梢都堆溢起爱死了的神情，或许马西小时候就是这样？罗素娥忽然抓起小胖子像藕节一样的小胳膊，张开嘴就咬了一口，真是爱死他了，小胖子咧嘴要哭，罗素娥撒腿就跑，怕小胖子正在公园里照相的爹妈找过来，一瞬间罗素娥就像个少女，她跑着，膝盖和脚踝疼得她龇牙咧嘴，却笑得咯咯的。

一瞬间让马义相信那个小胖子真是马西小时候的样子！

罗素娥走到一个街心的拐角处，停下，不走了，马义的心狂跳起来，他想应该就是这地方了，马西和罗素娥约好的会面地点就在这附近的哪一幢房子里！或者是街角的哪一个旮旯里！再或者小公园的哪一张长椅上！马义看到十几米远处有一个街心小公园。马义看到罗素娥四下望着，最后却走进了街角的一间叫做"梦巴黎"的理发店。金积镇这些年真是发展了，从来都是叫剃头摊的理发铺子如今也叫"梦巴黎美发中心"了。马义很狐疑，他想，莫非马西是约好和罗素娥在剃头铺子会面么？马义蹑手蹑脚地贴上去，隔着窗玻璃朝店里偷看。偷看的结果是让马义更加狐疑和纳闷：他并没有看到马西等在店里面，角角落落里都没有马西，他看到的竟是罗素娥让那理发的浙江师傅给她做头发，罗素娥用的词汇是："师傅你给俺把头整理一下。"她说的还是城里人的时尚词儿，这显然是罗素娥为这次梳妆而提前学会的，为的是和理发师傅交流。然后罗素娥就全然认真地让那师傅给她弄：洗、剪、吹、梳、烫，一丝不苟。马义十分地生闷了，罗素娥跟他门挨门地做邻居也有不少年了，她平日连澡也不大洗的，农村人谁老洗澡呀，今日居然还要做头发，像城里女人一样，还做得这么郑重其事，又不是去轧姘头搞破鞋！更让马义瞠目不解的是，罗素娥做完了头发，接着对那浙江师傅说："师傅，咱这店里，能，能搽粉不？"罗素娥是有一点羞红着脸说的，因为有一点害臊，话在嘴里含混着，那浙江人，甚至连土生土长和罗素娥完全是一个语系的马义，都好半天才听明白过来：罗素娥是要让那浙江师傅给她往脸上扑粉化妆！浙江人开的这间美容美发店是兼着为女客化妆业务的，给新娘化结婚妆什么的都做。那浙江人说化妆要再加五十元，并且说，大姐，这可有点贵哦！罗素娥毫不犹豫地回答行，立刻把五十元掏给了他，完全不考虑五十个元在上马关村够过半个月的日子了。罗素娥化妆也十分地认真，同样郑重其事，一丝不苟，她叮嘱那师傅要将腮红在她脸上细细地匀开了，要匀出一片淡红来。马义看着那女气的浙江小师傅在罗素娥橘皮般的老脸上涂抹勾描着，直看得他瞠目结舌，马义想这老娘们莫非今天是失心疯了么？

马义忽然间恍然大悟：罗素娥这是不想以这副病着的样子蓬头垢面地去见儿子！罗素娥这是不想让儿子看见她的憔悴和枯萎！罗素娥这是不想让儿子伤心！

马义蓦然有些心颤。

罗素娥把自己妆扮好了走出了美容美发店，马义又尾随上去。隔着来来往往的路人，马义远观着捯饬之后的罗素娥，他真心觉得不好看，像老木头上涂了一层漆，但罗素娥自己觉得好，马义隔着老远都能看到罗素娥脸上舒展的笑，那是她觉得可以心定地去见儿子了因此从里到外都舒展开来，罗素娥舒展甜美充满期盼的笑，那是一个娘的笑，母亲的笑，笑得马义心悸，心酸在扩大，他有一瞬间踌躇起来，甚至他一贯的坚决都有些摇动起来，马义想一会儿他真的要马西死在罗素娥面前么？让一个儿子死在母亲面前？！

罗素娥并没有走出太远，她走到街边的一排食摊前，找了个摊位坐下了，而且她还脱了外套放在餐桌上，看样子是不准备再走了。马义原以为罗素娥会悄悄走进一栋房子里去，万没想到她会是在这光天化日下坐等。马义猛然间明白了：马西和罗素娥约好的碰面地方就是在这人来人往的热闹街面上！这是金积镇上一处南来北往的集散地，进镇出镇的小客车大货车，以及大车小车载来的客旅，都要在这儿停下打个尖，吃饭，加水，上茅厕，因此这里摆起了一排排的食摊，终日烟熏火燎着，以致终日人声鼎沸着。马义不禁佩服马西谋划算计得真是精明，太精明了：罗素娥，一个乡下的农民老太太，进镇里来，赶个集，逛个街，走得饥乏了，在街边的小吃食摊上坐下，要一碗凉皮或者是鸡蛋醪糟吃着喝着，比她独自摸进一个陌生的居民小区里，摸进一栋楼里去，摸进一间房去，再偷偷摸出来，要自然得多，要顺理成章得多，要不引人注目得多，同时也要安全得多！而马西自己，以一个南下的或者北上的老客，来到这里歇歇脚，吃一碗面，尔后在车流人流中离去，把自己的痕迹淹没在车鸣人喧的嘈嘈杂杂中，也像一滴水溶入大河般悄无声息，更加不会有人注意到他！马西几十年来在重重军警的围追堵截下安然无恙委实是有道理的。马义猫在另一摊食肆的犄角旮旯儿，远远偷窥着，他看到罗素娥明显躁动起来，在座位上身子和头来回转动，四下望，紧张且兴奋，马义的心不是狂跳，而是几乎要不跳了，要窒息停摆，他知道马西就要来了！马义也四下张望，他看不到马西，但他知道马西正朝这里走来，或者是沿着一条小径摸进来，或者是猫在一辆车的车斗里驶进来，或者是夹裹在一群旅人的行列里走进来！总之，马西是来了！马义能感觉到马西已经很近了！马义悄悄把高倍的电音喇叭大声公,从背包里拿出来,像枪手把枪从枪套里拿出来,放在手边,准备着。

马义的手触到了开关,电音喇叭发出电流甫一接通后"吱——"的一声鸣叫。

这骤然而起的乍响改变了马义的世界!

罗素娥被这乍响惊悸了一下,她正处在高度的紧张中,对周遭的一切响动都极端敏感,罗素娥惊悸地朝响动发出的方向扭脸望过来,于是,在两秒钟后,她看见了马义。

马义也被自己不经意弄出的声响吓住了,他第一个反应是担心地朝罗素娥望过去,他担心会不会惊动罗素娥,于是,也在两秒钟后,马义看到了罗素娥正在看他。

马义是预谋者是发动者,他是有准备的,马义先于罗素娥从惊悚愣怔中摆脱出来,他摆脱出来的第一个动作是四下看,他在找马西,马西才是此刻的关键!但马义依旧没有看到马西,四周车流人流乌泱乌泱的,要在其中瞬间找到马西,就像在漫漫草滩里一眼就能找到那株苍耳草一样。

罗素娥也醒转来,罗素娥醒转的首要动作也是四下看,罗素娥也在寻找马西,但罗素娥却显然是看到了!罗素娥显然是和马西约好的,她知道马西会从哪个方向过来,因此她的寻找和观望是有方位的,于是她看到了!罗素娥看到儿子正朝这边向她走来,她脸上的表情焦急万分,撕裂样的焦急,正是这个表情让马义确信罗素娥正在看到马西!

马义放弃了四处张望,他专注地只盯着罗素娥以及罗素娥周围一米的范围,他知道马西迟早都会走进这个范围里。马义把高音喇叭大声公举到嘴边,等着马西走进来就高喊。

罗素娥想率先喊,马义看到罗素娥的嘴蠕动着张了几下,她明显想先喊的,想喊叫给马西听,但她又闭上了,她不敢喊,马义知道她不敢喊,前面,五十米处,公安市场治安所就在那里,隔着窗户,可以看见有三个民警坐在里面!因此马义有恃无恐。

马义看到罗素娥脸上的焦急正在变成绝望。马义胜利在手,已经再没有什么,时间或者其他,能改变马西正一步步朝这里走来。马义狞笑了一下,他以狞笑来迎接马西的死,或者是他和马西共同的死。马西在最后或许会朝他开枪,但那也会换来坐在市场治安所里的那三个警察掏枪对准马西。

罗素娥就在这时咻地跃起,敏捷得像脱兔,一刹那她完全没有了衰老和病弱,罗素娥动如脱兔地朝一辆从路上疾驶过来的十多吨重的大货车迎面撞上去,准确地说罗素娥是把自己朝大货车扔了过去,砸出"哐啷啷啷……"一连串清脆的响。

罗素娥几乎是被撞碎了!

罗素娥以撞死自己向走过来的儿子发出了警报。

周遭骤然大乱,车鸣人叫,所有的人,走着的,站着的,坐着的,全都汇入了一个动作:窜。乱窜。惊恐地尖叫地乱窜。窜来窜去的人群从地上踢起连天的土尘,遮蔽了百米内的视线。车也在乱窜,已经开走的,正要开走的,以及从路上驶来要驶向前方的,全都停下,涌过来观看,挤成一堆的车辆有发生碰撞和剐蹭的,司机们跳下来争吵,继而打,扭来扯去地厮打,现场愈发混沌一团。

马西自然有机会遁去。

马义木呆呆的,他依然没有看见马西,他自始至终都没有看见马西,呆了许久后,他挤进密密匝匝围观的人群,木然地看死去的罗素娥。马义看到罗素娥连着大半个身子的头(下肢被撞飞了),脸上腮红依旧红着,腮红遮盖着原本病着的蜡黄,因为遮盖得太过努力太过殷切,那红显得过重了,显得艳丽了,罗素娥死去的脸呈现着艳丽,这是她半个小时之前才刚为儿子描画的,马义想罗素娥从生下来到现在死,这是她头一遭在脸上描红吧?

旁边围观的一个妇人系着一条旧纱巾,马义向她讨要了来给罗素娥盖上。

马西的人再次商议要杀掉马义。在甘肃庆阳马西住的房间,房间被临时设成了灵堂,罗素娥蒙着黑绡的照片挂在墙上,马西团伙众人在罗素娥的遗照下群情激昂,都表示马义要杀,要尽快杀,不杀马义简直说不过去,不杀马义是可忍孰不可忍!几乎所有人都表示愿意跟随马西回上马关村去杀了马义,不管付出什么代价,不计生死!

马西沉默着。马西从金积镇潜回来之后就一直这么凄冷地默着。马西是看到了罗素娥像飞蛾扑火一样撞向大货车的,他没有看见马义并不知道马义就在现场,他从老娘能这样决绝地自杀就知道现场情况极其危急老娘这是在救他,马西硬硬地撑着没有挤进人群中去看老娘最后一眼,他明白老娘的意思是趁着现场一团混乱让他赶紧走,多待一分钟都有可能堕入深渊,于是他走了,他不能让老娘为他流的血白白地泼洒!马西是两天后听眼线来告知他情况的,那眼线说整个事端是因马义而起,说老太太走了,走得还算安详,碰是碰烂了一些皮肉,但还行,只是有一些外伤有几处骨折。那眼线尽量对马西轻描淡写地遮掩罗素娥死的惨状,怕老大听了过分伤悲。马西没有深问,他想迎头撞在那么疾驶那么巨重的货车上人咋可能死得这么完整?马西能想象老娘死得有多么碎裂!

众人最后等着马西决断,屋里静下来,静静的。

马西在静谧中开口说话,他的声音嘶哑,这是几天来在熬煎中沤的。马西说:"这又得说到我该咋做人了,我如果同意你们为了我的老娘回村去找马义报仇,警察有可能就在村里蹲守,咱能在这儿商量杀马义警察能想不到蹲守埋伏吗?最后,马义是有可能让咱给杀了,但你们中有的人也会让警察杀了。为自己的事让自己的兄弟去赔上命,我做人能这么干吗？我要干了，还是那句老话，以后谁还会死心塌地跟着我干？我的老娘，已经走了，活着的时候，要对她好，咋对她好都是应该的，她如今死了，再要搭上活人的命为她报仇，那就是最不该的！这事，有天大的仇，天大的恨，都已经掀过去了，这事决不要再提！"

屋里更静了，风掠过吹刮在窗棂上，可以听见窗棂上木皮发出细微的毕剥声。

马西又开口说："我要去上茅房，你们谁跟我去？"

还是所有的人，包括不少此时并没有尿意的人，都站起来随马西去茅厕。他们依然愿紧跟马西。

这次不是出于惧怕而是因为爱戴！

马义活得浑浑噩噩。马义不知是该死去还是继续活。马义若要去死，马西却还活着，马义不能擒住马西报了这切齿的仇，他死不瞑目，何况他自认为还有一份当警察的职责；但马义若要继续活，罗素娥却死了，罗素娥一死马西就再不回村了，这是马义唯一能与马西勾连上有可能擒住马西的机会，随着罗素娥的殁去这机会也殁了，马义想他再没有机会逮住马西了他还活着个啥劲儿，他活着也就跟死了一样。马义活得极其纠结，痛苦终日弥盖着他，他终日蜷缩在床上动也不动，门终日大敞着，任何人进来拿走小卖部的任何东西他眼睛都不去瞟一下，他只喝一点水，吃很少的一点食，他不能死,也没有一丝一毫的兴致好好活,如同能呼吸的尸首。

马财听说了马义的情况,忧心忡忡,他要去上马关村看马义,但紧急的出警任务强硬拽走了他:罗素娥当街撞车自杀,暴露了马西秘密潜来金积镇的行踪,县局紧急报告宁夏自治区公安厅,区厅上报公安部,由公安部统一指挥调动宁夏、甘肃、青海、新疆四省的警力撒网调查。因为根据情况分析,马西从金积镇逃逸出来,他下一步藏匿的落脚点有可能是在宁夏的西海固地区、甘肃的庆阳地区、青海的海西州地区,或者是新疆的库车地区。最熟悉马西情况的马财便再次从金积镇派出所抽调出来,再次加入缉毒总队前往宁夏周边诸县以及甘、青、新三省行动。马财叮嘱徐秀玲一定要去看马义,交代她要带上些钱,带上吃食,听说马义多少天都不生火了只啃冷馍,衣帽鞋袜也要带上些,马财说他年前新买的那双皮鞋他只穿过两次,基本就是十成新,估计马义脚穿得下。马财让徐秀玲把他的鞋带给马义,他估计马义怕是有好些年没买过新鞋了吧?徐秀玲对马财说这些都不用你讲,她早就预备去看马义了。除了马财叮嘱的这些,徐秀玲还带上了药,牛黄类的中成药,徐秀玲估计马义这些日子肯定上火。

徐秀玲看到马义的时候,尽管她事先已经有了预判作了准备,但还是被眼前看到的惊心了。徐秀玲被眼前的马义惊到心了。徐秀玲想象不到痛楚能在几天之内把个男人摧残成这样：马义瘦、羸弱、憔悴、枯槁，这些都不必说，这些都是能想象的，想不到的是神情。马义的神情像是被抽去了脊骨，神情没有支撑了，神塌了散了，徐秀玲看到的是一堆蚂蚁在马义堆满眵目糊的眼角旁爬，马义居然是眼睛都不眨巴来驱赶一下蚂蚁，任蚁虫在他脸上蠕动，人这是要到了怎样的麻痹和木然才能有如此的呆滞！徐秀玲一阵心酸，觉得马义委实是太可怜了，这个男人太可怜了！她背过身去，哭了。待再转过脸来，徐秀玲笑脸盈盈，她灿烂地笑着，迎向马义，她不能在痛楚的马义面前也显出她的痛楚来加重马义的痛楚，徐秀玲在马义面前轻松欢快地笑，像蒲公英的花瓣在天空飘舞，她想让马义也能由此轻松欢快起来。她去扫了屋，做好了饭，把饭菜先在锅里闷着，又去烧好了水，给马义清洁，让浑身脏兮兮的马义清洁了再吃饭。徐秀玲找来了马义断了柄把用线胡乱缠绑着的剃须刀，给马义剃去了满脸拉杂的胡碴，又用热水热毛巾给马义擦拭身上，胸前、背后、腋下，她做这些做得很熟练，在平时马财病倒还有一次马财让车撞了起不来炕，徐秀玲常这样伺候马财，徐秀玲像伺候自家男人一样地服侍着马义。

　　马义依旧木呆着，徐秀玲划过他身上的手像在木头上划过。

　　徐秀玲愈加使劲地给马义擦拭，这种使劲不是要加倍使出多大的力气而是愈发地柔，徐秀玲的手愈发柔地在马义肌肤上游走,这种清洗更像抚慰,那种细细柔柔的暖深达马义的脏腑,徐秀玲相信她能唤醒马义。

马义有点被唤醒了,他嚅嚅地开口说:"我肚子,不得劲,疼,有根棍搅着。"这是马义几天来第一次开口说话,他的声音听上去虚无缥缈。

徐秀玲给马义暖肚子,她知道马义这是好些天里一直吃冷食吃的,大冬天那馍馍都结了一层冰碴,还喝冷水!徐秀玲用毛巾浸了热水放到马义肚子上敷,但屋里寒凉,热毛巾须臾便冷透了,徐秀玲索性去了毛巾,把一双手搓热,直接放到马义的小腹上,把自己的一双肉手当作了热水袋,且反复地搓热,让热力持久,直到徐秀玲感觉马义硬邦邦鼓起的肚子柔软了下来,她知道这是寒凉胀堵退去,肚内通畅了。

马义完全被唤醒了,他哭了。哭是能感觉到悲凉苦痛是意识的恢复,徐秀玲刚露出一点欣慰转瞬被马义吓住:她没见过一个男人可以哭成这样!马义不是嚎哭,他甚至哭得几乎没有声音,他的哭声被他竭力压制着压在胸腔里,这是他不愿当着徐秀玲的面哭不愿露出软弱来,但巨大的痛苦无法排遣,因此马义被挤压出来的哭是颤抖的,马义颤抖地悄声地哭,悄无声息地哭才尤为痛楚,徐秀玲都能感觉到马义的身子抖得厉害,像压路机在附近碾过房子能感觉到在抖。

徐秀玲心酸不已,她的手搭到马义的头上,摩挲着,抚慰他。

马义不由顺着徐秀玲的手臂偎依过来,靠着她,愈发地抖,哭。

徐秀玲不由把马义的头抱在怀里,像娘抱着娃,让马义哭出来,哭出来就好了。

马义哭出音来,"哇"一声,他哭着唤徐秀玲:"秀玲子!"

徐秀玲应他:"嗯!"

马义顿住,停停,又更大声地哭着唤:"秀玲子呀!"

徐秀玲说:"有啥话你说。"

马义不说,只是哭。

徐秀玲更紧地抱着马义,摩挲着马义的胸口,让他顺气,慢慢说,不急。

马义开口说:"秀玲子,这些年,我心里头,苦啊!我苦得不行行!"

徐秀玲说:"知道!我知道!"

马义说:"我都不想活了!"

徐秀玲说:"你胡说哩!不敢再胡说!"

马义说:"我真不想活了!要不是惦着这世上还有个你,我早喝药死个球了!"

徐秀玲声音悄低了下去,说:"你……胡说哩。"

马义说:"我腔子这儿还是疼,你再给我揉揉。我欢喜你给我揉。"

徐秀玲就接着给马义揉胸口。

马义的泪像水一样地淌,他猛翻身抱住了徐秀玲的头,紧抱着,像抱着他的命。

徐秀玲就让他抱着。

马义说:"秀玲子,今天,你不走了行不?哪怕,这一辈子,就这一回?"

徐秀玲顿了一下,说:"行!"

徐秀玲想不出来在这个时候有什么理由对这个可怜的男人说不行。

徐秀玲和马义做爱。徐秀玲承受着马义对她猛烈的撞击。马义猛烈地像要拼命抓住他的命一般地和徐秀玲做,马义更像是在续命,在拼命续接他的正在一点点滑向湮灭的生命,他拼命要活过来;徐秀玲也以同样的猛烈迎合着马义,周身汗水涔涔,徐秀玲更像是给马义医治和缝补,补他心上的裂缺;两人都更像是在对生命的拯救把这一场做爱做得地动山摇。马义又看到了徐秀玲的奶子,他朝思暮想的已经有二十年没有再相见过的奶子,奶子还是记忆里的好模样,大而肥沃,颤着,马义急切地一口吸吮上去,顿觉天地清爽,好,真好,马义一口坚坚实实地咬到了生活,觉得生活开始有了意思,活着真好!徐秀玲挺起胸脯让马义吸吮,含和咬着,她还捧起自己的奶,往马义嘴里放,让那一团绵软塞满马义的嘴,像娘捧了往娃娃嘴里放,像娘为了娃好好活着,好好活下去。

马义和徐秀玲做完的时候两人都疲乏不堪。待冷却下来,激火褪去,只留下理智,两人都有些尴尬,颇不自然,彼此都不敢相互看,仿佛看一眼就会从对方的眼里看到自己的无地自容,两人都把方才急切脱下的衣服再匆忙地穿回去。徐秀玲更是急切,她一刻都不能再在马义面前袒胸露体,匆忙间连胸罩都顾不得仔细披戴好,只把外衣慌忙套上遮住身子,把胸罩团了一团塞进兜里。徐秀玲穿好衣服便匆匆跟马义告别,她还是不敢看马义,只看着门,仿佛那门是马义。

徐秀玲对着门说:"我走呀,你,好好的。"

马义也慌乱地说:"行,你走吧。"

徐秀玲便匆匆地走了。

马义坐着没有站起来。

马义想送一下徐秀玲的,但他不知道跟徐秀玲说什么好。

徐秀玲走在回下马关村的路上她开始不安,不安一点点地巨大,膨胀成了揪心,揪心像锥一样地冲顶着她,梗在胸腔之间散不去,徐秀玲感觉自己是做错了,大错!在回村路上徐秀玲看到了包里没有送给马义的东西,方才在电光石火中根本就忘了给马义,那是她来时马财叮嘱她一定要交给马义的一双皮鞋,皮鞋马财新打了鞋油,锃亮发光,马财的叮嘱还萦绕在耳边，徐秀玲感觉太对不起马财了，实在实在实在是太对不起了，她好像是拿刀把马财的一片心一刀一刀地剐了，剐得稀碎！徐秀玲一伸手摸到了塞在裤兜里的奶罩，她更吓了一跳：去时奶罩戴在胸脯子上，回来时奶罩塞到兜兜里了，这不是罪证么！徐秀玲四下看看野地里无人，只有雀儿在零零散散地叫，她赶忙扒了衣服把奶罩披挂好，重回齐整。灭除了罪证，但罪却仍在，徐秀玲仍旧不安，那种负罪的感觉仍然针扎火燎地裹围着她，而且愈发地浓重，徐秀玲发愁地低头看自己鼓鼓囊囊的胸，她在想，这对奶，马财也是要亲的，马财再和她亲昵的时候，她会忍不住想起马义的手也搭在上面过，马义的嘴也亲在上面过，马义的牙也咬在上面过，她会不自在，她会起鸡皮疙瘩，她会流汗，紧张地流汗，流很多的汗，马财一碰她她或许会控制不住地叫起来，马财当然会问她这是咋了，她又该咋样地回应呢？徐秀玲想她要是个卖的就好了，"卖的"是金积镇四乡八村的人说那些裤带松作风污的妇人的，跟男人亲个嘴睡宿觉就当上了趟茅厕一样，没所谓！徐秀玲做不到这样，她无论如何做不到风过水静神情自若。徐秀玲很难过，亲手把什么摧残了毁灭了般地难过，眼泪不由得窜出来，她觉得跟马财的日子没法往下过了。

徐秀玲想，这事要不要向马财坦白呢？

第十五章

马财很烦躁。

马财从外面结束出警任务回来后满心烦躁，他的缉毒特别行动大队的长官和警员们都很烦躁。在宁夏南部山区诸县以及甘肃、青海、新疆的庆阳地区、海西州地区、库车地区搜寻了近五个月，在公安部的统一部署指挥下，宁、甘、青、新四省自治区的警队通力协作，能出动的警力尽数而出，像大水漫灌一样把这些重点嫌疑地区过了三遍，只在甘肃庆阳市城关镇找到马西和他的团伙曾经住宿窝藏的痕迹，马西在宁夏金积镇惊鸿一现后又消失得干干净净，二三十年了，马西依旧是这样地神龙不见首尾，马西再次让警察们感觉他们简直不是在跟人打交道，简直是在跟鬼和仙打交道！甘、青、新的警队对宁夏警队颇多怨言，怀疑宁夏方的情报是不是准确，马西到底有没有在宁夏老家出现尔后又逃往甘肃、青海、新疆一带？而宁夏方的情报来源，则是由马财勘查罗素娥自杀现场，又根据他了解熟悉的马西特点，得出马西的行动轨迹结论，而最后由公安部采纳了他的分析，马财因此压力大到要崩溃，心绪极坏。

马财五个月后的一天傍晚踏进家门时脸黑着。马财黑阴着的脸让本来就怀着一团忐忑的徐秀玲更加惊悚，她认为马财是听到了什么或是感觉到了什么。徐秀玲小心翼翼地给马财做饭，饭毕又烧水给马财烫脚，马财始终阴着，不笑，对徐秀玲的问话也是简短的嗯啊几声，这在之前是绝对没有的。马财一直都很宠徐秀玲，马财和徐秀玲结婚这么些年了一直没有生养，是徐秀玲有问题，徐秀玲是子宫内膜异位，坐不上胎，马财丝毫没有嫌弃，就把徐秀玲当娃来养，知冷知热地疼着，马财这样少有地不悦，徐秀玲愈加肯定马财是严重疑心她和马义了。熄了灯，徐秀玲躺在炕上，她感觉自己连头发都在抖，过去老说头发都炸了起来，她今天算是感受到了。徐秀玲准备等马财的手一伸过来她就向马财坦白，她已经没有办法再心安理得地承受马财碰她了，徐秀玲想她肯定会发抖的，马财摸到瑟瑟发抖的她肯定会想到心怀鬼胎这句话，心怀鬼胎对于她再恰如其分不过了，徐秀玲准备索性把什么都向马财和盘托出，用马财他们的行话说，落个认罪态度好，然后，是打是骂是离是散，就看天老爷吧。

马财的胳膊在黑暗里窸窸窣窣地伸过来了，都二三十年了，马财还是像刚结婚时那样每天晚上都抱着徐秀玲睡。马财只有在两种情况下不抱着徐秀玲睡，一种就是他感冒发烧生病了，另一种就是徐秀玲来例假了，马财很疼惜徐秀玲，在点点滴滴处疼惜。

徐秀玲感觉自己都不喘气了，下一秒她就会开口认罪。

马财咻地一下坐起，拉亮了灯。

徐秀玲惊愕胆怯嚅嚅地问："你……咋了？"

马财匆匆穿衣下床，说："我去所里，警队有点事。"

马财走了。

徐秀玲大出了一口气，像在生死门上逛荡了一圈回来。

马财骑车在暗夜里疾行，两旁割了麦子的滩地在稀薄的月光下泛着灰白，几只夜眠的斑鸠蹲在麦茬上像黑乎乎的罂粟花球。金积镇这一带解放前是种过大烟的,满滩地里都曾经盛开着罂粟花。马财是去上马关村找马义的，他睡不着，躁乱，不能心静地抱着徐秀玲睡。马财想找马义多挖一些关于马西的情报线索，他想马义一路跟踪罗素娥总归是掌握了什么警方还不知道的马西的情况，马财知道在马西这件事上马义一直是在独立行事，他有他的个人目的，所以在很多的情报和线索上马义对警方是有保留和隐瞒的。过去马财并不勉强马义,并不强求马义都讲出来,他理解马义个中的凄苦和他想独自立功以达到重当警察的目的,但现在马财实在是压力太大了,整个宁夏缉毒警队压力更大,马财这一次必须要获得马义的相助!马财把他的破旧自行车骑得一路叮咣乱响,震碎满滩谧静,斑鸠被惊飞,在月空中哨着音远去。

马义是被马财从睡梦中惊吓醒的。对于马财半夜三更找上门来,马义理所当然地认为是马财知道他和徐秀玲的事了。马义本能地在炕上向后缩,他不看马财的脸先看马财的腰间和手,看马财有没有佩枪并且拔出枪来,看清没有,马义便抵御地看着马财,看马财下一步的动作。马义像一只夆着翎毛的公鸡。

马义高度戒备的样子让马财觉得马义果然是隐藏着关于马西的什么,并且藏得很深。

"马义,没事,没事,啥事都没有!"

马财松懈气氛地对马义笑,他想先把这紧绷的气氛和缓下来。

马义不说话,依旧保持抵御地绷紧着。马义并且冷笑了一声,心想没事你半夜三更人都睡下了你上我家来,你难不成是给我送夜宵来的吗?马义心想你别废话了,你是想动拳动脚动枪还是想咋的,你直接来!

马财还不直接来,依旧和缓地说:"马义,这一向,你家里头，都好着呢吧？"

马义不语，等着马财寒暄之后的下一句，等他说正题。

马财的下一句还是说："马义，你身体，也都好着呢吧？"

马义受不了了，马财这是逗弄耍戏他吗？马义想直接就跟马财挑明了，他就是和徐秀玲睡了！既然是做了，既然已经是做下对不住马财的事了那就担下，既然是站着尿尿的那就别趴着，男人宁让人打死别窝囊死，就让马财把刀直接怼到他的心口上好了！马义几乎就要大义凛然地说了，忽一想：要是徐秀玲还没说呢？要是马财只是疑心而徐秀玲并没有承认呢？那他要说了不是就害了徐秀玲么？马义于是收敛起豪壮，连抵御的样子也收起来了，怕强硬会进一步刺激马财。他掉过脸去，头低下，试图蒙混过关地规避着马财的盯视。

马义闪躲的样子愈发让马财认定马义是知道马西的什么而不告诉他。

马财决定单刀直入。

马财说："马义，其实，你的事，我都知道。我啥都知道！"

马义说你知道我也不说，至少你别想从我嘴里听到我说！但马义这话是自己闷在肚里说的。他依旧头低着，眼睛看着别处，目光躲着马财。

马财继续犀利地说："我知道你不说你还是想自己搞定

马西！我知道你还是没死心，你还是想重新归队，想再穿上警服，还有，你儿子死了，你更恨马西，你特想自己亲手把他弄死，所以你一路跟踪罗素娥，你肯定是还发现掌握了马西的其他情况但你就是不告诉我们警方，你想留着你自个儿立功和报仇用，我说的对不？"

马财并且还冲马义一笑，那是一种说到了对方要紧之处的不无得意。

马义彻底蒙了，马财深夜而来原来是为这个！马义蒙蒙地看着马财，不知说什么好。

马财却不说了。马财戳了马义一下就戛然而止。马财这是警察的职业习惯谋略，警察在面对嫌疑人犯时，都只是点到为止，并不全部说破，让嫌犯心悸，认为警察或许真的已经掌握了不少，于是主动全面坦白，让警方攫取意想不到的额外收获。马财然后起身就走，连告别的客套话都没有，走得断然，一副洞察一切成竹在胸不再废话的样子。这也是警察的谋略，临走再震慑嫌犯一下。马财准备再熬马义几天，等着他自己来坦白交代。

徐秀玲日益焦虑，她迈不过去自己的坎了，心坎。徐秀玲决定今天就向马财坦白，后来又决定三天内向马财坦白，后来又决定一星期内向马财坦白，之所以这样迟疑反复，除了实在是忐忑颤栗骇怕之外，还主要因为马财这些日子实在是忙。白天马财基本是不落家的，晚上也很晚回来，而且经常通宵不回来，回到家也是匆匆忙忙地停一下就走，这种事是不适合在匆忙行进中说的。有一天徐秀玲实在是心堵，憋得难受，她"喂"的一声叫住了又要出门的马财，马财一只脚踏在门里一只脚踏在门外，扭头问徐秀玲："啥？"徐秀玲便不说了，让马义走，她不能像子弹出膛那样快速地告诉马财她和马义睡了。

马财除了陷入匆忙心绪也很坏，变得更坏，缉毒总队前线指挥部在金积县（金积镇已正式撤镇改县）连日开会，商讨下一步继续搜捕马西及其团伙，公安部督促得很紧，警员们都黑沉着脸，对马财的怨气也很大，目前案情陷入了一团无从查找的混沌中，是因为听了马财的分析判断。有挑事的警员阴阳怪气地说："请马领导再给咱们指示一下，咱们下一步是接着在这儿蹲守呢，还是再上哪儿去撒网呀？"主持会议的女厅长张帼文阻止了属下对马财的怨怼，并肯定了马财这种积极投身办案的精神是很好的，是值得大家很好地向他学习的。张副厅长让大家不要气馁，不要怨天尤人，说现在陕、甘、宁、青、新五省自治区的警队都在严阵以待，密集拉网搜查，马西应该还是在这个大包围圈里，他还能往哪儿跑呢？大家要勿躁，紧盯就是！尽管得到了领导的抚慰，尤其是得到了领导这种不计前嫌的抚慰，马财心里更是如同蚁噬，也更加地躁急，本来他还想再抻马义几天的，但现在是马财自己抻不住了，散会后，他迫不及待去上马关村找马义。马财想，就是强迫威逼马义，就是对马义上手段，也要让马义交代，必须要通过马义把马西的线索挖出来，最迟就在今晚！

马义却跑了！

马义逃跑是为了徐秀玲。马义想如果马财已经猜测到他和徐秀玲的事，而徐秀玲咬死不承认，马财又来威逼他，真的动拳动脚甚至动枪啥的，如果他万一扛不住说了，那岂不是真要把他的秀玲子害了么？所以他必须继续跑！马义把他的小卖部用一把大锁锁了，出村遁去，他计划白天就在现在已被叫做金积县的城街上四处游荡，晚上就在工地、汽车站的候车室、街心公园的椅子上、铺设下水道的水泥涵管里，甚至县政府的上访接待室。县府的上访接待室二十四小时开着门，但值班人员有时候晚上就溜回家睡觉了，马义决定就溜进去睡。马义计划就这样在县城的犄角旮旯白天黑夜四处飘忽，让马财寻他不着。

马财站在马义闭门锁户的小屋面前，气血汹涌翻滚，他无限后悔当时怎么不把马义直接带回派出所扣了，直接逼问他，还他妈的什么要再抻马义几天现在倒把他自己抻了，抻断筋了！马财在笼罩着上马关村的暮霭中站立了数分钟，转身就骑车去了镇里——现在叫县城了——去找马义，马财一点都沉不住气了，完全又像个刚当警察时的菜鸟新手了，马财在满县城风车般转的时候气急败坏，双眼冒火。天色由暮霭换到了星空满天，又挨到了晨曦荡起，朝阳把远天染得殷红。一夜过去，马义丝毫不见踪影，但马财并不回家，也不去警局，他不想回去看同僚们怨气的脸色，他想逮到马义问出点结果来扬眉吐气地回去。于是马财继续找，他认为马义离村后只能来城里，难道马义还能跑到银川或者是跑去兰州西宁不成？马财判断马义不会跑远是基于他知道马义根本没钱买车票！马财开启了在县城里马不停蹄连天连夜地寻找马义，不吃饭不喝水不睡觉地找。至少有两次在街上马财以为看到了马义，他从后面摸上去，结果一次是那人和马义有些像，还有一次则根本就不像，只是那人脸的侧面和马义有一点像，马财找马义找得眼都花了，头也昏昏沉沉的。

马义却是实实在在看到了马财。马义躲在暗处，他有三次看见马财从离他不远处走过，第一次是他躲在街角看到马财匆匆走过，匆匆忙忙地像一个被鞭子抽着的陀螺。第二次是他在城郊一座已经废弃的活性炭厂里睡觉。金积县这一带地下都是煤，社会开放搞活后，民间资本纷纷投资搞起了煤炭的深加工，城郊这一片有不少的小活性炭厂、小碳化硅厂、小焦炭厂，马义就在那样一座废厂的配电房里睡着。久已不用的屋子里到处都是粉尘和蛛网，到半夜的时候马义起夜小解，他迷迷糊糊地隔着已经没有一片玻璃的窗棂蓦然看见马财打着手电摸黑走进厂里，一间屋子一间屋子地查找，马义万幸他先醒了,于是他抢在马财前面先躲进了熄火的焦炉里,在焦炉里他缩成了一个蛋,即使马财的手电筒照进黑漆漆的炉里也看不见他,那一次他躲了过去。再一次还是在城街上,马义沿着街走过来,猛地站住,闪身躲在一丛树后:他看见前面马财正嘴凑在水龙头底下大口地灌凉水。马财渴坏了,也累坏了,脸上爆起了皮,还爆起了一层黑黢黢的小黑点,本地人把这叫脸上起了苍蝇屎,中医的说法是劳累导致肝气郁结。那一瞬间马义真有些怜惜马财了真觉得愧疚于马财。这三次马义都闪了过去,但如此频繁地撞见马财,说明了马财找他频率的密集,这让马义担忧不已。瓦罐不离井口破,老在河边哪能不湿鞋,马义担心马财这样密集地找下去早晚就能找到他,他想是不是应该再躲远一些?躲出金积县躲到外县去?离金积县不远就有个中宁县,也是宁夏的县!但马义随后却放弃了躲,他哪儿都不去了,他反而从藏匿的地方出来,在大街上活动,在集市上活动,在县城的四处活动,等于把自己明晃晃地置身在马财用眼睛一扫很容易就扫到的地方,马义根本不顾马财在处心积虑地找他了,马财要找他算账这已经不算什么事了。

因为马义觉得自己好像看见了马西!

好像是。

马义看到马西好像是在金积县的城街上一闪而过。

马义看见马西一闪而过像个幽灵，虽然短暂得只有一瞬，但马义觉得像。如果这真是马西，马义对于马西回到金积来并没有多少意外和惊愕，他甚至钦佩：警察四下密布，陕甘宁青新五省警力同仇敌忾合兵一处，方圆数百里层层封锁堵截设伏，缉拿马西的前线指挥部就设在金积，马西竟敢潜回这最核心的核心中来，像蝇虫竟敢落在人的眼珠上！马义想，或者这才是马西！或者这正是马西！马西又一次要往警方最想不到最不可思议的思维盲区里扎！所以得再一次说马西不是人是神鬼。如果是马西的话，马义认为这次绝对是他先发现了马西而马西绝对没有发现他，他应该去寻找跟踪马西而马西不会意识到。马义觉得这一次他胜算很大，他亢奋而且思维异常清晰、警醒。

马义再次有了狼正在接近鹿而鹿浑然不察的感觉，马义感觉这一次最逼近最有血腥气！

马义准备满城前去寻找马西的时候他先做了一件事：马路人行便道上站了一个城管，在查占道经营的小商小贩，马义走过去，摘下那城管的制服帽，丢在马路上，然后在那粒褪去帽子的光头上拍了一把。马义这些日子在金积城里躲避游荡的时候早就看这城管不忿了，那城管站在马路边就像皇上站在那儿，对商贩吆三喝六，骂人就像从裤裆里掏出家伙来尿尿一样随便。那城管还踹过马义一脚，他以为马义也是卖什么的小贩，马义挨了踹之后一声不响地走开，他在躲避马财不敢声张，即便在平时他也不敢去招惹这些凶神恶煞。

那城管摸着被拍的头惊愕不已，他怒吼："×！你干啥？！"

马义豪迈地说："就想摸摸！"然后马义豪迈地离去。

马义就想拿这城管练练胆气。

马义已经萎靡不振、颓丧了很久，他心中已经很久没有一种叫做勇猛的东西立在那儿了。

马财回家匆匆吃完饭又要出门去找马义。徐秀玲又一次鼓足勇气叫住了马财。马财又一只脚踏在门里一只脚踏在门外匆匆地问："啥事？"徐秀玲怯怯地说："你今晚上……又不回来吗？"马财说："多半是回不来。单位有事，事急。"徐秀玲咳嗽了一声，这是垫，先给自己鼓气，尔后她说："那你先别忙着走，我，有个事给你说一下。"马财说："啥事你等我闲了再说不行吗？我确实忙着哩！"徐秀玲不咳了，她已鼓足了气，坚决地说："今天你有啥事你也先等我说完了！"

马财有些愕，这种神态和语气徐秀玲之前是没有的，马财想起来了，这些日子他就感觉徐秀玲有点怪怪的，看他的眼神好像老是在躲闪，紧张，还躁，举例说她在屋里走道碰翻了放在地上的小板凳（她最近老是这样魂不守舍的），过去她会拿起来放在一边而现在是一脚踢开，但马财一门心思都在马义身上，对徐秀玲的这些异常没有细想。马财把踏在门外的那只脚收了回来，回到屋里坐下，他准备听徐秀玲说完再出门去寻马义。

马财说："啥事你说。"

马财有些紧张，他想不会是徐秀玲检查出啥病了吧？不会是……癌吧？马财开始真正紧张起来，心里顿时坠坠的，发慌，徐秀玲于马财平日里像盐一样平平常常但却是马财活着的维系，马财不能想象有一日要是没了徐秀玲他还怎么活着。

马财再次说："老婆，啥事你，你说。"

马财这次说得很轻声，小心翼翼地，仿佛声音一大会惊动了什么灾邪真把徐秀玲收了去。

徐秀玲看着墙，她不看马财面对着墙，仿佛那墙是遮掩她颜面的屏障，尔后徐秀玲对着墙说了她和马义睡觉的事。徐秀玲对着墙告诉马财，她和马义睡觉了。

马财的第一反应竟然是喜悦和放松，因为他从徐秀玲的话里没有听到病检和癌什么的，接着马财是蒙，他没有听太明白，他从来没想过还有这种事，他的脑子里完全没有听取这种事情准备，因此他一时没能听懂。马财因而脸上轻松着，还挂着一抹笑。

徐秀玲却认为马财是怒极而笑。

徐秀玲悲伤起来，她哭了，把这些日子的愧疚、煎熬、悲凉还有悔，都对马财哭了出来，徐秀玲对马财哭嚎着说："我是把瞎事做下了呀！"瞎事是金积镇的土话，是说腌臜的事，没脸没皮的事，徐秀玲说："本来我不想跟你说的，这事好些人做了都不说，但我想，我已经是对不住你了，我要再不说，让你，让你都那……个了，还蒙在鼓里，我更对不住你了，我自己也过不去。反正我是做下瞎事了，你要是气不过，不想饶了我，想打死我，不想跟我过了，要离婚，我没意见，都随你，你想咋办都能成！"徐秀玲随即大哭。

马财在徐秀玲的哭声里逐渐明白了，他明白之后茫然。接着他也扭过脸去看墙，也仿佛那墙是他不想看见什么想躲避什么的屏障，眼神空洞，很久时间地看。

徐秀玲被马财这么长久地看墙也不说话吓着了，她一时忘了哭，伸着巴掌在马财空洞茫然的眼前晃，想提醒他回过神来，她怕马财会犯啥病。

马财还是看墙，又很久。

马财在许久后开口说："你看那墙皮都掉了，啥时候弄点灰来抹抹。"

马财奇怪自己这时候还能想到墙皮。

马义站在一条叫西桥巷的城郊路路口，左右徘徊不定。他又见到了马西一次，马西这次不是一闪而过，而是站在一个报刊亭前好像是要买矿泉水喝站了有几分钟，让马义再无狐疑地确定他看见的就是马西无误，尔后马义尾随着马西到柳树巷这儿马西就不见了，马西又一次在路街、商铺、食摊和路人中间一闪而逝。城郊的灯亮了起来，夜灯初上，星星点点昏昏黄黄的，像海上轮渡的灯火穿过薄雾透进来，映照在马义身上斑斑驳驳的。马义很焦急，心绪像灯火一样昏暗，他不知道去哪儿好了，西桥巷路口有南、北、东三个去向三条路，南边是去梧桐乡的，马义想马财应该不会去那儿，马义知道马西在梧桐乡没有亲戚，他若这时候去那儿又在哪儿落脚呢？向北是去尹家渠村，马义判断马西多半也不会去那儿，马西在尹家渠也没有亲戚能让他落脚的。马西在哪个乡哪个村有没有亲戚马义全都知道，因为马西的亲戚就是马义的亲戚。往东就是去金积县这些年新开发起来的工业园区了，马义倾向于往东去寻找马义，马义想既然南、北不可能那么就只有东面了，这个时候东面的工厂区已经无人，只有焦炉林立管道纵横整个一片黑幢幢的，便于人潜藏，马西有可能就蛰伏在那一片黑憧憧里。马义站在昏黄的路灯下，内心翻涌着，在最后决定要不要就朝东去？

马义完全不知道在不远处有一支枪正瞄准着他。

拿枪对准马义的是马财，他五六式的警用手枪正瞄着马义的鼻尖。

马财要杀了马义。

马财是骑着他的自行车在县城里游荡着寻觅马义，在一路骑行到柳树巷这里,当他以为还是像前几次那样依然找不到马义要返回的时候,一抬头,不经意地,在前面的路灯下看见了呆站着的马义,马义戳在那里像一个街上的邮筒。这要归于马义不再躲避马财全部注意力都只在马西身上的缘故。马财开始并没有想要杀马义,至少他骑车出门的时候没有想过,马财已经知道马义这样躲着他并不是因为马西而是他做下了这种腌臜事做贼心虚,马财五内俱焚地只是想要找到马义,他必须要找到马义,他要让马义亲口告诉他,看着他的眼睛告诉他,所有的汤汤水水一滴都不能保留不能遗漏,亲口告诉他这一切是怎么回事!马财想听马义自己说!这时候的马财还停在理智的阶段。而让马财起了杀心的是他看见了马义的鼻子,在昏黄路灯的映照下,马财看见马义的鼻子油亮,鼻尖因上火而有些发炎,一粒脓疖像一粒萤虫趴在上面,泛着光,马财由此想到马义靠在徐秀玲怀里,就这个长了脓疖的鼻子,这个泛着油光的鼻子,埋在徐秀玲的两乳中间,拱啊拱……马财想不下去了,无法抑制的浑身颤栗让他把佩枪拔了出来,他完全是在崩溃中拔枪的,不顾一切地,他要杀了马义!

马财瞄准的就是马义的鼻尖,他要从那粒脓疖处把子弹射进马义的脑袋里去!

马财想他要不要先做一下现场?这是一个警察的职业思维,也是人本能的自救思维。马财的专业是可以让他做一下现场的，做现场本身就是警察的专业术语，譬如他可以把子弹弹头先在脚下的砖地上狠劲摩擦，磨损会改变子弹原有的几何形状，这样射击之后警方勘查现场捡到弹头检验弹道痕迹，就不会轻易发现是从他这把枪里射出去的；再譬如马财要先想好，先计划好，枪响之后他要迅速离开，迅速赶到能让熟人看见他的一个地方去，这样他就会获得不在案发现场的证明；等等这些。这样马财就可以在作案后让自己脱罪，至少不会让警方轻易地把自己找出来。但马财紧接就否定了自己这些一瞬间闪现的念头，NO！绝不！马财想他就堂堂正正地杀，而且，之后，他就堂堂正正地等在这儿，原地不动，等着随后警车和警队呼啸而至，等着他的战友同事们来铐上他！他决不苟且和猥琐！马财甚至想起了他小时候在下马关村土戏台上看过的秦腔水浒戏，武松血溅狮子楼，持钢刀，泼朱红，墙上题字：杀人者武松是也！马财甚至还有了一抹豪迈。

　　马财决定就不做现场，明明确确地杀掉马义。他瞄着马义，等着最佳的开枪时间，因为马义身旁总有车辆和路人行过，还有个老太，是个卖饼的，卖金积镇上一种叫做石子馍的老吃食，推着烙饼的车，大约是饼卖完了要回家去，慢悠悠慢悠悠地在马义身边走，马财要等这些人和车过去，他不能伤了无辜。马财尽管要杀人但并不忘自己是个警察。

　　马义毫无觉察地在马财枪口的准星里晃，在路灯的映照下他显得很高,光拉长了他。

马财想这或者就是马义最后活着的样子了吧?

马财开始沉重,他想到了死,不是想到马义死而是想到他自己的死,马财想到马义死了他自己也将会死,马财当然知道一个警察持枪杀人最后法律会怎么判他。死亡,他自己的死亡,结结实实地跳出来裹围住了他,刚才他激情地决定要杀掉马义的时候他没有想过这个问题,现在他触碰到了,那么迫近!马财开始沉甸甸起来,像有几次他看到殡仪馆的花圈在葬仪后被毕毕剥剥地烧掉,那些几分钟前还绚烂的鲜妍一片片化成死灰。

不是怕死,不是不可以去死,死是人最后的也是此生最重大的付出,人一定是到了事情最后再也迈不过去了,人在阳间的路断了,再不能走了,才会以死相搏,以死相抵,一死了之。杀掉马义是这样必须以死相抵的最重大的事么?

马财忽然觉得他应该想这个问题。

站在自己将死的角度,马财突然发现一切问题的思维都迥然不同了。

马财突然觉得他继续活着给家里的栀子花浇浇水都比杀掉马义重要!马财觉得他下班,买了菜回家,炒一个洋芋丝,蒸一笼馍馍再做一个鸡蛋汤,蹲在院子里吃晚饭,都比杀掉马义重要。马财觉得给家里的冬枣树剪枝都比杀掉马义重要,他忽然想到家里那棵枣树该剪枝了再不剪枝丫都长疯了。马财觉得早上起来痛痛快快尿泡尿证明前列腺没问题都比杀掉马义重要。马财觉得从县城把柜子拉回来都比杀掉马义重要，他在县里商场新买了一个立柜还没拉回家来哩。马财想起了徐秀玲，他现在想到的不是徐秀玲和马义睡了，而是他杀了马义被判处死刑之后，人家会说徐秀玲这骚娘们和男人乱搞，害得她男人为她送了命，她往后还咋活？她后半辈子不得泡在眼泪里过啊？马财觉得不让徐秀玲整天哭泣要比杀掉马义重要得多！马财忽然觉得有好多好多事都要比杀掉马义重要。

马财持枪瞄准马义的手垂了下去，尔后，收了起来。他收起了枪。

马财忽然有了一种死里逃生的感觉。

马财忽然觉得现在不是在夜里而是感觉一抹朝霞在升起，一切都生气勃勃的。

马财竟有些甜美，他不禁闭上眼，咂摸品味这死里逃生的感觉，沐在将要死去又活过来的体验中，那种感觉，氤氲般的，舒服！马财沉浸其中好一会儿，他睁开眼，看到有点异样，就在马财闭眼遐想恍神时，发生了一个情况，但马财并不以为然了，他已经超然和无所谓了，就随它去吧。

马财睁眼看到马义不见了，走了。

马义在最后一刻决定还是向东去。

马义沿着暮色初降还有一些微亮的乡间土路走，工厂区在前面，隔着碱滩、芦苇、水洼和长满芨芨草的荒地，大大小小的炼炉以及如蛛网般密布纵横的空中管道在暮霭笼罩的远处矗立，有些厂区已经是黑稠稠一片停工下班了，还有些厂区依旧红亮着，红亮着的一般都是铁合金厂、铝厂或者是焦炭厂，这些厂的炼炉是二十四小时不能停炉的，每隔一段就有一炉产品出炉，尤其那些烧炼得通红的焦炭从开启的炉门倾倒出来，发出轰隆隆的远近震荡的响，爆发出满天红光，天空火星四溅，颇壮丽。马义就朝着那红亮走，人在黑暗中朝着亮处去是本能。马义走得很忐忑，迟疑，他十分不能确定马西就藏在工厂区内，就猫在那一片炼炉和管道中间，他只是觉得一个被围堵的逃犯，无处可逃，那儿也许是他尤其到了晚上可能会选择的藏身地。马义觉得他要是马西他此时就会躲在那儿。因此马义走得忐忑并且极端细致，他细心地一路查看马西若是走过可能会留下的痕迹，譬如路上被踏倒的草，被折断的红柳枝，蹚过小水函搅起的一潭浑浊，特别是脚印。马义和马西一起长大，他知道马西打小走道身子就朝前倾，像车轱辘一圈一圈地急着朝前倒腾，上、下马关村的人都把这种步伐叫车轱辘屁股，这种步履的特点是前脚掌使劲，因此这种脚印是前掌着地深后掌着地浅，马义能认出来马西的这种脚印。也只有马义能认出来。但马义并没有找到脚印，也没有找到踏倒的草，折断的枝，水函里泛起的浑浊这些。

马义没有找到脚印这些痕迹但是看到了有人在荒草地上拉的一泡野屎。

马义经过端详判定这是马西屙的!

屎本身不能认出人来,马义之所以能认出这是马西的污物是这人在屙后的擦拭。这人不是用纸而是捡了荒草地上的土坷垃擦屁股的,在这泡屎的旁边散扔着一些土坷垃,每一颗上都沾着粪渍。马义和马西他们从小在野滩里放驴放牛时拉野屎就是捡了土坷垃擦屁股的。但仅仅是土坷垃并不能断定就是马西,毕竟金积县这一带四乡八村有不少乡民也是打小用土坷垃代替纸的,纸在马义和马西他们小时候是很金贵的,纸是要用来上学堂念书和干部用来写报告用的。马义之所以能进一步断定是马西,是他看到草地上还摆着一溜土坷垃,是被人在屙屎时顺手摆的,摆成条状,摆成面条样儿,马义永远记得他和马西小时候在野地里也是这样边拉屎边摆弄土坷垃,也这样摆成条状,摆成面条样,笑称自己拉的是面条,在那个饥饿年代一切联想都和食物有关,最向往的念想就是食物,马义还记得他和马西一边摆一边还唱着滩地里流传了几辈子的小调民谣:"长脖子雁,扯红线,一扯扯到中宁县,中宁的丫头会擀面,一擀擀了个蒿子面,二擀擀了洋芋面,三擀擀了个羊肉蘑菇臊子面……"那些已经久远的充满着童稚的野趣呵!马义由此断定这是马西摆的无疑!只有马西会这么摆,马西这是下意识地把他儿时的习惯带出来了。

也只有马乂能知道马西的这些往昔,马西已经成了马乂自己身体的一部分,马乂就等于是马西,马西碰到马乂,点滴印迹,芥末毫厘,都滑脱不过去。

马乂的心又狂跳,他再次又有了狼正在接近鹿而鹿全然不察的心跳不止,马乂真的感觉他这次是最迫近马西最有可能成功的,马西面对重重围堵,仓皇逃命,狼狈不堪,连拉屎的纸都没了,他完全是顾头不顾腚啊,彻底丢盔弃甲!马乂亢奋不已,这次亢奋是他以往所有亢奋中最浓烈的。马乂亢奋地一路朝闪耀着红亮的地方摸去,那是焦炭厂,当他摸进焦炭厂的时候身上水湿,亢奋燥热紧张还有虚脱,汗涌出来一片淋漓,夜已深,马乂在已经是深秋的夜里浑身淌着汗隐蔽在焦炭厂的暗处,四处窥视寻觅看有没有马西,他的计划是在这里静悄悄地不动声息地趴一个小时,绝对要像死了一样地趴着,不发出一点响动,如果马西躲在这儿,他肯定在这一小时里会动弹,哪怕这狗×的翻一下身哩,马西一有动静马乂就能发现他!如果马西不在这儿,马乂再上隔壁。隔壁是另一个厂,活性炭厂,马乂计划再摸到那儿去再趴一个小时。马乂计划一个厂区一个厂区地趴下来,他终能发现马西的!马乂同时把退去的路也看好了,他发现墙边有个下水道通往厂外,有个涵管,人缩起身子能爬过去,马乂计划发现马西后他再悄无声息地从下水道的涵管爬出厂区,去报警。马乂计划得滴水不漏,几十年寻觅跟踪马西,屡败屡战,马义已经锤炼得很像警察了,他很得意。

十分钟后马义却从隐蔽处自己站了起来,灰溜溜地再也躲藏不下去了,得意荡然无存。

马义看到马西缓步向他走来,脸上笑着,像欢迎来串门的邻居。

马西说:"你最后也没检查一下,你小卖部的门锁好没?"

马义蒙着,没明白马西在说什么。

马西进一步挑明:"我要是真想躲你,我能一次次让你在城里看见我吗?"

马义脑子里轰然一下炸响,明白过来,彻底呆傻:敢情马西连他离村时锁小卖部的门都知道!那在城里一闪而过让他看见的身影,那站在报刊亭前买水的马西,那泡野屎和那一溜土坷垃,敢情都是马西引逗他的步骤和道具,敢情他这一路,又都是马西一步步引他到这儿来的,就像多年前,马西用一路的芨芨草草标引逗他到那栋房子里,开始了他大半生的霉运。精明和强大的马西再一次打败了马义!马义不禁叹服马西在逃窜中思维和布局还这么细密。

马西确实在逃难中,狼狈,看出陕、甘、宁、青、新五省警力联手作战对他的击打有多么的巨大。他浑身脏乱,看出已多日没换衣服也没衣服好换,马义想他逃出来时可能就没时间带换洗衣服,马西的头发也蓬乱,沾着草棍土灰,脸上还蹭着一块管道上的油污,看出他这几日在金积城里也没条件梳洗，马义还看出他吃得也不好，面带青色，但马西神韵不倒，神韵就在他的眼里，他的眼神澄澈，没有纷乱，很安定。马西安定地站在一道土坎前，身后不远处是一排炼炉，有五六座，还在冶炼中，连续有火星从炉门的缝隙中迸溅出来，炉前有一条铺设的铁轨通向更远处的料场，铁轨上跑着运送冶炼焦炭原料的翻斗车，将满载的原料从料场拉来在炉前卸下空车又原道返回，来回往复穿梭，料场那里一座亮着灯光的大房子是工段车间，上夜班的工人此时都聚在那里打牌，赌小钱，等着焦炭出炉，马西站在火星四溅中像一尊披着红光的神，他即使不言语，马义隔着数米远也能感觉到他的力量。

马义从惊愕中缓过来，开口说："你，把我引到这，是……要杀我吗？"

马西说："我要杀你需要这么费事吗？再说了，我把你引到这儿来，杀了你，我是要告诉警察我就藏在这儿吗？"

马义一想，对呀，还真是这个道理！马义心安了些，脸上的苍白和僵硬和缓许多，他甚至还朝马西笑了一笑，以向马西显示他并不害怕他，胆壮地说："那你引我来想干啥？"

马西感叹一声，很坦白，说："我现在走背字哩，背得厉害，警察现在满世界像撵狗一样地追着撵我哩，我现在就是一个被撵得连窝都没了的丧家犬，你信吗？"

马义说："我不信，你那么牛×的人也会这样！"其实马义信。

马西也朝马义笑了一笑,他听出马义说的是反话是在嘲讽他。马西并不在乎,他继续说道:"我现在最当紧的要给自己找个窝呀,我得有个落脚的窝呀,我不能真像狗一样满中国到处逃窜呀,我这样也逃不了多久呀,我反复想了之后,我最后决定就把窝落在咱们金积县了,就落在这儿了!我还偏就落在这儿了你懂这里的意思吗?"

马义震撼,心里骂道:这狗贼,确实是贼里的贼呀,金积县现在是啥阵势,这狗贼还真敢往这里扎根呀,像过去老戏里唱的,这狗贼是躺在皇上身边睡娘娘呀!马义面上很淡然地说:"你爱在哪儿落脚跟我有个球关系。"他不能让马西看出他被震撼了。

"有关系!"马西向马义凑近一步说,"所以我要请你来。你先听我说完你自己分析看我说的是不是真话,你确定是真话你再决定要不要按我说的做。这儿这么危险,等于是我住西屋警察就在东屋住着哩!但其实马义你细想,我在外地其实更危险,我在外地是个陌生人啊,一个陌生人在一个陌生地不是更显眼吗?何况现在哪儿的大街小巷都贴着我的通缉令,我让警察逮住是迟迟早早的事!相反,在这儿,我的老家,反而要安全,一来是警察一般想不到我反而会藏在这儿,二来是我生在这儿,我的口音,我的生活习惯,包括我的长相,和这里的人都一个球样,我本身就是这河里的一滴水,又落回这河里,水波无痕,很难被人发现,你想想是不是这么个道理?这是一。二,我要在这里落脚下来,我肯定要乔装改变,警察我不怕,我会藏得很好警察找不到我,但有一个人我绕不过去,这个人太了解我了,我的生活习惯,我所有一切,他全知道,像今天,连我咋样拉野屎他都知道,我瞒得过别人我瞒不过他,而且我要落脚就不是在这儿只待几天,时间长了保不准我的生活习惯就会不自觉地暴露出来,我更瞒不过他了!更关键是他恨极了我,他会一直寻找跟踪我直到看着我死,他是王八咬人死不松口啊!更要命的是我还不能杀他,我就是指使别人杀他警察也会想到是我,警察也会推算到我杀他的动机和目的,那我想在金积这儿落脚隐藏就彻底泡汤,我又得四处逃窜,要不了很快就被逮住!你知道我说的这个人就是你!所以,我要想在这里落脚,长久隐藏,就必须要先跟你协商好。我把你一步步引到这儿来就是要来跟你协商的。从感情上讲,我不想跟你妥协,我不愿跟你低三下四,但我现在确实是非常危机我没有办法了!你自己可以判断我跟你讲的是不是真话。"

马义仔细品咂着马西说的,好久,他得出判断,觉得,这好像不是假话。

马义说:"那你预备咋跟我商量?"

马西伸出一根指头,说:"一百万,现钱,四五天之内有人给你送到家。你放过我。"

马义默思，又很久，说："我还要个煤气罐。你知道咱村里都是烧柴火灶的，烟熏火燎的，我烧的够够的了。你再给我弄个煤气罐送家来。"

马西定定地看着马义。

马义也定定地看着马西，等他说话。

马西突然前膝一曲，朝马义跪倒，声音中带出哀恳来，说："马义，我是认认真真的，我认认真真地跟你说话哩，我认认真真地请你放过我,能成不能成你认认真真地说一句！"

马西知道马义是在戏耍他，什么煤气罐的！

马义被唬了一大跳：这是马西吗？这是马西啊！这是多牛逼的马西啊！马西往昔牛 × 得放个屁都能把火车推着朝前走哩！现在马西在朝他跪倒，马西正在眼前给他跪着哩！马义不禁闭上眼，他太陶醉这种感觉了，他闭眼陶醉享受。马义有意闭眼闭得久一些，不说话，仿佛是在凝神思考马西说的话，他要让这种陶醉再多流淌一会儿，像吃了好饭要再品咂一会儿。马义闭眼了有一刻钟，其间马西一直跪着，马西的哀求实实在在，马义眼角的余光能够看见，这让马义快乐无比。最后，马义觉得够了，他睁开眼睛，说："好，你跟我认真那我也跟你认真,不过你糊弄耍戏了我那么多回我今天耍戏你一回也不为过，好吧，我认真地回答你：这事，不成！"

马西眼里露出绝望，说："为啥不成？"

马义说："这要放在头几年，别说一百万，就是一万，哪怕就是一千，我兴许都能应了你，我那阵儿太缺钱了，我太想钱了！但现在不成了，为啥不成，因为你把我儿子弄死了！我儿子死了，我现在活着就为了明天能有口气能蹬腿死，我要钱有啥用？所以说不成！我不会放过你！"

马西说："就算我弄死了你儿，那也不是你亲的呀，你逼死我老娘那可是我亲的，咱俩算扯平了不成吗？"

"放屁！放你的母驴屁！"马义咆哮地骂，"我儿子，那就是我亲儿！我一辈子的亲儿子！我跟你扯平？你十辈子都休想！我绝不放过你！你把我的肠子肚子都割了剜了我都绝不！有种的你今天打死我，你打死我你等着警察来，今天咱俩就一块死！你快打死我你听见了吗我 × 你妈的！我 × 你妈！"

马西又定定地看着马义。

马义也死死地看着马西，恨马西恨到极致，怒不可遏。

马西则很柔软，说："马义你说就说嘛你咋骂人呢？"

马义更恶狠地骂："马西我 × 你妈罗素娥！"

马西生气了，马义分明看见马西眼里闪过一丝恶狠，但马西没有发作，要在以往他必勃然大作，马西沉默着，有些长久，长久的沉默后，他长叹一声，很长地很深地叹。这时候焦炭出炉了，烧得像红宝石般透明的大小疙瘩，还带着噗噗的火苗，伴着轰隆隆地震响，从炉门里倾倒出来，霎时间漫天红光绽放。马西从地上站了起来，看着那红光，声音忽然很遥远很缥缈，说："算了，这么些年，我也算是把你害得不轻，你不跟我扯平我跟你扯平了，我不跟你计较了，啥都不再说了。其实我也想到了你会这样。我忽然觉得，很没意思，整天这么东躲西藏，一点动静就心惊肉跳，小时候你和我都看过平原游击队，电影，黑白的，双枪李向阳，那里面有个打更的老头叫吴老贵，他打更老说一句话：平安无事喽！小时候我们都学过他吆喝，小时候没想过这话里有啥道理，现在我才明白，这世界上甭管你有多少钱，甭管你干下多大的事，最幸福的事就是平安无事！我干这个永远都不可能平安无事了。提心吊胆地活着还得看人脸，连你如今都能这么叱我骂我训我，我活得真像个狗了，太没意思了，从我妈一死我已经就觉得啥都没意思了，现在更是一切都彻底没意思！枪就在我兜里，但我不会杀你，我今天杀了你是能再躲一阵，但又能躲多久？我就是再多活半年有意思吗？所以我不杀你。马义你也别那么恨我，我有好几次能杀你但我没杀你，我总算也有那么一点点好吧？以后你想起我来，也记住我有那么一点点好。"

马义冷笑地说："你说得好像你现在要去死一样，你去死啊！"

马西不再说，笑笑，一瞬间他又恢复了轩昂，他轩昂地转身走去，走了。

马义冷笑地看着他，看他往哪儿走，继续保持监视他的警惕。

马西爬上土坎，走向炼炉那边，炼炉边竖着一溜铁板，是挡焦炭出炉时四处飞溅的火星的，怕人被溅到烫着，马义看见马西绕过那铁的挡板，走到炉门口，喊一声："妈，我寻你来了！"一纵身，迎着扑面而来的满天火星，跳进那炼炉里去。

马义足有两分钟的时间一切感觉触觉空白。

轨道上运送料石的翻斗车依旧哐哐哐哐地来回跑着。

马义撕裂地喊叫起来，地动山摇地喊，喊料场那边的值夜班工人。待工人们从远处跑来，拉下电闸（炼炉是用电烧的），又去拖来消防的高压水枪，朝炉子里喷水降温，待几千度的炉子勉强可以靠近，可以靠到近旁用铁钩往出扒人，扒出来的已是一堆骨殖……

马义对随后赶来的黑压压的警察们激动地说："我亲眼看见马西跳进炉子里去像个蝙蝠！"马义反复地说，说了有七八遍，或者是十几遍，他说他看见马西像飞翔一样扑进炉子里去就像个蝙蝠，他说这话时眼睛直勾勾的，手不停地神经质地抓弄着衣角。马西就在他眼前飞蛾扑火般的自杀让马义很受刺激。

警察们都不信马义说的，或者说是从感情上不愿接受马义说的，特别是马财，情绪极为激烈。一个特大毒枭，惊天大案，穷尽几十年追捕，最后竟以这种方式结案，这对警察们是个极大侮辱。对马财更是嘲弄。

马财对喋喋不休的马义吼叫说:"这堆骨头是不是马西不是你说了算,得DNA说了算!"

马义第八遍或者第十五遍对马财说:"我亲眼看见马西扑进炉子里去像个蝙蝠!"

七天之后,DNA检测结果出来了。由公安厅物证检验检测中心DNA检测室主任张霆义亲自检测。张是公安部挂号的专家,张在检测报告上签字,证明:是马西!

马财来上马关村告诉马义这一结果。马财必须要代表公安来告诉马义一声,因为这事关马义,马财来告诉马义,这件事,不管情愿还是不情愿,不管甘心还是不甘心,不管舒服还是不舒服,这事结案了,这一页已经掀过去了。马财让马义从此不要再纠葛这事,开始新的生活吧。马财自己最后忿忿不甘地说:"我要是一刻都不松地跟着你就好了,哪能这么便宜了马西,唉!"

马义陡然想起徐秀玲来。马财上门让马义又陡然想起他和徐秀玲的事,马西的血腥落幕让这事淡然了。马财忿忿不甘的话让马义相信了马财之前多次来找他确实是只为了马西,由此马义推想马财应该还不知道他和徐秀玲睡觉了,徐秀玲应该还没对马财坦白。马义又开始忐忑慌乱起来,怕自己万一应对不慎要拖累徐秀玲,他闪躲着马财的目光,扭过脸去,看着墙,或者低头看地,看地上皲裂的纹路。

马财以为马义这样闪躲他是因为心内悲戚又不愿在他面前显出柔弱。

马财说:"我走了。有啥事,咱以后再说。"

马义看着马财离去,涌上来百般滋味的惆怅。

第十六章

马义一心求死。

马义觉得生活空了,活着空荡荡的,没有可牵挂的,没有可惦念的,没有可仇恨的,仇恨也是活下去的一种动力,现在连这种动力也没有了,活着就成了只是时间的流淌。马义实在厌烦了每天没有内容地在家里进来出去,他麻木不仁不关心任何事,有一天他把家里的自来水龙头拧开(上马关村已经通自来水了),让水放肆地流,马义想看看自己是不是还担忧浪费水这种事,过去马义即使渴极了喝水都是喝半碗留半碗的,要留半碗水和面洗菜或者饮牲口,水是很金贵的,但马义漠然地看着那水流淌了整整一天他都没有兴趣走过去把水龙头关上，于是马义知道他该结果自己了。

马义第一次寻死是摸家里的电门。马义把两根手指蘸了水，他听说蘸水后电流会强烈，然后把手指伸进电闸里去，但结果是保险丝断了，马义接好了保险丝，第二次伸手进去，保险丝又断了，于是马义知道这办法不行，死不成。马义第二次寻死是跳河，但有两个原因他又放弃了投河自杀，一是他跳进河里就浮了起来，他会游泳，二是他在黄河的波涛中起伏漂沉的时候，河边有个钓鱼的看见他了，那钓鱼的看了他一眼，又去专注自己的鱼了，这让马义很是屈辱，他觉得自己活得太失败太悲惨了，他都自杀了还换不来关注，马义一气之下挣扎地游上了岸，他不死了。第三次马义选择了和马西一样的死法跳炉自烧，他同时也想试试自己是不是也有勇气像蝙蝠似地扑进火中去，待马义到了焦炭厂，他发现这种办法也死不成了：自马西跳炉后，再每到焦炭出炉炉门开启，焦炭厂都安排专人站在炉前看守，任何人都不可能再有机会跳进去了，活人跳炉对企业损失太大，拉闸停炉停产，如果有家属不依不饶，还得赔钱，企业亏不起，于是采取措施此处严禁自杀！如此三次专门寻死都没能死成，马义不死了，马义忽然想到他不能死了，他想，这是不是老天有意不让他死呢？老天是不是还留下他让他为什么事什么人继续牵挂继续纠葛着？马义想那就再活一阵儿看吧。

老天让他继续惦记牵挂和纠葛的又是什么呢？

是徐秀玲么？

在一天里的最喧闹最忙碌的时刻，早上七点到八点，娃娃去上学大人去上班老一点的人去晨练家庭主妇们去买菜，马义蹲在县城的十字路口，用金积城四周乡民的话说叫圪蹴着，看着车水马龙和熙攘的路人，他要试验一下在最嘈杂中想起徐秀玲来能不能沉浸进去，在这样的嘈杂喧闹中能沉浸地想一个人那就是挂心得狠了，十分的挂心，他要试试自己有多挂心徐秀玲，马义闭眼凝思，他果然就沉浸进去了，他脑中的徐秀玲衣袂飘飘让他聚精会神，觉得四周的嘀晰小了，四周的响动还能听见但遥远了，这就是沉浸了，马义沉浸地想到了徐秀玲的笑，徐秀玲的笑是抿嘴一笑，这是黄河滩地里贤惠女人不事张扬的笑，马义喜欢；马义想到徐秀玲走路，徐秀玲走路有点外八字，并不好看，黄河滩地里好多女人走道都外八字，这是常年挑担抗重压的，马义也喜欢，走道婀娜摇摆一副水上飘的样子那是城里的婊子；马义还想到徐秀玲手上的茧，徐秀玲不是纤纤玉指，徐秀玲手上是有茧的，那是做活磨出来的，薄薄一层，马义还记得那一晚那茧摩挲他后背的时候像有颗粒碾过，不细柔略粗粝，马义尤其喜欢；马义依旧想念徐秀玲的乳，那浑圆的肥硕的一口叼住……马义想到了徐秀玲的很多，他想老天果然是留给他了一个徐秀玲让他继续活在这世上惦记着牵挂着的！徐秀玲是他脑回沟里的皱褶。

马义愈发地惆怅，苦痛，他只能惦记牵挂着徐秀玲却不能再去和她纠葛，他不敢再去，不是特别怕马财，而是特别怕徐秀玲因他所累，他越是沉浸地惦念徐秀玲就越是骇怕她伤着。其间马义又见过徐秀玲两次，都是在县城的街上，上、下马关村隔得这么近两人反而见不着，几年都见不着，两人都怕彼此见着就有意躲避着，两人都在外头，远处，以为是见不着的地方活动，哪知却见着了，徐秀玲见着马义，脸先红了，不是那种害羞的红，而是忐忑的红不安的红慌乱的红，她脸涨红着，头低下，匆匆地躲避着走了，两次都是这样，这让马义知道徐秀玲过得也不好，她也是兀自活在自我折磨中，沉重不堪，马义愈发地远离徐秀玲，甚至县城都不去了，就在村里，在屋里屋外活动，他不能再给徐秀玲添沉加重。

马义刻意地回避着徐秀玲和马财，马财却要来找马义。马财数次地来就像邮差。金积县尤其是这些年来发展迅速，一个城市发展迅速的标志就是扩张，金积县不是一点一点地扩，而是每一年都像黄河溃堤大水漫滩一样一扩张就是一大片，县城四周的好多乡镇都扩进了城里，村落成了城市的新区，连黄河都扩进去了，黄河如今已是金积县的内河，就像黄河的甘肃兰州段早已成了兰州市的内河，扩张也蔓延到了下马关村和上马关村，两个村都被征地拆迁，城市规划图上标明三年后这里将是一个叫做沙湖的综合旅游特色景区，是依托离两个村子十五公里远的裹在茫茫沙漠里的一片大湖而拓展兴建，两个村的村人都被县里的拆迁办安置进城做了街道居民，县里人按眼下的叫法把他们称作进城的失地农民，马义也成了一名失地农民，他二十多年前买下做小卖部的两间土屋被拆迁办评估后，在城里的紫园小区给了他一套四十七平米的单元楼房，房子不算大，足够马义住了，但马义不去，他依旧住在他的小卖部里像一颗钉子钉在上马关村，渐渐地，四周的村屋都拆平了，马义的房子独立在一片瓦砾残墙中间看上去就像一个笑话，再后来，电也停了，自来水也断了，马义到沙漠中的湖里去打浑浊的水来喝，半桶水半桶泥沙，晚上点豆油灯照亮，过着"野人"的生活，沙湖里打来的水硬，马义时常闹肚子，同时痔疮就没有再好过，马义的房前屋后到处可以见到他屙的殷红的血，骇人，拆迁办的人都骇了，怕这个已经六十出头的老汉哪一天屙血屙死。拆迁办将这一情况报告给属地派出所，无奈之下请警察来关注。马财数次来荒芜的村里动员马义搬到城里去。马财来说马义也不去，或者说更不去了，马义不去的原因是说不出口的，尤其是当着马财绝对说不出口：马财和徐秀玲也搬家住在了紫园小区！

　　马财和徐秀玲是头一批就搬到城里去了的。马财每次来都说紫园的好，说紫园的房子政府是装修过的，只要不是太讲究要图豪华，像咱们刨地放驴的人，扛上铺盖进去就能住；马财还说他已经在给马义申请低保了，每月国家给发四百三十个元,而且政策规定要是过了七十岁每月还能再加十块,钱不算多,也还行;马财说他已经把紫园周边的情况都摸清了,小区出门有个超市,散装的米一块二一斤,面一块一,超市门口是卖菜的菜摊,茄子三毛,青辣子七毛,洋芋便宜,三毛两斤,芫荽、小葱、姜、生蒜,都不算贵,要不想做饭,门口小铺里有买馍馍的,蒸熟的馍一块钱三个,再打个鸡蛋做个汤,一顿饭,能饱;总之,过日子,省着点花,够了。马财知道这些能吸引马义,他每次来都给马义说这些。

马财热烈地说:"马义你快搬过去吧!你说你耗在这儿干啥,吃不好喝不好的!"

马义依旧不敢看马财,他依旧怕马财从他躲闪慌乱的眼里看出他和徐秀玲的勾当。马义低着头也热烈地回应马财说:"行哩,行哩,我搬哩,我等消停了就搬!"

马财知道马义这么说就是不搬,消停了也不搬,永远就没个消停。马财说:"马义,我咋听说你死都不搬?我听人说你说了,要是拆迁办再催得紧了,你就上内蒙古阿左旗去,你说你头些年帮人家拉羊去过阿左旗,你说你在那儿买个放羊的小屋一住,你就在那儿过了,马义,你说你都六十出头的人了,你上内蒙古往后谁管你呀?你指望羊管你啊?你死了谁埋你都不知道!你就搬过来跟我们一块住吧,咋说也有个照应!"

马义低着头嚅嚅地说:"谁说我要上内蒙古,没球影子的事!"

马财知道这就是有，马义一根筋地还真有可能就上内蒙古了！马财说："马义你好好想想快点搬吧。你一天不搬，我还来！"

马财每次离去都这么讲。

马义就躲了出去。马财总来，马义躲不过，又没地方可去，村里都拆了，一片狼藉，连溜达下脚的地方都没有，他只有躲到城里去。马义在城里闲逛，到处逛，逛一天，他必须要逛到很晚，逛到夜里，估计马财今天不会来了才回到村里，第二天一早又早早躲到城里来。马义在城里逛得昏头涨脑，一个超市商场，他从东门进来从南门出去进进出出了八次，一个农贸集市他从东头到西头也来回走了八九次，马义走得都恍惚了，他最后看菜摊上的韭菜都出现了双影，那根根韭菜都像树杈，他甚至都出现了幻听，他甚至听见了马西在说话，有一天他在农贸集市里走突然听到耳边不远处马西在说："把你的勾子挪一下。"这是土话，带一点戏谑，把勾子也就是屁股挪一下，是请人挪一下身子他好过去，这是马西的话，他从小就这么顽劣地说，马义倏一下朝发出声音的方向窜了过去，去寻找——哪里有什么马西！那里有七八个人，除过女的，马义保证从他生下来就没见过他们。有一个身型稍像的，马义探头探脑地围着他看了三四次，直到那人发现马义在看他，那人径直朝马义走过来，也奇怪地憎恶地盯着马义看，马义才看清了。马义笑了，笑自己魔怔了，他大半辈子都围着马西转,马西嵌在他脑子里太深刻!

直到有一日马财开着警用挎斗摩托车"嗖"一下在正在街上走道的马义身边刹住,马财黑着脸,看出他气愤了。

马财愤意地说:"马义你行啊,你一道金光你还躲得不见了!"

马义也火了,说:"你还撑着我不放了你!国家银行的钱我不敢搬,我自己的勾子,我搬着到处走走,不行啊?"

马财说:"你还嘴能说得很啊!"

马义说:"一般能说。不就是让我搬家的事么,今天我明说了吧,我不搬!"

马财说:"今天不是搬家的事,今天是公安找你,你跟我走!"

马义说:"我犯啥事了?不搬家算杀人还是算放火?判几年?"

马财直接把手铐从屁股后面抽出来了,说:"马义你要让我采取强制措施吗?"

马义怔了一下,妥协,说:"你们公安牛×!"

马义只好坐进了马财的摩托车挎斗里去。

马财把马义拉进了他的紫园小区里去。在走进楼房单元门迈上楼梯台阶的时候,马义满心狐疑,说:"这是公安局吗?"马财说:"公安局就不能有个秘密据点吗?"开了自己家门,领着马义进去。马义看到"秘密据点"里,迎面的客厅中间已经摆好了一桌酒菜,筷子都已经在小碟里摆放好,接着马义看见听到开门的响动从厨房里迎出来的徐秀玲,徐秀玲猛地看见马义,惊愕住,脸顿时煞白。

徐秀玲声音都岔劈了,问马财:"你,不是说,说,说你们所长今天要来家吃饭吗?"

马财说:"我要是说今天是马义来,你能做这么大一桌菜吗?"

徐秀玲脸不光煞白连两腮也开始抖。

马义脸也煞白,他夺门要走。

马财厉声说:"马义,你要还是个男人,你今天就坐下!"

马义腿迈不动了,但他没有过来坐下,他站着。

马财说:"徐秀玲,你也过来坐下吧。"

徐秀玲也没有过来坐,她也站着。

马财说:"是疖子总要出脓的,你俩都过来坐吧。坐!"

战战兢兢地,期期艾艾地,徐秀玲和马义过来围着餐桌坐下。马义还偷看了徐秀玲一眼,徐秀玲则胆战地不敢看马义。

马财说:"这些话,我想还是在吃饭喝酒前说开的好,要不这饭吃不下去。你俩说呢?"

徐秀玲和马义都不敢说,都任凭马财说。

马财说:"这么些年了,我一直想找个机会把你们俩拢在一块当面跟你俩说这事,一直就没这么个机会,话就一直憋着，今天，是个机会。"

徐秀玲和马义喘气都是轻轻地、细细地，像爬过风箱的鼠。

马财说："马义，秀玲，我知道你们两个……你们在一起睡觉了，对吧？"

马义一副濒死的样儿。

徐秀玲哭了起来，徐秀玲的哭是猛一下喷薄冒出来的，像顶破堤坝蹿出来地流，那种奔涌锐利顶心戳肺。

马财继续说："我今天要跟你两个说的是——"

马财顿住，看出他要说的话对于他也很艰难，马财攥拳，捏紧，仿佛要把艰难攥住，捏扁，甩出去，最后马财猛一甩手，像挥走了什么。

马财说："我想说，睡就睡了！"

马财又强调地说一遍："睡就睡了！"

马财接着说："人活在世界上，有比在乎这件事更重要的！"

马财然后转向猛一下顿住哭惊愕地望着他的徐秀玲，说："秀玲子，好几年了，我一直想跟你说但我没说出口，这些话我要说出口我也不容易，今天，我想跟你说，这事，你别一天弄得像犯了滔天大罪似的，你眼睛都不敢看我，我跟你说这一页已经掀过去了，从今天起这事你就放下，彻底放下，啥事都没有，咱还是好夫妻，咱好好过日子！"

马财揽过徐秀玲来，摩挲着她的头发和脸。

徐秀玲在马财的怀里嚎啕大哭。

马义看得目瞪口呆。

马财又转头向看得目瞪口呆的马义，说："马义，哥，你都六十多了，我也六十眼瞅要退休了，咱都到这把岁数了还有啥掀不过去的呢？还是那句话，你上啥内蒙古呀，戈壁荒滩的，你一个人在那儿孤老到死啊？你就搬过来吧，咱都老了，老头老太太的，在一块儿有个照应。你一个人，吃呀喝呀洗呀涮呀，都不方便，你搬过来，往后，我家就是你家，你常过来。"

马财拿出一把钥匙，马财自己家的钥匙，钥匙圈上拴着条红穗儿。

马财说："马义，你要是个男人，你就拿着！"

马义手抖抖地接过来钥匙。

马义也哭了。

马义几乎是在一瞬间对徐秀玲的想法就净了。干净了。马义自己都奇怪念了想了几十年的事情一下就干净了，真的干干净净了。

马义觉得他要再有啥想法那还是人吗！

马义搬过来后去药市上给马财买当归。马义听徐秀玲说起马财便秘,他暗暗记下了,当归是润肠通便的。当归哪儿都有,每个药铺都有卖,但马财执意要到药材集市上去挑选买最好的,宁夏特产的当归很好。马义搬过来后上马财家吃饭,开玩笑似地对马财说:"马财你咋对我这么好呢!"马财认真且实诚地说:"徐秀玲让我娶了,这也是你心伤和磨难的开始,除过马西害你不算,我觉得我一辈子都欠你的。"马义由此更认为马财这人还真是不错,一个人能觉得亏欠了别人还想着要报还这就是好人,现在很多人都是天天在亏别人丝毫不觉得这是缺德,因此马义觉得他也要报还马财,为马财做点啥。金积的药市很阔大,原来是黄河湾里的一大片河滩,被开辟做了药材集市,西北五省还有内蒙古、山东、河南、河北等中国北方的药材商贩们很多都聚集到这里来,古旧的黄河湾每天都熙熙攘攘的。马义从东头到西头一家一家地挑选过去,他已经看到了一把十八厘米长的,这已经是很好的当归了,但马义一定要挑二十二到二十五厘米的,那是极品当归。就在马义挨着药材摊子一家家弯腰查看挑选的时候,就在那样不经意的时刻,非常的不经意,他再一次,蓦然地,听见了马西说话!

马义再次听见了马西在他耳旁不远处说话!

马义蓦然听见马西说:"乡党,你这黄芪啥价么?"乡党是陕西人说的,用来称呼乡里乡亲,金积镇的乡民也说乡党,像金积的乡俗也喜好唱陕西发源的秦腔和眉户一样。马义记得他和马西十二三岁在草滩里放驴的时候管徐秀玲的爸也没大没小地叫过乡党，马义记得马西顽劣地对徐秀玲的爸说："乡党，社会主义真是好，干部群众是一家，把你兜兜里的干部烟也给咱抽上一颗！"徐支书狠狠踹了马西一脚。马义记得马西挨了踹后哈哈笑。

马义听见这声喊"乡党"的腔调和当年马西喊徐支书一样，痞痞地！

马义本能地倏一下抬头又倏一下埋下头去，他在一秒钟内想到了隐蔽。隔着药材商贩身子的遮挡，马义又缓缓抬头，朝他认为是声音发出的方向偷窥，尔后又朝四下偷窥，马义看得极细致，从近处到远端，一个角落一个角落地扫描，一个人一个人地打量，尔后再折返回来，从远到近，再一个角落一个角落地扫描，一个人一个人地端详，再接着又循环反复，又由近至远，再又每一个角落每一个人地像透视一样地看……

没有马西。

没有人离去。从听到声音，在马义急速埋头尔后又抬起头来，大约五六秒之间，如果有人离去，马义是能看见的。起码能看见离去那人的背影。但是，没有。所有的人都在原地，招呼，寒暄，闲聊，高声叫喊，低声浅笑，问价，划价，挑药材，捆药材，交钱，收钱……一切人都在，没动。

没有马西！

马义确定四周没有烧成灰他也认识的马西。

马义坐在黄河堤坝的一块石碑后面在想这个问题。这个地方是马义一路走来特意挑选的，这里地势开阔，没有遮挡物，假如有人在后面尾随跟踪他，他一眼就能看见，而跟踪者却看不见他。马义需要找这么个地方好好地捋一捋他的思想。马义的思绪很混乱，太乱了，像熬成一锅又被泼倒在地上的八宝粥，各式杂样混搅，他匪夷所思，惊惶不解，还夹杂着恐惧，马西没有死吗？马西是假死吗？但是这怎么可能呢！马义是亲眼看到马西跳进焦炭炼炉当时就烧成了灰的。就算马义当时眼花看岔了，还有公安 DNA 检测哩，公安的 DNA 检测证明那堆从炉膛里扒出来的骨头就是马西！这怎么解释呢？马义没法解释。这座逻辑的山峰太高耸入云让马义无法攀越过去而相信马西没死。马义只能解释是自己再一次陷入了幻听。

马义已经准备接受是自己幻听了，但是他拧巴，很拧巴。

那个声音对于马义太抓挠了，像硬币在玻璃上划过般惊悸而尖利，而炸响，而真实，马义无论怎样都不能觉得这个声音是虚幻。这个声音无数次地出现在马义醒来和睡着中，这个声音在马义的睡梦里也存在着，马西的一切已经渗透进了马义活着的每时每刻，当然也包括马西的声音，马义觉得自己不会听错的。由此马义想到，刚才，在药材集市上，他悄悄地偷窥了四周好几遍,如果马西就在现场他不可能看不见他,但是,没有!只有声音在!假如,马西没死,不管马西是用了什么办法,他不可思议地逃过了马义的当面监视而成功假死,他又不可思议地逃离了现场,他更不可思议地连公安的DNA检测都逃过了,他再次隐藏潜伏下来,那么,前提是马西整容了,而且可以推测马西整得非常彻底,以现在的技术和马西的财力他不难做到,马西可能已经整成了万千种模样,胖的,瘦的,脸上有斑点的,脸上没斑点的,眼睛斜吊的或者不吊的,下巴地包天的或者天包地的,更可能是周周正正一点特征都没有的,金积城里,迎面朝你走过来的哪一张陌生的脸,都有可能是马西!而这个县城已经快有近百万人了!从颜面上已经不能辨认出马西了,唯一有可能的是声音。唯有声音是不能整容的,声音只能刻意地拿腔捏调地去改变,但几十年养成的说话习惯,那些拖腔,那些尾音,那些咬字……在不经意间,在不防备时,人本来的腔调就有可能会不自觉地流露。人在那一瞬间就变成了本我!马西没有任何录音资料留下,马西本来的腔调是什么样的,是扁平还是方圆,那种说不清道不明的感觉,现在唯有马义知道,唯有他能听出来。

马义想他是不是应该去寻找这个声音?

在小城百万张陌生的嘴脸中去找那一点的熟悉?

马义想不出来他有什么理由不去找。

马义因为要办营业证跑工商局跑了两天,第三天他扛着个板凳出现在药材市场,从东头批发买了药材,首先买的是黄芪,尔后是甘草、黄连、党参、白术、淮山药等常用来和黄芪配药的中草药,这是马义专门问过诊所开方子的中医大夫的,马义在东头买了这些,在西头找了块空地,学别人也将一块白布铺在地上,又将药材摆在布上,尔后坐在扛来的板凳上,面朝熙熙攘攘走过的人众,正式做起了药市上的一名药材小贩。马义的思路是这样的:既然他听到的那个极像马西的声音在打问黄芪,说明他是来药市上买黄芪的,中草药治病是长线的事情,好多都要吃几十副药还有吃上百副的,那么就很有可能他还会再来买,还有可能会连带再买甘草党参白术淮山药这些,马义就备好了这些在这儿等着他。马义再没有别的办法,他只有这一个办法,死等,半年也是它,一年两年三年也是它,就在这儿,死死地等!马义准备等三年。

马义想他一定要等到那个声音再次出现!

或者是那个声音再也不出现,证明那确实是幻听。

马义专门淘了一顶帽子戴上,是甘肃土族来这里的药贩戴的那种卷边的毡帽,压着眉头戴,遮住半张脸,马义也要乔装,怕万一马西真的出现会认出他来;马义不光戴帽还蓄须,从坐进集市的第二天马义就不再刮胡子,十多天后马义就胡子拉碴,四五个月后,马义两鬓尤其是下巴颏上的胡须都能翘起来了。除了蓄须，马义脸上还生出来了疥疮，先是生出了一粒疥疮，开始他想买一管999皮炎平药膏来抹，后来一想，算了，就让疥疮在脸上长着，疥疮从一粒感染到两粒、又感染到三粒、四粒……到感染成一片，后来疥疮自行愈合，人的皮肤的小面积创伤是能够自行愈合的，疥疮结疤、脱落，马义的脸上添了一层黑锈，这层釉样的黑，以及胡须和土族的毡帽，大幅度改变了马义的样子，很多人都认不出马义了。连上、下马关村的村人都认不出。

马义为了死等那个声音的出现把自己在人间深埋了起来。

马义同时准备的还有意志。为了调动自己能成年累月地在这儿死守，马义开始重温回想马西的恶，对自己的恶，想让自己重新义愤填膺起来，但马义很奇怪自己的心绪，他居然头一次想起马西的时候没有那么强烈的复仇意识了，他想起马西的时候更多的却是想到了马财，他知道除了他自己以外最想抓住马西的就是马财了，马财追捕马西也追了大半辈子，追到如今人都偻了，受尽磨难，还有委屈，马义听徐秀玲说过马财曾经好多次晚上一个人躲出去躲到村口的井台上哭。马义想为马财做这件事。

这一次，马义为马财而战！

马义绝没想到这一死等竟又等了快五年。

马义坐在药市里等是闭着眼睛的，反正整容后的马西即使站在他面前他也认不出来索性他就闭着眼不看人,更重要他闭眼是为了更锐利地竖起耳朵,你关掉一个器官另一个器官就更敏锐。马义竖着耳朵倾听着四周,等着那个声音在某一个时刻响起。只有当有顾客过来问他药材价格的时候他才睁开眼一下,敷衍地说几句,尔后又闭上。马义的药材只是装样子的,他并不指望能卖掉。这样闭眼细听一年以后,马义发现他的听觉变得极端穿透,他屏神静息,能听见一百米外有人尿尿,一百米外有一堵拆了一半没拆完的残墙,很多卖药的和买药的内急都在那墙后头尿;又过了半年,马义能分辨出是男的在尿还是女的在尿,男人尿尿唰唰唰,女人尿尿哗哗哗。

马义后来能听到更多的。他有一次听到过一个女人让一个男人去杀掉另一个男人。"你去把他杀了嘛!用刀,用绳子,下药,咋都行!你快点!"马义听见那女的像催着去交电费一样催着那男的。"不杀行不?我把他打狠点行不?我踹他的蛋行不?"马义听见那男的跟那女的商量。"不行,要杀掉!"女的不同意中庸。马义当时一惊,睁眼朝远端望去,果然就看见一百米开外,一对男女在悄声嘀咕。马义也不知后来人到底杀掉了没有。

马义还听到过一个人低声教另一个人往甘草上洒水,这样能压秤,多卖钱。

两年以后马义能听见两百米外的声音。马义有一次听到了两百米外凿墙的声音，下手很轻，不是咚咚地敲，而是铛铛铛，一下一下很小心地凿。第二天药市上就传开了老季的库房昨天傍晚被人掏了大洞钻进去偷了，老季是药市上的大户。马义看着被偷的老季哭丧着脸从同情的人群中走过去，到处哭诉自己这次赔惨了，然后，转眼，马义听见老季低声对一个朋友说：没事，偷的都是假药！

再后来的时候马义甚至能听见三百米开外的声音。马义能听见三百米外小饭铺里鲜鱼下油锅煎"哧——"的一声。马义甚至还听见过蛇过道的声音，窸窸窣窣的，马义开始不知道那是什么声音，第二天好奇地跑到三百米外的路上去看，一看是蛇，道上有印迹，爪印，一排，横过路面，像蛇排队过安检一样。这种蛇在上、下马关村叫四脚蛇，其实就是壁虎。这世界上有很多声音是被视觉屏蔽掉的，视觉屏蔽掉了听觉，人们往往是看到了什么就不再去注意还能听到什么，声音的世界要比视觉的世界宽广丰腴得多，你只要闭眼凝神去听，你能听到很多你以前从未听到过的。

药市上还有许多声音，就是没有马西的。

突发情况就在一个傍晚，那个声音，它陡然地来了。马义是听到声音之前就先注意到这个人的，因此他听到声音后立刻就知道声音是从这张嘴里发出来的从而锁定这个人。那个人幽幽地走来，走路没有声响，确实像一只蝙蝠无声地掠过,就像人说的,很贼地走,正是这一点使马义从一堆人里注意到了他,也让马义破例地没有闭眼。那人样貌不像马西,很不像,通体上下没有一点像,但正是因为非常不像才让马义警觉这有可能是马西,马义觉得只有像马西那样思考深远的人,才会整容整得这么彻底。马义目不错睛地盯着他看他走过自己身旁,走向旁边的摊位,看他开口问旁边那卖药材的,他这回问的是:"乡党,你这熟地咋卖呢?"马义头皮都要炸裂开来了,这正是他在脑子里想了念了万千回的声音!

马义嗖一下扑过去抱住那人的腿,他本想抱腰的,脚下一滑,没抱住。

但马义随即就想松开抱着那人的手。

马义听见那人骂他:"×你妈的你干球啥呢!?"

那人骂得理直气壮。

马义含糊了。马义被这声怒骂骂得含糊了起来。这太不像马西的风格,这不是老大的风格而是小混混的。更何况在这种时刻马西不应该这般理直气壮呀!马义含糊了,他松开了手,但仍然拽着那人衣襟的一角,观察那人继续的举动,万一这要真是马西呢?那人继续喋喋不休地骂马义,他被马义冷不丁地猛扑过来惊吓得腿都软了,他有尿急尿频的一惊吓会尿的。马义越听那人骂越觉得不像,越来越不像,到最后,彻底不像,这完全不是马西。那人是甘肃静宁县的,静宁县的口音和金积县的很挨近,静宁人也喜好秦腔眉户和碗碗腔,静宁人喊人也喊乡党。那人还是静宁县的一个村长,他专程来这儿的药市给自己配药,哪知就让马义一把抱住吓得他半死。

马义不禁哑然失笑,向那村长赔礼道歉,称半斤熟地送给村长。

马义就是在那一时刻顿悟,他突然意识到他一直死等的就是他自己!

马义突然悟到他一直等待的声音其实是一直萦回铭刻在他自己脑子里的声音!

马西的声音一直都在马义脑子里,那是记忆的声音,他时时刻刻都在期待这声音的出现也就是马西的出现,当一个相似的声音陡然出现,他立刻选择了倾向性地相信,他因为等得太久太渴望了所以立刻就倾向性地相信这就是马西!那个相似的声音是引发,引发得他记忆中的声音一下喷薄而出,他记忆中的声音一被引诱迫不及待就喊出来了,这声音越来越放大越来越响彻盖住了一切,他以为他听到的是外面人在说话其实他听到的是他脑子里的声音在喊、在说,正是这记忆中的声音造成了他的认定,马义想他这一次听到静宁人说话就是这样,上一次,五年前听到的那一次,多半也是这样。

这就是幻听了!

马义觉得他应该放弃了。前两年,到蹲守到第三年的时候他就想过要结束的，但又继续了下去，一来是他已经蹲惯了，他老了，也没别的事做，另外那一年还发生了一件事：马义得了肾结石，一颗石头掉下来卡在尿道里，剜心地疼，手术摘石后，尿道肿胀，下体肿得像个小水葫芦，尿不出来尿，马义憋胀，愈发地疼，在床上翻滚，苦痛不堪。徐秀玲来探望马义，见状，忙过来给马义导尿，用手托着马义的下体，嘴里发出"嘘嘘嘘……"，像低吟，引逗他排出体液。马财这时候也下班赶了过来，他看到了。徐秀玲大窘，马义更是恨不得能有个地缝钻进去。马财说："我来吧。"他过来接替徐秀玲托起马义的下身继续为马义导尿，嘴里也像徐秀玲那样发出"嘘嘘嘘"的声音，只是马财发出的要比徐秀玲雄壮。马义的眼泪和尿液一起流着。就在那一刻，马义决定他要继续蹲守下去，他要为马财再守几年！到如今已经五年过去，五年寒暑春秋，并且已经确定他所谓听到马西的声音，就是幻听，马义认为他确实是可以结束了。

这一日是腊月二十九，街上原本零零星星的过新春的鞭炮已经响得有些密集了，马义到药市上去，他的摊子还在那里，他要收拾一下把凳子什么的拿回来，还有些没卖完的药材，有些黄芪，还有些麦冬、甘草、三七和熟地，他也不卖了，准备就送给来买药的人。马义最后一次蹲在摊子前，等着有买药的过来。要过年了，旧年还剩尾了，往日喧闹的药市冷清许多，很多卖药的都收了摊回老家了预备开春再来，鞭炮声提前地炸响着,对有些人听了是惆怅,觉得又一年韶华逝去,对有些人听了是希冀,觉得又一个新春将至。马义则是漠然,无论是逝去的还是将至的,对于他都是数着剩下不多的日子一天天过。马义等来了几个买药的人,大概是自己有病或者是家里有人吃药的,即便是过年了药也不能断,所以来买,有两个是年轻一点的,还有一个年岁大一点的,马义想送给那个年岁大的,他还是跟自己年龄相仿的感情近。

也巧,那年岁大的径直朝马义的药摊走过来了,马义看见他长了一张瘦长脸。

马义笑嘻嘻地迎了上去,拿着他的药材。

那人以为马义是卖,问药价:"乡党,你这黄芪咋卖呢?"

马义先是愣怔了,尔后心头凛然一炸,他稳住,先做了一个动作:他伸手,在那人的脸上拍打,左脸颊拍几下,右脸颊拍几下,额头上再拍两下。轻轻地拍。

那人一怔,下意识脱口而出:"马义!"

马义倏一下猛扑上去将其按倒。

是马西!

马义做的这个动作,也是游戏,是马义和马西小时候常做的。马义和马西小时候在草滩里放驴,饿得发慌,就玩这种叫做"贴饼子"的游戏来转移,边相互拍着脸边哼唱着乡野民谣:"拍脸子,贴饼子,卷葱抹酱裹辣子……"说的还是对吃食的向往。马义怕再次唐突,像上回扑倒那个静宁人那样,所以他先稳住,先做了这个动作试探,马西冷不防被拍愣了,本能地脱口而出。马义意想不到竟然真就拍出一个马西来!

马西老得糟朽了,他有钱,生活配备一应俱全,加之需要躲藏隐蔽,他从不出来运动,身体被掏空迅速衰老下去。而马义,因为没钱,他必须要劳动,风里雨里寒里暑里奔波,因此他的身体依然保持着几分硬朗,当马义并不太费力气地把同年龄的马西扑倒,并用捆药材的绳索把他捆结实后,马义感慨地说:"有时候,人还是穷一点的好。"

马西佝偻着背仰望着马义,他头一次没有了任何阴谋诡计真实地央求马义说:"马义,你把我饶了行不?就算我把你儿子祸害了,这么多年都过去了,你气也该消了,恨也该没了吧?你就把我放过,你要钱我给你钱,你也这么老了你肯定需要钱,看病啥的,能成不?"

马义凝望了马西有一分钟,或者两分钟。

然后马义说不能成。

"我是警察!"

马义庄严地说。

马西极懊悔,他都想不通自己竟能犯这么低级的错,竟能脱口失言,简直是鬼催的!马西是极其谨慎的,谨言慎行像瑞士钟表一样精确,他这次来药市就是出于谨慎:马西自易容隐藏下来后，他从来不在任何一个地方出现两次，他从来不在同一家饭铺吃两次饭，从来不在同一家银行取两次钱，从来不在同一家理发店理两次发，甚至从来不在同一座公共厕所尿两次尿，他尽量不去医院，去医院也不去同一家，他一直在吃中药，一直要买黄芪以及党参、白术这些，他从不在同一个地方买，这也是他五年了再没来过这个药市的原因。他一家药铺一家药铺去买，金积县里的药铺都买遍后，他甚至坐车去临近的中宁县买，更甚至去甘肃的平凉、甘谷、静宁县买，质量次一些也买，他还坐车去更远的陕北的绥德、子洲县买，马西的原则是：他决不能让同一个地方的人两次见过他的脸！马西坚决地认为一个人或者一件物，人见过两次，可能就会留下印象。这次再来药市，一是临近过年，县里跑外面的长途汽车都已经歇班停运了，年前再没有车去外县了，二是县里所有的药铺他都买遍了，但药又不能停，马西考虑：他上次来这个药市已经是五年前了，和药铺不同的是，药市是流动的，无论是卖的人还是买的人都是经常更换的，就算有人在五年前见过他，有印象，但五年来留在脑海里的印象也是相当地淡了，何况，难道还真有一个人五年了就专门扎在一个地方等他么？！所以马西思考再三，来了。

马义和马西的胜负在于：马西太复杂，马义太简单。

马义捆好马西牵着他走进最近的一个公安局派出所去，

像牵着一头驴。派出所里值班的小民警看见一个老汉押着另一个老汉进来，判断是乡邻之间争吵械斗，扭到公安来断官司的，态度就有些轻慢，小民警拿出一张纸，让马义先填表，说："你先写上，你叫啥，他叫啥，因为啥事。你过来写。"

"后生，你给我过来！"马义生气了，不写，反而叫那小民警过来，指着马西说："我叫啥，没所谓，他叫啥，你得换上尿不湿听，一会儿你别吓尿了！"

小民警有点被马义震住，说："那爷爷您告诉我，这个……爷爷，他叫啥？"

他问的是马西。

马义说："这个爷爷他叫希特勒！"

马义坚持不说马西的名字。马义坚持要公安局长到场，县局领导全部都要到场，特别是马财警官必须到场，他才能说。小民警不禁冷笑，说爷爷您这是在集市上招呼民工到你们家刷墙啊？县局领导哪能是你说都叫来就叫来的！马义正告小警察，说，你不去找，到时候你要背处分！这个人（马义扯扯捆着马西的绳子），今天就是把公安部长叫来都不为过！小民警吓了，赶紧打电话，跑路，四处去唤。

警局领导和马财火急地赶来，一脸讶然。

马财完全不认得马义紧拽住的这个瘦脸的老头是谁。

马财说："马义你捆着的这人是谁呀？你把我们都叫来干啥？"

马义看人都到齐了，开始郑重地说，各位领导，并请转告你们上面的领导，这个人，人是我今天抓到的，但功劳不是我的，完全不是我的功劳，而主要是马财马警官的功劳！这么多年来，一直都是马警官在给我分析案情，指导我破案，他一直在教我咋样去跟踪，咋样去调查，咋样去找线索，咋样去蹲守，大事小事全是他，他是主心骨，我就是个跑腿的，没有他，这个人抓不住！根本别想抓住！请领导在写报告时，这一点，说啥也要写上！

然后马义说这个人就是马西。

派出所里鸦雀无声寂静了像有一个世纪那么漫长，然后，炸窝了。

马西最初的懊丧过去归于平静。他异常地平静。没等公安审问，他主动说了DNA检测的事，马西说，事先，他就让人给那位在公安部挂号的专家、公安厅DNA检测室主任张霆义送去了不是钱而是金子，让张霆义到时候在别人的骨殖上签字证明是他马西的。金子多到凡是正常的人都难以抗拒，一大片金光灿烂很像是虚拟的，像在虚幻中。张霆义看了足足有两个小时，一句话都不说，最后他开口骂人，骂：我操你们贩毒分子的妈，你们真不该拿这个来引诱我啊！谁他妈能经住这么诱惑啊！然后，他嚎啕大哭，说他对不起国家对不起这身警服！哭完了，他说，这事，他办。马西说，像张霆义这种贪腐就应该揪出来严办，他最恨的就是腐败官员，他应该协助政府查处他们，他作为一个人民，这没说的！

公安讯问马西是如何假死的？那个替马西死的人又是谁？他当时在现场，在现场目击者马义的眼皮底下，又是怎么逃遁的？现场是不是事先就设立好了逃跑的暗道机关？共有几个同伙协助他逃脱？还有，是谁帮他整容的？等等。公安希望这些马西也能如实坦白交代。

马西说，我也知道，但我不说！

马西然后就沉默了，再不开口，沉默得像一块岩石。

马西至死没说。

马西被判死刑，执行枪决。行刑前，按规定家人是可以最后见一下的，法院问马西家里还有什么人，马西说都死光了，只有一个远房表弟叫马义的。法院找到马义，马义不愿意去，但他想想，好赖也是亲戚，人都要死了，马义最后还是去了。

马义见到马西，尴尬，不知说什么好，嗫嚅地说："……你好。"

马西瞅着马义笑，很祥和的那种笑，笑着说："你装球啥文化人啊你装！还我好，再有一个小时我就要让枪毙了，我好个鸡巴呀我好！"

马义也笑了。

马义说:"你还有啥事?我要能办,我给你办。"

马西想了想,说:"也没啥事。"

马义说:"你还想吃点啥?肉夹馍你吃不?我上门口给你买去。"

马西说:"我不吃。不是心里堵吃不下,是吃不动了。我七十了,早好些年就吃不动了。"

马义说:"衣服啥的你还要不?你就穿这个就——"马义顿住,不好往下说。

"挨枪子!"马西替他说了,"我就穿这个挨枪子了。穿啥一会儿不是还得烧嘛。"

马义更有些尬,说:"你……真的再没啥事要办?"

马西说:"我想把曲筱梅叫过来睡,这事你能办不?"曲筱梅是陕西秦腔名旦,马西说的还是小时候他和马义说过的话。

马西和马义一起笑了。

马义说:"你现在还能弄女人?"

马西说:"嘴上说说的。弄不动了。老汉是个好老汉,就是有枪没子弹了。"

两人又笑。

马义说:"要没啥事,那,我走了?"

马西说:"你走吧。谢谢你来送我。"

马西突然又说:"等等!"

马西说:"我想起来了!你上回拍了我的脸,我也要拍你的,我得拍回来!你脸伸过来。"

马义不禁皱起了眉。

马西说:"我都要死了你还不让我拍呀!"

马义只好脸伸过去让马西拍。

马西也在马义右脸颊上拍几下,左脸颊上拍几下,尔后在额头上再拍两下,边拍边唱着说:"拍脸子,贴饼子,卷葱抹酱裹辣子……"

一旁的狱警看着这俩老汉像小娃一样地在闹。

马西拍完,说:"我还要再拍一遍!"

马义叫起来:"我上回只拍了你一遍!"

马西说:"我是哥呢,我就要拍两遍!"

马义只好再让马西拍。

马西又拍,又唱着说,乐陶陶。

马义突然眼潮潮地想哭。

马义这些日子街上流浪着,他不再回紫园小区的家住了。事情的起因是县局的那个小民警那天带了一个银行的女士上马义家里来,小民警说那是他姨,想给马义先办张卡,开个户,请马义支持一下他姨银行的业务。各银行现在揽储拉客户都很困难。马义诧异不已,说,后生呀,我是吃低保的呀,每月就六百来个元,我每月人还没走到银行兜里的钱就花没了，你们找我办卡拉存款是不是走错门了？那小民警说，爷爷，您别谦虚了，您马上要火了，大火！您立了奇功，下一步，马上，不知有多少人要来找你，县局的，公安厅的，公安部的，还有县委县政府，自治区党委政府，还有电台的，电视台的，报社的，不知道有多少拨，要来慰问您，表彰您，奖励您，来采访报道您，国家这次不知要奖励您多少钱哩！老爷子，您的好日子马上要开始了！小民警拿起马义搭在椅背上的洗脸毛巾，直咂舌摇头，那银行的女士也感叹，直说真没见过日子这么过的！那洗脸毛巾基本上就是一张渔网了，一个洞眼连一个洞洞，<u>丝丝缕缕</u>的，这是马义十年前小卖部里剩的货他用到现在。那小民警说，爷爷，从今往后您尽管买新毛巾来洗脸吧！从小民警走后马义就躲了出去，在外流浪，干脆连脸都不洗了。马义想他必须要躲出去，他再不躲出去，那些慰问团什么的来了，他的光芒就要盖过了马财去。马义必须要让光芒都聚在马财身上，让那些采访的、慰问的、表彰的、奖钱的、奖物的，都围绕着马财转。马义现在一心就想让马财和徐秀玲过得好。

金积城里从那天起就再见不到马义了。流浪是马义的强项，城里的那些街角旮旯，涵洞，桥梁底下，小公园里的座椅，车站的候车室，24小时营业的麦当劳肯德基，这些地方马义都熟，实在不行还有宽广的乡村，那些田畴、草滩、柴草垛、地窖……马义在这些地方来回换着睡，神龙不见首尾，很应和了一句唱词：你找他苍茫大地无处寻！公安部的，公安厅的，各级党委各级政府的，各媒体宣传机构的，一拨一拨的人都来到了金积，抓获马西是震动朝野的大事，一拨一拨的人，包括马财，都在找马义，遍寻马义不着，但政府的宣传表彰奖励工作必须继续进行，宣传表彰奖励，往往其重心并不在受奖者本人身上，受奖人是张三是李四并不重要，重要的是宣导一种精神，于是马财就变成了焦点，宣传表彰精神是必须得有一个具体对象的。

马义是从街上的广播里知道马财成了英模的。深秋的风很凉了，马义躺在涵洞里，涵洞上面是街，街头的广播喇叭里在播送晚间新闻联播，说金积县公安局退休民警马财同志，退休不褪色，国家的重任始终扛在肩头，为抓捕大毒枭马西，几十年来，含辛茹苦，锲而不舍，最终一举抓获，公安部特授予马财同志公安英模称号，金积县委县政府并奖励其住房一套，以及其他物质奖励，云云。广播里还播送了对马财的采访，马义听到马财说得东拉西扯的，对接受这些殊荣说得含含糊糊，嘴里像塞了个洋芋，但他清楚地听到马财在毫不含糊地说他的名字，马财强调马西是马义同志抓住的而不是他，但被记者马上拿别的话题岔了过去，不让提马义，马财现在是重点，重点不能旁落。

马义躺在涵洞的秋凉里很高兴，他终于回报马财了！他一直为自己不能有力地回报马财而心里疚着。他很感激那位记者及时打断马财不让提及自己的名字，让光芒一点不漏地都照在马财身上，这让他对马财的回报，有力了！马义终于做完了一件事，他想跟什么人庆祝一下，马义兜里有大半瓶矿泉水，那是白天街上有人打开喝了两口随手扔掉被马义拣了来，马义没有钱买水，他留着想在最渴的时候喝。马义把矿泉水举起对着南面，南面，是上马关村，是埋他儿子马建国的方向，马建国的娘，霍秀，那个美丽而薄命的上海人，也埋在南面，马义对着南面说："干！"把水当酒喝了。

深秋初冬夜里的凉风把街上一只流浪的狗也吹进了涵洞。狗鼻子很尖，这畜生嗅出在这夜里，方圆几百米就马义这样一个热源了，所以窜进来偎在马义身上。马义搂着狗，睡在秋凉里，狗身上热着，狗其实也是热源，狗偎着马义马义也偎着狗，让马义慰藉，让马义觉得在茫茫天穹之下，他并不是最孤苦的那一个。马义搂着狗，有些幸福，在寒凉中睡去。

在清晨秋霜降下的时候马义死了，他身子缩蜷着死成了一张弯弓。

那只小狗一直偎依着已经凉透的马义不走。

马义享年六十六岁。

第十七章

　　为马义举行葬礼的时候发生了一点纠葛。马财来找局长，提出：马义一辈子只有一个心愿就是再回归警队，再重新当警察，到死他都没能实现这个心愿，在最后的时刻，能不能让马义同志在葬礼上穿一回警服告别人世？局长说这恐怕不行。局长说条例规定警械、警徽、警服这些严格不许外流、乱用，马义同志是很了不起，但他毕竟是老百姓，老百姓怎么能允许乱穿警服呢？马财苦苦哀求，又试图举例想说服局长同意，他说，局长啊，你看电视上、电影里，一帮一帮的警察，那帮孙子有哪个是真警察？不都是警服穿着，警徽戴着，警械拿着嘛。有好多下面还干尽坏事。你就当咱这也是演一回戏。

马财说他已经退休了，警服警帽警徽都上交了，不然他就把他的给马义穿上！局长在情感上也是钦服马义的，但他说老马呀，咱们这不是演戏咱们是真警察啊，真警察就得服从条例，没办法，不行。局长还是不允。

两天后，局长去参加追悼会，临行时发现他挂在办公室衣架上他的警服不见了，他以为是办公室拿去洗了，几天前他吩咐过办公室给他干洗一下，局长就改穿了便服去，走进吊唁大厅时，他愕然发现马义就穿着他的警服躺在棺椁里！局长马上明白这是马财擅自偷拿的。局长嘴撇撇，没有作声，默默走到排队等着吊唁的人群里站好。

马义穿着县公安局局长二级警督衔的警服安卧在鲜花丛中。

马财看着马义，没有流泪，泪已经干涸，只有感叹。他想，他和马义，还有马西，三个堂兄弟就像三国演义里的三国，几十年来打打杀杀争争斗斗恩恩怨怨，现在到了该翻篇了结的时候了，两个已经死了，就剩他一个，他也快了，他也没多少日子了，三国演义该演义完了，白云苍狗，黄河殇殇啊！

马义的吊唁仪式原定是一天的，后来又延展了两日，因为来的人太多，陕、甘、宁、青、新五省区的警察们，自发地，皆自费，觉得要用公款是亵渎了这位老汉，自费乘飞机乘火车乘汽车，来到小城金积，吊唁马义，为这个不是警察的警察，中国北方最伟大的警察，没有之一，送他最后一程。所有的警察们都竭力地想证明这个到死都还是农民的人就是警中之一员，是他们中之一员，外人不承认，警察们自己承认！都想为他添点警察的标志，不知是谁带的头，第一个人拔下自己警服上的警用纽扣朝马义掷去，随即众人皆效仿，吊唁的警察都拔下自己警服上的一粒纽扣掷向马义，警用纽扣像箭矢像雨点像子弹样地飞，覆盖了马义……

  葬礼毕，收集起来的警用纽扣是一百零七公斤。

完稿于宁夏银川兴庆府大院寓所
修改于天津杨柳青紫溪别墅寓所

李唯,著名作家、编剧,供职于天津电视台,在多个国家文学艺术协会担任职务。

创作有《腐败分子潘长水》《看着我的眼睛》《一九七九年的爱情》等中、长篇小说,曾获《小说月报》百花奖、《小说选刊》年度奖、《北京文学》奖、庄重文文学奖等。编剧作品有《黑炮事件》《美丽的大脚》《我的父亲焦裕禄》等,曾获夏衍电影文学奖、华鼎奖最佳编剧奖、建国七十周年优秀电影剧作奖、改革开放三十周年优秀电影剧作奖等。影视作品曾获"五个一工程"奖、金鸡奖、百花奖、华表奖、飞天奖、金鹰奖等。被授予"全国中青年德艺双馨文艺工作者"称号。

图书在版编目（CIP）数据

马义是警察/李唯著. — 北京：中国青年出版社，
2023.10
ISBN 978-7-5153-7006-4

Ⅰ.①马… Ⅱ.①李… Ⅲ.①长篇小说－中国－当代
Ⅳ.①I247.5

中国国家版本馆CIP数据核字（2023）第139040号

责任编辑：曾玉立
书籍设计：瞿中华

出版发行：	中国青年出版社
社　　址：	北京市东城区东四十二条21号
网　　址：	www.cyp.com.cn
编辑中心：	010-57350402
营销中心：	010-57350370
经　　销：	新华书店
印　　刷：	鸿博昊天科技有限公司
规　　格：	787mm×1092mm　1/32
印　　张：	14.375
字　　数：	110千字
版　　次：	2023年10月北京第1版
印　　次：	2023年10月北京第1次印刷
定　　价：	49.80元

如有印装质量问题，请凭购书发票与质检部联系调换
联系电话：010-57350337